Für Jiara ist der Sommer die schönste Zeit des ganzen Jahres. Denn den verbringt sie immer in einem kleinen Ort an der italienischen Küste, wo sie in einer Trattoria arbeitet. Dort fühlt sich Jiara wie zu Hause, viel mehr als in ihrer Heimatstadt Hamburg. Als sie Milo in der Trattoria trifft, hebt er ihre Welt buchstäblich aus den Angeln. Sofort beginnt es zwischen ihnen zu knistern und zu prickeln. Obwohl Jiara sich nach Kräften dagegen wehrt, lassen sie seine tiefbraunen Augen nicht mehr los. Milo dagegen hat sich geschworen, nie wieder jemanden zu nah an sich heranzulassen. Ein fast unmöglicher Vorsatz, denn er kann nicht aufhören, an Jiara zu denken. Doch Jiara hat einen Freund, der in Hamburg auf sie wartet …

Leonie Lastella verbrachte als Teenager viele Ferien in Italien, und als sie dort auf den süßesten Typen der Welt traf, lernte sie ganz schnell Italienisch. Eine witzige Anekdote? Vielleicht. Aber eben auch das wahre Leben: denn aus dem Sommerflirt wurde schließlich die große Liebe. Der attraktive Italiener kam mit nach Deutschland, heiratete sie und gab ihr seinen Nachnamen. Daher ist der Name Leonie Lastella auch kein Pseudonym. Leonie Lastella liebt Ben&Jerrys-Eis, ihre Söhne und ihr Pferd, außerdem lacht sie viel, laut und gerne. Von sich selbst sagt sie, sie sei der ungeduldigste Mensch auf dem Planeten. Auch in Sachen Liebe.

Weitere Informationen finden Sie auf www.fischerverlage.de

LEONIE LASTELLA

Brause pulver herz

ROMAN

FISCHER Taschenbuch

FSC
www.fsc.org
MIX
Papier aus verantwortungsvollen Quellen
FSC® C083411

Originalausgabe

Erschienen bei FISCHER Taschenbuch
Frankfurt am Main, Mai 2017

Dieses Werk wurde vermittelt durch die
Literarische Agentur Thomas Schlück GmbH,
30827 Garbsen.

Satz: Fotosatz Amann, Memmingen
Druck und Bindung: CPI books GmbH, Leck
Printed in Germany
ISBN 978-3-596-03546-5

Für Lasse Noah, Linus Eliah und Louis Aaron.
Baut Luftschlösser, tanzt, als würde keiner zusehen,
lebt das Leben, als gäbe es nur diesen einen Tag,
und habt immer, wirklich immer den Mut,
Euer Herz zu verlieren.

Jiara

Es riecht nach Hefeteig, selbstgemachter Tomatensauce und frischem Basilikum. Dieser aromatische Geruch gibt mir ein Gefühl von Zuhause. Und das, obwohl jener Ort eigentlich über tausend Kilometer entfernt von hier liegen sollte.

In der Küche rumort Dario leise vor sich hin, während ich in Gedanken versunken die Gläser poliere, die wir am Abend brauchen werden – sobald die Touristen auf dem Weg vom Strand in ihre Hotels über Darios Trattoria herfallen. Später am Abend kommen dann die Einheimischen, die Darios Essen sehr schätzen und dem Restaurant ganzjährig gute Umsatzzahlen bescheren.

Jetzt, in der glühenden Hitze des frühen Nachmittags, ist die Trattoria wie ausgestorben. Nur eine vierköpfige deutsche Familie vertilgt an einem der Außentische Pizza.

An der Promenade knattert eine Vespa vorbei, und auf der Via Aurelia, der Küstenstraße, die sich von Norden bis nach Rom an den schroffen Felsen der ligurischen Küste entlangschlängelt, hört man ein fernes Hupen. Die Türen der Trattoria stehen weit offen, um die leichte Brise vom

Meer hineinzulassen und den sich träge drehenden Deckenventilator zu unterstützen. Der Wind trägt das Geschrei im Wasser tobender Kinder herein. Die hochaufragenden Palmen an der Promenade schirmen den Lärm jedoch so weit ab, dass die Geräusche nicht störend sind. Vielmehr gehören sie zu meinem Soundtrack dieses Sommers in Finale Ligure, einer kleinen Küstenstadt am Mittelmeer, die meine Sommer bunt malt, seitdem mir mein Vater als Kind eröffnete, wir wären gerade zu Halbitalienern geworden, und Finale damit nun unser zweites Zuhause. Dabei entging ihm das winzige Detail, dass er durch die Heirat seiner Schwester Annegret mit Gianluca Rossi nicht automatisch zu einem Halbitaliener wurde. Mein Vater ist in etwa so italienisch wie eine Kartoffel, und das hat sich bis heute nicht geändert.

Trotzdem erzählte ich von diesem Tag an stolz, dass ich jetzt Italienerin wäre. Das *Halb* ließ ich weg. Wer ist schon gern etwas Halbes?

Ich glaube nicht, dass Papa damals klar war, dass ich das Ganze wörtlich nehmen würde.

Ich lernte die Sprache und konnte mich bereits nach kurzer Zeit gut verständigen. Damit blieb ich allerdings die Einzige in unserer Familie. Papa verknotete sich bei dem Versuch, Italienisch zu sprechen, regelmäßig die Zunge. Und Mama schaffte es, drei Volkshochschullehrer in den Wahnsinn zu treiben, bevor sie es aufgab, mehr als ein kalt deutsch ausgesprochenes »Bongorno« zu lernen. Das *i* unterschlug sie einfach und verwandelte das italienisch weiche *Gi* somit in ein hartes akkurates G, und mein Bruder Basti – nun, der war eben Basti. Die Urlaube in Italien waren ihm zu analog, zu retro und der Wlan-Empfang am Strand zu dürftig.

Ich hingegen liebte schon damals die Melodie der Sprache, die selbst eine Schimpftirade so weich erscheinen lässt wie eine rosa Puderzuckerwolke, und noch mehr liebe ich die Lebensweise der Menschen, die zwischen den jahrhundertealten Häusern vibriert.

Mit Tante Annegrets Tod starb Papas Hang zum Italienischen, und seit ihrer Beerdigung vor einem Jahr kehrte meine Familie Finale den Rücken und verbringt seitdem die Familienurlaube auf Sylt. Papas Erklärung hierfür ist der lange Fahrweg und das furchtbar heiße Wetter, aber ich weiß, dass er sich in Wahrheit nicht an seine Schwester erinnern will. Es tut ihm zu sehr weh, die Vergangenheit zu sehen. Ich hingegen erinnere mich gern.

Mein Onkel Gianluca zog kurz nach dem Tod seiner Frau zurück zu seiner Familie nach Brugherio. Ein graues Städtchen, das als platt gewalzter Ausläufer Mailands zwischen Bahngleisen und Autobahnen liegt. Es fällt mir schwer, mir Gianluca inmitten dieser Tristesse vorzustellen. Noch immer sehe ich ihn Arm in Arm mit meinem Vater singend in einer der Bars der Piazza. Die Erinnerungen vermischen sich mit dem Geruch aus der Küche zu einem wehmütigen Gefühl.

Ich bin längst keine *Mangiapatate* mehr, eine Kartoffelesserin, wie die Italiener uns Deutsche liebevoll nennen.

Nicht einmal zur Hälfte. Ich gehöre hierher. Weswegen es mir nur natürlich vorkommt, meine Semesterferien wie jedes Jahr seit dem Beginn meiner wenig erfolgreichen Studienkarriere genau an diesem Ort zu verbringen. Wenn ich mein Studienfach tatsächlich schon wieder wechseln sollte, wie es mir mein Bauchgefühl sagt, werde ich selbst in zehn Jahren noch in den muffigen Hörsälen der Hamburger Uni herumsitzen. Da kann ich wenigstens das Geld für mein studentisches Rumgeeiere hier verdienen anstatt im schmuddelig nasskalten Wetter Hamburgs.

Außerdem sehe ich auf diese Weise regelmäßig Dario – meinen besten Freund seit Kindertagen, meinen perfekten Brudererersatz.

Obwohl Dario und mich die meiste Zeit unseres Lebens Tausende von Kilometern trennten, ist er mir so vertraut wie sonst nur meine beste Freundin Kathi. Es ist, als hätten wir all die Zeit gemeinsam verbracht, nur dass wir stets dreihundertfünfundsechzig Tage in sechs Wochen Sommerferien quetschen mussten. Sechs bunte, intensive Wochen, in denen er zu meinem Bruder wurde und ich zu seiner Sorellina. Er ist nicht nur für mein gutes Italienisch verantwortlich, sondern auch dafür, dass ich das »R« so rolle, dass ich zwischen den meisten Italienerinnen nicht auffalle. Das Ergebnis eines ganzen Sommers auf der Badeplattform des Bagno San Donato, während unsere Haut langsam die typisch südländische Bräune annahm und sich der Geruch von Salzwasser mit dem von schmelzendem Eis mischte.

Ich habe nie das Gefühl, ihm etwas verschweigen zu müssen. Er schiebt es auf seine italienischen Gene, die ihn laut eigener Aussage per se zu einem Frauenversteher machen.

Ein Grinsen huscht über mein Gesicht. Ich liebe ihn. Genauso sehr wie die zerschrammten Türen des kleinen Restaurants und die moderne Ausstattung im Inneren der Trattoria, die Dario nach eigenen Angaben ein Vermögen gekostet hat und die sich schlicht an die einfach verputzten Mauern schmiegt.

»Ich muss nur noch die Pasta in die Kühlung bringen und die Briefe zur Post, dann bin ich soweit durch.« Darios blonde Locken erscheinen in der Durchreiche. »Das Glas ist übrigens schon eine ganze Weile sauber.« Er deutet auf das Weinglas in meiner Hand. »Sobald ich fertig bin, trinken wir 'nen Cappuccino zusammen, ok?«

Er weiß genau, dass ich niemals Kaffee trinke, aber er gibt sich alle Mühe, diesen Umstand zu ändern. Für ihn gehört Kaffee in all seinen Facetten zu einem ausgewogenen, glücklichen Leben, und dass ich mich dem Gesöff hartnäckig verweigere, bringt ihn zu dem gewagten Umkehrschluss, dass es mit meiner Glückseligkeit nicht weit her sein kann.

Ich verschwende einen trotzigen Gedanken an Jonas, meinen Freund, der zu Hause sitzt und für seine Abschlussprüfung in BWL paukt. Er hat als Einziger das Potential, meine momentane Glückseligkeit zu gefährden.

Warum denke ich so etwas? Es ist nicht fair, ihn so zu sehen. Im Gegenteil. Er war immer für mich da. Das, seine stechend blauen Augen und sein verschmitztes Grinsen waren die Gründe dafür, dass ich mich nach Jahren der Freundschaft in ihn verliebt habe. Er gibt mir Sicherheit und erdet mich.

Aber an ihn zu denken erzeugt in mir das Gefühl, dass ich nicht hier sein sollte. Auch wenn er mir immer wieder beteuert hat, dass es in Ordnung ist, die Sommer hier zu verbringen, weiß ich, dass er lügt. Es wurmt ihn, dass er nicht greifen kann, was mir dieser Ort gibt. Er will es verstehen, das glaube ich ihm, aber seine Gedanken verlaufen dazu zu gradlinig. Er ist ein Kopfmensch. Jemand, der schon in der Mittelstufe einen Zehnjahresplan hatte, den er bis heute stringent verfolgt, ohne einmal vom Weg abgekommen zu sein oder wenigstens zu straucheln.

Wenn ich etwas erreichen will, sind Umwege meine erste Wahl, und zu straucheln gehört praktisch zu meinem Gangbild. Dieser Sommer ist mir auch deswegen so wichtig. Ich muss endlich meinen eigenen Weg finden, und zwar ohne dass mir jeder gutgemeinte Ratschläge gibt, wie genau dieser auszusehen hat.

Für meine Familie und Freunde ist klar, dass Jonas' und mein Weg ein- und derselbe ist. Selbst Kathi, meine chaotische beste Freundin, sagt mir immer wieder, dass Jonas mein Sechser im Lotto ist. Ich bin mir da nicht halb so sicher. Der Plan, Jonas zu heiraten, sobald er Partner in der Firma seines Vaters geworden ist, fühlt sich nicht wie meiner an. Er wird ein guter Ehemann sein, aufmerksam, liebevoll. So ist Jonas. Er wird aufopferungsvoll dafür sorgen, dass ich mich nicht aus Versehen umbringe oder auf all meinen Nebenwegen den Blick auf unsere strahlend vor uns liegende Zukunft verliere. Wir sind das perfekte Paar – schon so lange, dass ich längst nicht mehr weiß, wieso Kathi, genau wie jeder andere, denkt, wir wären so verdammt perfekt.

Es ist alles klar, strukturiert und vorhersehbar. Es müsste mich glücklich machen. Das Problem ist, ich hasse alles Vorhersehbare. Ich mag keine Strukturen, und mit der viel gerühmten Perfektion habe ich es auch nicht so besonders.

Vielleicht liebe ich diesen Ort genau deswegen so sehr. Hier leben die Menschen für den Moment. Um das Leben zu spüren, nicht um eine Zukunft zu planen, die vielleicht nie eintreten wird. Zumindest kommt es mir so vor. Deswegen fällt mir an diesem Ort das Glücklichsein so leicht wie Atmen. Ich runzele die Stirn und schnappe mir noch ein Weinglas. Das Handtuch verursacht ein quietschendes Geräusch, so fest reibe ich daran herum. Ich liebe Jonas. Das stimmt. Und gleichzeitig ist es nicht die ganze Wahrheit.

Vielleicht ist es nicht fair, alles in Frage zu stellen, nur weil ich hier in Finale etwas fühle, das ich in Hamburg nie gespürt habe.

Dieser Ort gibt mir das Gefühl, lebendig zu sein. Egal ob nun fair oder nicht, ich beschließe, dass ich den Rest des Sommers genießen werde. Um meine angeschlagene Beziehung und das dringende Bedürfnis, schon wieder das Studienfach wechseln zu wollen, kann ich mich auch in sechs Wochen noch kümmern, wenn mich mein altes Leben zurückhat.

»Also, Sorellina, ich bin gleich wieder da.« Dario entspricht absolut nicht dem Klischee eines Italieners. Mit seinen blonden Locken und den blauen Augen verdreht er so ziemlich jeder Frau den Kopf, noch bevor er den Mund aufmacht. Außerdem ist er intelligent, humorvoll und ein hervorragender Zuhörer, der immer einen guten Rat parat hat, ohne dass er einem diesen aufdrängt. Es wundert mich, dass ihm all diese gottgegebenen Eigenschaften nie zu Kopf gestiegen sind.

»Jetzt hau schon ab«, scheuche ich ihn grinsend hinter dem Tresen hervor. »Und bring mir bitte einen Milchshake mit!«

Er verdreht verzweifelt die Augen. »Einen Milchshake?« Mit einem Schulterzucken ergibt er sich seinem Schicksal, die einzige Angestellte in ganz Italien zu haben, die nicht bei dem Gedanken an Kaffee in verzückte Ekstase ausbricht. Ich drehe mich zum Weinregal, um das Glas wegzustellen, bevor ich es am Ende noch in seine Bestandteile zerreibe, als Dario hinter mir einen markerschütternden Begrüßungsschrei ausstößt. »Milo, das kann nicht wahr sein! Was zum Teufel machst du hier?«

»Dario, mein Großer«, antwortet eine angenehm tiefe Stimme.

Normalerweise ruht Dario in sich. Deswegen drehe ich mich schnell um und sehe nach, was ihn so aus dem Häuschen bringt. Genau in dem Moment, als er einem halbnackten Mann auf den Arm springt. Dario küsst ihn links und rechts auf die Wange und tätschelt, sobald er den Boden wieder erreicht, liebevoll dessen Hinterkopf.

»Milo, ich fass es nicht. Du bist wirklich hier?« Der Typ kommt nicht zu Wort, macht aber eine halbherzige Geste, die Darios rhetorische Frage bejaht.

»Gut siehst du aus, ein bisschen mager vielleicht, aber das lässt sich ändern.«

Bei Dario, wie bei vielen seiner Landsleute, ist jeder Gast grundsätzlich zu mager. Manchmal glaube ich, Gastfreundschaft wird bei Italienern mit Mästung gleichgesetzt. Wann immer ich Dario oder einen meiner anderen italienischen Freunde besuche, bekomme ich mindestens ein Drei-Gänge-Menü aufgedrängt, und es gilt als persönliche Beleidigung, nicht alles aufzuessen. Andernfalls regt man zu abenteuerlichen Spekulationen über eine hinterlistige Krankheit an, die einem den Appetit nimmt und in deren Folge mit Sicherheit das Leben.

Der Fremde spielt das Spiel bravourös mit.

»Ich bin seit heute Morgen unterwegs und gerade erst angekommen. Einen Teller deiner Spezialpasta könnte ich jetzt echt gut vertragen.«

Als hätte Dario nur auf den Startschuss gewartet, verschwindet er wie ein geölter Blitz in der Küche.

Mr Sixpack hingegen hat keine Eile. Lässig schlendert er zu mir herüber und reicht mir seine Hand. »Milo«, stellt er sich vor.

Ich bin eine Spur zu erleichtert, dass der Tresen als Barriere zwischen uns steht. Sein Anblick irritiert mich, was mit Sicherheit nur daran liegt, dass er bis auf eine kurze Jeans und ein Paar Flipflops nackt ist. In der Hand hält er jedoch eine dicke Canvasjacke, die er bei über dreißig Grad verständlicherweise nicht braucht. Vor seinen Füßen steht ein abgewetzter Gitarrenkasten und ein riesiger Seesack, der die besten Zeiten bereits hinter sich hat. Ich starre ihn nur an, unfähig, irgendetwas halbwegs Intelligentes zu sagen oder ihn auch nur anstandshalber zu begrüßen.

Mein Blick wandert von seiner Hand, die er mir noch immer entgegenhält, zu seiner muskulösen Brust und dem flachen, durchtrainierten Bauch. Dario hat mir von Milo erzählt. Einer seiner besten Freunde seit Kindertagen, der vor Jahren wegzog und sich inzwischen als Musiker durchschlägt. Leider hat er mit keiner Silbe erwähnt, dass dieser Freund so gutaussehend ist, dass einem die Spucke wegbleibt, und dass er es vorzieht, Frauen halbnackt von diesem Umstand zu überzeugen. Ich spüre, wie mir das Blut in die Wangen schießt.

Mit einem spöttischen Grinsen lässt er die Hand sinken. »Namenloses Mädchen, gibst du mir etwas zu trinken?«, fragt er dann.

Am liebsten würde ich ihm sagen, er soll sich gefälligst selbst etwas nehmen, aber ich bringe kein Wort über die Lippen. Sein Blick lässt meine Atmung stolpern. Ich verstehe nicht, wieso er mich so aus der Fassung bringt. Zugegeben – er sieht ziemlich atemberaubend aus, aber das tun viele Männer, und normalerweise brechen bei mir trotzdem nicht alle Schaltkreise zusammen.

Ich versuche mich zusammenzureißen. Zuckersüß lächele ich zurück. »Wasser?«

Er zwinkert mir zu, als wüsste er, dass mich allein dieses winzige Funkeln in seinen Augen umhaut. Ich versuche, mir nicht anmerken zu lassen, dass ich genauso darauf reagiere, wie er es gewohnt ist.

»Whiskey habt ihr um die Uhrzeit wohl noch nicht?«

Sehr witzig. Scheint wohl ein ganz harter Kerl zu sein. Ich zucke mit den Schultern und schenke, ohne eine Antwort zu geben, Wasser in ein Glas, während ich versuche, das Flattern in meinen Eingeweiden auszuschalten. Es wird ja wohl noch möglich sein, sich normal zu verhalten. »Jiara, freut mich«, bringe ich dann hervor.

»Die Psychologin«, entgegnet er gleichmütig, als wüsste er längst alles über mich, inklusive der Geheimnisse, die niemand außer meinem rosafarbenen Tagebuch aus Grundschulzeiten kennt. Ich schnaube und wünsche mir plötzlich, ich wäre an diesem Morgen einfach im Bett liegen geblieben.

»Und du bist der Musiker.« Meine Retourkutsche klingt lahm. Ich beiße die Zähne aufeinander, schnappe mir ein Handtuch und wische beharrlich an einem nicht existierenden Fleck auf dem Holz des Tresens herum. Hat dem Typen eigentlich niemand beigebracht, sich etwas überzuziehen, bevor er sich in die Zivilisation begibt? Ich sehe zu der Familie auf der Terrasse, deren Vater ebenfalls oben ohne an einem Stück Pizza knabbert, und grunze verächtlich. Wenigstens hat der modisch einwandfreie Tennissocken an. Ich verdrehe die Augen. Der Anblick von schneeweißer Haut und vor Schweiß glänzenden Speckrollen irritiert mich nicht halb so sehr wie Mr Ich-bin-ein-Rockstar-und-weiß-wie-geil-ich-bin.

»Hier, deine Pasta.«

Dario stellt einen Teller dampfender Spaghetti Carbonara vor Milo, der in einer geschmeidigen Bewegung auf einen der Barhocker rutscht.

»Lass es dir schmecken. Ich muss noch eben zur Post, aber dann wollen Jiara und ich Pause machen und uns mit einem Kaffee auf die Piazza setzen.«

Er zeigt auf die mit Natursteinen verlegte *Piazza dei Canoni*, in deren Zentrum drei riesige Bleikanonen stehen, die auf das spiegelglatt gegen den Strand stoßende Meer hinauszeigen. Ich blitze Dario wütend an. Er hat unser Vorhaben als Einladung verpackt, ohne mich zu fragen, ob es mir recht ist, dass Adonis sich zu uns gesellt. Er deutet meinen giftigen Blick fehl.

»Milchshake.« Entschuldigend zuckt er die Schulter und zeigt in meine Richtung. »Sie mag keinen Kaffee.«

Ich komme mir vor wie ein kleines Kind, das keine Ahnung hat, was gut ist. Leider klinge ich auch genau so, als ich sage: »Weil Kaffee absolut widerlich ist.«

Milo lacht glucksend und schaufelt sich wenig vornehm eine Riesenladung Nudeln in den Mund. »Ich würde auch lieber einen Milchshake nehmen«, nuschelt er.

Dario verdreht die Augen und schnappt sich die Post. »Zwei von der Sorte. Na toll. Milchshake also! Fior di Latte?«

Ich nicke, ohne aufzusehen. Dario braucht sich nicht einzubilden, dass ich ihm seinen blöden Kommentar so schnell vergebe. Aus den Augenwinkeln sehe ich, wie Milo ebenfalls nickt.

»Ich sehe schon, ihr versteht euch. Dann kann ich ja beruhigt abhauen. Bin gleich zurück.«

Wie kommt er darauf, dass ich mich mit Mr Perfect verstehe? Nur weil der Kerl auch einen Milchshake trinkt, heißt das nicht, dass wir uns auf einer Welle oder auch nur im selben Kosmos befinden. Ich stöhne innerlich auf. Wieso hat Dario nicht mich zur Post gehen lassen?

Immerhin ist das hier sein Besuch, und ich habe keinen Schimmer, worüber ich mit dem Kerl reden soll. Er sieht nicht so aus, als hätte er allzu viel zu einer geistreichen Unterhaltung beizutragen. Ich weiß, dass diese Einschätzung alles andere als fair ist. Immerhin kenne ich ihn gar nicht. Aber mir einzureden, er hätte nicht auch noch bei der Vergabe der Intelligenz laut hier geschrien, hilft mir, dieses dämliche Kribbeln abzustellen. Allerdings sieht er aus wie jemand, der generell schreit, anstatt zu flüstern.

Ich warte gerade so lange, dass man es mir nicht mehr als Flucht auslegen kann, und verabschiede mich mit einer lahmen Ausrede in die Küche. Verbissen fege ich den Boden, räume die Zutaten zurück an ihren Platz, die Dario für die Zubereitung von Milos Pasta gebraucht hat, und wische dann die glatten Edelstahlflächen der Küche ab, obwohl sie bereits sauber sind.

»Wo soll ich den hinstellen?« Milo erscheint in der Tür zur Küche und schwenkt den leeren Teller in der Luft. Die Nudeln hat er in Rekordzeit verdrückt.

Mit einem bitterbösen Blick deute ich auf die Spüle. Ich bin sauer. Vermutlich mehr auf mich und dieses dämliche Flattern in meinem Bauch als auf ihn.

»Hab ich was verbrochen?« Er sieht belustigt aus. Nicht so, als würde er tatsächlich glauben, etwas falsch gemacht zu haben. Natürlich nicht.

»Du hast mich erschreckt.«

»Diese Wirkung habe ich manchmal auf Frauen«, antwortet er mit einem lasziven Blick in meine Richtung.

»Ach ja?« Er bringt mich tatsächlich dazu, einen Erklärungsversuch zu starten. »Es soll Frauen geben, die sich erschrecken, wenn man sich halbnackt von hinten an sie ranschleicht.«

Er sieht an sich herab, als wäre ihm bis jetzt gar nicht bewusst gewesen, dass sein Oberkörper unbekleidet ist. Er stellt den Seesack und die Gitarre in die Ecke neben der Treppe, die von der Küche in Darios Wohnung führt, und kommt mir dabei gefährlich nahe. Er riecht nach Waschpulver und Sonnencreme und nach etwas ganz Eigenem. Irgendwie hatte ich angenommen, dass er anders riechen würde. Wie genau, kann ich nicht sagen, aber auf jeden Fall nicht so verstörend gut. *Verdammt.* Seine Jeans sitzt etwas zu locker auf den Hüften und zeigt den breiten Muskelstrang seiner Leiste, der unter dem Bund seiner Jeans verschwindet. Ich versuche, nicht auf seinen unglaublichen Körper zu starren, und strecke kämpferisch das Kinn vor. Okay, er sieht gut aus. Zugegeben sogar mehr als das, aber es wird ja wohl möglich sein, ihn anzusehen, ohne dass meine Hormone gleich durchdrehen.

Er beugt sich runter zu seinem Seesack, um ein Oberteil herauszuziehen, und kommt mir dabei so nah, dass ich die Wärme seines Körpers spüre.

Er macht keine Anstalten, das Shirt überzuziehen, sondern macht noch einen Schritt auf mich zu. Mittlerweile ist er mir so nah, dass man kaum noch ein Blatt Papier zwischen uns quetschen könnte.

»Dario kommt bestimmt gleich wieder. Ich gehe vielleicht besser …« Meine Stimme versagt, als er sich zu mir hinunterbeugt. Sein Gesicht ist nur noch wenige Zentimeter von meinem entfernt. Es ist, als würde das Ende meines Satzes von dem dunklen Braun seiner Augen aufgesogen werden. Mit einem schwachen Nicken deute ich in Richtung Treppe. Ich hätte nach oben verschwinden sollen, solange die Möglichkeit bestand.

»Und die Milchshakes?«, fragt er. Seine Stimme klingt warm, rau und unglaublich sexy, obwohl seine Mundwinkel belustigt zucken.

Es sollte mich wütend machen, aber das tut es nicht. Sein Atem streift meine Wange und raubt mir die Luft und die Kraft für jede Art von Reaktion. Überdeutlich sehe ich die winzigen Bartstoppeln auf seinen beängstigend perfekten Wangenknochen.

Ich versuche, ihn zu ignorieren, und versage dabei kläglich. »Was soll das werden?« Man hört mir meine Unsicherheit an.

»Wasser«, sagt er lächelnd. »Du stehst vor der Kiste.« Quälend langsam streicht seine Hand an meinem Arm entlang nach unten, verharrt sekundenlang auf meiner Hüfte, bevor sich seine Finger um den Hals einer Flasche legen und vorsichtig daran ziehen. Er hält das Wasser in der Hand wie eine Jagdtrophäe. Aber anstatt etwas zu trinken oder sich endlich etwas anzuziehen, bleibt er einfach vor mir stehen, legt seinen Kopf schief und betrachtet mich prüfend.

Ich berühre seine leicht gebräunte Haut, will ihn von mir schieben, nur raus aus dieser Situation, aber meine Hände haben offenbar ein Eigenleben entwickelt. Sie bleiben einfach auf seiner Brust liegen. Seine Haut fühlt sich heiß an unter meinen Fingern, als würde die Luft zwischen uns brennen. Ich zittere, während er vollkommen entspannt scheint. Sein Atem geht regelmäßig, sein Herz schlägt ruhig und gleichmäßig unter meinen Fingerkuppen.

»Du zitterst.« Seine Mundwinkel verziehen sich zu einem Grinsen. Ein entwaffnendes, halbes Grinsen, das so verdammt verwegen aussieht. Die Überheblichkeit in seiner Stimme ist fort. Stattdessen liegt Wärme darin. Langsam drängt er mich gegen die Kisten, bis mein Po sich gegen das harte Plastik drückt. Mir ist schwindelig. Ich verstehe nicht, was hier passiert, aber ich will es.

Ich kann seine Muskeln unter meiner Hand spüren, und sein Mund verharrt nur Millimeter über meinem. Ich will, dass er mich küsst. Die Intensität dieses Gefühls ist beängstigend, berauschend, vollkommen irre. Ich kann nicht atmen, nicht verschwinden, nichts tun.

Seine Wange streift den Rand meiner Lippen und jagt

mir einen heißen Schauder durch den Körper. Die Hitze sammelt sich in meinen Eingeweiden und brennt tief in mir. Sein Atem beschleunigt sich und streift heiß mein Gesicht. Das, was hier passiert, bringt ihn endlich genauso aus der Fassung wie mich. Meine Finger streichen über seine Schultern, berühren sein Haar, das im Nacken raspelkurz geschnitten ist.

Mit seiner Hand streicht er mir eine widerspenstige Strähne aus dem Gesicht und zuckt dann urplötzlich zurück. Als hätte er sich verbrannt. Bevor ich verstehe, was passiert ist, löst er sich von mir und weicht langsam einige Schritte zurück. Meine Hände beben, als hätte man mich auf kalten Entzug gesetzt. Dabei ist genau genommen nichts geschehen. Unsere Lippen haben sich nicht berührt. Es hat keinen Kuss gegeben. Nichts ist passiert, und gleichzeitig alles.

Er streicht sich mit dem Daumen über die Lippen und lächelt schief, während sein Blick stumm auf mir liegt und mich an meinem Platz vor den Getränkekisten festeist.

Seine Wirkung lässt durch die plötzliche Distanz etwas nach. Ich hätte fast einen Fremden geküsst. Wenn er keinen Rückzieher gemacht hätte, hätte ich meinen Freund hintergangen. Verzweifelt versuche ich, Jonas aus meinem Kopf zu verscheuchen, der mich mit eimerweise Schuldgefühlen überschüttet. Ich habe das Gefühl, mein Kopf müsste jede Sekunde zerspringen. Das brennende Schamgefühl lässt sich nicht mehr beiseiteschieben, jetzt, da mein Verstand wieder funktioniert. Was immer da zwischen uns passiert ist, es hätte niemals geschehen dürfen, und hätte er es nicht darauf angelegt, wäre es das auch nie. Es ist seine Schuld! Es tut gut, sich das einzureden. »Was sollte das?«, knalle ich ihm wütend an den Kopf.

»Was denn?«, knurrt er. Seine überhebliche Art ist zurück und vertreibt die Wärme in seinen Augen.

Er wirkt so von sich eingenommen, dass es mir vor Wut die Röte in die Wangen treibt. Ich starre ihn an. Es ist so viel einfacher, wütend zu sein, als mich zu fragen, was zum Teufel eigentlich mit mir los ist.

In einer einzigen lässigen Bewegung streift er das Oberteil über den Kopf. Er macht sich nicht die Mühe, die Kapuze vom Kopf zu streifen. Stattdessen starrt er mich wortlos an. Die Stille zwischen uns verdichtet sich, während sich der Moment in meine Erinnerung brennt: sein perfekter Körper, das gnadenlos gutaussehende Gesicht, umrahmt vom dunklen Jerseystoff, und die Gefühle von Sehnsucht und Scham, die in meinem Inneren miteinander kämpfen.

Milo

Die Sonne würde uns rösten, wenn nicht der ausgefranste Schatten einer Palme auf den Tisch vor der Trattoria fallen würde. Jiara betrachtet mich mit einem beunruhigend prüfenden Blick. Ich bin mir sicher, dass es nicht besonders viele Leute gibt, die diese Prüfung bestehen, und ich war noch nie gut darin, über die Messlatten anderer Leute zu klettern. Wenn ich ehrlich bin, lege ich einfach nicht besonders viel Wert darauf, die Erwartungen anderer zu erfüllen. Es ist mein Leben. Ich richte es nicht nach fremden Vorstellungen aus. Das war sicher mal anders, aber das ist Jahre her – ein gefühltes Leben.

Ich blinzle zu Jiara hinüber. Ihr kritischer Blick fixiert mich, bringt mich aber nur dazu, mit den Schultern zu zucken. Egal wie hübsch sie ist oder was da vorhin zwischen uns abgegangen ist, sie wird mich nicht dazu bringen, dass ich mich um ihr Urteil schere.

Ich folge mit meinem Finger den Kerben, die unzählige Gäste auf den Tischen der Trattoria hinterlassen haben. Dario hat den Gastraum modernisieren lassen und die alten Tische nach draußen verbannt, wo Salzwasser und die unbarmherzige Sonne an ihnen nagen. Für mich macht es die Möbelstücke weitaus interessanter als den neumodischen Kram im Innern des Gebäudes. Diese alten Stücke hier erzählen Geschichten von Liebe, von Eifersucht und Freundschaft. Die ganze Bandbreite menschlicher Gefühle festgehalten in Holz, das nach Sonne und Meer riecht.

Für einen Moment schließe ich die Augen und höre das Lachen meines Bruders, bevor er meinen Kopf unter Wasser drückt. Ich spüre seinen Körper, der sich windet, als ich ihn kitzle, damit er von mir ablässt. Das war damals hier an diesem Strand. Wir haben an genau diesem Platz gesessen und uns die Strafpredigt unserer Eltern angehört, während unter dem Tisch unsere Beine vertraut gegeneinanderstießen und der Geruch nach Eis und Sonnencreme in der Luft hing. Das ist so verdammt lange her. Tiziano ist ein anderer Mensch geworden, genau wie ich. Heute verbindet uns kaum mehr als unser Genmaterial.

»Was führt dich her?« Dario schiebt mir einen der zwei Milchshakes über den Tisch und reicht Jiara den anderen. Das braune Haar fällt in leichten Wellen über ihre gebräunten Schultern. Sie hat die Augen geschlossen und reckt das Gesicht in die Sonne. Die Prüfung meiner Person ist wohl abgeschlossen, und ihren leicht angespannten Gesichtszügen nach zu urteilen, ist sie wie erwartet nicht positiv ausgefallen.

Ich habe diese Wirkung auf andere Leute. Ich provoziere sie bewusst. Es ist eine einfache, aber sehr effektive Methode, um sich die meisten lästigen Menschen vom Hals zu halten.

»Ich war in der Nähe«, versuche ich mich in einer belanglosen Floskel. Nicht gerade die Wahrheit. Seufzend versuche ich es mit etwas, das sich näher an der Realität befindet. »Es läuft derzeit nicht so gut, und ich brauchte dringend mal 'ne Auszeit und einen Platz zum Schlafen.«

Dario geht nicht auf meine schlecht getarnte Frage nach einem Schlafplatz ein. Wir wissen beide, dass ich bei ihm unterkommen kann, wann immer ich will. Er muss es nicht aussprechen. Ich sehe, wie er die Augenbrauen zusammenzieht und den Kopf schief legt. »Was genau heißt das?«

Ich habe ihm noch nie etwas vormachen können. Das ist es wohl, was unsere Freundschaft ausmacht. Überhaupt ist Dario der Typ Mensch, der anderen bis in die Seele schaut, ohne mehr dafür tun zu müssen, als er selbst zu sein. Mein Blick wandert wieder zu Jiara, die erfolglos so tut, als würde sie das Gespräch nicht verfolgen. Mit einem Mal habe ich das Gefühl, es wäre ein Leichtes, ihr den Sommer zu vermiesen, wenn ich hierbliebe. Noch habe ich mich nicht entschieden, ob mir das etwas ausmacht oder mich amüsiert. »Du weißt schon …«, versuche ich, die wenig schmeichelhafte Erklärung zu umgehen.

»Nein, eigentlich nicht.« Dario bleibt stur.

Ich weiche seinem Blick aus und sehe nach unten, wo mein Finger der herzförmigen Umrandung zweier Namen folgt, die jemand tief in das Holz geschnitzt hat – als würde die Liebe der beiden Menschen, die sich verewigt haben, dadurch haltbarer. Die Sonne brennt auf meinen Rücken. Ich werde keine Geständnisse irgendeiner Art ablegen, solange die angehende Psychologin mithört. Wahrscheinlich analysiert sie bereits seit meiner Ankunft jede meiner Bewegungen, um mir zu bescheinigen, dass ich eine Vollmeise habe.

Ich sehe blinzelnd zu Dario hinüber und nicke in Jiaras Richtung.

»Sie kann ruhig mithören. Dann verfällt sie deinem Charme wenigstens nicht.« Dario lacht leise, was seine ernstgemeinte Aussage weniger scharfkantig macht.

Ich grinse. Ob er ahnt, was vorhin in der Küche passiert oder, besser gesagt, nicht passiert ist? Das ist der beste Fast-Kuss gewesen, den ich je erlebt habe. Ich berühre nachdenklich meine Unterlippe. Sie ist hübsch. Irgendetwas an ihr fasziniert mich. Ihr Freund ist nicht hier, und trotzdem habe ich sie nicht geküsst. Ich verstehe nicht, warum, aber mein Bauchgefühl hat ziemlich laut Alarm geschlagen, und in der Regel ist es ein ziemlich vertrauenswürdiger Zeitgenosse.

Bevor ich zu einer Erklärung ausholen kann, nickt sie in Richtung der Wohnung über der Trattoria. »Ich geh rein. Mein Buch wartet, und wenn ich noch ein paar Seiten schaffen will, bevor die Arbeit ruft, sollte ich mich beeilen.« Sie mustert mich und fügt hinzu: »Außerdem traut sich unser Rockstar dann vielleicht zu beichten.«

Denkt sie ernsthaft, dass ich mich nicht traue, mit Dario zu reden, nur weil sie danebensitzt? Das ist lächerlich. Ich warte nicht, bis sie aufsteht, sondern beuge mich zu Dario hinüber, während mein Blick weiter auf ihr ruht. »Ich hab da ein paar Schulden bei so einem Barbetreiber in Mailand. Ich habe ihm versprochen, das Geld zeitnah zu besorgen, aber die Auftragslage ist wie gesagt nicht so besonders. Die Leute sind alle hier bei euch am Meer. Ganz Italien hat Urlaub, also dachte ich, ich komme auch her und versuche mein Glück hier.« Ich werde Jiara bestimmt nicht erzählen, dass mein Plan, von der Musik zu leben, zwar ab einem bestimmten Punkt zu dem einzigen Ziel in meinem Leben geworden ist, aber der Erfolg trotzdem mäßig bis nicht existent ist. Und Dario weiß es, auch ohne dass ich es in Worte fasse. Ich bin ihm verdammt dankbar, dass er nicht darauf herumreitet.

Als ich mein altes Leben gegen einen Traum eingetauscht habe, hat mich das obdachlos und pleite gemacht. Vermutlich sollte ich mich deswegen schlecht fühlen, aber das tue ich nicht. Ich fühle mich frei und das erste Mal in meinem Leben nicht orientierungslos. Ich bin nicht traurig. Ich bereue nichts, außer dann und wann die Leere in meinem Magen. Im Moment allerdings bin ich dank Darios Spaghetti satt. Es gibt nichts zu beichten. Ich schüttele den Kopf.

»Was heißt Schulden? Wie viel?« Eine tiefe Falte erscheint auf Darios Stirn. Er ist schon immer der Verantwortungsbewusste in unserer Freundschaft gewesen und ich der Idiot, den er in regelmäßigen Abständen retten muss.

»Jetzt dreh nicht gleich durch, mein Lieber. Du machst dir immer zu viele Sorgen«, wiegele ich ab.

»Und du dir zu wenige«, kontert Dario. Die Falte auf seiner Stirn nimmt die Ausmaße des Grand Canyon an.

»Hmm, schon klar.« Ich versuche abzulenken, indem ich das Thema wechsle. »Konzentrier du dich lieber darauf, die zukünftige Signora Montinari zu finden, bevor du ein alter, einsamer Sack wirst. Oder gibt es Neuigkeiten?«

Dario lehnt sich auf seinem Stuhl zurück und beäugt mich misstrauisch. »Woher stammen die Schulden?«

Natürlich gibt er nicht auf. Dario ist ein Sturkopf. Und Jiara ist sitzen geblieben. Natürlich ist sie das. Ich habe sie ja geradezu dazu aufgefordert, und das hier ist vermutlich interessanter als irgendein Buch. Mit einem Mal ist es mir überhaupt nicht mehr recht, dass sie jedes Wort mitbekommt. Wieso habe ich die Sache mit dem Barbetreiber überhaupt erwähnt? Dario wird die ganze Geschichte aus mir herausquetschen, und dabei haben wir Jiaras volle Aufmerksamkeit. Ich schlucke trocken und ringe mir ein Grinsen ab. »Mach dich locker, Da.«

»Ich mach mich aber nicht locker. Sag mir einfach, was passiert ist.«

»Ein Porsche.« Es kommt nicht oft vor, dass ich mir in die Karten gucken lasse. Eigentlich schafft das nur Dario. Oder besser gesagt seine ganze Familie. Aber außer ihm sind alle tot, zerquetscht von einem völlig deformierten Kleinwagen, der metertief auf eine schroffe Ansammlung von Felsen gefallen ist. Mir entgeht die Parallele zu meiner Porsche-Geschichte nicht, weswegen ich schuldbewusst murmele: »Ich war wohl etwas zu schnell, und da habe ich das Teil zerlegt.«

Etwas fester füge ich hinzu: »Vielleicht habe ich es auch ein bisschen drauf angelegt. Der Typ, dem das Auto gehört, ist ein Arschloch. Hatte so eine Karre gar nicht verdient.«

Jiaras Lachen ist hell und stellt etwas mit mir an, das meinen Puls beschleunigt und ein verwaschenes Rauschen in meinem Kopf erzeugt. Vermutlich, weil ich nicht gedacht hätte, dass sie darüber lachen würde.

»Was gibt's denn da zu lachen?«, frage ich und klinge dabei, als würde meine Stimme drei Meter neben mir liegen. Normalerweise bin ich derjenige, der andere aus der Fassung bringt.

»Passt zu dir«, erwidert sie noch immer amüsiert.

»Du kennst mich doch gar nicht.« Ich höre mich an wie eine alternde Filmdiva und grunze unterdrückt.

Dario steht abrupt auf und schiebt seinen Stuhl an den Tisch.

»Ihr seid beide nicht ganz bei Trost«, entgegnet er schroff. »Ich muss wieder arbeiten. Du kannst deine Sachen nach oben in Flavios altes Zimmer bringen. Jiara hat diesen Sommer das Gästezimmer.«

Dario sieht müde aus. Nicht nur seine Augen. Sein sonst so typisches Lachen ist verflogen, und der ernste Zug um seinen Mund lässt ihn viel älter aussehen, als er in Wirklichkeit ist. Er hat den Namen seines Bruders bewusst benutzt, auch wenn er ihn nur mit Mühe über die Lippen bringt. Ich habe ihn dazu gebracht, sich zu erinnern. Schuldbewusst sehe ich auf die dunklen Buchstaben auf der Tischplatte. Ich bin ein verdammter Egoist. Wieso musste ich ihn an den Unfall erinnern, der ihn mit gerade einmal neunzehn Jahren mutterseelenallein auf der Welt zurückgelassen hat? Ich berühre seinen Arm, aber er macht sich los und schlurft in das Halbdunkel des Restaurants. Dabei sieht er so alt und gebrochen aus, dass es mir weh tut. Es wäre einfacher, wenn er zornig wäre.

»Das musste also sein, ja?«, fragt Jiara kampflustig und folgt meinem Blick, bis Dario von der Küche verschluckt wird. Ihr moralisches Getue nervt mich. Auch – oder besser gerade – weil sie recht hat.

Ich wollte nur, dass Dario mit seiner Fragerei aufhört. Er bohrt da, wo es unangenehm ist, und ich hasse es, wenn er mein Leben aus allen Blickwinkeln unter die Lupe nehmen will. Ich selbst sehe nicht besonders gern hin.

Ich sehe Jiara angriffslustig an: »Und da mischst du dich ein, weil …?«

»Weil er mein Freund ist?«, entgegnet sie kämpferisch.

Stirnrunzelnd mustere ich sie. Sie ist schön. Anders als die meisten Mädchen, die einen riesigen Haufen Make-up und noch mehr Aufwand benötigen, um begehrenswert zu wirken. Das Bild von ihr, wie sie mit dem Rücken an der sonnenverblichenen Fassade der Trattoria lehnt, brennt sich auf meine Netzhaut, aber das ändert nichts an der Tatsache, dass mich ihre Art wahnsinnig macht. »Seit wann genau? Seit fünf Minuten?«, stoße ich kühl hervor. Das ist nicht fair, aber effektiv. Immerhin kann ich mit einer ganzen gemeinsam verbrachten Kindheit und Jugend aufwarten – sie bloß mit ein paar Sommern.

»Du bist ein Arsch, weißt du das? Ich kann nicht glauben, dass Dario nicht sieht, was für ein Mistkerl du bist«, sagt sie.

»Ach ja?« Ich bleibe lässig vor ihr stehen, während sie mir ganz nah kommt. Dieses Mal will sie mich bestimmt nicht küssen. Sieht eher aus, als würde sie mich schlagen wollen.

Ich spüre ihren warmen Atem auf meiner Haut, bevor sie sich abrupt umdreht und ohne eine Antwort zu geben in den Gastraum davonstolziert.

Jiara

Es ist Abend und die Trattoria bis auf den letzten Platz besetzt. Ich sollte mich auf die Arbeit konzentrieren, aber ich bin einfach nur wütend.

»Das kann nicht dein Ernst sein!« Ich blicke aus der Küche in den Gastraum, wo Milo ein deutlich zu junges Mädchen mit einem naiven Grinsen um den Verstand flirtet, und sehe dann wieder zu Dario, der zwei Pizzen mit Mozzarella bestreut und sie zusammen mit einer Focaccia in den Ofen schiebt.

»Warum nicht? Wir sind seit unserer Kindheit befreundet«, entgegnet Dario mit einem Schulterzucken. Für ihn ist es selbstverständlich, dass Adonis bei uns wohnen wird.

Wie aufs Stichwort sagt er: »Ich bin schon immer seine Anlaufstelle gewesen, und er braucht Hilfe, auch wenn er niemals darum bitten würde. Wir haben genug Platz, also …«

»Aber er benimmt sich wie ein Neandertaler.«

Dario grinst und liest sich die nächste Bestellung durch, die am Klemmbrett hängt. Halb Finale hat sich die Trattoria ausgesucht, um den Abend ausklingen zu lassen. Junge Leute, die in kleinen Gruppen von der Promenade in die Trattoria strömen, sitzen an zusammengeschobenen Tischen und schlagen die Zeit tot, bis sie in die Diskotheken aufbrechen. Die Einheimischen lieben die ursprüngliche Atmosphäre der Trattoria und unterhalten sich wild gestikulierend, während sie sich die traditionellen Gerichte teilen. Ausländische Familien essen mit Blick auf das dunkle Meer, in dem sich der Mond spiegelt, zu Abend und hören ihren Kindern zu, die atemlos von den Abenteuern eines weiteren vergangenen Ferientags erzählen. Die Geräuschkulisse ist enorm, aber ich mag es. Normalerweise. Heute gelingt es mir nicht, mich in den zahlreichen Geschichten zu verlieren, in den Sog aus Geräuschen zu tauchen. Ich weiß, wer mich festhält wie ein perfekter, dunkler Anker.

Wütend starre ich zu Milo, der mir einen amüsierten Blick zuwirft. Er hat hoffentlich nicht vor, das Mädchen abzuschleppen und in Darios Wohnung zu bringen. Ich stelle mir vor, wie es sein wird, die ganze Nacht zu hören, wie es die beiden miteinander treiben. Angewidert pfeffere ich eine Cola-Flasche in den Kühlschrank und knalle die Tür zu. Leider hilft das nicht gegen die Gänsehaut, die sich auf meinem Arm ausbreitet, als ich an seine Hände denke, an seine Bartstoppeln an meinen Lippen und an seinen Atem auf meiner Haut.

»Er spielt nur eine Rolle, weißt du?«, meint Dario.

Seine Stimme reißt mich aus meinen Gedanken, und ich wende mich ihm schuldbewusst zu. Mir ist nicht klar, wie viel ich verpasst habe, weil ich in Gedanken ganz woanders gewesen bin. Klar ist nur, dass er immer noch von Milo redet, dessen Anwesenheit die Haut in meinem Nacken zum Kribbeln bringt.

Dario ist zum Glück zu sehr mit der Zubereitung des Essens beschäftigt, um meine Reaktion zu analysieren. Sein Shirt ist durchgeschwitzt, und der feuchte Stoff klebt an Rücken und Brust. Seine Haare sind dunkel vor Nässe und die Wangen gerötet. Trotzdem wirkt er nicht geschafft, sondern zufrieden und hellwach. Er ist in seinem Element.

Über einen Teller mit Pasta gebeugt, fährt er fort: »Ich gebe zu, dass er das ziemlich überzeugend hinkriegt, aber ich kenne ihn besser. Der Mensch, der sich unter dem ganzen Idiotengehabe verbirgt, ist es wirklich wert.«

Ich sehe ihn zweifelnd an. »Wenn er diese Hohlbirne da in unsere Wohnung schleppt, flippe ich aus.«

Mir ist klar, dass ich mich anhöre wie der Inbegriff einer eifersüchtigen Freundin. Dabei bin ich noch nie eifersüchtig gewesen. Nicht einmal, als Jonas allein mit Pia, der überaus attraktiven Oberzicke aus der Abschlussklasse, nach Dresden gefahren ist, während ich mit einer Grippe im Bett lag. Wieso also sollte ich es jetzt und ausgerechnet wegen Mr Möchtegern-Rockstar sein?

Dario lacht. »Tisch vier ist fertig. Verschwende keine Gefühle an ihn, Sorellina. Er ist mit einem verdammt gutaussehenden Körper gesegnet, einem noch besser aussehenden Gesicht, und ich liebe ihn wie einen Bruder, aber er ist eine echte Katastrophe. Wenn man sich mit ihm abgibt, muss man aufpassen, dass man sich nicht verbrennt.« Er zuckt mit den Achseln und stülpt sich demonstrativ feuerfeste Ofenhandschuhe über. »Er macht, was ihm in den Kopf kommt, und dabei ist es ihm ziemlich egal, was und wen er auf seinem Weg zerstört. Du hast es gehört. Er macht selbst vor einem Porsche nicht halt«, witzelt Dario, und sein leidendes Gesicht, als er an das Schicksal des Autos denkt, bringt mich zum Lachen. Er hatte schon immer ein Faible für Autos, auch wenn er zu sparsam ist, sich selbst mehr als einen Fiat Stilo zu gönnen. »Ich will nichts von ihm, wirklich nicht.« Ganz ehrlich.

»Jonas.« Dario nickt wissend und widmet sich, nachdem er die Pizzen in dem großen Steinofen nach einem geheimen Plan umsortiert hat, den Gnocchi in der Pfanne, die er in Butter und duftendem Salbei schwenkt.

Die Art, wie er Jonas' Namen sagt, gibt mir das Gefühl, als hätte er unsere Beziehung längst abgeschrieben. Es macht mich wütend, dabei bin ich noch nie wütend auf Dario gewesen. Er hat etwas an sich, das es unmöglich macht, sauer auf ihn zu sein. Aber jetzt bin ich es, und ich weiß auch, wer dafür verantwortlich ist. Als ich wieder zu Milos Tisch sehe, ist er fort. Das Mädchen auch. Und ich ignoriere den Stich, den es mir versetzt, dass sie gemeinsam gegangen sind.

Der Sand ist noch warm von der Hitze des Tages, dabei ist die Sonne vor knapp fünf Stunden untergegangen. Es ist fast zwölf, als Dario mir einen Liegestuhl ans Wasser zieht und sich selbst daneben in den Sand plumpsen lässt. Ich lasse feine Sandkörner durch die Hände gleiten. Vor meinen Füßen zieht sich ein breiter Streifen aus Algen, Muschelstücken und feingeschliffenen Glasscherben den Strand entlang. Die Promenade liegt hinter uns. Zum Strand hin ist sie nur begrenzt von einer Reihe Umkleidekabinen und Palmen, die weit in den sternenklaren Nachthimmel ragen. Die am frühen Abend dicht bevölkerte Flaniermeile ist um diese Zeit menschenleer, die Geräusche der Straßenmusiker sind längst verstummt. Die letzten Straßenverkäufer packen ihre Decken mit kitschigen Andenken, Handtaschen und Sonnenbrillen zusammen und zerren ihre überdimensionalen Rucksäcke und Taschen durch die Gassen in Richtung Bahnhof – vorbei an putzbröckelnden Palazzi und dem eingerüsteten Municipio, unter dessen Planen sich Unrat und Müll sammelt.

»War viel los heute. Morgen muss ich zum Großmarkt. Im Kühlschrank kann man ein Echo erzeugen.«

Ich honoriere Darios Witz mit einem schwachen Lächeln, antworte aber nicht. Smalltalk passt nicht zu ihm. Und zu mir passt es noch weniger. Stumm starrt er über das dunkle Meer, das am Horizont gegen ein noch dunkleres Firmament stößt.

»Was ist los?«, frage ich, obwohl ich die Antwort bereits kenne. Milo hat ihn an den Unfall erinnert, an seine Eltern, seinen Bruder und daran, dass er keine Familie mehr hat.

Dario antwortet nicht sofort, was zeigt, wie sehr es in ihm arbeitet. Milo ist es offensichtlich egal, aber er hat Darios wundesten Punkt berührt, um sich selbst vor lästigen Fragen zu schützen. Und anstatt seinen Fehler wiedergutzumachen und sich um seinen Freund zu kümmern, hat Milo ihn mit seinen Gefühlen allein gelassen, um sich mit diesem Flittchen zu amüsieren. Mein Puls beschleunigt sich, und ich rede mir ein, dass es bloß Wut ist. Unwillkürlich presse ich meine Zähne aufeinander.

Dario sieht mich an und runzelt die Stirn und sagt: »Nimm es ihm nicht übel. Er hat nicht darüber nachgedacht, was die Erwähnung eines Autounfalls bei mir auslöst, und mal ehrlich, es ist fünf Jahre her. Ich sollte mich allmählich damit abfinden.«

Er seufzt, und ich beschließe, niemals aufzuhören, Milo für die Traurigkeit in Darios Stimme zu hassen.

Leise sage ich: »Er hätte das nicht sagen sollen.« Hätte Milo nicht, aber er hat es dennoch getan, und jetzt sitze ich hier und lese den Dario-Scherbenhaufen auf, der so tut, als wäre er gar nicht zerbrochen. Ich verstehe nicht, wieso Dario Milo in Schutz nimmt.

Eine ganze Weile sitzen wir nur da, und niemand sagt etwas. Ich mag den Strand in der Nacht. Mein Herzschlag scheint sich dem Rhythmus der Wellen anzupassen. Der Mond verleiht dem Wasser etwas Sanftes. Wie Seide schimmert sein Licht auf der glatten Oberfläche. Am Tag genieße ich das Meer als Möglichkeit, um mich abzukühlen – in der Nacht berührt es meine Seele. Ich bin wirklich eine hoffnungslose Romantikerin. Milo würde sich schamlos darüber lustig machen.

Entnervt stoße ich die Luft aus. Wen interessiert, was Milo Riva dazu zu sagen hat? Wieso geht mir dieses arrogante Lächeln einfach nicht aus dem Kopf? Ich ignoriere das Kribbeln in meinen Eingeweiden und schleudere einen Stein, den ich im Sand ertastet habe, aufs offene Wasser hinaus. Ich bin nie eines der Mädchen gewesen, das wegen eines gutaussehenden Typen kichernd in einer Ecke stand und nicht mehr sie selbst war. Das wird auch Mr Rockstar nicht ändern.

»Du denkst über ihn nach?«, fragt Dario zielsicher.

Ich beiße mir auf die Lippen und frage mich, wie Dario das anstellt. Er sieht mir immer direkt in den Kopf.

»Hm«, brumme ich trotzig und gebe damit mehr preis, als ich mir von einem unverbindlichen Geräusch erhofft habe. Ich lasse einen weiteren Stein über das Wasser fliegen, aber anstatt mehrfach aufzusetzen, versinkt er bei der ersten Berührung im Meer.

»Kann ich mich zu euch setzen?« Wie aus dem Nichts taucht Milo hinter uns auf.

Ich zucke zusammen und beglückwünsche mich innerlich dazu, dass ich nicht ausführlich auf Darios Frage geantwortet habe. Das erspart mir zumindest die Peinlichkeit, dass er uns dabei erwischt, wie wir über ihn reden.

Ohne eine Antwort abzuwarten, lässt er sich in den Sand plumpsen, stößt Dario freundschaftlich gegen den Oberarm und schenkt ihm ein Tausend-Kilowatt-Lächeln. Eine ziemlich dürftige Art der Entschuldigung.

Dario reicht es offenbar. Zwischen ihnen braucht es nur

wenige Worte, was mich eifersüchtig macht. Darios und meine Freundschaft ist etwas Exklusives gewesen, bis Milo hier aufgetaucht ist, und ich wünschte, er würde einfach wieder verschwinden. Alternativ wäre es schön, wenn Dario Milos antrainiertem Charme nicht völlig ohne Widerstand erliegen würde.

In Darios Stimme liegt keine Spur von Ärger, als er wie beiläufig fragt: »Wo hast du deine Eroberung gelassen?«

Auch wenn es mich ärgert, dass Dario ihm einfach vergibt, bin ich froh, dass er diese Frage gestellt hat. Sie hat mir auf der Zunge gelegen, und ich bin mir nicht sicher, ob ich sie auf Dauer hätte herunterschlucken können.

Milo zuckt nur mit den Schultern und meint: »Sie war ziemlich hohl.«

Er lacht. Ein starkes, raues Lachen, das das Flattern in meinem Bauch verstärkt.

»Sie hat ernsthaft gedacht, dass Angus Stone eine Steaksorte ist«, fährt er fort.

Sein Lachen schwillt an. Es ist mitreißend wie eine Naturgewalt. Ich beiße mir auf die Unterlippe, um nicht genau wie Dario mitzulachen, und frage mich, was es über mich aussagt, dass ich ebenfalls keine Ahnung habe, wer oder was Angus Stone ist.

Plötzlich steht Milo auf, zieht sich sein Shirt über den Kopf und klatscht es Dario ins Gesicht. »Kommst du?«

Dario geht nie ins Wasser. Nicht weil er nicht schwimmen kann oder es nicht mag. Ihm ist das Wasser einfach zu kalt, obwohl es hier am Mittelmeer kuschelige dreiundzwanzig Grad warm ist. Jetzt aber rappelt er sich auf und folgt Milo, der bereits die Hälfte der Strecke zum Wasser hinter sich gebracht hat, und streift sein Shirt über den Kopf. Ich kann nicht glauben, dass er seine Ich-geh-nicht-ins-Wasser-Politik einfach aufgibt.

»Jetzt komm schon, alter Mann.« Milos Lachen ist so ansteckend, und bevor ich etwas dagegen tun kann, lache ich ebenfalls. Wenn Adonis seine Überheblichkeit ablegt, ist er so entwaffnend, dass ich erahnen kann, was Dario hinter seiner Fassade sieht.

Milo wirft seine Schuhe hinter sich und zieht sich im Laufen die Jeans aus. Ich halte den Atem an. Das Mondlicht erhellt seinen muskulösen Oberkörper, als er ins Meer watet und von der Kälte überrascht die Arme in die Luft streckt.

»Scheiße, ist das kalt«, ruft er.

Die Dunkelheit der Nacht macht ihn so ehrlich und offen. Es gefällt mir, und das passt mir gar nicht. Es macht ihn gefährlich. Dem Mann, dem Dario unter lautem Gejohle ins Wasser folgt, könnte ich mit Haut und Haaren verfallen, und das steht mit Sicherheit nicht in Jonas' Zehnjahresplan.

Ich schüttele den Kopf und laufe zum Ufer. Mit dem nackten Fuß spritze ich Dario nass, erleichtere ihm die Entscheidung, ob er Milo wirklich in die Fluten folgen soll, und halte mich gleichzeitig davon ab, Adonis anzustarren wie einen Außerirdischen. Dario flüchtet mit einem Kopfsprung ins Wasser und taucht direkt neben Milo auf, um ihn mit wildem Geschrei von den Füßen zu reißen.

Die beiden albern eine Weile wie junge Hunde im Wasser herum. Ich kann sie mir gut als kleine Jungs vorstellen, die ihre Kindheit geteilt haben. Sie sind gemeinsam aufgewachsen. Milo hat uns hier gefunden, weil Dario und er schon als Kinder an derselben Stelle in den Nachthimmel gesehen haben. Vielleicht ist es ihm nicht halb so egal, was er anderen mit seiner Art antut, wie er sich und uns einredet. Er ist hier und nicht bei dem Flittchen aus der Trattoria, wo er definitiv Chancen auf eine heiße Nacht gehabt hätte.

Mir ist bewusst, dass ich mir seinen Charakter gerade schönrede.

Ich schließe die Augen. Für einen Tag habe ich mir definitiv genug Gedanken um einen Mann gemacht, der mich nicht im mindesten interessieren sollte. Ich kehre zu meinem Liegestuhl zurück und lasse mich darauf plumpsen. Der Abend in der Trattoria war anstrengend, und das macht sich jetzt bemerkbar. Ich bin müde und rolle mich auf der Liege zusammen. Mit den Fingern vergraben im warmen Sand, schlafe ich ein und werde dabei von einem Lachen begleitet, das von jetzt an zu dem Soundtrack meines Sommers gehört. Ob ich das will oder nicht.

»Hey, Schlafmütze. Aufwachen!«

Ich blinzle verwirrt. Mir ist kalt, obwohl eine dicke Sweatshirt-Jacke über mich gebreitet ist. Ich kuschle mich enger in den Stoff und sauge den Geruch tief ein.

Ein wohliges Seufzen entfährt mir.

»Komm schon, ich werde langsam zu einem Eisblock.«

Widerwillig drehe ich mich um und blinzle Milo an. Wieso sind wir immer noch am Strand? Was macht er hier? Und wo zum Teufel ist Dario?

»Dario ist schon vor einer Weile reingegangen. Er muss morgen wieder pünktlich raus – sagt er. Was die Trattoria angeht, ist er ein totaler Streber.«

Okay, anscheinend kann wirklich jeder halbwegs intuitive Mann meine Gedanken lesen … Phantastisch. Ich schließe die Augen. Mein Körper zieht mich zurück in den Tiefschlaf, aus dem Milo mich unsanft gerissen hat.

»Hey, nicht wieder einschlafen.«

Er verzieht das Gesicht, was merkwürdig aussieht. Vielleicht liegt es aber auch daran, dass meine Augen vor Müdigkeit nicht in der Lage sind, einen festen Punkt zu fokussieren.

»Ich habe ihm gesagt, dass ich warte, bis du aufwachst, aber es wird langsam echt kalt, also …« Er knufft mich wenig gentlemanlike in die Seite.

Ich brumme. Dass ihm kalt ist, liegt vermutlich daran, dass er außer einem dünnen Shirt und kurzen, noch immer feuchten Shorts nichts trägt – was wiederum daran liegt, dass er mir seine Jacke als Decke überlassen hat.

Bevor ich deswegen allzu dankbar werden kann, rapple ich mich auf. Allmählich verzieht sich der Nebel aus meinem Hirn, und ich spüre, wie mir die Röte in die Wangen steigt. Zum Glück kann Mr Perfect es in der Dunkelheit nicht sehen. Ich habe geschlafen, vermutlich geschnarcht oder sogar gesabbert, während Milo wie ein mittelalterlicher Leibwächter wer weiß wie lange neben mir ausgeharrt hat. Na wunderbar.

Am liebsten würde ich in einem tiefen Loch versinken. Da sich aber keines auftut, fahre ich mir mit der Hand über meinen Nacken. Fühlt sich an, als hätte ich mir im Schlaf das Genick gebrochen. Vorsichtig bewege ich meinen Kopf hin und her, was die Schmerzen kein Stück verbessert.

»Alles klar?«, fragt Milo.

»Natürlich ist alles klar. Was denn sonst?«, knurre ich.

Er grinst, sagt aber nichts. Nur ein amüsiertes Blitzen in seinen dunklen Augen zeigt, dass ihm etwas auf der Zunge liegt.

»Was?«

»Nichts.«

Als wäre das Ganze nicht schon peinlich genug. Ich stöhne innerlich auf.

»Jetzt spuck es schon aus«, sage ich. Er sieht sowieso nicht so aus, als könnte er es lange für sich behalten.

»Es ist nur, Dario hat mich ja vorgewarnt, dass du ziemlich unwirsch werden kannst, wenn man dich weckt. Aber auf das hier«, er macht eine kreisförmige Bewegung mit der Hand, die meine Person in ihrer Gesamtheit umreißt, »hat er mich nicht vorbereitet.«

»Ach ja? Und was genau soll das bitte heißen?«, stoße ich genervt hervor und äffe seine Geste vage nach.

Er tritt näher an mich heran. Seine Haare sind noch feucht, und er sieht, falls das überhaupt möglich ist, noch besser aus als gestern.

»Dass du so störrisch bist wie ein unausgeschlafener Esel.« Er sagt das so sanft, dass sich die Beleidigung anhört wie ein Kompliment.

Ich muss mich darauf konzentrieren, wütend zu sein, was mir wesentlich besser gelänge, wenn ich ihn nicht ansehen würde. Also drehe ich mich um und stapfe durch den tiefen Sand zur Promenade. Von Salzwasser zerfressene Umkleidekabinen stehen mir dabei Spalier. Der Sand in dem schmalen Durchgang, der Meer und Promenade verbindet, ist grobkörnig und knirscht leise unter meinen Füßen. Ich spüre Milos Körper dicht neben meinem, als er aufschließt und versucht, Schritt zu halten.

Den Blick stur auf den Boden gerichtet, versuche ich, das Chaos in meinem Inneren zu sortieren. Seine Nähe macht das nicht einfacher. Die Straßen, in denen am Tage das Leben pulsiert wie auf einem Ameisenhügel zur Hauptverkehrszeit, liegen leer und verlassen da. Auf dem großen Parkplatz der Piazza steht nur ein halbhoher Kastenwagen, so dass die hohen Torbögen der Arkaden Schatten auf das von Straßenlaternen erhellte Kopfsteinpflaster werfen.

Ich will die Schönheit nicht sehen, sondern lieber wütend sein, als ich die Promenade überquere und auf die schmale Strada Lungomare zusteuere. Vielleicht weil es sich sicherer anfühlt als zuzugeben, wie nett und absolut süß es ist, dass Milo meinen Schlaf bewacht hat – auch wenn es wohl nur Darios Wunsch war.

Ein Hupen reißt mich aus meinen Gedanken. Ich spüre,

wie Milo meinen Arm packt und mich mit einem Ruck zurückreißt, während nur Millimeter vor mir eine Vespa über die Straße brettert. Der Fahrer brüllt wüste Beschimpfungen in meine Richtung, die er mit wilden Gesten unterstreicht. Ich wundere mich, dass er dabei nicht von seiner Vespa fällt, bevor mit einigen Sekunden Verzögerung die Erkenntnis zu mir durchsickert, dass es ein ebenso großes Wunder ist, dass ich die Aktion überlebt oder zumindest ohne schwere Blessuren überstanden habe.

Ein einmeterfünfundachtzig großes Wunder. Milo. Ich starre auf seine Hand, die noch immer meinen Arm umklammert. Mein Puls beginnt zu rasen, und meine Knie drohen nachzugeben.

»Bist du wahnsinnig?« Milo ist genauso blass um die Nase wie ich.

Ich werde mir niemals die Blöße geben zuzugeben, dass ich so tollpatschig bin, dass man mich nicht einmal allein über eine Straße gehen lassen kann.

»Bin ich etwa schuld, wenn der blöde Mistkerl bei einem Zebrastreifen nicht anhält?« Ich entziehe ihm brüsk meinen Arm und deute auf die verblichenen weißen Streifen am Boden.

»Wir sind in Italien.«

Er sagt das so, als wäre diese Aussage eine ausreichende Erklärung für geplanten Touristenmord durch Fahrer frisierter Vespas. Ja, ich weiß, dass er recht hat und in Italien die Zebrastreifen maximal zur Verschönerung des Asphalts dienen, aber trotzdem.

Ich drehe mich um, doch bevor ich losgehen kann, schiebt Milo seine Hand wie selbstverständlich in meine.

»Nicht, dass der Nächste zielsicherer ist.« Er grinst schief.

Ich will protestieren, aber das ist unmöglich. Dieser Blick aus seinen warmen braunen Augen, die Tatsache, dass die Haut seines Unterarms meine berührt und wie er seine Finger mit meinen verschränkt, erstickt jeden aufkeimenden Protest. Mein Puls galoppiert, und ich bin mir ziemlich sicher, dass das nicht allein auf den Schreck zurückzuführen ist.

Schweigend folge ich ihm über die Strada Lungomare, die direkt am Strand entlangführt, bis in Darios Wohnung über der Trattoria.

»Du siehst blass aus.« Milo runzelt besorgt die Stirn und streicht mir eine Haarsträhne aus dem Gesicht.

Langsam wird das Ganze peinlich. Er tut ja fast so, als hätte ich einen hysterischen Zusammenbruch. Ich möchte ihn auslachen, aber heraus kommt nur ein gequetschtes Fiepen.

»Du klappst mir jetzt aber nicht zusammen, oder so was?«, fragt er, während er geschäftig herumläuft und in Darios kleiner Küche Dinge konfus und planlos von A nach B räumt.

Es fällt mir schwer, den ernsten Gesichtsausdruck, den er dabei auflegt, mit tatsächlicher Besorgnis zu erklären. Wahrscheinlich hat er einfach keine Lust, Dario zu erklären, warum ich einen Kollaps erlitten habe, nachdem er uns nur ein paar Stunden allein gelassen hat.

Ich kichere leise vor mich hin.

»Hey?« Sanft streicht er an meiner Wange entlang und zwingt mich, ihn anzusehen. »Alles o.k.?«

»Klar«, erwidere ich zittrig und füge mit einem leicht hysterischen Unterton hinzu. »Ich habe nur gerade festgestellt, dass Jonas und der komplette Rest der Welt recht haben. Auf mich allein gestellt, werde ich meinen fünfundzwanzigsten Geburtstag wohl nicht erleben.« Ich zucke hilflos mit den Schultern und breche ab.

Es ist unnötig zu erklären, was mit mir nicht stimmt. Immerhin hat Milo gerade einer beeindruckenden Darstellung meines Unvermögens beiwohnen dürfen. Mir treten Tränen in die Augen. Ich bin einfach fertig. Die verfahrene Situation mit Jonas holt mich immer wieder ein, sonst würde mich das hier vermutlich alles gar nicht so mitnehmen. Es ist kompliziert, ich bin allein nicht lebensfähig, obwohl ich den ganzen Sommer versucht habe, mir etwas anderes einzureden, und Mr Rockstar, der mir Haare aus der Stirn streicht und meine Knie weich werden lässt, entkompliziert das Ganze nicht gerade.

»Das hätte jedem passieren können. Ist wirklich kein Grund durchzudrehen.«

Jedem? Ihm bestimmt nicht. Ich glaube Milo kein Wort. Keine Sekunde lang. Trotzig erwidere ich: »Ich drehe nicht durch.« Dann dränge ich die aufsteigenden Tränen weg.

»Wir sollten schlafen gehen.« Wieder nimmt er meine Hand. Er scheint keinen Gedanken daran zu verschwenden, dass ich etwas dagegen haben könnte. Ein leises Prickeln strömt von meinen Fingern, die fest mit seinen verschlungen sind, durch meinen Körper und breitet sich in mir aus. Es gelingt mir kaum noch, die Augen aufzuhalten, als Milo mich hinter sich her in mein Zimmer zieht, mich ins Bett verfrachtet und die leichte Decke über mir ausbreitet. Dann löscht er das Licht, und bevor er das Zimmer verlassen kann, bin ich bereits tief und fest eingeschlafen.

Stunden später werde ich durch ein leises Rumoren in der Küche geweckt. Blinzelnd drehe ich den Wecker zu mir. Es ist gerade sechs Uhr morgens. Dario hantiert mit Sicherheit nicht in der Küche herum. Wenn er kocht, dann nur in der Trattoria, die für ihn viel mehr Lebensmittelpunkt ist als seine eigene Wohnung, und außerdem wollte er heute zum Großmarkt fahren. Er ist mit Sicherheit schon los und auf halbem Weg nach Savona.

Milo! Der Gedanke an den Beinahe-Zusammenstoß mit der Vespa, mein anschließend hysterisches Gefiepe und die Art, mit der er mich angesehen hat, lassen mich peinlich berührt aufstöhnen.

Ein zweiflügeliges, hohes Fenster lässt den Sommer durch die meterdicken Wände des alten Hauses in das Gästezimmer. Mein Blick streift die weiße Kommode, die einen wuchtigen, alten Schrank flankiert. Das antike Eisenbett quietscht leise, als ich mich umdrehe. Ich starre auf das in der Morgendämmerung gräulich wirkende Meer, als könnte das die Peinlichkeit des gestrigen Tages mindern. Einige Möwen schwingen sich kreischend in den Dunst empor, der einen heißen Tag verspricht.

Ich höre, wie Milo barfuß über den Flur tappt und wenig später das Wasser der Dusche angeht. Ich schließe wieder die Augen. Allein die Vorstellung, wie die Wassertropfen auf seiner Haut zerplatzen, wie sich der feine Wassernebel in seinen Bartstoppeln fängt, lässt mich erschaudern. Warum gelingt es mir nicht, an etwas anderes zu denken?

Das Rauschen der Wellen ist zum Beispiel sehr beruhigend. Die langsam erwachende Stadt mit ihren ganz eigenen Geräuschen hilft mir sonst immer, mich abzulenken. Heute gelingt es mir nicht, das Flattern in meinem Bauch abzutöten. Er hat die halbe Nacht mit mir verbracht, ohne dass irgendetwas passiert ist. Er hat mich fast geküsst, aber eben nur fast. Er scheint verdammt gut darin zu sein, nichts zu tun und dabei alles passieren zu lassen.

Ich sollte noch etwas schlafen. Nicht nur, um ihn endlich aus meinem Kopf zu verscheuchen. Noch immer fühlt sich mein Gehirn an wie mit Watte gefüllt. Ein eindeutiger Vorbote einer Kopfschmerzattacke, und ich weiß, was – oder besser – wer sie verursacht.

Die Dusche ist abgestellt worden. Milo verlässt das Bad, rumort noch einige Zeit in seinem Zimmer, bevor er die Wohnung verlässt. Wahrscheinlich hat er traumlos wie ein Baby geschlafen, ist nach gerade einmal drei Stunden Schlaf ausgeruht und sieht wie immer blendend aus.

Prustend stoße ich die Luft aus. An Schlaf ist nicht mehr zu denken. Wie auch, mit Mr Perfect in meinem Kopf. Mit vorgetäuschtem Elan schwinge ich die Beine über die Bettkante. Der Spiegel auf der Kommode zeigt ein geisterhaft weißes Gesicht, zerstrubbeltes, glanzloses Haar und tiefe Augenringe. Obwohl mir schwindelig ist, muss ich etwas gegen diese Katastrophe unternehmen. Mit kraftvollen Strichen bürste ich mein Haar und schlinge es zu einem losen Zopf am Hinterkopf zusammen. Dann schmiere ich mir Concealer auf die dunklen Stellen unter den Augen und versuche, meine Augen durch Wimperntusche ausdrucksstärker zu machen, damit sie vom katastrophalen Rest ablenken. Warum hat er meine Hand genommen? Ich streife ein Spaghettiträgertop über und schlüpfe in meine eng anliegenden kurzen Jeans. Die machen laut Dario einen unwiderstehlichen Po. Warum ich dann diese Hose auswähle, will ich gar nicht genauer analysieren. Trotzig entscheide ich mich dagegen, auch noch Lipgloss aufzutragen, und überprüfe mein Spiegelbild erneut. Nicht gerade oscarverdächtig, aber immerhin besser als vorher. Außerdem will ich nur frühstücken. Ich fahre mir über die Stirn, die sich heiß und fiebrig anfühlt, und tapse auf bloßen Füßen über den Flur zur Küche.

Zettel stapeln sich auf dem großen, runden Küchentisch und auf der Arbeitsplatte liegen zwei ordentlich gefaltete Stapel Wäsche. Unter einem Wust an Post, Schlüsseln und mehreren Sweatshirt-Jacken verbirgt sich ein Gasherd, der wahrscheinlich noch nie benutzt wurde. Andere Menschen haben ein Ankleidezimmer, Dario missbraucht seine Küche dafür. Er lebt und kocht eine Etage tiefer. Ich verstehe nicht, wieso er die Wohnung wegen der Erinnerungen an seine Familie meidet, die Trattoria aber vergöttert, obwohl seine Familie mindestens ebenso viel Zeit hier wie dort verbracht hat. Wenn es möglich wäre, würde er sein Bett auch noch nach unten verfrachten, um die erste Etage des Hauses nie wieder betreten zu müssen.

Der leise Klang einer Gitarre dringt bis in die Wohnung und unterbricht meine Gedanken sowie den lahmen Versuch, an etwas anderes zu denken als an Mr Rockstar. Das kann nur Milo sein, der da unten spielt. Wer sonst würde um sechs Uhr morgens Musik machen anstatt zu schlafen?

Er entlockt den Saiten seiner Gitarre eine traurige, fast hypnotische Melodie. Ich lehne mich gegen den Türrahmen der Küche und verschnaufe unschlüssig. Ich fühle mich wirklich schlecht, und ich bin mir sicher, dass Milos Musik mehr dabei helfen wird, diesen Umstand zu ändern, als eines der Croissants, die Dario bei einem französischen Bäcker um die Ecke gekauft und wie jeden Morgen in die Küche gelegt hat. Also beschließe ich, das Frühstück auf unbestimmte Zeit zu verschieben, und schleiche leise zur Treppe. Ich will ihn nicht stören und damit riskieren, dass er aufhört zu spielen. Vom obersten Absatz aus kann ich ihn sehen.

Er sitzt auf der Kante eines Tisches mit dem Rücken zu mir. Fast scheint es, als wäre er auf dem Sprung, als könnte er sich nicht entscheiden, ob er die Musik liebt oder lieber vor ihr davonlaufen soll. Die Melodie schwillt an, verliert sich in plötzlicher Stille, nur um dann wieder einzusetzen und mich wie eine Welle von den Füßen zu reißen.

Ich lasse mich auf die Stufen sinken und halte den Atem

an, als sich seine Stimme unter die Töne mischt. Erst leise, dann passt er sich der Gitarre nach und nach an, bis die Musik und seine Stimme in perfekter Harmonie dahinfließen.

Es ist, als würde die Musik seine Seele zeigen. Bis jetzt habe ich nicht angenommen, dass er überhaupt so etwas wie eine Seele besitzt. Er ist gut darin, diese Seite zu verbergen.

Ein Lächeln huscht über mein Gesicht. Ich bin nicht darauf vorbereitet, ihn singen zu hören, ich bin nicht darauf vorbereitet, wie sehr ich auf ihn reagiere. Ich bin auf nichts davon vorbereitet.

Leise schleiche ich zurück in die Wohnung, während Milos Musik den Sonnenaufgang über dem weiten Mittelmeer begleitet.

Ich forme ein Herz aus den Seiten meines Taschenbuches, während mein Computer über Skype die Verbindung zu Kathi aufbaut. Sekunden später erscheint ihr Wuschelkopf auf dem Bildschirm.

»Du hast schon wieder eine neue Frisur«, stelle ich fest und versuche, keine Wertung in meine Worte zu legen. Pinke Strähnen türmen sich mit dem Rest ihrer beeindruckend üppigen Haarpracht in einem geordneten Chaos auf dem Kopf auf. Das sind zu viele Haare für einen so zierlichen Menschen, und ich bin mir nicht sicher, ob man das noch durch knallige Strähnen unterstreichen sollte.

»Sieht geil aus, oder?« Sie dreht und wendet sich vor der

Kamera ihres PCs, so dass der Rechner vollkommen überfordert das Bild grobpixelig anhält, bevor er es wieder scharfstellt.

»Es hat eine gewisse Aussagekraft«, bemerke ich vorsichtig.

»Du hasst es.« Sie lacht und zieht sich die Bluse über den Kopf, die wie der biedere Rock überhaupt nicht zu Kathi passt. Bis heute verstehe ich nicht, wie es sie in den staubtrockenen Beruf einer Versicherungsangestellten verschlagen konnte, und noch weniger verstehe ich, dass sie darin aufgeht. So was kann gar keinen Spaß bringen.

Zum Glück brauche ich ihr nichts vorzumachen. Nicht, wenn es um ihre Haarfarbe geht, und auch nicht, was ihre Berufswahl angeht. Es erschüttert sie nicht im Geringsten, was andere Leute von ihr denken. Manchmal wünschte ich, ich wäre etwas mehr wie sie. Vielleicht würde es mir leichterfallen, meinen Weg zu finden, wenn mir egal wäre, in welche Richtung meine Mutter mich drängen will. Bis jetzt hatten die Entscheidungen in meinem Leben nie etwas mit mir und meinen Wünschen zu tun. Es war meine Ma, die darauf bestand, dass ich etwas Medizinisches studiere. Es war mein komplettes Umfeld, das mir immer wieder sagte, dass Jonas und ich zusammengehören. Es war so viel einfacher zuzustimmen, als das Risiko eines eigenen Wegs einzugehen und mich damit auf einen Kampf mit meiner Ma einzulassen. Kathi würde sagen, dass andere nur deswegen so viel Macht über mein Leben haben, weil ich es zulasse. Sie hat recht, aber sobald meine Mutter ihren

Ich-organisiere-mal-das-Leben-meiner-Tochter-Blick aufsetzt, bin ich absolut hilflos.

»Was gibt es Neues an der Mittelmeerfront?«

Kathis Stimme reißt mich aus den Gedanken. Sie wirft sich einen Sweater über und setzt sich im Schneidersitz auf den Schreibtischstuhl. Über der Rückenlehne hängen verschiedene Stoffe. Sie schnappt sich einen pinken mit kleinen Kronen darauf und hält ihn mit prüfendem Blick auf einen marineblauen Mützenrohling.

»Nicht viel.« Ich sehe ihr eine Weile schweigsam zu und deute dann auf den Bildschirm. »Der grüne mit den Fliegenpilzen passt gut.«

Sie probiert die Kombination aus und nickt, bevor sie sich einen neuen Rohling schnappt und die Prozedur wiederholt. Ich habe selbst drei Beanies aus Kathis Kollektion, die sie zum Großteil online, aber auch an allerlei Bekannte verkauft. Ich finde, sie sollte hauptberuflich Köpfe verschönern, anstatt zwischen Aktenbergen zu versauern.

»Was heißt nicht viel? Du lebst mitten unter knackigen Italienern und hast mir nichts zu erzählen?«

»Du hast doch einen Freund«, lenke ich ab.

Sie winkt ab. »Michel hat mal wieder Schluss gemacht. Er meinte, ich wäre einfach zu kompliziert.«

Nur das resignierte Seufzen zeigt, wie sehr sie die Trennung und Michels Aussage treffen. Kathi sucht seit dem Kindergarten nach der großen Liebe. Ich weiß, dass sie mich beneidet, weil Jonas schon immer Teil meines Lebens ist. Meine große Liebe war immer für mich da und wird nicht verschwinden wie all die Typen, die sie ständig verarschen.

»Die einzige Neuigkeit ist, dass Darios bester Freund gestern hier angekommen ist und für eine Weile bei uns wohnen wird.« Eine verdammt schwerwiegende Neuigkeit.

Sie setzt sich aufrecht hin und entlockt mir mit ihrem plötzlich erwachten Interesse ein Lachen.

»Ich will Informationen.« Sie runzelt ihre Stirn und sieht mich erwartungsvoll an.

Ich reagiere nicht.

»Jetzt spann mich doch nicht so auf die Folter, verflucht, Jiara!« Sie bläst die Backen auf und lässt die Luft langsam und geräuschvoll entweichen.

»Keine Ahnung. Was willst du denn wissen?«

»Na, das Wesentliche.«

Das Wesentliche ist bei Kathi der Härtegrad des Waschbrettbauchs und die Form seiner Hände. Kathi steht auf Hände, und sie fällt immer auf dieselben Männer herein: Waschbrettbauch, schöne Hände und dunkler Charakter. »Er sieht aus wie Michelangelos David und benimmt sich wie ein Neandertaler.« Ich zucke mit den Schultern. »Ich kann ihn nicht einschätzen.«

»Du wirst rot.« Sie rückt näher an den Bildschirm. »Wirst du gerade rot? Ich darf dich daran erinnern, dass du ein Bild von einem Mann hier zu Hause hast?«

»Ich weiß.« Ich war immer froh, ihr nichts verschweigen zu müssen. Jetzt tue ich es. Ich sage nichts von dem, was Milo in mir auslöst, nichts von seiner Art, die mir die Sprache verschlägt, oder davon, dass er in meinem Kopf festhängt wie ein Sommerhit auf Dauerschleife.

»Jonas vermisst dich. Wir haben uns neulich alle im Kino getroffen. Er sah echt mitleiderregend aus und hat die ganze Zeit erzählt, wie sehr er dich liebt.« Sie verzieht angewidert das Gesicht, aber ich höre den Wunsch zwischen den Zeilen, dass sie genauso einen Mann will, der sie verehrt. Mich katapultiert es eher in eine Abwehrhaltung und wenn sie das mitbekommt, ist mir ein Kreuzverhör sicher, also erwidere ich eilig: »Es ist nur so, dass ich gestern Abend fast von einer Vespa plattgefahren wurde. War echt peinlich. Ich verdanke ihm wohl, dass ich nicht im Profil eines Reifens stecke. Das ist alles.«

Ich weiß, dass ich lüge. Ich kann mich nicht daran erinnern, dass ich Kathi jemals angelogen hätte, und schon gar nicht wegen eines Mannes. Es gab immer nur Jonas, und der hat mir nie einen Grund geliefert, der mich zu einer Lüge gezwungen hätte.

»Du bist so ein Tollpatsch.« Sie lächelt nachsichtig. Sie als meine beste Freundin weiß natürlich, wie lebensunfähig ich bin. Das ist wie eine sich selbsterfüllende Prophezeiung, die sich durch mein Leben zieht, wie ein tiefroter Faden. Ich werde mich sicher irgendwann aus Versehen selbst umbringen, einfach weil die Welt genau das von mir erwartet.

»Er hat dich also gerettet. Und was noch?«

Sie spürt genau, dass da noch mehr ist. Natürlich, sie kennt mich zu gut.

Ich beiße auf meiner Unterlippe herum. »Keine Ahnung,

sein Monsterego passt kaum durch die Tür, und er geht mir ziemlich auf die Nerven, weil er mitten in der Nacht Gitarre spielt und kein Mensch mehr schlafen kann.«

Ich seufze und fahre mir durch die zerzausten Haare. Kathi lacht.

»Das ist nicht lustig.«

»Nicht?« Kathi schiebt sich einen Schokoriegel zwischen die Zähne und erwidert kauend: »Ein eigener Hausmusiker ist doch super. Frag ihn mal, ob er noch Freunde hat. Bestenfalls etwas weniger Neandertaler und mehr Michelangelo. Ich muss jetzt die Nähmaschine anschmeißen, Süße, sonst werde ich heute nicht mehr mit den Bestellungen fertig.« Sie drückt ihre Lippen auf die Kamera, so dass ich sekundenlang nichts als rosige Haut sehe. »Wir hören uns! Ich hab dich lieb.«

Ich nicke. »Ich hab dich auch lieb«, murmle ich und kämpfe mit einem fiesen Anflug von Heimweh. Nicht nach Hamburg. Besorgniserregenderweise auch nicht nach Jonas, sondern nur nach Kathi. Nach dem knapp einssechzig großen tornadoähnlichen Mädchen, das mich so verlässlich mitreißt, wie sonst nichts.

Milo

Die Vorhöllentemperaturen der Küche holen mich fast von den Füßen, als ich die Tür zu Darios Reich öffne. Erinnert an einen feuchten heißaromatischen Schlag mitten ins Gesicht.

Routiniert hantiert Dario mit Pfannen, Töpfen und Lebensmitteln herum – eine gut einstudierte Choreographie, die er sich in den letzten Jahren erarbeitet hat, um selbst bei vollem Haus nicht im Chaos zu versinken.

»Was tust du hier?« Er sieht mich kurz an und dreht sich dann um die eigene Achse, um irgendwelches Grünzeugs aus einer Plastikbox zu angeln und über dem Fleisch in der Pfanne zu verteilen. Riecht gut, auch wenn ich keinen Schimmer habe, was es ist.

»Buße«, erwidere ich zerknirscht und quetsche mich zwischen Ofen und Spülmaschine, um dem Berg an benutztem Geschirr zu Leibe zu rücken.

Dario hält inne. Ich sehe, dass er etwas sagen will. Vermutlich irgendetwas, dass mir verdeutlicht, wie absolut unnötig es ist, dass ich ihm in der Küche helfe, nur weil mein

Mund mal wieder schneller war als mein Hirn, aber ich lasse ihn nicht zu Wort kommen.

»Du hast sie mir nie vorgestellt.« Ich vermeide es, ihn anzusehen, und sortiere stattdessen lieber Teller in den Geschirrkorb.

Dario schnaubt belustigt aus. »Sie ist keines der Mädchen, die Typen wie dich anhimmeln. Dachte also nicht, dass sie in dein Beuteschema passt.«

Auch wenn ich keine Namen genannt habe, war ihm sofort klar, dass ich von Jiara rede. Ihm ist also aufgefallen, dass ich auf sie reagiere. *Ganz toll.*

»Sie sieht gut aus, was soll ich machen …«, bringe ich zerknirscht hervor, als wäre ich im Allgemeinen machtlos gegen hübsche Frauen, was nicht stimmt. Ich wuchte das Geschirr in den Industriespüler und zucke mit den Schultern, bevor ich das kurze Intensivwaschprogramm starte. Der Geruch von Spülmittel und Wasserdampf vermischt sich mit den Aromen des Essens und katapultiert mich in meine Jugend zurück. Pa ist ausgerastet, weil Giovanna und Pio, Darios Eltern, mich bei meiner Musik unterstützt haben. Pio hat Darios Bruder Flavio seinen Wagen geliehen und mich in der Küche arbeiten lassen, damit ich das Benzin bezahlen konnte, das wir verfahren haben, damit ich in irgendeiner kleinen Kaschemme spielen konnte. Meistens vor weniger als einer Handvoll Leuten, weil ich aufgrund meines Alters viel zu früh aufgetreten bin, um ein ernsthaft interessiertes Publikum anzutreffen. Trotzdem hat mir die Unterstützung alles bedeutet, Dario und seine

Familie haben mir alles bedeutet. Diese Küche erzeugt ein warmes Gefühl in meiner Brust, und das nicht nur, weil es brüllend heiß ist.

»Erinnerungen?« Dario stößt mich an und grinst so, als würde er sich an dieselben Dinge erinnern wie ich.

»Nur gute«, antworte ich. »Aber ich habe es nicht so verdammt heiß in Erinnerung«, füge ich mit einem theatralischen Zupfen an meinem Shirt hinzu, das an mir klebt wie eine zweite Haut.

»Du alter Jammerlappen«, feixt Dario und knallt mir das Geschirrtuch gegen die Brust, das er schnell aus dem Bund seiner Kochschürze gezogen hat. »Manche Dinge ändern sich nie.«

Womit er recht hat. Ich habe mich nicht verändert und bin noch derselbe egoistische Hornochse wie früher.

»Tut mir leid wegen gestern«, bricht es unvermittelt aus mir heraus. Ich bin kein Typ, der sich entschuldigt. Weil mir wenig wirklich leidtut und weil ich grundsätzlich nicht gut darin bin.

Dario mustert mich eingehend und nickt dann. Es zeigt, dass er mir eh schon verziehen hat.

Ich bin heilfroh, dass die Spülmaschine hinter mir piept und mir eine Aufgabe gibt. Im gleichen Moment fegt Jiara mit einem Schwall frischer Luft in die Küche, und mein Körper reagiert auf sie, als hätte jemand pure House Musik aufgedreht. Ich mag die Musikrichtung nicht, aber setze ich mich den hämmernden Beats aus, reagiert mein Körper auf den Rhythmus, ohne dass ich mich dagegen wehren kann.

Sie steckt in einer engen Jeans und einem taillierten Top. Es ist absolut nichts Besonderes an diesem Outfit – außer der Tatsache, dass Jiara in den Klamotten steckt. Sie schnappt sich die Bestellung und verschwindet wieder, ohne mich eines Blickes zu würdigen. Ich begreife nicht, wieso mich das stört, wieso es mir lieber wäre, wenn sie zu schätzen wüsste, dass ich mich gerade zu Tode schwitze, um meinen Fehler von gestern wiedergutzumachen. Ich verdrehe die Augen und wende mich dem Geschirrberg zu, während Dario hinter mir leise gluckst. Es scheint ihn prächtig zu amüsieren, dass Jiara mich abweist, während ihre Art nicht nur an meinem Ego kratzt, sondern vor allem an meiner Beherrschung.

Jiara

Milo wohnt seit zwei Wochen mit uns in Darios Wohnung, aber noch immer bringt es mich aus der Fassung, wenn ich morgens in die Küche komme und nicht wie gewohnt allein an dem runden Tisch zwischen Bergen von Kleidung und Krimskrams sitze. Er ist grundsätzlich vor mir wach und geht fast immer nach mir ins Bett. Ich frage mich langsam, ob er überhaupt schläft, wobei die Antwort auf die Frage, wieso mich das überhaupt kümmert, wesentlich interessanter wäre.

Fast jeden Morgen wache ich zum Klang seiner Gitarre auf. Und ja, ich muss zugeben, ich mag es, wenn seine Musik den Anfang meines Tages begleitet. Wenn ich dann in die Küche komme, sitzt er bereits am Tisch und tunkt Croissants in eine riesige Tasse Milchkaffee.

Heute reicht er mir mit einem geistesabwesenden Lächeln den Brotkorb herüber und wartet, bis ich alle Croissants begutachtet und mir das Schönste ausgesucht habe. Noch immer sieht er mich nicht an. Er stellt den Korb zurück auf den Tisch. »Dachte schon, du müsstest die Croissants noch probieren, bevor du dich entscheiden kannst«, brummt er.

Ich antworte nicht. Ich habe keine Lust, mich schon am frühen Morgen mit ihm zu streiten, und beiße stattdessen in mein Croissant und versenke meine Nase in einem überaus blutigen Thriller.

»Kommst du heute Abend auch?«, fragt Milo, und ich lasse das Buch sinken. Ist das sein Ernst? Ich zwinge mich dazu, meinen Blick von den goldenen Härchen auf seinem Unterarm loszureißen. Die Launen dieses Typen wechseln schneller als die Ampelphasen zur Hauptverkehrszeit. Kauend frage ich: »Wohin?«

»Dario begleitet mich heute zu einem Auftritt nach Alassio in einer kleinen Bar.« Er sieht von seiner Zeitung auf. »Ich brauche noch ein Groupie, das mich anhimmelt.« Er grinst verschmitzt.

»Und da denkst du ausgerechnet an mich?« Ich frage mich, ob er darauf steht, sich einen Korb zu holen.

»Eigentlich dachte ich an Dario, aber wenn du darauf bestehst, darfst du gern mitkreischen.«

Das Klingeln meines Handys erlöst mich von seinem selbstsicheren Grinsen, das mir ärgerlicherweise ein Kribbeln durch die Eingeweide jagt.

»Jonas.« Ich flöte etwas zu übertrieben ins Telefon, während ich bedeutungsvoll die Schultern zucke und mit den Lippen die Worte »mein Freund« forme.

Unbeteiligt widmet sich Milo wieder der Tageszeitung, während ich den Rückzug in mein Zimmer antrete.

Habe ich gerade wirklich versucht, einen Typen, den ich kaum kenne, mit meinem zukünftigen Mann eifersüchtig zu machen?

»Wie geht es dir, meine Süße?«, fragt Jonas liebevoll.

Seine Frage treibt mir die Tränen in die Augen. Ich kann ihm wohl kaum erzählen, dass Mr Perfect in der Küche sitzt und mich fast um den Verstand bringt. Ich schäme mich für die Art und Weise, mit der ich Milo seit Tagen innerlich anhimmle, obwohl Jonas zu Hause auf mich wartet. Wieso benehme ich mich so? Das hat Jonas nicht verdient, egal wie unsicher ich mir in Bezug auf unsere Beziehung derzeit bin. Er liebt mich, und ich liebe ihn – irgendwie.

»Ich vermisse dich«, beeile ich mich zu sagen.

Im Hintergrund klappert eine Computertastatur. »Ich dich auch.«

Er ist nicht bei der Sache. Das ist in letzter Zeit zu oft so.

»Was gibt es?«, frage ich leicht eingeschnappt.

»Brauche ich einen Grund, um mit dir zu reden?« Jonas klingt irritiert. Das Tastaturgeklapper verstummt.

»Nein, natürlich nicht«, beeile ich mich zu sagen und füge hastig hinzu, »Ich dachte nur … du bist bei der Arbeit und hast sicher viel zu tun?«

Ich kann förmlich sehen, wie Jonas sich in seinem Drehstuhl zurücklehnt und die Unterlippe vorschiebt, wie er es immer tut, wenn er sich auf etwas keinen Reim machen kann. Früher fand ich diesen Ausdruck sexy.

»Wimmelst du mich gerade ab?«, fragt er hellhörig.

Meistens bekommt er nicht viel außerhalb seiner Berechnungen und Zahlen mit, aber ausgerechnet das muss ihm auffallen. Ich seufze leise. »Nein, natürlich nicht. Entschuldige, hört sich nur an, als hättest du eine Menge zu tun, und ich habe ziemliche Kopfschmerzen.« Ich reibe mir über die Stirn und frage mich, wieso es sich so falsch anfühlt, mich zu entschuldigen.

»Das tut mir leid. Ich weiß, dass du bis tief in die Nacht arbeitest, aber wenn ich nicht morgens kurz anrufe, bevor hier das Chaos ausbricht …« Er führt den Satz nicht zu Ende.

Ich weiß, dass wir uns dann gar nicht sprechen würden, und unterdrücke das Gefühl, dass mir das derzeit wahrscheinlich lieber wäre.

Milo erscheint in der Tür zu meinem Zimmer und klopft mit einer lässigen Geste an den Holzrahmen. »Kommst du jetzt heute Abend mit, oder nicht?«

»Ich telefoniere.«

»Sehe ich.« Er scheint nicht beeindruckt und erst recht nicht gewillt zu verschwinden.

Jonas zieht am anderen Ende der Leitung scharf den Atem ein. »Kopfschmerzen, ja? Hören sich ziemlich nach Latinlover an, deine Kopfschmerzen.«

»Mach dich nicht lächerlich.« Ich versuche, so entrüstet zu klingen, dass ich mir selbst glauben kann. Seitdem Kathi und Jonas vorletzten Sommer mit mir einen Teil der Ferien hier verbracht haben, ist es mit Jonas' Ruhe in Bezug auf italienische Männer vorbei. Darios Aussehen hat seinem Selbstbewusstsein übel mitgespielt. Wenn er wüsste, dass

Milo um Längen attraktiver ist als Dario ... ich will gar nicht dran denken. Mit einer lahmen Geste versuche ich, Milo zu verscheuchen, aber der sieht mich nur belustigt an. Er trägt ein enges blassblaues Shirt, das seine muskulöse Brust umspannt, und er riecht nach Sonnencreme und Kaffee. Ganz im Gegensatz zum Geschmack von Kaffee mag ich den Geruch sehr. Ich muss damit aufhören.

»Schon mal was von Privatsphäre gehört?«, fahre ich ihn an und durchbohre ihn mit meinem Blick, was ein amüsiertes Blitzen in seinem zur Folge hat.

»Ich will nur wissen, ob du mitkommst.« Er tritt ganz nah an mich heran und berührt mich leicht am Oberarm. Er macht das mit einer derartigen Selbstverständlichkeit, dass es mich komplett aus der Bahn wirft. Ich bin mir nicht sicher, ob meine Stimme funktionieren wird.

»Vielleicht.« Ich will nicht auf ihn reagieren. Allein schon, um Jonas keinen Grund zu geben, mich ins Kreuzverhör zu nehmen. Die Rolle des eifersüchtigen Freunds passt nicht zu ihm. Und dass ich der Grund dafür bin, passt nicht zu mir.

»Ist ja sonst nichts los«, füge ich lahm hinzu. Die Trattoria hat heute ihren Ruhetag, und mir fällt keine Ausrede ein, um Milo endlich zu vertreiben, ohne zuzustimmen.

»Also kommst du?«

Mir ist nicht klar, wie es ihm gelungen ist, aber er hat sich so vor mir positioniert, dass ich zwischen seinen muskulösen Armen und der Wand eingeklemmt bin.

Nervös fahre ich mir durch die Haare. Jonas ist noch immer am anderen Ende der Leitung und hört jedes Wort mit. Er kann vielleicht den Inhalt der Unterhaltung nicht verstehen, weil er kein Italienisch spricht, aber meine Reaktion auf Milo bekommt er dafür umso deutlicher mit. So gleichgültig wie möglich erwidere ich: »Von mir aus.«

»Gut.« Zufrieden stößt Milo sich von der Wand ab und schlendert zurück in die Küche. Ich starre ihm hinterher und lasse mich an der Wand hinabgleiten, während ich geräuschvoll ausatme. Jede Zelle in mir vibriert.

Jonas' Stimme an meinem Ohr holt mich unsanft zurück in die Realität. »Was bitte war das? Oder besser wer?«

»Milo.« Ich fühle mich zu schwach für die Art von Gespräch, die gleich folgen wird.

»Ich dachte, du und Dario wohnt allein in der Wohnung?«

Sollte Milo jemals eifersüchtig werden, wäre er es auf eine andere Weise, da bin ich mir sicher. Jonas' Eifersucht ist kalt, und seine Stimme ist emotionslos und flach. Milos wäre bestimmt funkensprühend und voller Leidenschaft.

Ich stoße meinen Kopf gegen die Wand. »Milo ist ein alter Freund von Dario und pennt ein paar Tage hier.« Es gelingt mir, uninteressiert zu klingen, weil ich mir den Kopf stärker angestoßen habe, als geplant.

»Ein alter Freund von Dario, der mit dir ausgehen will?«, hakt er nach.

Ich höre die eigentliche Frage dahinter und verfluche Jonas' lateinische Restkenntnisse, die es ihm ermöglichen, ein paar Worte Italienisch zu verstehen und zusammen mit meiner Reaktion darauf zu einem prekären Bild zusammenzufügen.

Am liebsten würde ich Milo den Kopf abreißen. Warum muss er die Sache mit heute Abend unbedingt besprechen, während ich mit Jonas telefoniere?

»Wir gehen nicht aus. Er ist Musiker und hat heute Abend einen Auftritt. Dario will hin.« Das klingt nicht allzu überzeugend. Ich suche fieberhaft nach etwas, das die Wogen glätten wird. »Die beiden wollen was trinken, und ich soll den Fahrer spielen.« Jonas ist sehr verantwortungsbewusst und schätzt es, wenn ich mich entgegen meiner sonstigen Gewohnheiten auch so verhalte. Das besänftigt ihn.

Er stößt die Luft aus. »Wir sind einfach zu lange voneinander getrennt. Ich erkenne mich selbst gar nicht mehr.«

Er weiß nicht, wie sehr das auf uns beide zutrifft. Die Traurigkeit in seiner Stimme sollte mich berühren, aber es fühlt sich nur so an, als würde seine Liebe mich selbst mit tausend Kilometern zwischen uns einengen.

»Es sind nur noch fünf Wochen, und du arbeitest jetzt vor deinem Abschluss doch sowieso so viel, dass du gar keine Zeit hättest, mit mir zusammen zu sein.«

»Ich vermisse dich trotzdem.«

Das Schlimme ist, dass ich ihm zwar glaube, aber trotzdem nicht dasselbe empfinde. Ich liebe ihn, aber ganz offensichtlich nicht genug. Sonst würde ich nicht jedes Mal einen Synapsenkollaps erleiden, wenn Milo in meiner Nähe auftaucht.

»Ich dich auch«, quetsche ich mühsam hervor und komme mir vor wie eine elende Lügnerin.

Milo bringt meine Welt ins Wanken, während Jonas sie in einem stabilen Gleichgewicht hält. Ich weiß, was gesünder ist, vernünftiger, aber jede Faser von mir sehnt sich in diesem Moment nach Schräglage.

»Ich muss auflegen. Hab gleich eine Besprechung«, sagt Jonas plötzlich.

Ich nicke. »Ich muss auch los.«

Eigentlich muss ich nirgendwohin, aber ich ertrage es nicht länger, mit Jonas zu reden. Mit jedem Wort wird mir klarer, dass ich ihn nicht mehr so liebe wie vor diesem Sommer, und das hat ausnahmsweise mal gar nichts mit Milo zu tun. Die Erkenntnis liegt wie ein zentnerschwerer Stein in meinem Magen. Ich weiß, was das bedeutet und dass sich alles verändern wird, sobald ich mir endlich eingestehe, was mein Bauchgefühl schon lange weiß.

Als ich auflege, sehe ich, dass Milo mich von seinem Zimmer aus beobachtet. Er versucht nicht, es zu verbergen, sondern sieht mich einfach nur an, bis ich die Tür zuschiebe und ihn damit aussperre.

Ich sitze an einem der Tische der Trattoria, in der es am heutigen Ruhetag ungewohnt still ist. Ich wünschte, das Geklapper von Geschirr und Töpfen aus der Küche würde mich davon ablenken, nervös auf mein Handy zu starren. Vor allem, weil das bedeuten würde, dass Dario damit beschäftigt wäre zu kochen, anstatt mich verstohlen von der

Seite zu mustern. Ich strafe ihn mit Nichtachtung, weil ich meine ganze nervöse Konzentration dazu nutze, mein Handy anzustarren. Als könnte ich es so dazu bewegen, den Eingang einer Nachricht von Kathi anzukündigen.

Gefühlte Stunden später ertönt endlich der ersehnte WhatsApp-Piepton. *Ruf mich an. Ich bin noch bei der Arbeit. Durchwahl hast du ja.*

Kathi ist immer für mich da. Auch wenn ich ihr mitten während der Arbeitszeit einen Männerprobleme-Hilferuf schicke. Ich scrolle durch das Telefonbuch auf meinem Handy und tippe dann die Nummer in Darios Festnetztelefon ein. Nach dem zweiten Klingeln geht Kathi ran.

»Mehler«, meldet sie sich sehr geschäftsmäßig und schiebt leise hinterher. »Ich muss wenigstens so tun, als würde ich arbeiten. Schieß los.«

Ich weiß nicht, was ich sagen soll. Ich will mit ihr über Jonas sprechen, über Milo und über diese dummen Gefühle in meinem Inneren, aber ich weiß nicht, wie.

Seufzend erhebt sich Dario und kommt zu mir herüber. Er beugt sich über das Telefon. »Ciao Pazza«, ruft er Kathi zu. Ich grinse über Darios liebevollen Spitznamen für Kathi – die Verrückte –, der außerordentlich passend ist. Mit ihrer abgedrehten Art hat sie Dario gleich bei ihrem ersten Treffen für sich eingenommen.

An mich gewandt sagt er: »Bei Frauengesprächen passe ich lieber. Ich fahre schon los. Milo holt dich später ab, o.k.?« Ich nicke, während er mir einen Kuss auf die Wange gibt und verschwindet.

»Also was gibt es?«, fragt Kathi.

»Ich glaube, ich habe mich mit Jonas gestritten«, versuche ich zu erklären.

»Was soll das heißen, du glaubst?«

»Es war kein richtiger Streit, aber irgendetwas steht zwischen uns.« Bei Jonas kann man sich nie so sicher sein. Er ist immer so beherrscht.

Kathi stößt prustend die Luft aus. Ich kann mir vorstellen, wie sie sich dabei einen Stift in die Haare schiebt. Eine Marotte, die sie schon in der Schule hatte. Zeitweise beherbergten ihre Haare den kompletten Inhalt ihrer Federtasche. »Ich würde sagen, es stehen 1267 Kilometer zwischen euch.«

Das stimmt, aber dieses Mal ist es anders. Wir sind jeden Sommer getrennt. Normalerweise versuchen wir, zumindest einen Teil der Ferien gemeinsam zu verbringen. Das wird dieses Jahr ausfallen, weil er für die Abschlussexamen lernen muss und bereits stundenweise in der Firma seines Vaters arbeitet, um sich auf seinen späteren Arbeitsplatz einzustellen. Dadurch sind wir länger als sonst voneinander getrennt, aber das ist nicht das Problem. Ich weiß verdammt gut, was oder besser wer alles verändert hat.

»Es ist nicht die Entfernung«, erwidere ich und weiß, dass Kathi hört, was zwischen den Zeilen steht.

»Hat es vielleicht etwas mit einem gewissen Michelangelo-Neandertaler zu tun? Schlag dir den Typen aus dem Kopf. Solche Rockstar-Megaegomanen machen nur Ärger.«

Ihre Stimme hat einen warnenden Unterton. Sie verteidigt Jonas' und meine Beziehung wie eine Löwenmutter, weil sie spürt, dass Milo ein Symptom ist, aber nicht der verdammte Grund, warum unsere Beziehung kränkelt. Nur wenn wir glücklich bleiben, kann sie weiter an die wahre Liebe und ihr eigenes Happy End glauben.

Ich kann ihr nicht sagen, was ich empfinde, wenn ich mit Jonas spreche. Und noch weniger, was in mir vorgeht, wenn Milo in meiner Nähe auftaucht. Ich fühle mich unwohl dabei, ihr nicht sagen zu können, wie es in mir aussieht.

»Der Typ geht mir einfach auf die Nerven. Fängt morgens um sechs an Gitarre zu spielen, wenn ich noch schlafen will, und treibt mich in den Wahnsinn«, murmle ich leise und weiß selber, wie blöd und unglaubwürdig sich das anhört.

»Sag ihm, dass du deinen Schlaf brauchst und er gefälligst Rücksicht nehmen soll.« Kathi nimmt meine Beschwerde ernst. Papier raschelt, und ich kann das Klappern einer Computertastatur hören. In Kathis Augen ist die Gefahr damit gebannt. Eine Idee, um Milo in seine Schranken zu weisen, entwickelt sie locker im Multitasking-Modus nebenher. Für sie ist das Ganze so verdammt einfach. Dabei ist es das genaue Gegenteil, aber wie soll ich ihr erklären, dass es längst zu meinem Tag gehört, wenn seine Musik den Morgen begleitet.

Und wieder wünschte ich, ihr einfach offen sagen zu können, was in meinem Inneren rotiert, aber schon der

Versuch fühlt sich falsch an. »Er spielt wirklich gut. Ich mag es irgendwie«, schiebe ich zaghaft hinterher.

»Die Musik oder ihn?«, unterbricht mich Kathi.

Ihr Alarmsystem schlägt an und macht deutlich, dass ich besser meinen Mund halten sollte. Beides. »Die Musik.« Das ist keine Lüge, nur eben die halbe Wahrheit, die sich in meinem Magen verkantet. »Wir fahren heute zu einem seiner Auftritte – Dario, Milo und ich.«

Das *Milo und ich* am Ende des Satzes gefällt mir eine Spur zu gut. Ich räuspere mich. »Mal sehen, ob wir es schaffen, über zwei Stunden in einem Fiat Stilo eingesperrt zu sein, ohne uns umzubringen«, versuche ich, das Ganze ins Lächerliche zu ziehen.

»Jonas und du, ihr seid das Traumpaar schlechthin.« Kathi betont *das Traumpaar* so sehr, dass die zwei Worte fast durch den Hörer springen. »Ihr liebt euch. Er ist deine Zukunft und du seine.«

Sie sagt das mit einer solchen Bestimmtheit, dass ich mir wieder wünschte, die Dinge so klar sehen zu können wie sie.

»Das weiß ich doch.« Dabei weiß ich eigentlich gar nichts mehr. Kathi sagt mir, was ich fühlen sollte, aber mein Herz ist störrisch und verwirrt. »Wir fahren gleich«, ich weiß nicht, was ich noch sagen soll.

Sie erwidert nichts. Sekundenlang herrscht eine Stille in der Leitung, die nur durch das gleichbleibend statische Rauschen aufgeweicht wird.

»Ich muss auch weiterarbeiten. Tu nichts, was ich nicht

auch tun würde«, sagt sie endlich. Das lässt ziemlich viel Spielraum, wenn ich an unsere durchtanzten Nächte auf dem Hamburger Kiez denke, in denen sich Kathi in Bezug auf Keuschheit und die richtige Männerwahl nicht gerade mit Ruhm bekleckert hat. Sie lacht auf, und es ist dieses ansteckende, ungezwungene Kathi-Lachen, das ich so vermisse. Die angespannte Atmosphäre ist verschwunden, als sie noch immer lachend in den Hörer gluckst. »Besser nicht. Tu lieber nicht, was ich tun würde.«

»Mache ich nicht.« Ich drücke einen Kuss auf den Hörer, und Kathi tut das Gleiche, wenn ich das erstickte Rascheln richtig deute. Dann ist die Leitung tot, und vor der Trattoria ertönt ein ungeduldiges Hupen. Selbst sein Hupen ist einhundert Prozent Milo – laut und fordernd.

Milo

Der Wind weht durch das Fenster ins Wageninnere und trägt den Duft von Lavendel und wildem Wein herein. Pflanzen ranken sich um verblassende Werbeschilder am Fahrbahnrand. Ich fahre ganz nach Darios Vorgaben ermüdend nah am Geschwindigkeitslimit. Zehn Prozent Überschreitung, nicht mehr. Wenn ich schneller fahre, wird Jiara mich mit Sicherheit verpetzen, sobald wir Dario in Alassio treffen. Er muss zu einem seiner Lieferanten, dessen Weingut auf dem Weg dorthin liegt, und wird uns später direkt im Club *Lignano* treffen. Ich bin nicht scharf darauf, ihn zweimal innerhalb kürzester Zeit an den Unfall zu erinnern, der seine Familie ausradiert hat, indem ich den hässlich grünen Fiat Stilo zu rasant um die engen Kurven der Autobahn lenke und Fräulein Psychologin einen Anlass zur Klage gebe.

Seit Jahren setzt sich die Lega Nord, eine der führenden Parteien Norditaliens, für eine wirtschaftlichere, gradlinige Autobahn von der Küste ins Landesinnere ein, jedoch ohne Erfolg. Bis jetzt gibt es nur diesen serpentinenartigen

Albtraum, der den Namen Autobahn nicht verdient und einen dazu nötigt, weit unter einer spaßbringenden Geschwindigkeit zu bleiben.

»Wie lange fahren wir noch?«, fragt Jiara und sieht aus, als würde sie mir jeden Moment auf den Schoß kotzen.

»Mach das Fenster auf. Das hilft«, sage ich, ohne auf die Frage zu antworten.

»Dich gibt es tatsächlich auch in freundlich?« Ihre grünliche Gesichtsfarbe hindert sie nicht daran, mich herausfordernd anzusehen.

»Ich denke nur an Darios Auto. Der Gestank von Erbrochenem ist schwer rauszukriegen.«

»Charmant.«

Die Art, wie sich ihre Nase in kleine Fältchen legt, lässt mich lächeln.

»So bin ich«, kontere ich.

Sie versucht so krampfhaft, mich zu hassen, dass ich es ihr ein wenig leichter machen will. In der nächsten Kurve beschleunige ich am Scheitelpunkt, wodurch sich die Fliehkräfte im Wageninnern deutlich erhöhen. Danach bremse ich scharf ab, um dasselbe Manöver in der nächsten Kurve zu wiederholen.

»Halt an, du Idiot.« Sie hält sich bereits die Hand vor den Mund. Vielleicht habe ich es etwas übertrieben. Ich fahre in eine der Haltebuchten und folge Jiara, die sich den dicht bewachsenen Hang hinaufkämpft und sich dann würgend auf den Boden kniet. Ich stehe unschlüssig daneben. Dass es ihr so schlecht geht, hat nicht zum Plan gehört. Genauso wenig wie dieses dämliche Gefühl, das mir suggeriert, es wäre richtig, sie genau jetzt in den Arm zu nehmen.

Wenn ich ehrlich bin, hat es nie einen Plan gegeben. Ihre Art hat mich einfach herausgefordert, und es ist keine meiner besonders ausgeprägten Eigenschaften, dass ich nachdenke, bevor ich etwas tue. Ich streiche ihr die losen Haarsträhnen aus dem Gesicht und halte sie im Nacken zusammen. Reine Freundlichkeit.

»Ich wusste nicht, dass es so schlimm ist. Sonst …« Ich bringe die Entschuldigung nicht zu Ende, weil ich mir nicht sicher bin, ob das eine Lüge wäre. Hätte ich aufgehört? Dann wäre ich ihr jedenfalls nicht so nahegekommen, wie ich es jetzt bin.

Die zarte Haut in ihrem Nacken ist warm unter meinen Fingerkuppen. Ich sehe ein Muttermal, das blass unter dem Haaransatz hervorlugt. Den Gedanken, dass ich sie dort küssen möchte, schiebe ich schnell beiseite. Ich denke mit meinem Schwanz, und das geht nie gut.

Mit ihrem Arm stützt sie sich erschöpft auf meinen Oberschenkel, so dass meine Lendenregion schon wieder drauf und dran ist, die Regie zu übernehmen.

»Können wir für den Rest des Tages einen Waffenstillstand aushandeln?« Sie blinzelt unter ihrer Achsel hindurch zu mir hoch. »Ich kann nicht mehr«, murmelt sie erschöpft.

Ich nicke und verstehe nicht, wieso ich keinen flapsigen Spruch parat habe. Das ist, was uns ausmacht, oder nicht? Auch wenn sich einige Teile von mir manchmal wünschten, die Reibungen zwischen uns wären körperlich und nicht verbal. Ich muss grinsen.

»Was ist? Machst du dich lustig?«, fragt Jiara.

Sie sieht wirklich ziemlich derangiert aus.

»Nein, ich bin ganz brav, versprochen.« Ich halte ihr meine Hand hin und helfe ihr auf. »Es gibt eine Alternative zu dieser beschissenen Autobahn.« Eine geradlinige, dafür aber unbefestigte Gebirgsstraße, die ich bis jetzt bewusst gemieden habe. Und ich bin mir alles andere als sicher, ob es eine gute Idee ist, dies zu ändern. Und das nicht nur, weil wir bei Tempo dreißig jede Menge Zeit verlieren werden.

»Das fällt dir erst jetzt ein?« Ein vorwurfsvoller Blick trifft mich, aber Jiara folgt mir und lässt meine Hand erst los, als wir zurück am Wagen sind.

Ich genieße ihre Nähe ein wenig zu sehr, auch wenn mir nicht klar ist, was genau ich mir davon erhoffe.

Sie macht mich wahnsinnig und ist damit so ziemlich die letzte Person, mit der ich mehr als schnellen Sex haben sollte. Sie löst in mir dieses unangenehme Bedürfnis aus, ihr genügen zu wollen. Ein Gefühl, von dem ich geglaubt hatte, ich hätte es mit meinen Eltern und meinem Bruder in Mailand zurückgelassen. Das gefällt mir nicht, und noch weniger gefällt mir, dass ich sie einfach nicht aus dem Kopf bekomme. Ich bin Musiker, der Typ, den außer seinem Traum und unverbindlichem Sex nicht viel interessiert. Ich passe sehr gut in diese Schublade. Es macht vieles leichter, und ich verstehe nicht, wieso sich plötzlich das dämliche Gefühl in mir regt, ich wäre am liebsten jemand ganz anderes.

Ärgerlich fahre ich mir übers Kinn. Ihre Nähe bringt mich durcheinander. Meine Gedanken treiben mich nach Hause. An den Ort, an dem ich am allerwenigsten sein will.

Ich sehe meinen Vater, wie er mir am Tisch unserer Wohnung in Mailand gegenübersitzt. Unter dem missbilligenden Blick, mit dem er meine Kleidung und die Musik, die aus meinen Ohrstöpseln dröhnt, betrachtet, sehe ich Liebe. Es wäre so viel einfacher, wenn sie schlechte Eltern wären, wenn sie mich nicht lieben würden.

Langsam umrunde ich den Wagen und verharre sekundenlang am Heck, um tief durchzuatmen, bevor ich mit dem festen Vorsatz zu Jiara in den Wagen steige, all diesen emotionalen Ballast zu ignorieren.

Ich verlasse die Autobahn bei der nächsten Ausfahrt und folge der Via Rembardo eine gefühlte Ewigkeit, bevor ich in die unbefestigte Straße einbiege, von der ich Jiara erzählt habe. Die Stoßdämpfer des Stilo ächzen, und Jiara entfährt ein gequältes Stöhnen.

»Ernsthaft?« Sie bläht entrüstet die Backen auf. »Ich dachte, wir hätten einen Waffenstillstand vereinbart?«

»Haben wir. Du erkennst nur den genialen Plan nicht, der hier seine Vollendung findet.«

»Wieso wusste ich, dass du dich für genial hältst?«

Waffenstillstand ist was für Weicheier. Mich mit ihr zu streiten ist sicheres Terrain. Es fühlt sich gut an. Als wäre das unser Ding, ohne dass es sich allzu sehr nach einem wirklichen Ding anfühlt. »Weil ich einfach genial *bin*, du wirst schon sehen.«

Sie knufft mir in die Seite, und ich wünschte, ich müsste mich nicht auf das Fahren konzentrieren. Es gibt nur eine Möglichkeit, um Frauen wie Jiara ein für alle Mal aus dem Kopf zu bekommen. Ich grinse breit und sehe bei dem Gedanken an Sex mit ihr wahrscheinlich ziemlich debil aus. Nicht gerade förderlich, wenn ich ihren Widerstand wirklich knacken will.

Die Schotterstraße verändert sich. Die Räder des Stilo wirbeln innerhalb weniger Sekunden eine dichte rötliche Staubwolke auf. Ich werde Dario eine Autowäsche bezahlen müssen. Aus irgendeinem Grund liebt er dieses hässliche Ding, das sich zu Unrecht Auto schimpft.

Ich hätte erwartet, dass Jiara als Nächstes über den Staub motzen würde, der durch die Lüftung dringt. Ich muss husten und schließe die Lüftungsschlitze. Aber Jiara scheint der Staub nicht zu stören. Sie lässt das Fenster herunter und streckt ihren Arm in das dichte Rot. In einer Wellenbewegung lässt sie ihre Hand durch den Staub gleiten und lacht tief aus dem Bauch heraus.

Es sieht wunderschön aus, wie die Partikel dadurch in der Luft verwirbeln. *Sie* ist wunderschön. Auch wenn ich nicht verstehe, seit wann meine Gedanken so verdammt kitschig sind.

Jiara

Mir ist klar gewesen, dass unser Trip eine Katastrophe werden würde, sobald Dario mir eröffnet hat, dass er nicht mit uns fahren, sondern uns erst in Alassio treffen würde.

Ich hätte nie damit gerechnet, dass ich die Fahrt entgegen aller Annahmen genießen würde, besonders nicht, als ich spuckend über irgendwelchen Sträuchern hing.

Milo hat Wort gehalten, die Autobahn verlassen und ist einer kleinen Straße gefolgt, die sich zwar den Berg hinaufgewunden hat, aber inzwischen parallel zur Küste verläuft, ohne jede einzelne Kurve dieses Planeten mitzunehmen. Wir kommen langsamer voran als auf der Autobahn, weil uns die unbefestigte Straße dazu zwingt, langsam zu fahren, aber es lohnt sich. Nicht nur, weil mir nicht mehr ganz so schlecht ist, sondern weil der Ausblick atemberaubend ist.

Obwohl wir uns nicht weit im Landesinneren befinden, ist dieser Ort so anders, dass es mir vorkommt, als würden wir uns auf einem anderen Kontinent befinden. Roter Sandstein und tiefes Grün sorgen für atemberaubende Kontraste. Vereinzelt sind Terrassen in den Berg geschlagen und beherbergen mitten in der Wildnis ordentlich angelegte Gärten mit Tomatensträuchern, Zucchinipflanzen und Obstbäumen.

Ich kuschle mich tiefer in meinen Sitz und wende mich zu Milo, der den Wagen langsam, aber konzentriert über die Straße lenkt. Sein Kinn ist kantig, ohne hart zu wirken. Seine Lippen sind voll und sanft, was selbst der leicht spöttische Zug um seine Mundwinkel nicht ändern kann. Ich habe in meinem Leben noch nie so ein markant hübsches Gesicht gesehen. Natürlich in Zeitschriften, aber nie im wahren Leben. Außerdem wirken diese Männer immer irgendwie unecht. Milo hingegen ist real. Wie von selbst berührt meine Hand seinen Haaransatz im Nacken.

»Müsste ein Rocker wie du nicht lange Haare haben und einen Bart? Tattoos und so einen Quatsch?«, frage ich und spüre, wie sich die Muskeln unter meiner Hand anspannen, bevor er wieder in seine üblich lässige Pose verfällt. Ich ziehe meine Hand zurück und klemme sie zwischen meine Knie. Ihn so zu berühren überschreitet eindeutig eine Grenze.

Schlagfertig entgegnet er: »Woher weißt du, dass ich keine Tattoos habe?« Dazu grinst er zweideutig. »Im Übrigen kommt es auf die Musik an, nicht auf Äußerlichkeiten.«

Das kann auch nur jemand mit seinem Aussehen sagen. Aber vielleicht liebt er die Musik wirklich so sehr. »Seit wann bist du Musiker?«

Er lacht leise. »Wer sagt, dass ich Musiker bin? Ich habe mich nur irgendwann entschieden, nicht arbeiten zu wollen.«

Jedes Mal, wenn ich ihm eine persönliche Frage stelle, reagiert er so – ausweichend, ironisch.

»Kannst du nicht einfach mal normal antworten?«, gebe ich zurück.

»Ich dachte, das hätte ich.« Er zuckt mit den Schultern, aber es wirkt steif. Abrupt lenkt er den Wagen an den Straßenrand und bringt ihn in einer Wolke aus Staub zum Stehen. »Ich brauch 'ne Pause.«

Ich bin mir nicht sicher, wovon er eine Pause braucht.

In einer fließenden Bewegung gleitet er vom Fahrersitz und aus dem Auto. Der Wagen steht in einiger Entfernung zu einer steil abfallenden Felskante. Hinter uns erheben sich zerfurchte Felsnasen aus dem Grün, und unter uns schmiegen sich Weinstöcke an den Fuß der Berge. Weit entfernt liegen die Häuser eines Küstenstädtchens wie hingeworfene, ockerfarbene Bauklötze vor einem schmalen Streifen Strand. Dahinter erstreckt sich ein unglaublich azurblaues Meer und reflektiert die untergehende Sonne.

Ich quäle mich aus dem Auto und folge Milo. Er hat sich vom Auto entfernt, die Schotterpiste überquert und verharrt nun an der rund vierhundert Meter steil abfallenden Kante. Ich verstehe nicht, wieso niemand auf die Idee gekommen ist, eine Leitplanke oder einen Zaun anzubringen. Er steht beängstigend nah am Abgrund, ohne dem Nichts direkt vor sich irgendeine Beachtung zu schenken. Sein Blick schweift über das beeindruckende Panorama. Eine Weile sagt keiner von uns etwas, bevor Milo leise und ohne eine Spur von Überheblichkeit sagt: »Deswegen bin ich Musiker geworden.«

Ich bin in etwa der unmusikalischste Mensch auf der Welt, aber ich verstehe sofort, was er meint. Die Gerüche, die Weite und die Schönheit vor uns berühren mich, ähnlich wie ihn, nur formen sich in meinem Kopf nicht Noten, sondern Sätze. Ich werde sie nicht zu Papier bringen. Das habe ich vor langer Zeit aufgegeben. Aber ich verstehe ihn.

Der schwere Geruch von Pinien und Kiefern mischt sich mit dem von Lavendel, Salbei und Thymian. Ich will nicken, aber die Bewegung findet ausschließlich in meinem Kopf statt. Ich atme die Luft tief ein, während ich den Blick über Berge, Strand und Meer in meinem Inneren abspeichere.

Es ist überwältigend. Etwas, das ich ohne ihn nie gesehen hätte. »Ich weiß, dass du nur wegen mir hier langgefahren bist, und es dauert ewig und wir kommen vermutlich zu spät, aber … es ist …. Danke.« Ich verstumme, als er abwiegelnd die Hände hebt.

»Mein Bruder und ich sind früher oft hier gewesen. Das letzte Mal ist lange her, also …« Er setzt sich auf den Boden und lässt seine Beine über dem Abgrund baumeln.

Sein Blick ist in die Ferne gerichtet, und ich bin mir nicht sicher, ob ihm überhaupt noch bewusst ist, dass ich neben ihm stehe. Dabei habe ich bei seinem Anblick so dicht am Abgrund das unpassende Bedürfnis, ihn schützend festzuhalten.

»Setz dich.« Er sieht mich nicht an. Vermutlich macht es ihn kribbelig, wenn jemand hinter ihm steht

Aber nie im Leben werde ich mich so nah an einen Abgrund begeben. Ich beäuge das lose Erdwerk an der Kante. Hält er mich für lebensmüde?! Ich habe Höhenangst und werde mich mit Sicherheit nicht neben ihn setzen. »Lieber nicht.«

Irritiert schüttelt er den Kopf und sieht mich nun doch an. »Der Berg steht schon Tausende von Jahren. Der wird nicht ausgerechnet dann wegbrechen, wenn du dich hier hinsetzt, versprochen.« Er zwinkert mir zu, klopft neben sich auf den Boden und streckt mir seine Hand entgegen.

Ich verstehe nicht, wie er es schafft, in einem Moment meilenweit entfernt und innerhalb von Sekundenbruchteilen wieder so präsent zu sein. Ich schüttele benommen den Kopf, friemle eine vorwitzige Haarsträhne aus meinem Mundwinkel und versuche, sie in dem losen Zopf an meinem Hinterkopf unterzubringen.

Milo sieht mich beharrlich an. Sein Blick durchbohrt mich, als könnte er so ergründen, wieso ich mich weigere, neben ihm zu sitzen. Es ist nicht so, dass ich dem Berg misstraue oder partout seine Nähe meide. Im Gegenteil, aber meine Koordination ist nun einmal nicht die beste.

»Komm!«

Sein Lächeln ist warm, offen, hypnotisch. Anders ist nicht zu erklären, warum ich schlussendlich doch seine Hand ergreife und umständlich bis an die Kante rutsche. Meine Füße baumeln über dem Abgrund. Mein Bauch kribbelt. Es fällt mir schwer zu atmen mit dem Nichts unter und Milo direkt neben mir.

Vorsichtig löse ich den Blick von meinen Füßen und blicke zu unseren Händen hinüber, die noch immer ineinander verflochten sind. Es fühlt sich an, als befände sich mehr über dem Abgrund als nur meine Füße.

»Du musst keine Angst haben.« Er lacht leise. Es klingt beruhigend. Sein Atem streift mein Ohr und jagt ein heißes Ziehen durch meine Eingeweide.

»Dein Bruder war mit dir hier?«, frage ich. Reden ist gut, um die Stille zwischen uns zu zerstören, die mein Herz flattern lässt.

Er nickt, und ein Schatten gleitet über sein Gesicht. Nur für den Bruchteil einer Sekunde, und ich bin mir nicht einmal sicher, ob ich es mir nicht nur eingebildet habe.

»Du redest nicht über ihn?« Meine Frage dringt zu tief. So viel Nähe ist nicht gut. Ich kann es an Milos ausdruckslosem Gesicht sehen, das er für genau solche Situationen parat hat.

»Das könnte ich dich genauso fragen.« Es ist klar, dass er auf Jonas und unser Telefonat am Morgen anspielt und auf die Tatsache, dass ich Jonas ihm gegenüber nie erwähne.

Er redet nicht über sich. Das habe ich verstanden, aber das heißt noch lange nicht, dass er das Recht hat, Jonas als Ablenkungsmanöver zu missbrauchen.

»Scheint, als gäbe es Ärger im Paradies?«, wirft Milo spöttisch hinterher.

»Das geht dich nichts an!«

Er kneift die Lippen zusammen und wirft einige Steine in den Ginster unter uns. Einen Moment lang hört man nur das leise Rascheln der Sträucher.

»Du hast dir nicht gerade Mühe gegeben, euren Streit zu verbergen.«

Ich sollte wütend sein. Stattdessen fange ich an, mich zu verteidigen, Jonas und mich. »Es ist manchmal nicht leicht. Jonas kann dieses Jahr nicht herkommen. Er muss viel arbeiten.«

»Das bedeutet aber doch nicht, dass er nicht wenigstens für ein paar Tage hätte herkommen können?« Er lehnt sich zurück und stützt seine Hände hinter sich im Staub ab.

Die Sonne blendet mich, so dass ich nur seine Konturen sehe. Ich schlucke trocken. Was für eine Antwort erwartet er von mir? Will er ernsthaft wissen, wieso ich Jonas aus meinem Herz, aus diesem Sommer und, wenn ich ehrlich bin, auch aus meiner Zukunft ausschließen möchte? Ich bin noch nie besonders gut darin gewesen auszusprechen, was ich fühle, und selbst wenn ich es könnte, ist Milo vermutlich der letzte Mensch auf Gottes weiter Erde, dem ich meine Gefühle auf dem Silbertablett servieren würde.

Er wirft einen weiteren Stein und sieht dessen Flugbahn hinterher, als er weiterspricht. »Du liebst das Leben bei Dario, die Arbeit in der Trattoria. Das kann man sehen.«

Ich hätte nicht vermutet, dass Milo mehr sieht als sich selbst oder maximal noch seine Gitarre.

»Würde ich dich lieben, wäre ich gekommen, um mit dir

an dem Ort zu sein, für den dein Herz schlägt«, sagt er und klatscht in die Hände, so dass eine Ministaubwolke entsteht.

Hat er das gerade wirklich gesagt? Wenn er mich lieben würde? Was soll das bitte heißen? In meinem Kopf drehe ich die Worte hin und her, aber sie ergeben keinen Sinn.

Ruhig fährt Milo fort: »Er wird ja nicht den kompletten Sommer nur arbeiten, oder?«

Irgendwie habe ich das Gefühl, ich müsste Jonas in Schutz nehmen, obwohl Milo wie immer ins Schwarze getroffen hat.

»Er macht gerade seinen Abschluss und arbeitet gleichzeitig in der Firma seines Vaters mit. Er will etwas erreichen im Leben. Er hat einen Plan. Es kann nicht jeder so sein wie du.« Es klingt schärfer als beabsichtigt. Für einen Moment scheinen die Worte zwischen uns zu hängen, bevor sich Milos Augen zu schmalen Schlitzen verengen. Er springt auf und entfernt sich in einer geschmeidigen Bewegung von der Felskante.

Wütend zischt er: »Du meinst also, ich hätte keinen Plan, weil ich nicht so bin wie dein perfekter Freund, ja?« Er macht einige Schritte, bevor er sich umdreht und spöttisch die Mundwinkel verzieht. »Für mich sieht es so aus, als hätte Jonas dich trotz all seiner perfekten Planung aus den Augen verloren.«

»Ich liebe ihn.« Schon während die Worte meinen Mund verlassen, frage ich mich, wen ich eigentlich damit überzeugen will.

»Gut für dich«, sagt er, dreht sich um und geht langsam

zum Wagen. Verzweifelt sehe ich von ihm zum Abgrund. Er kann mich nicht hier sitzen lassen.

»Und gut für ihn«, fährt er fort. »Aber das heißt nicht, dass du irgendetwas über mich oder meine Pläne weißt.«

Er klingt ehrlich gekränkt, was mich irritiert. Ich habe in meinem Leben noch nie einen Menschen gesehen, der so selbstsicher auftritt wie Milo. Dass ausgerechnet meine Kritik ihn aus der Reserve lockt, irritiert mich. Freut mich vielleicht auch ein kleines bisschen. Mir ist nicht klar, was diese Erkenntnis mit mir macht. Aber eins weiß ich: Am liebsten würde ich meinen dämlichen Versuch, Jonas in Schutz zu nehmen, rückgängig machen. Aber das geht nicht, und anstatt einer Entschuldigung sprudeln die nächsten quer formulierten Worte aus mir heraus. Es ist, als würde mich sein starrer Blick der letzten funktionierenden Gehirnzellen berauben.

»Du machst Musik, und das ist kein Fehler. Ich meine, für dich ist das gut.«

Er verdreht die Augen und kickt einen Stein über die Felskante. »Wie du meinst«, brummt er und geht steif die restlichen Meter zum Wagen.

»Könntest du mir freundlicherweise helfen?« Ich kralle mich in den losen Sand. Die Kante kommt mir mit einem Mal noch bedrohlicher vor, der Untergrund locker und brüchig, wie meine Stimme. »Ich werde hier runterfallen, wenn du mir nicht hilfst.«

»Hat dir nie jemand beigebracht, ein bisschen Vertrauen in dich selbst zu haben?«

Er hält inne, kommt aber keinen Schritt näher, sondern verschränkt die Arme vor der Brust. Wie kann ein und derselbe Mensch mir in einem Moment jegliche Angst nehmen, nur indem er in mein Ohr flüstert, und im nächsten riskiert er wissentlich meinen Tod?

Ich zittere. Das hier ist keine einfache Angst mehr, ich bekomme Panik.

Wie hat er mich nur dazu bekommen, dass ich mich an den Rand eines Hunderte Meter tiefen Abgrunds setze? Und wie bitte kann er so lässig danebenstehen, wenn ich im Begriff bin, eben diesen Abgrund hinunterzustürzen?

Ich versuche, die Angst gegen Wut einzutauschen, und es klappt beängstigend gut.

»Du bist so ein Idiot! Jetzt hilf mir endlich, bevor ich noch abschmiere«, bricht es aus mir hervor.

»Bittest du immer so nett um Hilfe?« Er grinst überheblich. »Du kannst allein aufstehen. Tu einfach so, als wäre neben dir kein Abgrund.«

Toller Tipp! Vielleicht sollte ich es mit etwas Demut versuchen. Vielleicht bequemt sich Mr Perfect dann dazu, mich zu retten.

Kläglich murmele ich: »Ich bin selbstzerstörerisch unkoordiniert, tollpatschig, und ich habe Höhenangst. Komm schon, bitte!«

»Ab und an sollte man seine Ängste überwinden. Probier's mal.«

Er meint das ernst. Das kann ich an seiner entschlossenen Miene sehen. *Dieser Arsch!*

Er guckt mich nicht an und tut stattdessen so, als wäre er in den letzten paar Minuten zum Motivationscoach mutiert. Mit einem Schulterzucken dreht er sich um, öffnet die Wagentür, und es sieht aus, als hätte er keine Skrupel, einzusteigen und mich allein zurückzulassen. Ich kann die Bewegung des Einsteigens schon erahnen, als er plötzlich doch innehält und leicht gebückt stehenbleibt. Mit dem Rücken zu mir murmelt er: »Du jonglierst fünf Teller gleichzeitig, wenn der Laden brummt, und hast in den letzten zwei Wochen nicht ein Glas fallen lassen, obwohl es in der Trattoria so eng ist wie in einer Sardinenbüchse. Wer immer dir eingeredet hat, du wärst unkoordiniert oder tollpatschig, kennt dich nicht.«

Ungläubig starre ich seine breiten Schultern an und kann nicht glauben, dass er mir ein echtes Kompliment gemacht hat oder dass er wirklich glaubt, mich besser zu kennen als meine engsten Vertrauten. Jonas kennt mich seit unserer Kindheit und ist ganz anderer Meinung. Sie stimmt mit der von Kathi und meiner Familie überein.

Auch wenn Milos Sicht meiner Person weitaus schmeichelhafter ist, spricht mein bisheriges Leben eindeutig eine andere Sprache. Es stimmt, hier in Italien gelingt es mir, etwas mehr wie die Jiara zu sein, die ich gern wäre – nicht fremdbestimmt, sondern selbstsicher und wenigstens so koordiniert, dass ich nicht Gefahr laufe, in nächster Zeit zu sterben, aber der Eindruck täuscht.

Er sieht mich noch immer nicht an, aber die leichte Brise, die über die Gipfel der Berge streicht, trägt seine Worte zu mir. »Glaub mehr an dich.«

Und das will ich. Wirklich. Aber stattdessen steigen mir die Tränen in die Augen. Warum muss ausgerechnet Milo etwas in mir sehen, das ich mir immer gewünscht habe? Trotzig beiße ich mir auf die Lippen, blende einen möglichen Absturz aus und rutsche zitternd auf dem Hosenboden rückwärts, bis ich mich unelegant auf den Bauch drehen kann. Dann krabble ich auf allen vieren von der Kante weg. Erst als ich fast am Wagen bin, rapple ich mich auf und stolpere mit butterweichen Knien auf Milo zu, der noch immer in der geöffneten Wagentür steht.

Ich drehe ihn an der Schulter zu mir herum und schlage ihm mit aller Kraft gegen die Brust. »Ich hätte abstürzen können, du Vollidiot.« Mit meinen Fäusten hämmere ich weiter auf ihn ein, bis er meine Unterarme umfasst, in einer einzigen Bewegung unsere Positionen vertauscht und mich gegen das heiße Metall des Wagens presst.

Er fixiert mich. Ich müsste wütend sein, aber ich starre ihn nur an. Alles, was ich wahrnehme, ist sein Körper an meinem, die Intensität, mit der er mich festhält, seinen Atem, das Zittern seiner Muskeln und den Hunger in seinen dunklen Augen. Normalerweise ist jede Berührung, jedes Wort zwischen uns ein Kampf, und obwohl er mich dazu bringt, nicht mehr kämpfen zu wollen, bin ich nicht bereit aufzugeben. Ich habe Angst davor.

»Hör auf.« Seine Stimme klingt rau. Er vermindert den Druck seiner Hände um meine Handgelenke und wiederholt sich, als er spürt, dass ich erneut ausholen will. »Hör auf. Du hast es doch geschafft, oder etwa nicht?«

Sein Atem streift meine Wange, und sein Blick lässt meine Wut verrauchen. Es macht mich wehrlos für das, was kommt.

Milo

»Lass mich los. Was soll das hier werden?« Sie redet. Und das ohne Unterbrechung. Ich will, dass sie aufhört.

»Sei still«, bringe ich hervor und könnte mich dafür ohrfeigen, wie brüchig diese zwei Worte klingen.

Sie sollte sich nur einmal im Leben fallenlassen und das Gleiche sehen wie ich, wenn ich sie anblicke. Hört sich verdammt heroisch an, aber im Grunde will ich sie einfach nur küssen. Ich will derjenige sein, der ihre Schaltkreise lahmlegt.

Seit dem ersten Tag in der Trattoria will ich eigentlich nichts anderes, und allmählich geht es mir auf die Nerven. Sie hat nichts in meinem Kopf zu suchen, oder in meinem Leben, und wenn ich sie dazu bekomme, mich zu küssen, wird dieser ganze Spuk hoffentlich ein Ende haben.

Für eine so zierliche Person, wie sie es ist, hat sie einen ganz schönen Schlag drauf. Ich halte ihre Handgelenke fest und presse mein Bein zwischen ihre Schenkel, um sie am Wagen zu fixieren.

Sie atmet schnell, ihr Brustkorb hebt und senkt sich. Ich

kann ihre warme Haut durch mein Shirt hindurch an meinem Körper spüren, der eine Spur zu bereitwillig auf diesen Umstand reagiert.

Als sie endlich stillhält, starrt sie mich aus ihren tiefen blauen Augen an. Die meisten blauen Augen sind flach und oftmals wässrig, wie ein Tümpel. Ihre sind bodenlos und kobaltblau wie die heißen Quellen im Yellowstone Nationalpark, die bis tief ins Erdinnere reichen. Ich erinnere mich an das Schwindelgefühl, als ich während unseres Urlaubs tief in das unwirkliche Blau unter mir starrte. Mein Puls beschleunigt sich genau wie damals, bevor ich das tue, was ich am besten kann. Ich höre auf nachzudenken und ergebe mich meinem ersten Impuls, der durch meine Erektion deutlich unterstrichen wird.

Ich presse meinen Mund auf ihren und schließe die Augen. Wenn es Feuerwerke und Glitterregen in solchen Momenten nicht bloß in kitschigen Bollywoodstreifen geben würde, dann würde ich genau das sehen. Stattdessen bin ich atemlos, gefangen, irritiert. Meine Hand streicht ihren Hals hinab und verharrt auf ihrem Schlüsselbein, während ich sie hungrig küsse. Sie wehrt sich nicht. Stattdessen spüre ich den sanften Wind auf meinem Oberkörper, als ihre Hände suchend unter mein Shirt wandern und den Stoff nach oben schieben. Schließlich hakt sie ihre Finger in die Schlaufen meiner Jeans. Es macht mich rasend, wie sie mich an sich zieht. Ich fühle die Rundungen ihrer Brüste an meinem Körper und ihren abgehackten Atem auf meiner Haut.

Ich halte inne und sehe ihr tief in die Augen. Ich habe sie geküsst. In der Regel reicht das, um zu merken, dass die Frau vor mir nicht halb so begehrenswert ist, wie ich es mir in meinem Kopf ausgemalt habe. Es müsste also vorbei sein. Aber jeder Zentimeter meines Hirns ist voll von ihr. Ich verliere die Kontrolle, aber es ist vollkommen anders als sonst. Vielleicht sehe ich sie deshalb nur an, was unweigerlich dazu führt, dass ihr Verstand wieder einsetzt.

Ich kann den Moment deutlich erkennen, als sie sich von mir zurückzieht. Es ist eine kaum merkliche Veränderung in ihrem Blick, in ihrer Körperhaltung. Kraftlos lasse ich zu, dass sie sich von mir löst und Abstand zwischen uns bringt. Sie sieht mich nicht an, als sie wortlos den Wagen umrundet und die Beifahrertür öffnet. Sie will keine große Sache daraus machen? Das ist o.k. für mich. So ist mein Leben. Nichts außer der Musik ist eine große Sache. Das ist einfacher, als sein Herz an unbeständige Dinge zu hängen.

Ich sehe ihr zu, wie sie auf den Beifahrersitz rutscht und betreten aus dem Fenster starrt. Ich frage mich ernsthaft, warum ich mich so verdammt beschissen fühle, wenn es keine große Sache ist.

Jiara

Als wir im letzten Tageslicht das Lignano in Alassio erreichen, springe ich erleichtert aus dem Wagen. Ich bin froh, der drückenden Stille zu entkommen, die wie dickflüssiger Nebel zwischen Milo und mir hängt.

»Na, ihr beiden! Ich dachte schon, ihr wäret verlorengegangen!«, ruft Dario, der auf dem Parkplatz vor dem Club gewartet hat, als er uns sieht.

Er blickt mich fragend an, aber ich habe beschlossen, mir ausnahmsweise mal nicht in die Karten gucken zu lassen. Vermutlich ist dieser Vorsatz zum Scheitern verurteilt, denn sofort bildet sich auf Darios Stirn eine tiefe Sorgenfalte, die ihn aussehen lässt wie einen chinesischen Faltenhund. Er nimmt mich in den Arm, als hätte ich Trost und Beistand nötig.

Bevor ich protestieren kann, wendet er sich an Milo: »Der Clubbesitzer ist schon ganz nervös. Du solltest ihm besser sagen, dass du endlich da bist, sonst kannst du deine Gage abschreiben.«

Umständlich befördert Milo seine Gitarre aus dem Kofferraum und schlendert zum Eingang der Bar herüber. Er hat wieder seine Scheißegal-Masche drauf. Am liebsten würde ich ihn anschreien, stattdessen sehe ich ihm hinterher, bis ihn das Halbdunkel des Clubs verschluckt, und bleibe allein mit Dario auf dem Bürgersteig zurück.

»Was war los?« Er drückt mich an sich und führt mich dann zu einer kleinen Mauer aus Naturstein hinüber, die den Gehweg von der Böschung eines fast ausgetrockneten Flusses trennt.

»Ich wollte schon eine Vermisstenanzeige aufgeben. Du bist nicht ans Telefon gegangen.«

Schuldbewusst durchwühle ich meine Handtasche und finde nach endlosen Minuten das Handy unter einer halbaufgebrauchten Packung Taschentücher und meinem Lippenbalsam. Das Display zeigt neun Anrufe in Abwesenheit.

»Es muss auf lautlos gestellt gewesen sein. Es tut mir so leid«, entschuldige ich mich.

»Das braucht es nicht. Dein neurotischer Freund ist nur mal wieder in Panik verfallen.« Er grinst schief, aber ich sehe die Sorge dahinter, die er sich in den letzten Stunden um uns gemacht hat.

»Wieso seid ihr so spät dran?«, fragt er.

Ich will nicht darüber reden, was passiert ist. Ich will keinen Trost, weil ich dann bestimmt anfange zu weinen, aber gleichzeitig weiß ich, dass ich nicht nichts sagen kann. Dario ist mir so nah wie ein Bruder, so nah wie mein echter Bruder mir wahrscheinlich nie sein wird. Milo und ich haben ihm einen riesigen Schreck eingejagt. Er verdient eine Erklärung.

»Was hat er gemacht?«, fragt Dario dann.

Offensichtlich hat er bereits eine gewisse Vorstellung davon, was während der Fahrt passiert sein könnte. Es schmeichelt mir, dass er sicher ist, Milo wäre für alles verantwortlich. Ich wünschte, er läge mit dieser Annahme richtig.

»Es geht nicht um Milo.« Das entspricht nicht gerade der Wahrheit, aber es ist auch nicht falsch.

Dario wartet. Eine seiner herausragenden Eigenschaften ist, dass er zuhören kann. Stundenlang, ohne dass er dazwischenredet oder voreilig seine Meinung abgibt. Wenn er etwas sagt, dann nur, weil er wirklich etwas beizusteuern hat. Bei ihm gibt es kein leeres Gerede oder nervige Floskeln. Er ist mein großer, phantastischer Kummerkasten.

»Ich glaube, ich liebe Jonas nicht mehr genug«, bringe ich schließlich hervor.

Es auszusprechen macht es um so vieles realer, als ich jemals gewollt habe. Ich wünschte, ich könnte es zurücknehmen, aber ich habe es gesagt, und jetzt steht es zwischen uns in der warmen Sommernacht und lässt mich frösteln.

Dario bleibt stumm, und ich dränge ihn nicht. Dabei wünsche ich mir so sehr, er würde nur dieses eine Mal doch eine Floskel herausholen, die mich beruhigt und diesem nagenden Gefühl in mir den Garaus macht.

Milos Musik dringt zu uns auf die Straße. Genau wie

seine Augen, seine Hände und sein Lachen berührt mich auch seine Musik. Verloren umschlinge ich meinen Oberkörper mit den Armen und versuche die Tränen zu unterdrücken.

Als Milo das zweite Lied anstimmt, ertönen begeisterte Pfiffe aus dem Publikum. Das Stück scheint bekannt zu sein, denn in seine Stimme mischt sich eine Vielzahl von Stimmen aus dem Publikum, die jedes Wort mitgrölen.

Dario streicht mir sanft über den Rücken. »Könnte ein gewisser Musiker etwas damit zu tun haben, dass du an dir und Jonas zweifelst?«

Am liebsten würde ich es verneinen, aber was hätte das für einen Sinn? Wir bewegen uns seit unserem ersten Treffen vor Darios Nase wie zwei paarungswillige Mikroben unter einem Vergrößerungsglas. Er hat die Anziehungskraft zwischen uns längst bemerkt.

»Er ist attraktiv, und ich muss zugeben, dass er mich irritiert, aber er ist nicht das eigentliche Problem«, beeile ich mich zu sagen und beiße mir auf die Unterlippe, auf der ich noch immer Milos Lippen spüre.

»Wir haben uns geküsst«, gebe ich zu und fahre fort: »Wenn zwischen Jonas und mir alles in Ordnung wäre, dürfte so etwas nicht passieren.«

»Dürfte es eigentlich nicht, aber jeder macht mal einen Fehler. Nur weil Milo dich überrumpelt hat, heißt das nicht, dass du deine Beziehung zu Jonas direkt derart in Frage stellen musst.«

Irgendwie verwirrt mich Darios plötzliche Sympathie für

Jonas. Seitdem ich denken kann, hat Dario meine Beziehung zu ihm mehr als kritisch beäugt.

»Ich hätte gedacht, du bist heilfroh, wenn die Sache mit Jonas schiefgeht?«, frage ich.

Er sieht mich liebevoll an. »Sorellina, ich will, dass du glücklich bist. Und mal im Ernst, du siehst gerade nach vielem aus, aber nicht nach einem glücklichen Mädchen.«

Resigniert zupfe ich an meinen Haaren und zwinge mich zu einem schiefen Grinsen.

»Hör auf damit.« Dario streicht mir über die Wange. »Mit der Grimasse machst du mir Angst.«

Ein echtes Lächeln huscht über mein Gesicht, und ich bin dankbar, dass Dario es wie immer geschafft hat, mich ein wenig aufzuheitern. Eine Weile hören wir Milos Gitarre und seiner dunklen, kratzigen Stimme zu. Ich brauche ihn nicht zu sehen, um ihn zu spüren. Er fühlt sich nicht an wie ein Fehler, auch wenn ich weiß, dass er einer ist.

Dario nimmt mich in den Arm und drückt mich an sich.

»Er hat mich nicht überrumpelt«, flüstere ich mühsam. »Ich wollte es.«

Es ist wahr und macht mich total fertig. Ich dürfte nicht so empfinden. Wenn ich schon ehrlich bin, dann kann ich Dario auch alles erzählen. Er ist überhaupt die einzige Person, der ich so etwas erzählen kann, ohne fürchten zu müssen, dafür schief angesehen zu werden.

Es versetzt mir einen Stich, dass Kathi derzeit nicht zu diesem Kreis gehört. Der Fakt, dass sie ebenso Jonas' Freundin ist wie meine und alles für das Überleben unserer Beziehung tun würde, katapultiert sie als Vertraute ins Aus.

Ganz leise schiebe ich hinterher. »Und ich möchte es wieder tun. Wenn ich ihn ansehe, wenn ich ihn spielen höre.« Verzweifelt zeige ich auf die offene Clubtür.

Dario nickt. »Er hat ein gewisses Talent, Frauen den Kopf zu verdrehen.«

»Du meinst, ich bin nicht die Einzige, die er auf einen Felsen mit atemberaubendem Ausblick schleppt, um sie ins Bett zu kriegen?« Es wäre so viel einfacher, wenn ich wüsste, dass das alles nur eine Masche von Milo ist.

Langsam lässt Dario sich an der Mauer hinabgleiten und setzt sich auf den fleckigen Gehweg. Es ist, als hätte meine Frage ihm die Kraft entzogen, aufrecht zu stehen, auch wenn ich nicht verstehe, was genau ihm zu schaffen macht. Er fährt sich über die Augen und atmet hörbar durch. Sein Gesicht wirkt müde, seine Augen traurig. Jetzt ist es an mir, besorgt zu sein.

Ich setze mich neben ihn und ignoriere dabei den schmutzigen Asphalt und den leicht modrigen Geruch, der von der Mauer aufsteigt. Ich versuche abzuwarten, übe mich in der Geduld, die Dario beim Zuhören an den Tag legt. Er sieht auf eine Reihe geparkte Roller auf der anderen Straßenseite und schweigt. So lange, bis ich es trotz meiner Bemühungen nicht mehr aushalte.

»Warum ziehst du so ein Gesicht? Was ist los, Da?«

Er zuckt mit den Schultern und legt den Kopf in den Nacken.

»Habe ich etwas Falsches gesagt?«, versuche ich erneut, ihn zum Reden zu bewegen.

Er atmet tief ein und fragt dann: »Was hat er dir über diesen Platz auf den Felsen erzählt?«

Ich runzle die Stirn und versuche, mich an unser Gespräch vor dem Kuss zu erinnern. Zwischen seinem Oberkörper, der sich an mich presst, und seinen Lippen auf meinen sind allerdings einige Details unserer Unterhaltung verlorengegangen.

»Nur, dass er früher mit seinem Bruder da war, glaube ich.«

Ich fühle die warme Erde unter meinen Händen, sehe den Abgrund und die Schönheit dieses versteckten Ortes. Vor allem aber erinnere ich mich an Milo, der direkt neben mir saß, und an das Kribbeln, das er in mir erzeugt hat, nur weil er mich ansah und dabei so lächelte, dass es mich umhaute.

»Er hat mir gesagt, dass er wegen dieses Orts zur Musik gefunden hat.«

»Sein Bruder war nie mit ihm dort.«

Ich sehe Dario verständnislos an. »Was meinst du damit? Genau das hat er aber gesagt.«

Mit geschlossenen Augen hält mir Dario seinen Daumen hin. Eine blasse Narbe zieht sich vom Nagelbett spiralförmig bis zum Handballen. Ich habe immer angenommen, dass er sich irgendwann bei der Arbeit in der Küche verletzt hat.

»Milo hat gemeint, dass es richtig bluten muss, damit es

was zu bedeuten hat. Er war schon immer ein Ganz- oder-gar-nicht-Typ.«

Dario lächelt, aber er befindet sich nicht mehr mit mir auf dem Asphalt vor dem Club, sondern in einer weit entfernten Erinnerung.

»Milo und ich waren acht, mein Bruder zehn. Vermutlich hätte Flavio uns als Ältester das Ganze ausreden sollen. Damals haben wir uns den ersten Winnetou-Film gemeinsam angesehen. Milo meinte, das wäre genau das Richtige für uns, dieser ganze Blutsbrüderkram.«

Er zieht die Augenbrauen zusammen und fährt fort: »Für mich und Flavio war es nur ein Jux, aber für Milo hat es wirklich etwas bedeutet. Mehr als mir damals bewusst war. Diese ganze Sache zwischen seiner Familie und ihm. Das ist nicht erst seit kurzem ein Thema.«

Milo hat nie über seine Familie gesprochen. Ich dachte, das läge daran, dass er sich einfach nicht für viel mehr als sich selbst interessiert. Mir wäre nie in den Sinn gekommen, dass er familiäre Probleme haben könnte. Ganz offensichtlich habe ich mich getäuscht. Aber bevor ich mich fragen kann, in welcher Hinsicht ich noch falschlag und warum er nie Thema der Gespräche zwischen Dario und mir war, unterbricht Dario meine Gedanken.

»Seitdem ich ihn kenne, fühlt er sich wie ein Fremdkörper in seiner Familie. Er musste hart dafür kämpfen, er selbst sein zu dürfen. Ich kenne seine Eltern und seinen Bruder, Tiziano. Sie lieben ihn, und er liebt sie, aber er hat ihre Erwartungen nicht erfüllt. Er hatte ziemliche Probleme in der Schule, weil er lieber Musik machen wollte. Das hat nicht in die Planung seiner Eltern für Milos Leben gepasst. Er hat nie wirklich zu ihnen gepasst. Milo ist aber kein Typ, der an so etwas zugrunde geht. Er hat sich einfach eine andere Familie gesucht.«

»Er war mit Flavio dort oben?« Ich kann es nicht fassen. Er hat mir einen Ort gezeigt, der ihm so viel bedeutet, und ich habe ihn zum Dank dafür geschlagen. Es kommt mir vor, als hätte ich eine wertvolle Erinnerung entweiht. Immerhin habe ich ihn angeschrien und ihm vorgeworfen, dass er keine Richtung hätte, keinen Plan.

Dario spricht leise weiter, als hätte er Angst, die Erinnerungen an Flavio würden zerplatzen, wenn er seine Stimme erhebt: »Flavio und er sind oft da hochgefahren. Als Milo älter wurde, hat Flavio sich viel um ihn gekümmert. Er hat ihn am Boden gehalten, aufgepasst, dass Milo sich nicht aus lauter Waghalsigkeit umbringt, und gleichzeitig dafür gesorgt, dass er an sein Talent glaubt und seinen Abschluss schafft.«

Zitternd umschließe ich meine Knie mit den Armen. *Glaub ein wenig mehr an dich.* Seine Worte streifen meine Wange. Es ist mehr als ein Rat gewesen. Es sind Flavios Worte an ihn gewesen. Die Worte, die seinem Leben eine Richtung gegeben haben. Dieser Moment auf den Felsen muss Milo viel bedeutet haben, aber die Tiefe dieser Situation deckt sich nicht mit Milos Art mir gegenüber.

»Ich hatte irgendwie gehofft, er würde die Finger von dir lassen. Ich meine, was ich neulich gesagt habe. Er ist nicht gut für sich selbst und erst recht nicht für dich, Sorellina. Aber er hat diese Erinnerung mit dir geteilt, und das ist etwas Besonderes.«

Betreff: Beichte
Datum: 20. August, 9.02 Uhr
Von: JiaraHansen@gmx.de
An: Kathiwuselkopf@freemail.com

Kathi,
gestern ist es spät geworden, sonst hätte ich Dir sofort geschrieben.
Halt. Eigentlich stimmt das nicht. Ich lag die ganze Nacht wach und hätte genug Zeit gehabt, Dir zu schreiben, aber dann dachte ich, dass ich doch lieber anrufen sollte. Ich wollte es, ehrlich.
Aber ich war zu feige, also bin ich jetzt wieder da, wo ich gestern schon stand. Ich weiß nicht, wie ich es am besten verpacken soll, also mache ich es kurz:
Ich habe ihn geküsst!
Bevor Du jetzt fragst, wen: Milo. Höchstpersönlich.
Ich hoffe, Du hasst mich jetzt nicht. Ich wollte es wirklich nicht, aber dann ist es passiert. Ich weiß, dass es falsch war. Falscher als falsch und dabei so unglaublich. Was soll ich jetzt nur tun? Ich kann nicht einfach so tun, als wäre nichts passiert.
Jonas muss es wissen, aber dann wird alles vorbei sein.
Das würde alles kaputtmachen. Bitte sag mir, dass Du einen

schlauen Kathi-Rat parat hast, der so einmalig gut ist, dass er dieses ganze Chaos beseitigt.
Deine
Jiara

Es ist Mittagszeit, und die Trattoria füllt sich langsam. Es ist alles wie immer. Nur ich bin anders. Wie sollte ich das auch nicht sein? Milo hat mich geküsst und ich ihn. Seitdem ist fast eine Woche vergangen. Sieben Tage, in denen wir uns kaum gesehen haben.

Ich bin mir nicht sicher, ob es an unserem Kuss liegt, an seiner verqueren Art, mir etwas mitzuteilen, ohne es jemals laut auszusprechen, oder ob vielleicht doch ich diejenige bin, die ein Aufeinandertreffen meidet. Ich weiß nicht, wie ich ihm begegnen will. Was ich sagen oder tun soll.

Er schläft noch immer wenig, was vielleicht daran liegt, dass er zusammen mit den Erinnerungen an Flavio in dessen altem Zimmer eingesperrt ist. Am liebsten würde ich ihm anbieten, dass wir die Zimmer tauschen, aber ich traue mich nicht.

Mir ist klar, dass Milo seine Gefühle niemals zugeben würde. Hätte er gewollt, dass ich von alledem wüsste, hätte er es mir gesagt.

Es ist alles so verdammt kompliziert, und das Einzige, was das Chaos etwas lichtet, ist die Tatsache, dass er immer seltener hier ist. Es macht das Ganze etwas einfacher, auch wenn es ein Gefühl der Leere hinterlässt. Kathi schreibt auch nicht zurück. Wahrscheinlich wird sie mir nie verzeihen, dass ich meine Beziehung zu Jonas aufs Spiel setze. Ich bin ja selbst wütend auf mich und diese dämlichen Gefühle. Dabei bräuchte ich sie und ihre Ratschläge jetzt so dringend. Ich starre auf das Mineralwasser in dem Glas vor mir. Luftblasen steigen auf und zerplatzen an der Oberfläche.

»Hast du vor, den Typen verdursten zu lassen, oder bringst du ihm das Wasser irgendwann?« Dario knufft mich in die Seite und betrachtet mich eine Spur zu besorgt. »Er kommt heute Abend wieder. Nicht an einem Ort zu bleiben ist sein Job, Sorellina.«

Er hat recht. Milo ist Musiker, und die reisen nun mal von Auftritt zu Auftritt, aber ich werde das Gefühl nicht los, dass er jeden gottverdammten Gig wahrnimmt, der ihm angeboten wird, nur um mir aus dem Weg zu gehen.

Dario nimmt mir das Tablett ab und versorgt den verschwitzten Stammgast selbst. Als er zurückkommt, zieht er mich in die Küche und sieht mich prüfend an. Er sagt nichts, und das ist schlimmer, als wenn er mich wegen meiner schlechten Arbeitsmoral zurechtgewiesen hätte. Ich streiche mir unsicher meine Haare hinters Ohr, aber bevor ich die Hand sinken lasse, löst sich die Strähne bereits wieder. Meine Haare, meine Laune, selbst meine Kleidung scheinen sich meinen zerknitterten Gedanken anzupassen.

»Was?«, frage ich und spüre die Tränen hinter meinen Augenlidern.

»Sag du es mir, Sorellina.«

Ich senke den Kopf und atme tief durch. Dann noch einmal, und im dritten Anlauf spreche ich leise aus, was idiotisch ist, verrückt, unzurechnungsfähig. Ein einziges Gefühl, das tief und dunkel in mir herumschwappt: »Ich vermisse ihn.«

Dario nickt nur.

»Ich weiß, dass es blöd ist, aber ich kann es nicht ändern.« Ich seufze.

»Hast du schon mit Jonas gesprochen?«

Ich habe noch nicht einmal an ihn gedacht. Eine Welle von Schuldgefühlen überrollt mich. Der Kuss mit Milo hat all meine Gefühle und Sehnsüchte auf einen einzigen Punkt gebündelt, und der liegt gute eintausend Kilometer von Jonas und meinem alten Leben entfernt. Dieser Punkt ist erschreckend gutaussehende eins fünfundachtzig groß und spielt so seelenraubend Gitarre, dass er jede Frau dieses Planeten haben könnte.

Dass die Farbe des Neids und der Eifersucht grün ist, habe ich immer für einen Spruch gehalten. Aber die Vorstellung, wie Milo mit einer rassigen, italienischen Schönheit in verschwitzten Laken herumrollt, während ich nicht aufhören kann, an ihn zu denken, lässt tatsächlich grünliche Lichtpunkte hinter meinen Lidern aufflammen.

»Alles o.k.?« Dario fasst mich am Arm und zieht mich zu einem Stuhl neben der Treppe. »Du bist total blass geworden, als ich Jonas erwähnt habe.«

Dario denkt, es ginge noch immer um Jonas, aber seine

Gedanken werden nicht wie meine von diesem schwarzen Milo-Loch aufgesogen. Für Dario dreht sich unser Gespräch um meinen zukünftigen Ehemann, denn der Zehnjahresplan sieht vor, dass Jonas und ich bald heiraten werden. Und alles, was meinem Gehirn dazu einfällt, ist eine ausgewachsene Eifersuchtsattacke wegen Milo und einer fiktiven Frau. Ich stöhne leise und angle mir eine Flasche Wasser aus der Getränkekiste. Dabei verscheuche ich mäßig erfolgreich das Bild von Milo, mir und diesen Kisten bei unserem ersten Treffen.

»Du solltest mit Jonas reden.«

»Und was genau soll ich ihm sagen?« Ich weiß es wirklich nicht. Und selbst wenn ich es wüsste, würde mich die Angst vor der Endgültigkeit dieses Schrittes lähmen.

»Sag ihm, dass du Zeit brauchst, um nachzudenken.«

Ich verspüre einen leisen Hauch von Panik bei dieser Formulierung. Wenn ich die Worte tatsächlich zu Jonas sage, würde das alles kaputtmachen, was wir uns gemeinsam aufgebaut haben.

»Das ist fast so gut, wie ›wir bleiben Freunde‹«, sage ich lahm.

Im Gegensatz zu mir klingt Dario völlig ruhig: »Das muss nicht das Ende sein.«

Aber das wird es. Ich kenne Jonas. Mein ganzes Leben schon. Er ist immer mein Sicherheitsnetz gewesen, aber auch das kann reißen, wenn man es überspannt.

Es macht mir Angst, wie ich über uns denke. Da ist kaum noch Gefühl, nur kühle Berechnung, wie bei einer von

Jonas' Bilanzen. Es geht um das Haben innerhalb der Beziehung, das sicher ist und das es gilt aufzugeben, weil unsere Liebe eine verdammte Soll-Position geworden ist.

»Ich kann ihn nicht einfach verlassen«, versuche ich zu erklären.

»Aber du kannst auch nicht bei ihm bleiben und leugnen, was hier gerade passiert.«

Dario sagt das, als wäre es nicht mehr als eine Zutat in einem seiner Gerichte. Eine bloße Feststellung, die mir die Tränen in die Augen treibt.

»Es war alles gut, bis Milo hierhergekommen ist. Mit seiner Scheißgitarre und dieser Stimme und diesen braunen Dackelaugen.«

»Du weißt, dass das nicht stimmt.« Dario zieht sich eine der Kisten heran und setzte sich mir gegenüber. »Jonas liebt dich, aber er liebt dich wie ein Meerschweinchen im Käfig. Er will, dass du dich innerhalb seiner Grenzen bewegst.«

»Er würde mich niemals zu etwas zwingen«, protestiere ich schwach.

Jonas ist nicht der Typ, der andere kontrolliert. Er stellt eher stumme, aber sehr klare Erwartungen an die Menschen, die ihn umgeben.

»Ich sage nicht, dass er dich zwingt, aber er erwartet, dass du seine Werte und Ziele im Leben teilst und dich in dieselbe Richtung entwickelst. Du solltest dich einfach fragen, ob sein Weg auch deiner ist.« Er zuckt mit den Schultern. »Er will dich als einen Teil seiner Welt, seines Plans, und wenn du so nicht leben kannst, sollte dir das besser jetzt klarwerden als in ein paar Jahren.«

So viel also zu Darios Sympathie für Jonas. Ich habe ihn noch nie so über einen anderen Menschen sprechen hören.

Er atmet tief durch und fährt etwas sanfter fort. »Es ist nicht seine Schuld. Er ist einfach so. Er braucht Regeln und Sicherheit und einen fest strukturierten Rahmen, aber du, Sorellina, bist ein Freigeist.« Er hält kurz inne, bevor er leise hinzufügt. »Genau wie Milo. Ihr seid euch da sehr ähnlich.«

Ich kann nicht sehen, wo wir uns ähneln, stelle Darios Aussage aber nicht in Frage.

»Ich kann doch nicht einfach alles aufgeben und hoffen, dass Milo ab und an hier vorbeikommt, mir ein umwerfendes Lächeln schenkt, bevor er wieder abzieht. Er hält sich an keine Regeln. Er wird niemals eine Beziehung wollen oder eine gemeinsame Zukunft. Wahrscheinlich hat er mich längst vergessen.«

»Nein.« Dario grinst schief. »Wir haben über dich gesprochen. Und eins kannst du mir glauben, Milo redet für gewöhnlich nicht mit mir über sein Gefühlsleben.«

Mein Herz setzt einen Schlag aus. Ich bin ihm so wichtig, dass er mit Dario über mich gesprochen hat. Dieser Strohhalm sollte mich nicht so sehr freuen, wie er es tut.

»Du hast recht, dass Milo kein Typ für eine klassische Beziehung ist«, fährt Dario fort. »Er ist eben kein Meerschweinchen. Dein Problem ist, dass du zu lange im Käfig gelebt hast. Du denkst mit Gitterstäben im Kopf. Was ist, wenn Milo dich glücklich machen würde, nur eben anders? Warum muss eine Beziehung so sein, wie es dir ein Leben lang eingetrichtert wurde?«

Dario wirft mir einen nassen Lappen zu und beginnt, vor sich hin zu pfeifen. Ich würde gern noch einmal zu dem Punkt des Gesprächs kommen, wo er sagte, Milo hätte mit ihm über mich gesprochen. Auch wenn ich weiß, dass Dario mir niemals verraten würde, was sie besprochen haben, will ich es wissen. Mehr als alles andere.

»Werde dir klar darüber, ob du in einem Käfig leben willst oder in Freiheit«, schließt Dario.

Als wäre das so einfach. Ich fühle mich wie ein unfreiwilliger Che Guevara der Nagetiere. Darios Sicht überfordert mich, auch wenn ich spüre, dass er recht hat.

»Heute Abend bin ich bei Nina«, sagt er dann unvermittelt.

Ich krame in meinem Kopf nach einem Gesicht zu dem Namen und werde kurz darauf fündig. Eine sympathische Frau mit kurzen schwarzen Haaren, einem ansteckenden Lachen, extravaganter Kleidung und mehr Lebensfreude, als gesund sein kann. Sie gehört zu Darios Freunden. »Sie ist nett«, sage ich.

Dario lacht. »Du sagst das, als wäre es eine ansteckende Krankheit.«

So fühlt es sich zumindest an. Ich finde es anstrengend, wenn Menschen so gutgelaunt sind, dass ich mich wie eine überdimensionale Spaßbremse fühle. Aber irgendetwas in Darios Gesichtsausdruck sagt mir, dass er sie wirklich mag, also versuche ich es ohne Ironie. »Ich meinte das ernst. Sie ist hübsch und wirklich sympathisch.«

Er nickt nur und sieht dabei aus wie ein liebeskrankes Flusspferd. Ich kann es nicht fassen. Während ich mit Mr Rockstar und Jonas beschäftigt gewesen bin, hat mein bester Freund sich klammheimlich verliebt. Irgendwie fühle ich mich betrogen und versuche, das unwillkommene Neidgefühl abzutöten. Nina hat bestimmt keine Probleme damit, ihre Gefühle mitzuteilen oder sich auf eine Beziehung einzulassen.

»Seid ihr zusammen?« Ich warte Darios Nicken nicht ab, bevor ich die Backen aufblähe und geräuschvoll die Luft entweichen lasse. »Ich freue mich für dich, aber dann befindest du dich genauso hinter Gitterstäben.«

Er steht auf, schiebt die Wasserkiste zurück an ihren Platz und beginnt, Pfannen und Töpfe aus dem Schrank zu kramen. »Ich mag Käfige, wenn ich mir aussuchen darf, wie sie gemacht sind und mit wem ich darin wohne. Du solltest dir darüber klarwerden, was du willst. Milo kommt heute Abend nach Hause, und ich finde, ihr solltet reden. Allein!«

Milo und ich allein. Mir fallen tausend Gründe ein, wieso das keine gute Idee ist, aber mindestens genauso viele, aus denen Vorfreude wie Brausepulver in mir aufsteigt.

Milo

Mein Kopf lehnt an der plastikverkleideten Kabine des Zuges. Ich kann jeden Meter Strecke spüren, den der Waggon zurücklegt. Das Vibrieren durchzieht meinen Körper und schüttelt die Erinnerungen durcheinander, die in meinem Kopf Kreise ziehen. Unweigerlich schlittere ich in Gedanken zu meinem Bruder, der nie verstanden hat, warum ich zu verbohrt war, um auch nur eine meiner vielen gottgegebenen Eigenschaften zu nutzen.

Im Gegensatz zu ihm und meinen Eltern bezweifle ich nicht nur die Existenz von Gott, sondern auch irgendwelche von ihm verteilten Talente an mich. Das konnte ich natürlich nie aussprechen. Meine Eltern sind strenggläubig. Ihnen zu sagen, dass ich an meinem Glauben zweifelte, wäre einer Todsünde gleichgekommen. Dass ich mich und den mir vorgegebenen Weg in Frage stellte, hat ihnen den Rest gegeben.

Unverständlicherweise war meine Mutter bis zuletzt der Meinung, dass ich ganz nach meinem Vater käme, aber mein Vater hat ganze Klassen übersprungen, seinen Abschluss an der Universität mit summa cum laude gemacht und sich innerhalb weniger Jahre ein erfolgreiches Unternehmen aufgebaut. Er ist zielstrebig, loyal und hochintelligent.

Mich hingegen hat man nach der Scuola Media der Schule verwiesen, weil ich vor lauter Langeweile das Schulinventar beschädigte und mich bei jeder passenden oder unpassenden Gelegenheit in den Toiletten einschloss und Musik hörte, anstatt mich mit dem gleichen Enthusiasmus wie unsere Lehrer dem Römischen Reich zu widmen. Die teuren Internate, die mein Vater daraufhin auftat, kapitulierten ebenfalls nach kurzer Zeit und erklärten ihm, ich wäre aufgrund mangelnden Interesses unbeschulbar. Wenn meine Mutter recht gehabt hätte, hätte ich meinen Abschluss nicht erst durch Flavios Hilfe schaffen dürfen. Ich hätte selbst meinen Arsch hochkriegen müssen, oder nicht?

In meinem Leben gab es nichts, was auch nur nur halb so erfolgversprechend gewesen wäre wie alles, was mein Vater je angepackt hat. Ich verstehe nicht, wie mein Bruder noch heute damit leben kann, immer eine Spur schlechter zu sein als unser Vater.

Mittlerweile bin ich mir ziemlich sicher, dass ich damals bewusst und mit voller Absicht versucht habe, ihn zu enttäuschen. Ich wollte sehen, ob er mich genug liebt, um meinen Weg zu akzeptieren. Ich musste es sehen und bin damit voll vor die Wand gefahren.

Pa konnte und wollte nicht akzeptieren, dass ich andere Vorstellungen von meinem Leben hatte als er.

Ich habe darauf reagiert, wie ich es ständig tue – indem ich um mich schlug. Ich entfernte mich immer weiter von ihnen und von mir selbst. Es ging mir erst besser, als ich den konsequenten Schnitt tat und von zu Hause fortging, um von meiner Musik zu leben. Ich kam zur Ruhe und lebte wie im Rausch. Das müsste sich ausschließen, aber das tat es nicht.

Ich bin Darios und Flavios Eltern bis heute dankbar, dass sie mir eine Anlaufstelle boten, als ich von zu Hause fortging. Flavio hat mich in dieser Phase darin bestärkt, dass ich das Richtige tue. Er hat mir gezeigt, dass Musik und der Schulabschluss sich nicht zwangsläufig ausschließen müssen. Ich begann, auf der Straße für Passanten zu spielen, dann in kleinen Clubs, und beendete meine Schule. Es war eine gute Zeit, die mit dem Unfall von Darios Familie endete.

Dario konnte sich danach nicht um eine weitere angeschlagene Person kümmern. Er selbst befand sich gefährlich nah am Abgrund. Also versuchte ich, allein durchzukommen, scheiterte, weil mir jegliches Verhandlungsgeschick fehlte, um Engagements zu kriegen, und kehrte pleite zurück zu meinen Eltern. Ich war so am Boden, dass ich tatsächlich um des lieben Friedens willen anfing zu studieren. Ich brachte annehmbare Resultate mit nach Hause, und meine Eltern duldeten im Gegenzug widerstrebend, dass ich nebenbei Musik machte. Es war ein bröckeliger Frieden.

Mir war klar, dass Pa erwartete, dass ich nach dem Abschluss in die Firma einsteigen würde. Ich glaube heute, dass ihm ebenso klar war, dass ich genau das nicht tun würde. Ich habe ihn nie angelogen. Wir schwiegen das Thema tot. Genau wie so vieles andere.

Aber Probleme haben die Angewohnheit, nicht zu verschwinden, nur weil man sie ignoriert. Es war klar, dass diese Vogel-Strauß-Politik irgendwann im Desaster enden musste. Dass dessen Zeitpunkt ausgerechnet kurz vor dem Abschlussexamen liegen musste, war ein weiterer Witz, den sich mein Schicksal erlaubte. Die Szene steigt aus den Tiefen meines Gehirns auf und brennt sich auf meine Netzhaut, bis ich sie schmerzhaft klar vor mir sehe:

Ich will gerade los zu einem Club, in dem ich am Abend spielen soll. Pa ist auf dem Weg in die Firma und Tiziano wie immer in seiner Nähe.

»Müsstest du nicht lernen?«, fragt Tiziano herausfordernd. Mir ist klar, dass er Streit sucht. Ich sollte mich umdrehen und gehen, aber das kann ich nicht.

Ich starre ihn an, als könnte ich ihn nur mit meinem Blick davon abhalten, dass er spöttisch gegen meinen Gitarrenkoffer tritt. Was natürlich nicht klappt. Er bringt den Koffer ins Trudeln, bevor ich ihn zu packen bekomme und fest zwischen meine Beine klemme. Das sollte ich mal bei seinem Rover wagen.

Ich könnte ihm schon wieder eine reinhauen. Dabei bin ich erst fünf Minuten wach. »Hast du nichts zu tun? Musst du nicht irgendwem in den Hintern kriechen?«

Pa sieht zwischen uns hin und her, bevor er zu meiner Überraschung Tiziano in seine Schranken weist. »Lass deinen Bruder in Ruhe und warte im Wagen!«

Er hat seinen Schoßhund auf dessen Platz verwiesen. Es

sollte mich freuen, aber ich ahne, dass er das nicht mir zuliebe getan hat. Das dicke Ende kommt unter Garantie erst noch. Nachdenklich sieht Pa meine Gitarre an und dann mich. Mir entgeht seine Missbilligung meiner Klamotten und meines Haarschnitts nicht, auch wenn er sie nicht in Worte fasst. Heute scheint es Wichtigeres zu geben als die Tatsache, dass sein Sohn wie ein Punk rumläuft. Ich bin mir nicht sicher, ob er überhaupt weiß, was ein Punk ist und dass ich damit in etwa so viel zu tun habe wie Cinderella mit Monty Python.

»Es geht Tiziano nichts an, aber mich schon. Wirst du deinen Abschluss schaffen?«

»Warum sollte ich nicht?« Seine Frage treibt mich in die Gegenwehr, weil ich genau weiß, worauf er hinauswill.

Er kneift ein Auge halb zu, als gelänge es ihm so, die Gitarre neben mir auszublenden.

»Weil Tiziano recht hat. Du hast nur die Musik im Kopf.« Seine Stimme bleibt sanft.

Wenn ich es nicht besser wüsste, würde ich denken, dass Verständnis darin mitschwingt. Aber Pa hat kein Verständnis für die Musik, für einen anderen Weg als seinen.

»Ich habe all die Jahre nichts zu deinen Spielereien gesagt. Wir waren froh, dass du wieder ein Teil der Familie warst.«

Ich war nie ein Teil der Familie. Ich beiße die Zähne aufeinander und versuche, ruhig zu atmen.

»Aber du musst irgendwann erwachsen werden. Sobald du deinen Abschluss hast, zählen wir darauf, dass du in die Firma einsteigst. *Ich* zähle darauf.«

Das war klar, auch ohne dass er es ausgesprochen hätte. Er schafft es wirklich, einem den kompletten Tag zu versauen. Am liebsten würde ich das Gespräch hier abbrechen. Es hat keinen Sinn, mit meinem Vater zu diskutieren, aber klein beigeben ist nicht gerade meine Stärke.

»Ich habe dir gesagt, dass ich Musik machen will.« Ich werde Musik machen, egal, was er dazu sagt. »Das Studium war nicht mehr als ein Zugeständnis.«

Ein Friedensangebot, um meine Ruhe zu haben. Ich hatte nie vor, es tatsächlich zu nutzen. Erst recht nicht, um mit meinem Vater und Tiziano zusammenzuarbeiten.

»Ein Zugeständnis, das ein klares Ziel hatte«, macht mein Vater seinen Standpunkt klar.

In seiner Firma den Handlanger zu machen. »Das war dein Ziel. Nie das meine.«

»Dir ist klar, dass Musiker zu sein kein Beruf ist«, sagt mein Vater.

Ich beiße mir so sehr auf die Lippen, dass ich Blut schmecke. »Du glaubst nicht, dass ich es schaffen kann.«

Ich verstehe nicht, wieso ich hoffe, er würde mir widersprechen. Die Diskussion haben wir nicht zum ersten Mal, aber bis heute habe ich die Augen vor dem verschlossen, was glasklar vor mir liegt. Pa glaubt nicht an mich. Hat er nie getan.

Eine Weile ist es still, bevor Pa näher an mich herantritt und seine Hand auf den Gitarrenkasten legt. Er streicht darüber und sieht die schwarze Hülle kopfschüttelnd an.

»Es geht nicht darum, was ich glaube oder nicht. Du hast

eine Verpflichtung deiner Familie gegenüber, der Firma gegenüber.« Er seufzt. »Dein Bruder kann die Firma nicht allein leiten, wenn ich nicht mehr bin. Das ist zu viel für eine Person.«

Er tut gerade so, als würde er bald das Zeitliche segnen. Und so, als gäbe es keine andere Person, die Tiziano zuarbeiten könnte. Dabei gibt es Hunderte von speichelleckenden Anzugsheinis, die ganz versessen darauf sind. Es ist seine übliche Methode, mich in seine Richtung zu zwingen.

»Ich habe dich diesen albernen Kram machen lassen, solange du das Studium nicht hast schleifen lassen, aber neben deiner Arbeit in der Firma wird keine Zeit dafür bleiben.«

»Dieser alberne Kram ist mein Leben.« Ich brülle, dabei zeigt das nur meine Schwäche. Ich wäre gern so beherrscht wie Pa, der keine Miene verzieht.

»Es ist nichts, was ich diskutieren werde. Die Verträge sind bereits aufgesetzt. Komm die nächsten Tage vorbei und unterschreib sie. Bitte.« Er betont das »Bitte« so merkwürdig, als wäre das Ganze ein verdammter Witz.

Dann dreht er sich um. Einfach so, um in diese beschissene Firma zu fahren, die er anscheinend mehr liebt als alles andere. Wenn er auch nur einen Funken Vatergefühl hätte, wären ihm meine Wünsche nicht egal.

»Ich werde Musik machen und Erfolg damit haben«, bringe ich mühsam hervor, ich stehe kurz davor loszuheulen. Nur Pa kann dieses verdammte Gefühl der Hilflosigkeit in mir auslösen

An der Tür dreht er sich um und schüttelt den Kopf. »Du wirst scheitern.«

Ein Satz; schlicht, emotionslos und gerade dadurch so scharf wie eine geschliffene Klinge, mit der Pa meinen Glauben an mich selbst filetiert.

»Ich hasse dich«, presse ich hervor.

Dabei ist das Gegenteil der Fall. Nur deswegen hat er die Macht, mich so sehr zu treffen, dass es mich umwirft. Er wendet sich ab und sieht sich nicht um, als er die Tür öffnet. Mit Tränen in den Augen starre ich ihm hinterher.

»Ich hasse dich.«

Meine Worte prallen gegen die Haustür, die hinter ihm zufällt. Es hört sich an wie eine scheiß Liebeserklärung. Wie ein Frage, warum er nicht hinter mir stehen kann. Es bringt mich fast dazu, mir zu wünschen, ich wäre so, wie er es von mir erwartet. Ich wünschte in diesem Moment, ich könnte so sein wie Tiziano, der genau in Pas Vorstellungen passt. Aber am meisten wünsche ich mir, dass er mich trotz der Tatsache akzeptiert, dass ich anders bin. Aber das wird er nie.

Ich weiß genau, was zu tun ist. Ich bin schon einmal abgehauen – mit Flavios Hilfe. Dieses Mal muss es ohne ihn gehen, und das, obwohl Pas Zweifel sich tief in mir verbeißen. Es ist nicht das erste Mal, dass wir aneinandergeraten, aber es ist das erste Mal, dass er so klar formuliert hat, was er denkt. Da war keine Wut in seinen Worten, nur Ruhe und Präzision, die mir keine Möglichkeit lässt, die Tatsachen schönzureden.

Ich stolpere zurück in mein Zimmer und stopfe den Inhalt meiner Kommode in den Seesack, der unter meinem Bett liegt. Dann schiebe ich alles, was auf der Kommode und meinem Schreibtisch liegt, mit dem Arm hinterher und ziehe den Sack zu.

Ich werde es Pa beweisen, Ma und Tiziano, aber vor allem mir selbst.

Das ist über drei Jahre her. Drei Jahre, in denen ich nichts von meiner Familie gehört habe. Ich weiß nicht, was sie tun oder wie es ihnen geht. Es interessiert mich nicht.

Ich seufze und schlage einige Akkorde an, während der Zug unruhig über die Gleise ruckelt. Es ist so voll, dass fast alle Abteile besetzt sind. Auf den Platz zwischen zwei plastiktütenbeladenen Frauen, die sich eifrig schnatternd über den frittierten Inhalt der Tüten hermachen, habe ich freiwillig verzichtet. Also sitze ich auf dem Gang, eingequetscht zwischen Waggontür und Zugtoilette, und klimpere auf meiner Gitarre herum. Es hilft mir abzuschalten. Der Erfolg lässt heute allerdings zu wünschen übrig.

Ich stimme Big Jetplane von Angus Stone an. Eine Melodie, die die Seele umschlingt und einen in andere Welten mitnimmt – normalerweise. Heute klingt selbst meine Gitarre unmotiviert. Ich seufze frustriert. Sie wird da sein, wenn ich bei Dario ankomme. Ich verstehe nicht, wieso ich nicht einfach weiterziehe. Flavios Zimmer, seine Sachen, die Dario bis heute nicht weggeräumt hat, und die Art, wie Jiara mein Inneres durcheinanderwirft, machen mich langsam, aber sicher depressiv. Zu sehen, was Dario sich aufbaut – schon aufgebaut hat –, obwohl ihm das Schicksal so übel mitgespielt hat, während ich im Grunde noch immer an demselben Punkt stehe wie vor drei Jahren, schürt einen Neid, den ich verachte. Ich will Dario für das, was er geschafft hat, bewundern, aber so ein Mensch bin ich nun mal nicht.

Normalerweise verschwinde ich, bevor etwas unangenehm wird oder ich anfangen kann, meine Persönlichkeit auseinanderzunehmen. So läuft das, und ich kapiere nicht, was mich davon abhält, so weiterzumachen wie bisher.

Ich sehe aus dem Fenster, wo Gärten, Häuser und Berge am Fenster vorbeifliegen wie ein überdimensionales Daumenkino. Der Himmel zeigt ein breites Spektrum intensiver Farben, die ineinanderfließen, als hätte jemand ein Wasserglas darübergegossen. Am Horizont haben sich Wolkentürme gebildet, die den längst überfälligen Regen ankündigen. Ich lasse die Melodie in eine andere übergehen und beschließe, dass hier nur noch Alkohol helfen kann. Praktischerweise wohne ich derzeit über einer Trattoria mit einer hervorragend ausgestatteten Bar.

Wer behauptet hat, Alkohol wäre keine Lösung, hat keinen Schimmer. Es gibt Momente, wo nichts anderes hilft, als betrunken zu sein. Es macht die Welt weniger scharfkantig und angenehm langsam. Ich kann einfach die Augen schließen, unter Jacks warme Decke kriechen und einschlafen, ohne dass mich lästige Gedanken quälen.

Jiara

Dario hat mir freigegeben. In der Trattoria ist nicht allzu viel los. Vielleicht wollte er mich aber auch nur loswerden, weil ich in meiner derzeitigen Verfassung sowieso keine besonders große Hilfe bin. Ich sitze seit einer guten Stunde in meinem Zimmer vor meinem Laptop und streiche über die Tastatur. Ich muss dringend mit Jonas reden und das zwischen uns klären, bevor Milo hier auftaucht. Der Bildschirm ist schon schwarz geworden und zeigt jetzt mein diffuses Spiegelbild. Ich bin so oft mit den Händen durch meine Haare gefahren, dass sie wirr in alle Richtungen stehen. Vielleicht sollte ich mein derangiertes Äußeres erst wieder in Ordnung bringen. Jonas mag es, wenn ich meine Haare in einem Pferdeschwanz trage, und er mag mein blassrosa Lipgloss.

Resigniert stoße ich die Luft aus. Kein Pferdeschwanz und kein Lipgloss der Welt werden das hier einfacher machen. Ich muss nur genügend Mut finden, und genau das ist mein Problem. Ich schüttele frustriert den Kopf. Es muss sein. Ich kann nicht länger mit Jonas zusammen sein. Nicht nur, weil ich die ganze Zeit an Milo denke, sondern auch, weil mich seine Liebe nicht mehr glücklich macht. Vor allem deswegen. Es fällt mir schwer, meine eigenen Worte zu glauben.

Dario hat mir geraten, erst einmal abzuwarten und mit Milo zu sprechen, bevor ich bei Jonas etwas Überstürztes tue, aber das kommt mir falsch vor. Das ist, als würde ich nur mit Jonas zusammenbleiben, weil ich Angst habe, am Ende mit leeren Händen dazustehen, und so ein Mensch will ich nicht sein. Das Dumme ist nur, dass ich auch nicht die Sorte Mädchen sein will, die den Verlobten verlässt, nur weil sie sich eine rosarote Zukunft mit einem Urlaubsflirt ausmalt.

Ich weiß, dass es Jonas tief treffen wird. Es wird mich tief treffen. Ich liebe diesen Mann, wenn auch inzwischen ohne Funken und Leidenschaft. Vielleicht ist Liebe so, wenn sie Jahre überdauert. Vielleicht erwarte ich zu viel.

Ich seufze, bewege die Maus, um den Laptop aus seinem Standby-Schlaf zu holen, und öffne die Skype-Maske. Ich bin kein Nagetier, das sich in einen Käfig sperren lässt. Ich will mehr vom Leben, als ein Punkt auf Jonas' Zehnjahresplan zu sein. Ich will die Welt entdecken und mich finden. Es tut gut sich einzureden, dass das, was ich vorhabe, nichts mit Milo zu tun hat.

Das blecherne Freizeichen der Skype-Verbindung ertönt, und wenig später erscheint Jonas' leicht gestresst wirkendes, grobpixeliges Gesicht auf dem Monitor. Er sitzt in dem Büro seines Vaters. Im Hintergrund kann ich die Kollegen vorbeieilen sehen. Alle befinden sich unter Zeitdruck, und es kommt mir so vor, als wäre ihre gute Laune genauso aufgesetzt und rastlos wie ihr Leben.

»Hi, Süße.« Obwohl er kurz hinter sich schaut und verstohlen auf die Uhr an seinem Handgelenk sieht, ist seine Stimme warm und freundlich. Für ihn bin ich seine Frau, seine Süße. Er zweifelt nicht an uns.

»Hi, Jonas.«

Ich weiß nicht, wie ich anfange soll, dabei habe ich Stunden damit zugebracht, mir Sätze zurechtzulegen. Keiner davon ergibt mehr einen Sinn.

»Ich muss mit dir reden.« Sehr originell.

Er sieht mich stirnrunzelnd an. Seine Nase wirkt durch die Perspektive des Webcamobjektivs zu groß. Die Narbe, die seine rechte Augenbraue in zwei Hälften teilt, wird von dem schräg ins Gesicht hängenden Pony verdeckt. Sie stammt aus unserer Grundschulzeit, als er mich am Ende der dritten Klasse gegen den Klassentyrann beschützt hat. Der revanchierte sich dafür mit einem Ast als Schlagholz.

Ich muss mich konzentrieren. Es wäre so viel einfacher, wenn ich ihm dabei nicht in die Augen sehen müsste. Ich sehe darin unser ganzes gemeinsames Leben, und das macht es so viel schwerer. Nach all den Jahren will ich mich dennoch nicht feige aus der Beziehung stehlen. Ihm in die Augen zu sehen ist das mindeste. Wenigstens das kann ich noch für ihn tun.

»Was gibt es?« Er sieht auf seine Uhr. »Ich habe nur noch fünf Minuten. Dann findet hier ein Meeting statt.« Er zeigt auf die Lederstühle, die sich rund um einen Kirschholztisch reihen. Ich werde das Gefühl nicht los, dass er genau weiß, was kommen wird. Dass er das Meeting nur erwähnt, um mich davon abzuhalten, es laut auszusprechen.

Mir bleiben fünf Minuten. Es gibt Blitzhochzeiten. Dies hier wird eine Blitztrennung.

Mir steigen die Tränen in die Augen. »Ich weiß nicht, wie ich anfangen soll.« Mein Atem stockt, und ich zähle langsam bis drei, bevor ich wieder aufsehe und scheinbar fest hinzufüge: »Ich kann so nicht weitermachen.«

Er hat es erwartet, denn bevor ich etwas Weiteres sagen kann, sackt er auf der Tischplatte zusammen und vergräbt seinen Kopf in den Händen. Ich kann nicht sehen, ob er weint. Er gibt kein Geräusch von sich, keine Regung ist zu erkennen.

»Jonas, ich …« Er ist nur noch eine Ansammlung aus ineinandergefalteten Gliedmaßen und Haaren. »Ich habe das nicht geplant.«

Als würde es das besser machen. Ich will ihn in den Arm nehmen und dafür sorgen, dass der Schmerz, den ich gerade verursacht habe, aufhört.

Stattdessen sage ich nur: »Dieser Sommer hat mir gezeigt, dass ich mehr will. Das mit uns fühlt sich nicht mehr richtig an …«, ich stocke, »ich muss herausfinden, was ich will – für mich.«

Plötzlich richtet er sich auf, und sein Gesicht erscheint in Großaufnahme. Er ist ganz nah an den Computer herangerutscht. Ich habe Tränen erwartet, aber alles, was ich sehe, ist Zorn. Kalter Zorn, der sein Gesicht unnatürlich blass färbt und seine Augen tief schwarz erscheinen lässt.

»Du lügst.« Er speit mir die Worte über tausend Kilometer entgegen, so dass sie mich mit voller Wucht in die Magengrube treffen.

»Meinst du nicht, dass du nach all den Jahren ehrlich zu mir sein müsstest? Und wenn das zu viel verlangt ist, belüg dich wenigstens nicht selbst. Das macht mich krank. Du glaubst diesen ganzen Scheiß von wegen Selbstverwirklichung, dabei rennst du nur diesem Idioten hinterher, diesem Italo-Lover.«

»Jonas, ich …« Er lässt mich nicht ausreden.

»Sei still.« Er beißt sich auf die Lippen. »Sei bitte leise«, wiederholt er. Dieses Mal ist seine Stimme unnatürlich ruhig. Wie ein Vulkan kurz vor der Eruption.

»Ich wollte nicht, dass du den ganzen Sommer nach Italien gehst, um dort zu arbeiten, und habe dich trotzdem gehen lassen, weil es dir wichtig war. Ich wusste, dass es ein Fehler war, und habe es trotzdem zugelassen. Und während du dich am Strand gesonnt und mir jeden Tag erzählt hast, wie anstrengend es ist, ein paar Gläser Wasser und dreieinhalb Pizzen zu verteilen, bin ich hiergeblieben. Ich habe an unserer Zukunft gearbeitet und dich machen lassen. Und weißt du, warum? Weil ich dich liebe.« Seine Worte klingen so scharfkantig, dass sie ihre eigentliche Bedeutung verlieren.

»Verdammte Scheiße!«, fährt er fort. »Ich habe noch

nicht einmal was dazu gesagt, als dieser Kerl bei Dario aufgetaucht ist und dich angemacht hat.«

Ich werfe lieber nicht ein, dass er sehr wohl etwas dazu gesagt hat.

»Es ist nicht wegen Milo«, erwidere ich lahm.

»Lüg mich nicht an.« Er schreit jetzt, und ich kann sehen, wie einige Kollegen hinter der Glasscheibe, die sein Büro begrenzt, stehen bleiben und neugierig tuscheln. »Sei verdammt nochmal ehrlich. Das schuldest du mir.«

Ich kann es nicht. Ich kann nicht aussprechen, was zwischen mir und Milo passiert ist, und damit alles zerstören, was jemals zwischen Jonas und mir war. Es fühlt sich so falsch an, ihn zu verlieren. Er ist mir wichtig. Ich habe mehr Zeit meines Lebens mit ihm verbracht als ohne ihn. Im Grunde weiß ich nicht einmal, wer ich ohne ihn bin.

»Ich liebe dich«, bringe ich hervor. Und das ist keine Lüge.

Ich liebe ihn, seitdem er nach der Beerdigung meiner Oma an mein Fenster klopfte, ins Zimmer kletterte und mich einfach in den Arm genommen und geküsst hat. Ich war gerade achtzehn geworden, und seine Lippen haben mir etwas von meiner Traurigkeit genommen, seine Arme die Beklommenheit. Von diesem Tag an war er meine Sicherheit. Mit ihm sind so viele Erinnerungen verknüpft. So lange war er meine Zukunft. Ich kann ihn nicht verlieren.

»Aber du willst nicht mehr mit mir zusammen sein«, sagt er und klingt resigniert. Ein bitteres Lachen dringt durch die Lautsprecher. »Du wusstest noch nie, was du in deinem

Leben wolltest, aber in dieser Angelegenheit bist du dir plötzlich sicher?«

Er stößt verächtlich die Luft aus. Er will mich treffen und, verdammt nochmal, er ist erfolgreich. Ich weiß nicht, was ich tue, was ich für mein Leben will. Ich bin mir alles andere als sicher. Seine Worte geben mir das Gefühl, den wahrscheinlich größten Fehler meines Lebens zu machen. Ich spüre, wie mich Unsicherheit umspült. Und Angst. Pure, kalte Angst.

»Das ist keine Liebe«, fährt er kalt fort und versperrt mir den Weg, um einen Rückzieher zu machen. »Wahrscheinlich war es das nie.«

Ich bleibe stumm, obwohl ich so viel sagen müsste. Ich sehe Jonas nur an und er mich. Bis sich seine Hand der Webcam nähert. Das Bild wechselt mit einem Ruck zu Schwarz.

Ein langgezogener Piepton zeigt an, dass die Verbindung beendet worden ist. Unsere Verbindung ist zerstört. Ich habe sie gekappt. Plötzlich bin ich müde. So müde. Es fühlt sich an, als könnte mir nie wieder etwas wichtig sein. Ich will nur noch schlafen und nie wieder aufwachen.

Ein Vibrieren weckt mich. Kurz bin ich mir unsicher, woher es kommt oder wo ich bin. Zerknautschte Laken liegen zerwühlt unter mir. Sie sind so verdreht wie mein Inneres. Das Gespräch mit Jonas drängt sich in mein taubes Bewusstsein. Draußen ist es bereits dunkel. Ich muss einige Stunden geschlafen haben. Kraftlos taste ich nach meinem

Handy. Das Geräusch hat den Eingang einer WhatsApp-Nachricht von Kathi begleitet. Ich lese den Anfang, der auf dem Sperrbildschirm angezeigt wird.

Spinnst du? Du kannst den Typen doch nicht einfach küssen …

Als wäre der Tag heute nicht schon beschissen genug, meldet sich auch noch Kathi, die bis jetzt nicht auf meine Mail reagiert hat. Ich mache mir nicht die Mühe, die Codesperre zu entriegeln und die gesamte Nachricht zu lesen. Obwohl ich sehnlichst auf eine Antwort gewartet habe, wünsche ich mir gerade die Funkstille zurück. Immerhin konnte ich mir da noch einreden, dass sie nicht sauer auf mich wäre und ihr einfach bisher die Zeit gefehlt hat, mir zu antworten.

Mich selbst zu belügen funktioniert jetzt nicht mehr. Kathi ist stinksauer, und ich frage mich, was sie sagen würde, wenn sie wüsste, dass ich nicht nur Milo geküsst, sondern auch noch mit Jonas Schluss gemacht habe. Wahrscheinlich wird sie sich in den nächsten Flieger setzen, sobald sie davon erfährt, und mich eigenhändig zurück nach Hamburg schleifen, um meine Fehler wiedergutzumachen.

Ich schaue auf die Uhr, um zu sehen, wie lange ich geschlafen habe. Es ist schon verdammt spät, was gleichzeitig bedeutet, dass ich schon eine halbe Ewigkeit auf den einzigen Menschen warte, der mir das Gefühl geben kann, ich hätte das Richtige getan.

Auf der Suche nach Ablenkung, blättere ich durch die Seiten meines Buches, bevor ich es wieder zuschlage und neben mich werfe. Ich kann mich heute nicht zwischen den

Seiten verlieren, um zu vergessen, was passiert ist. Ich bin mir sicher, dass ausschließlich Milo in der Lage ist, jeden klaren Gedanken in meinem Kopf zum Kollabieren zu bringen. Und genau das will ich. Ich schiebe das Bild von Kathie beiseite, die mir den Hals umdrehen würde, wenn sie wüsste, was ich vorhabe. Alles, was zählt, ist, dass ein Kuss von ihm das Bild von Jonas' enttäuschtem Gesichtsausdruck verschwinden lassen wird. Ganz zu schweigen von dem, was der Rest von ihm bei meinen Schaltkreisen verursachen wird. Er wirkt wie ein schwarzes Loch auf mein Gehirn, und gerade heute wünsche ich mir nichts mehr, als mich in ihm zu verlieren.

Nur ist Mr Rockstar weniger kooperativ, als ich gehofft habe. Der letzte Zug ist längst angekommen, aber von Milo ist weit und breit keine Spur zu sehen.

Ich überlege gerade, ob es übertrieben ist, das nächste Krankenhaus oder die Polizei anzurufen, als mich ein lautes Poltern zusammenzucken lässt. Das Geräusch kommt eindeutig aus der Trattoria, und Dario kann es nicht sein. Er hat das Restaurant früher als üblich zugemacht. Es war wenig los, und außerdem hatte Dario es eilig, zu seiner Verabredung mit Nina zu kommen.

Entweder stolpert also Milo unkoordiniert durch die Trattoria oder ein Einbrecher hat sich den ungünstigsten Zeitpunkt ever ausgesucht, um uns auszurauben. In beiden Fällen wird der Verursacher des Lärms gleich die geballte Wut zu spüren bekommen, die sich über den Abend in meinem Bauch angesammelt hat.

Ich laufe die Treppe herunter und sehe einen Schatten hinter der Theke. »Milo?«

»Das Psychomädchen.« Er kichert und steht seltsam unsicher auf seinen Füßen. Seine Haare sind zerzaust, und ein Flipflop liegt einsam und verlassen vor der Theke.

»Du bist total besoffen.« Ich weiß nicht, wieso ich das Offensichtliche laut ausspreche, aber ich bin wütend. Scheißwütend, und da ich ihn nicht schon wieder schlagen will, muss ich irgendwohin mit meiner Wut.

»Bin gespannt, wie deine Analyse hierzu lautet, Frau Doktor Psycho.« Er lallt und versucht, eine Flasche Ramazotti aufzuschrauben, während er gluckernd in sich hineinlacht. Glücklich sieht er trotzdem nicht aus.

Ich schnaube wie ein Stier kurz vorm Angriff. »Ich analysiere dich nicht. Ich warte, und das schon ewig.«

»Worauf?« Er fährt sich unkoordiniert über die Augen. »Scheißding, will einfach nicht aufgehen.« Er flucht und schüttelt die Flasche, als würde das etwas nützen.

Ich nehme ihm den Ramazotti aus der Hand und stelle ihn zurück ins Regal.

»Du hattest genug.« Dabei komme ich mir so vor, als wären wir seit zwanzig Jahren verheiratet. Ärgerlich schüttele ich den Kopf. Es ist ja nicht so, dass ich ihm vorschreiben will, was er zu tun oder zu lassen hat. Ich sorge lediglich dafür, dass er die Trattoria nicht in ein Schlachtfeld verwandelt.

Er schlägt die Hacken unkoordiniert zusammen und grinst dämlich. »Aye Captain.«

Er streckt sich zum Regal, um sich die Flasche wieder zu angeln. Dabei verliert er das Gleichgewicht, und es sieht danach aus, als würde er in die ordentlich aufgereihten Gläser auf der Theke stürzen. Im letzten Moment fängt er sich.

»Raus hier, bevor du alles kaputtmachst«, schimpfe ich.

Er wirkt orientierungslos. Also nehme ich widerstrebend seine Hand und ziehe ihn in Richtung Tür. »Komm schon, ich helfe dir.«

Sein Grinsen mutierte zum Dauerzustand. »Welche Art von Hilfe meinst du genau?«

Ich werfe ihm über die Schulter einen giftigen Blick zu. Wie ich zu der Vorstellung gelangt bin, dass Milo meine Rettung sein könnte, weiß ich nicht, aber ich war so was von auf dem Holzweg. Dieser Typ ist wirklich das Letzte. Er sollte intuitiv spüren, wie schlecht es mir geht, und mich trösten! Zumindest ist das meine Wunschvorstellung. Aber Milo ist niemand, der andere braucht, und es scheint ihm nicht bewusst zu sein, dass es Menschen gibt, denen es anders geht.

Ich weiß, dass seine Arme um meinen Körper alles ausgelöscht hätten, was gefährlich schwarz und kalt in mir herumbrandet. Aber er hat es vorgezogen, sich zu betrinken. Anstatt in seinen Armen zu zerfließen, habe ich jetzt das dringende Bedürfnis, ihm an die Gurgel zu gehen.

»Was?« Milo fährt sich durch die Haare und sieht danach noch unwiderstehlicher aus als vorher. »Ich bin nicht betrunken oder so. Ich hatte nur ein, zwei Drinks, mehr nicht.«

Sieht eher nach zwanzig aus. Ich ärgere mich, dass ich mir den ganzen Abend Gedanken um diesen Idioten gemacht habe, dass ich sogar von ihm gerettet werden wollte.

»Ehrlich, ich bin fast nüchtern«, beteuert er.

Ich glaube diesem wankenden Adonis kein Wort und schließe die Tür hinter ihm. »Ich besorge dir einen Kaffee«, presse ich hervor. Ich habe keine Lust, die bereits geputzten Maschinen der Trattoria wieder schmutzig zu machen, nur um den Alkohol in seinem Blut zu verdünnen.

»Hat alles zu.«

Er beugt sich zu mir hinüber, und obwohl er sich benimmt wie ein alternder Schauspieler bei einem seiner zahlreichen Alkoholrückfälle, schafft er es, mir durch seine Nähe weiche Knie zu verschaffen. Gefährlich lange halte ich den Atem an, ohne dass er es auch nur bemerkt. Wahrscheinlich ist er zu sehr damit beschäftigt, das Gleichgewicht zu halten.

»Die klappen hier nämlich nach Mitternacht die Gehsteige hoch.« Er kichert albern, was mir ein Augenverdrehen entlockt.

Ich weiß, dass die Bar Pilade so lange auf hat, dass auch die Rückschwärmer aus den Diskotheken im Umland noch einen Kaffee und warme Focaccia bekommen. Erbarmungslos zerre ich ihn vor die Tür. Regentropfen zerplatzen auf meiner Haut, und ich ziehe die Schultern hoch. Über dem Meer ertönt ein dumpfes Grollen. Die letzten Tage waren schwülheiß und das einsetzende Gewitter längst überfällig. Trotzdem fordert das Wetter meine sowieso schon schlechte

Laune zusätzlich heraus. Wütend ziehe ich Milo hinter mir her zu Darios Wagen und verfrachte ihn auf den Beifahrersitz, bevor ich hinters Lenkrad rutsche.

Es ist komisch, so eng neben Milo zu sitzen. Er scheint viel zu groß und zu schön für den spießigen Innenraum des Kleinwagens. Er lehnt seinen Kopf seitlich ans Fenster, und seine Haare kleben an dem beschlagenen Glas. Sie zeichnen ein wirres Muster in die Feuchtigkeit. Mein Herz schlägt schneller, als ich zu ihm herübersehe. Ich starte den Motor und fahre los, weil es mich zwingt, meinen Blick von ihm zu lösen.

Es ist kaum was los im gemütlichen Gastraum der Bar Pilade, und ich brauche nicht lang, um mit einem doppelten Espresso und einem Tee zum Auto zurückzukehren. Seufzend schüttle ich den Regen aus meinen Haaren und lasse mich in die Polster sinken, aber Milo reagiert nicht mehr auf den hingehaltenen Becher Kaffee. Er ist längst weggedriftet und liegt völlig unbeweglich da. Nicht einmal das laute Knallen der Autotür entlockt ihm eine Bewegung. Unschlüssig sitze ich mit meinen beiden Bechern im Auto und überlege, was ich tun soll. Ich kann Mr Rockstar kaum die Treppe hinauftragen, und er selbst wird in den nächsten Stunden wohl nicht in der Lage dazu sein.

Ich räume die vollgestopften Getränkehalter von lauter unnützem Krimskrams leer und stelle unsere Becher hinein, bevor ich den Motor anschmeiße und den Wagen in Richtung Hafen lenke. Ich parke den Stilo in einem versteckten Winkel des Kiesplatzes, der auf Höhe der Hafenmauer liegt, und stelle den Motor ab. Das Gewitter ist wie immer im Sommer nur kurz, aber heftig gewesen. Jetzt verdampft die Feuchtigkeit auf den noch immer warmen Steinen. Es ist still, bis auf Milos und meinen Atem, der die Scheiben des Wagens beschlagen lässt. Ich lasse das Fenster ein Stück herunter und sauge den starken Geruch nach Salzwasser, Rost und in der Sonne getrockneten Fischresten ein. Lange sehe ich ihm beim Schlafen zu. Nur wenn er Musik macht, wirkt er genauso entspannt und ehrlich wie jetzt.

Mich überkommt der irrationale Wunsch, dass ich denselben Effekt auf ihn haben will. Ich möchte so wichtig für ihn sein wie die Musik, aber vor allem will ich, dass er mich so ansieht, wie er es auf den Felsen schon einmal getan hat. So als hätte ich das Potential, ich selbst zu sein. Ich bin mir sicher, dass es mir in seiner Nähe leichtfallen würde, der Mensch zu sein, der ich gern wäre.

Das zornige Gesicht von Jonas erscheint vor meinem inneren Auge, und es schreit mir zu, dass ich nie wissen werde, was ich eigentlich will oder kann. Dass ich ohne ihn versagen werde. Unwillig schüttle ich das Bild ab. Seufzend fahre ich mir durch die Haare, schnalle mich ab und rutsche tiefer in den Sitz hinein.

Nach Stunden zieht sich über dem Meer langsam die Dunkelheit zurück und macht einem schmalen silbernen Streifen Dämmerung Platz. Ich verändere meine Position, weil mir das Bein eingeschlafen ist und weil ich Milo so besser ansehen kann, und lehne meine Wange gegen die Kopfstütze. Ich sitze einfach da und präge mir jede Einzelheit seines Körpers ein, jeden Zentimeter seines Gesichts. Ich stelle mir vor, wie es wäre, an seiner Brust einzuschlafen und morgens mit ihm aufzuwachen, umhüllt von Milo, seinen Armen, seinem Geruch.

Plötzlich reckt er sich, reibt die Augen und kratzt sich wenig attraktiv unter der Achsel, bevor er sich verwundert und schlaftrunken umsieht. Er scheint einige Sekunden zu brauchen, bevor er realisiert, dass er sich nicht in seinem Bett, sondern in Darios Stilo befindet.

»Was machen wir hier?«, fragt er und sieht mich an, als hätte ich ihn entführt und gegen seinen Willen festgehalten.

»Ich habe dafür gesorgt, dass du dich nicht umbringst, so betrunken wie du warst«, erwidere ich schnippisch.

»Das ist schon unsere zweite gemeinsame Nacht, und wir hatten immer noch keinen Sex«, kontert er, und sein Gesicht verzieht sich in ehrlicher, alkoholgetränkter Entrüstung.

»Das ist nicht witzig.« Obwohl ich bei diesem Gesichtsausdruck tatsächlich lachen muss.

»Wer sagt, dass ich das witzig finde?«, fragt er dann auch gleich.

Mit einem Mal ist er beängstigend ernst. Seine braunen Augen fixieren mich. Ich kann mich nicht rühren, keinen klaren Gedanken fassen. Er hätte den Moment nutzen können, um mit mir zu tun, was er will, und ich hätte ihn nicht eine Sekunde lang gehindert. Aber stattdessen rutscht er von mir weg. Die Bewegung versetzt mir einen Stich. Minutenlang sitzen wir stumm nebeneinander. Ich starre auf das Meer, er auf die Felsen neben uns. Dass er sich nur Zentimeter von mir entfernt befindet, hilft nicht gerade dabei, meine Gedanken zu sortieren. Sein Geruch erinnert mich daran, wie es ist, ihn zu küssen. Mein Verlangen, ihn zu spüren, wächst mit jeder Sekunde der Stille, bis er sie scheppernd zerbricht.

»Wir sollten reden.«

Ich glaube nicht, dass er das schon mal zu einer anderen Frau gesagt hat, die nachts mit ihm allein in einem Auto saß. Wieso bitte will er jetzt reden? Am liebsten würde ich mich ahnungslos stellen, aber dann hätte er mich nicht nur für zickig, morgenmuffelig und eigenartig gehalten, sondern auch noch für dumm. Es ist klar, worauf er hinauswill. Ich nicke, ohne ein Wort von mir zu geben. Die Wellen brechen rauschend an der felsigen Küste unter uns.

»Es war nur ein Kuss«, sagt er schließlich.

Ich höre ihn, die Bestimmtheit in seiner Stimme, und trotzdem klingt es wie eine Lüge.

»An einem ganz speziellen Ort«, entgegne ich deshalb trotzig.

Er seufzt und zieht seine Beine an die Brust. Es liegt keine Verzweiflung in dieser Bewegung, eher Unwillen.

»Wenn du etwas darüber wissen willst, warum fragst du dann nicht?«, will Milo wissen.

Weil du immer, wenn man dich etwas Persönliches fragt, dein Schutzschild hochklappst und zu diesem Idioten wirst, dem ich am liebsten in den Hintern treten will! Aber ich verkneife mir die Antwort, möchte mich nicht streiten. Nicht heute, nicht nach dem Tag, den ich hinter mir habe.

Minuten vergehen, in denen keiner von uns etwas sagt. Die Stille bringt mich dazu, den ersten Schritt zu tun. Ich berühre seine Schulter, und als er mich nicht aufhält, rutsche ich näher. Ich streiche über sein Bein. Noch immer reagiert er nicht. Erst als meine Hand den Bund seiner Jeans berührt, zieht er zischend die Luft ein. Ich kann nicht glauben, was ich hier tue, aber meine Finger wandern unbeirrt weiter und finden den Weg unter sein Shirt.

Ich will seine Lippen auf meinen spüren, seine Zunge, die meine Haut liebkost, und seinen Atem, der hungrig mein Gesicht streift. Das Verlangen in meinem Bauch übernimmt die Regie. Ich will ihn, und mehr nimmt mein Verstand nicht wahr. Ihn zu berühren macht genau das mit mir, was ich mir erhofft habe. Es gibt nur noch ihn und mich, nichts anderes.

Ich küsse seine Schläfe, die Wange, den Rand seiner Lippen, und plötzlich dreht er sich in einer fließenden Bewegung zu mir um. Ich lehne mich zurück, als er sich über mich beugt und seine Lippen auf meine presst. Er küsst mich rau und wild. Unser Atem vermischt sich, als seine Zähne an meinen Lippen knabbern und seine Zunge langsam an meinem Hals entlangfährt. Meine Haut brennt, als seine Hände über meinen Körper gleiten. In einer schnellen Bewegung schiebt er mein Shirt nach oben und senkt seinen Mund wieder auf meine Haut. Seine Zunge malt hungrige Muster auf meinen Körper. Ich kann seine Lust fühlen, seine Erregung spüren, als er sich gegen mich presst. Mein Handy bewegt sich leise brummend auf dem Armaturenbrett, aber ich nehme es kaum wahr. Milo und ich sind ein Kosmos für sich, zu dem niemand Zutritt hat. Ich hätte eine Ewigkeit in dieser Welt verbringen können, aber plötzlich reißt Milo sich von mir los. Der Moment zerplatzt.

»Was?« Atemlos sehe ich ihn an.

Sein Gesicht liegt halb im Dunkeln, aber ich sehe den verschlossenen Ausdruck darauf. Auch wenn sein Körper auf mich reagiert, er will das hier nicht. Er will mich nicht. Ich werde Wochen, Monate, na ja vermutlich eher mein ganzes Leben und noch zwei oder drei mehr brauchen, bis mir das hier nicht mehr peinlich ist. Noch weiß er nicht, wie er es mir beibringen soll, aber seine Körpersprache sagt alles. Und dann spricht er es doch aus, ruhig und klar.

»Das hier ist nicht richtig.«

Er hat recht. Ich habe vor nicht einmal sechs Stunden mit dem Mann Schluss gemacht, den ich seit dem Kindergarten kenne und mit dem ich mein Leben verbringen wollte. Aber egal, ob richtig oder nicht, es ist genau der Grund, warum ich das hier will, mehr als alles andere. Ich will vergessen, und ich will spüren, dass meine Entscheidung richtig gewesen ist, dass es ein Wir geben kann.

»Als würdest du dich sonst darum scheren, was richtig ist.« Ich hätte mir lieber die Zunge abgebissen, als zu weinen, aber die Tränen scheren sich kein bisschen darum. Heiß strömen sie über meine Wangen.

»Du willst mehr«, sagt er, und er reibt sich über die Augen. »Natürlich willst du mehr.«

Was bitte soll das heißen? Ich verstehe nicht, wieso er so verdammt gefasst wirkt. So als könne ihn nichts erschüttern. Dabei will ich seinen Körper *und* seine Seele zum Beben bringen. Ich liege längst in Schutt und Asche. Er hingegen sieht mal wieder so aus, als ginge ihn das Ganze nichts an.

»Du bist ein Beziehungstyp«, sagt er fest. »Ich nicht. Ich bin …«, er sucht nach Worten und zuckt dann resigniert mit den Schultern, »… ich bin nun einmal ich, und das ist für ein Mädchen wie dich niemals das Richtige. Ich kann das hier nicht.«

Er weist mich zurück. Mr Rockstar, der unzählige Frauen flachgelegt hat, bekommt plötzlich Skrupel.

»Sieht aber gar nicht so aus, als würdest du nicht können«, entgegne ich und sehe demonstrativ auf die Beule in seiner Jeans.

»Jiara.«

Er hört sich an wie mein Vater, nicht wie Mr Perfect, der gerade fast Sex mit mir gehabt hätte. Mich interessiert nicht, wieso er plötzlich nachdenkt, bevor er handelt, oder wieso er unangebrachte Skrupel hat. Ich will nur, dass er mich endlich küsst. Er soll mich berühren, anstatt mich anzustarren wie ein missglücktes Experiment.

Betreten sehe ich zur Seite. Ich kann ihm nicht mehr in die Augen sehen und wissen, dass er es nicht über sich bringt, wenigstens Sex mit mir zu haben.

»Glaubst du wirklich, ich würde dich nicht wollen?«, fragt er dann.

Na klar, die Gedankenlesernummer. Er sieht mich mit diesem durchdringenden, hungrigen Blick an, als würde allein das ausreichen, mir zu zeigen, wie sehr er mich will. Aber dann würden wir jetzt ja wohl nicht reden.

Ich schließe genervt die Augen, als mich bei der bloßen Vorstellung, wie er mich streichelt, küsst und berührt, ein heißes Ziehen durchläuft. Ich beiße mir auf die Lippe und umklammere das Lenkrad.

»Wieso bist du sauer, wenn ich zur Abwechslung mal versuche, mich wie ein verantwortungsbewusster Mensch zu verhalten?«, fragt er vorsichtig.

Weil ich will, dass endlich die gesamte übrige Welt aufhört zu existieren.

»Du willst das hier nicht«, sagt er fest. »Spätestens morgen würdest du es bereuen. Ich würde es bereuen – in allererster Linie, weil mir Dario als Anerkennung dafür die Arme brechen würde.«

Mittlerweile kullern die Tränen unaufhörlich über meine Wangen.

»Hör bitte auf zu weinen.« Er klingt mürrisch, aber ich höre die Unsicherheit dahinter.

»Du bist nicht so.« Er stockt. »Du bist kein Mädchen, das weint, um zu bekommen, was es will, oder das mit einem Typen schläft, obwohl sie eine Beziehung zu Hause hat. Und wenn ich dich dazu bringe, so zu sein, … Du wirst mich irgendwann dafür hassen.«

Ich sehe, wie sich sein Adamsapfel bewegt, als er trocken schluckt.

»Vielleicht auch nicht«, schniefe ich. Dabei fühle ich mich so hilflos, und ich hasse es. Ich kann ihm jetzt nicht sagen, dass Jonas und ich Geschichte sind. Er würde denken, ich hätte seinetwegen mit Jonas Schluss gemacht und wollte ihn jetzt unter Druck setzen, mehr zu geben, als er bereit ist. Nicht mal Sex ohne Verpflichtungen hat er gewollt. Ich beiße mir auf die Zunge. Die Zurückweisung schmeckt bitter, und sie war eindeutig. Ich kann ihn nicht ansehen, also schließe ich die Augen und öffne sie erst lange, nachdem ich gehört habe, wie Milo das Auto verlassen hat. Er ist fort, und ich bin mir sicher, dass ich ihn nicht wiedersehen will. Die Sonne, die über einem vom Gewitter aufgeklarten, wolkenlosen Himmel aufgeht, heizt das Innere des Stilo schnell auf. Die Wärme spendet ein wenig Trost. Ich schließe die Augen, aber die Tränen stehlen sich unter den geschlossenen Lidern hindurch, bis ich das Gefühl habe, vollkommen leer zu sein.

Als ich Stunden später in meinem Bett aufwache, ist es bereits so heiß, als hätte es den Regen von letzter Nacht nicht gegeben. Selbst der leichte Wind, der die Vorhänge vor meinem Fenster über dem Bett auseinanderbläst, bringt kaum Abkühlung. Ich höre Dario unten in der Trattoria rumoren, und da er noch keinen markerschütternden Schrei ausgestoßen hat, ist es mir wohl gelungen, seinen Stilo unfallfrei in die enge Parklücke neben der Trattoria zu bugsieren. Erinnern kann ich mich kaum daran. Der gestrige Abend kommt mir vor wie eine nebulöse Aneinanderreihung von Katastrophen.

Es wundert mich, dass die Welt sich nach wie vor dreht und sich nicht kurz vor dem tosenden Untergang befindet. Ich schließe die Augen und stoße mit einem gezielten Fußtritt das Fenster zu. Ich müsste längst bei der Arbeit sein, aber es fällt mir schwer, mich aufzuraffen. Ich strample das Bettlaken von meinen Füßen, bis es als verdrehter Klumpen vom Bett rutscht. Ohne dass ich etwas dagegen tun kann, lausche ich auf irgendein Geräusch von Milo. Es ist so still, wie nur eine fast leere Wohnung still sein kann.

Das kann man ändern. Ich werde Dario fragen, ob ich meine schlechte Laune an seiner Wohnung auslassen darf, anstatt mich um die Gäste zu kümmern. Ich schicke ihm eine WhatsApp-Nachricht, obwohl uns nur ein Stockwerk trennt. Es ist mir lieber, wenn ich ihm erst unter die Augen trete, wenn es mir etwas bessergeht. Und tatsächlich ist er angetan von der Idee, dass ich den als Gemeinschaftsaktion angesetzten Großputz allein in Angriff nehmen will.

Mit einem Ächzen rolle ich mich aus dem Bett, ziehe mir ein schlabberiges Shirt über und wickle meine Haare zu einem Dutt. Unmotiviert putze ich eine Weile an meinen Zähnen herum. Danach angele ich alle Putzmittel unter dem Waschbecken hervor, die ich finden kann – eine magere, aber wohl ausreichende Beute. Ich verstaue alles in einem Eimer und rücke mit einer verbissenen Entschlossenheit dem Schmutz zu Leibe.

Da sich unser Leben eher draußen und unten in der Trattoria abspielt, haben sich unsere Putzaktionen bisher immer auf die gröbsten Arbeiten beschränkt. Auch wenn Milo unerwartet ordentlich ist und gelegentlich geputzt hat, wurde es durch die dritte Person in der Wohnung noch schlimmer, so dass eine Grundsäuberung längst überfällig ist. Ich drehe die altersschwache Stereoanlage, die im Wohnzimmer ihr Dasein fristet und die letzten zehn Jahre ausschließlich als Deko fungiert hat, voll auf und arbeite mich verbissen von Zimmer zu Zimmer.

Dario erscheint erst auf der Bildfläche, als ich fast fertig bin. Ein ziemlich schlauer Schachzug. So hat er nicht nur eine blitzblanke, keimfreie Wohnung, sondern entgeht auch dem Großteil meiner schlechten Laune, die mit jedem geputzten Zimmer ein wenig besser wird. Erst als der Großteil des Schmutzes an mir klebt und der übrige Teil in einer undefinierbaren Brühe im Putzeimer herumschwappt, streckt er seinen Kopf in die Wohnung. Seine Locken kleben verschwitzt am Kopf, und er riecht nach Pasta und Gewürzen.

»Das hat sich von unten schon weltverändernd angehört, aber das hier plättet mich.«

Er sieht sich in seiner eigenen Wohnung um, als hätte er sie gerade zum ersten Mal betreten, und dreht sich staunend um die eigene Achse.

»Was genau hat Milo angestellt?«, fragt er zielsicher.

Ich lasse mich mit dem Lappen in der Hand auf den Boden fallen und schüttele erschöpft den Kopf. Wieso muss

Dario mich an ihn erinnern? Die ganze Putzerei hatte nur einen einzigen Zweck: Milo zumindest für einen kurzen Zeitraum zu vergessen.

»Ist er heute Nacht nicht nach Hause gekommen? Du weißt, dass das nichts zu sagen hat. Vielleicht hat er einen Folgeauftritt bekommen. Dann holt ihr euer Gespräch eben heute Abend nach.«

Er knufft mich liebevoll in die Schulter und geht dann von Zimmer zu Zimmer, um bei jedem Raum einen anerkennenden Pfiff auszustoßen.

»Hat was. Ich wusste gar nicht, dass dieses Dings da …« Er zeigte unbeholfen auf einen antiken, dreibeinigen Tisch, der sein Dasein bisher unter einem Stapel Mountainbike-Zeitschriften und Büchern gefristet hat, und sucht nach Worten.

»Das Dings ist ein Beistelltisch«, erwidere ich knapp, während ich mir mit einem staubigen Arm über die Stirn fahre.

Unbeeindruckt zuckt er mit den Schultern. »Wie auch immer. Also, dass dieser Beistelltisch so gut aussehen kann, wenn er sauber ist.«

Ich verbeuge mich und versuche mir nichts anmerken zu lassen, wie enttäuscht ich darüber bin, dass der Zweck dieser Putzaktion sich gerade in Wohlgefallen aufgelöst hat. Immerhin hat es auch etwas Positives. Dario freut sich wie ein kleines Kind über das verwandelte Äußere der Wohnung.

»Mich wundert, dass du keinen Container für den ganzen Müll gebraucht hast.« Sein Blick gleitet zu mehreren verknoteten Mülltüten hinüber, die bis zum Bersten gefüllt sind. »Unten ist heute nicht viel zu tun. Warum ruhst du dich nicht ein bisschen aus nach diesem Marathon und tust, was Frauen eben so tun, wenn sie sich auf einen schönen Abend vorbereiten?«

Dario will nur nett sein. Er denkt, zwischen mir und Milo wird sich heute Abend alles klären und dass ich Zeit brauche, um mich für Mr Rockstar aufzubrezeln. Er kann nicht wissen, dass Adonis abgehauen ist, als ich versucht habe, mit ihm zu reden. Zugegeben habe ich weniger geredet. Es war wohl mehr ein peinliches An-den-Hals-Schmeißen. Das Kind ist so tief in den Brunnen gefallen, dass es niemals wieder hinausklettern wird. Ich habe es verbockt.

Und dann ist da noch Jonas, der nie wieder ein Wort mit mir wechseln wird. Es ist nicht so sehr die Beziehung zu ihm, die ich vermisse, sondern vielmehr die Tatsache, dass ich ihn unabänderlich als Bezugsperson verloren habe. Ich wünschte, wir könnten Freunde sein, aber das ist nach dem Gespräch gestern wohl vorerst und vielleicht sogar für immer ausgeschlossen. Schon wieder brennen Tränen in meinen Augen.

»Was soll ich nur tun?«, frage ich seufzend – wohl eher mich als Dario, der mich prüfend mustert.

Wahrscheinlich sehe ich aus wie eine Hausfrau auf einem Meister-Proper-Trip. Einige Strähnchen sind aus meinem Zopf gerutscht und kleben mir im verschwitzten Gesicht.

»Reden wir über das Gespräch zwischen Milo und dir?«, fragt Dario jetzt.

Das Ziehen in meinem Magen ist wieder da. Die Wut, die Sehnsucht, die Scham und die Leere. Ich schüttle den Kopf. »Als könnte man mit dem reden.«

»Er war also hier.« Dario sieht mich an, als könnte er sich in etwa denken, was vorgefallen ist. »Wie wäre es fürs Erste mit einer heißen Dusche?«

Er streicht mir die Haare aus dem Gesicht und entfernt eine Staubfluse von meiner Schulter. »Hey ... was immer vorgefallen ist, es tut mir leid. Entspann dich ein bisschen, und wenn dir danach ist, kommst du runter. Dann können wir reden.«

Er ist nicht derjenige, der sich entschuldigen muss. Trotzdem bin ich wütend. Einfach, weil wütend zu sein so viel besser ist, als die Enttäuschung zu spüren und die Traurigkeit.

»Also gut, dann mache ich eben Mädchenkram«, lenke ich ein.

Ich werde es ja wohl schaffen, nicht jede freie Sekunde an Jonas oder Milo zu denken. Prustend drücke ich Dario Eimer und Lappen in die Hand, bevor ich mich abrupt umdrehe und im Bad verschwinde.

Dann drehe ich die Dusche auf, die die widerspenstige Angewohnheit hat, ohne erkenntlichen Grund von warm auf kalt umzuspringen. Mit der Hand teste ich vorsichtig an, in welcher Stimmung sie sich heute befindet. Erst als ein beständig heißer Strahl auf meine Hand trifft, lasse ich meine Klamotten auf den Boden gleiten und schlüpfe hinter den Vorhang. Die Wärme lockert meine verkrampften Muskeln und entwirrt zumindest einen Teil meiner Gedanken.

Während das Wasser auf meinen Nacken prasselt, beschließe ich trotzig, dass ich es leid bin, mein Leben an irgendwelchen Männern zu orientieren. Ich habe einen Neuanfang gewollt, und jetzt habe ich die Möglichkeit dazu. Ich habe noch knapp vier Wochen, bis der Sommer vorbei ist, und ich bin frei. Das erste Mal, seitdem ich denken kann, bin ich frei zu tun, was immer ich will. Nur für mich. Es gibt so vieles, das ich schon immer ausprobieren wollte. Jetzt habe ich die Gelegenheit.

Als ich endlich aus der Dusche steige, ist meine Haut krebsrot, und mein Kopf fühlt sich an wie mit Watte gefüllt. Ich bin so müde wie noch nie in meinem Leben. Eilig schnappe ich mir ein Blatt Papier, einen Stift und krieche in mein Bett. Nach und nach füllt sich eine Liste, die mich davon abhalten wird, meinen Neuanfang damit zu verbringen, an Milo oder Jonas zu denken. Erst als die Seite mit Ideen von Fernreisen bis Paragliden, von dem Ergreifen meines Traumberufs bis zum Besuch einer Vernissage und mit zig anderen sinnvollen und nicht sinnvollen kleinen und großen Ideen bekritzelt ist, verkrieche ich mich unter der Decke, sperre die unbarmherzige Sonne und Fröhlichkeit des Tages aus und sinke in einen traumlosen Schlaf.

Kathi sitzt mit zusammengekniffenen Lippen auf ihrem Stuhl und starrt konzentriert auf den Stoff in ihrer Hand. Hauptsache, sie muss mich nicht ansehen. Ich wünschte, sie würde etwas sagen. Ich ertrage es nicht, dass sie noch immer sauer auf mich ist. Deswegen habe ich auf diesen Skype-Termin bestanden, obwohl ich nicht weiß, ob ich dem wirklich gewachsen bin. Es ist Tag vier nach meiner Trennung von Jonas. Tag vier nach Milos Abfuhr, und noch immer komme ich mit beiden Tatsachen nicht wirklich gut zurecht.

Ich ziehe mir eine leichte Strickjacke über, obwohl es eigentlich nicht kalt ist. Im Gegenteil, die Sonne über dem Meer zeigt mir, dass es vermutlich zu warm für das Kleidungsstück ist, aber es fröstelt mich. Was, wenn das Gespräch mit Kathi schlimm verläuft? Unter keinen Umständen kann ich auch noch sie verlieren.

»Kathi, bitte …«, durchbreche ich die Stille und erreiche, dass sie mich zumindest ansieht. »Ich habe einfach nicht mehr gespürt, wieso Jonas und ich eigentlich zusammen waren. Ich habe das alles nicht geplant.«

Sie holt tief Luft. Einmal, zweimal, und dann spricht sie das Offensichtliche aus. »Es ist wegen ihm, oder?«

Es ist klar, dass sie von Milo spricht, aber ich schüttle den Kopf.

»Es tut weh, Jonas zu verlieren«, versuche ich ungeschickt, etwas zu erklären, das ich selbst nicht verstehe, aber seit unserer Trennung kämpft die Erleichterung, endlich den Schlussstrich gezogen zu haben, mit der Trauer, ihn verloren zu haben.

»Mensch, Jiara! Erwartest du jetzt ernsthaft Mitleid?« Sie schiebt die Unterlippe vor und beißt einen Faden durch, bevor sie fortfährt. »Wenn ich dich richtig verstanden habe, hast du mit ihm Schluss gemacht und dich sofort diesem Idioten an den Hals geschmissen.«

Es ärgert mich, dass sie Milo als Idioten bezeichnet, obwohl sie ihn gar nicht kennt. Er würde vermutlich nur müde über ihr Urteil lächeln, also versuche ich, es ebenfalls zu ignorieren.

»Milo hat damit nichts zu tun. Er ist überhaupt nicht mehr da.« Der zweite Satz stimmt im Gegensatz zum ersten und tut weh. Seit dem Morgen vor drei Tagen in Darios Wagen habe ich ihn nicht wiedergesehen. Ich vermisse seine Musik am Morgen. Ich vermisse *ihn*.

»Warum hast du es dann getan? Du könntest noch mal mit Jonas sprechen?«

Sie will, dass ich die Trennung rückgängig mache. Daran besteht kein Zweifel, aber das ist keine Entscheidung, die man einfach rückgängig machen kann, und ich will es auch nicht.

»Was sollte ich ihm sagen? Ich liebe ihn nicht mehr. Ich habe das Gefühl, wir hätten uns verloren«, rede ich weiter.

Und trotzdem tut es jetzt, wo es vorbei ist, weh. Am meisten schmerzt es, dass ich Jonas verletzt habe.

Kathi seufzt. »Ihr seid schon ewig zusammen. Meinst du nicht, dass es normal ist, wenn es Phasen gibt, in denen man so fühlt?«

»Das ist keine Phase.«

»Deine Mutter wird einen Nervenzusammenbruch erleiden. Ihre kleine Tochter knutscht mit ’nem Egomanen herum und trennt sich von ihrem Lieblingsschwiegersohn.«

Auch wenn sie traurig klingt und noch immer sauer, lacht sie. Es ist ihre Art, mich trotz unserer Differenzen aufzumuntern. Wie damals, als wir uns in der dritten Klasse wegen Kai gestritten hatten und Kathi trotz unseres Streits in das Geheimversteck unter den riesigen Rhododendronbusch gekrochen kam. Sie war wütend auf mich, aber das hat sie nicht davon abgehalten, mich zu mögen. Es tut gut zu spüren, dass wenigstens das noch immer so ist.

»Sie wird mich umbringen«, sage ich.

»Yep.«

»Und enterben«, füge ich düster hinzu.

»Yep.«

Zum ersten Mal sieht Kathi mich wieder so an, wie sie es immer tut, und plötzlich beginnen wir beide zu lachen. Wir lachen, und ich weine ein bisschen, und Kathi tut dasselbe. Es tut so gut, dass ich sie habe.

»Denkst du noch oft an Michel? Wie geht es dir inzwischen mit der Trennung?«, frage ich.

Sie verzieht das Gesicht und streckt mir die Zunge raus. »Sagen wir mal so: Ich kann mir vorstellen, wie sich Jonas fühlen muss.«

»Es tut mir leid.« Nicht nur für Kathi. Auch für Jonas. Sie haben es beide nicht verdient.

»Ich weiß.« Jetzt weint sie wirklich, und ich wünschte das

erste Mal diesen Sommer, ich wäre in Hamburg und könnte sie in den Arm nehmen.

Ich habe mich nur um mich und meine Probleme gekümmert, während Kathi wirklich an der Trennung von Michel zu knabbern hat. Auch wenn sie es zunächst als Lappalie abgetan hat, sie hat sich eine Zukunft mit Michel gewünscht und wurde wieder enttäuscht.

»Ich muss schlafen. Ist schon verdammt spät«, schnieft sie und wickelt sich in ihre Lieblingsdecke. Ein wildes Muster aus verschiedenen Stoffen. Sie kann nicht darüber reden, und trotzdem möchte ich für sie da sein.

»Ich auch.« Ich nehme den Laptop mit zum Bett und drehe mich einmal um die eigene Achse, damit Kathi einen Blick auf das Meer erhaschen kann.

»Lässt du den Laptop an?«, frage ich.

Sie nickt. Und so liegen wir da, schauen gemeinsam auf das Meer. Tausende Kilometer voneinander entfernt, und es ist ein bisschen so wie unter unserem Busch. Es ist, als könnte uns nichts voneinander trennen – nichts und niemand.

Am nächsten Morgen klingelt mein Wecker um sieben Uhr morgens und reißt mich aus einer sehr angenehmen Tiefschlafphase, in der ich liebend gern noch etwas verweilt hätte. Aber für heute steht etwas anderes auf dem Plan: Es ist Markttag.

Der erste Punkt meiner neuen Liste besteht darin, so viel Nippes und unnützen Kitsch auf dem Markt zu erstehen, wie das Portemonnaie hergibt. Ich gähne und bin mir plötzlich nicht mehr so sicher, ob dieser Punkt tatsächlich so existentiell ist für mein neues Ich. Eigentlich möchte ich nur weiterschlafen. Neben mir steht mein Laptop, der irgendwann, nachdem Kathi und ich eingeschlafen waren, in den Standby-Modus gewechselt hat. Für einen Moment versetzt es mir einen Stich, dass sie nicht hier ist. Mit halbgeschlossenen Augen trotte ich ins Bad und stoße fast mit Dario zusammen.

»Was machst du denn so früh auf den Beinen?«, fragt er grinsend.

»Dasselbe könnte ich dich fragen«, entgegne ich in ausgereifter Morgenmuffel-Manier. Dario lacht und scheint ekelhaft wach zu sein, gemessen an der nachtschlafenden Zeit.

»Ich stehe jeden Tag so früh auf, Sorellina.«

Ich will gerade mit einem blöden Spruch antworten, als mit klarwird, dass er vermutlich die Wahrheit sagt. Ich habe das nur bis jetzt immer verschlafen. Wenn ich wach werde, ist Dario schon unten und bereitet das Essen für das Mittagsgeschäft vor. Ich weiß, dass er irgendwann davor laufen geht, das beweisen seine stinkenden Laufschuhe, die er inzwischen auf meine Bitte hin netterweise neben die Mülltonnen im Hinterhof verbannt hat. Wann genau sollte er all das schaffen, wenn er nicht jeden Tag mitten in der Nacht aufsteht? Ich beschließe, ihm zu glauben, und reiche ihm etwas versöhnlicher die Liste für mein neues Leben.

Er liest sie ruhig durch, ohne einmal aufzusehen oder mir lachend zu erklären, dass ich eine Vollmeise habe.

»Heute ist Touristen-Markttag«, bemerkt er sachlich und bezieht sich dabei auf den Punkt, möglichst viel Kitsch zu kaufen.

In all der Zeit, die ich hier in Finale bin, habe ich es nicht einmal auf den Markt geschafft, der jeden Donnerstag in unsäglicher Frühe Touristen mit einer Vielzahl an vermeintlich ortstypischen Waren anlockt, aber das soll sich nun ändern.

Ich nicke und reibe mir den Schlaf aus den Augen.

»Eine harte Uhrzeit für dich, aber was würdest du zu einer netten Begleitung sagen?«

Damit habe ich nicht gerechnet. »Du willst mitkommen?«

»Ich bin der Herr des Nippes, und Kitsch ist meine Leidenschaft.« Er verbeugte sich, und ich kann nicht anders, als laut loszulachen.

Dario hasst nichts mehr als einzukaufen. Bei Lebensmitteln, die er sich gut duftend in der Pfanne vorstellen kann, macht er eine Ausnahme, aber alles, was darüber hinausgeht, meidet er wie der Teufel das Weihwasser. Er tut es mir zuliebe. So ist Dario. Vielleicht sollte ich einfach ihn heiraten. Wahrscheinlich wird er auf ewig der einzige Mann sein, der es länger mit mir aushält und bei dem ich mich geborgen und wohl fühle – wenn ich nur nicht bei dem Gedanken an Sex mit ihm einen Lachkrampf bekommen würde. Wenn wir beide mit sechzig noch Single sind, werde ich ihm diesen Vorschlag unterbreiten. Dann hat sich das mit dem Sex vermutlich eh erledigt.

Ein vorsichtiges Lächeln stiehlt sich auf mein Gesicht.

Ich beginne, mich auf den Tag zu freuen, der gerade am Horizont über die Dämmerung siegt, als mein Blick auf Flavios Zimmertür fällt. Sie steht halboffen, und meine Laune verabschiedet sich ohne Vorankündigung ins tiefste Kellergeschoss. Obwohl alle Sachen von Darios Bruder wie immer im Zimmer stehen, wirkt es leer. Ich weiß, was fehlt.

Dario folgt meinem Blick und drückt sanft meine Schulter. »Er ist gestern Nacht gekommen und hat seine Sachen geholt. Er sagte, es wäre besser, wenn ihr euch nicht seht. Ich wollte es dir später sagen. Tut mir leid.«

Schon wieder entschuldigt er sich für Milo. Unwirsch schüttele ich Darios Hand ab.

»Es ist mir egal!« Das stimmt nicht, aber ich versteife mich darauf, dass sich mein Neuanfang auf einem DIN A4-Bogen in Darios Hand befindet und nicht in Milos braunen Augen oder auf seinem umwerfenden Körper. Im Grunde verbindet uns nichts außer einer enormen körperlichen Anziehung. Eigentlich kenne ich ihn gar nicht.

Ich streiche mir eine widerspenstige Haarsträhne aus dem Gesicht und brumme: »Lass uns los.«

Ich muss hier raus. Wenn ich noch länger auf das verwaiste Zimmer gucken muss, werde ich Dinge tun, die ich nicht mal denken sollte. Ich frage mich ernsthaft, wie Dario seit Jahren *mit* diesem Zimmer und *ohne* seinen Bruder darin leben kann.

»Ich schmeiß mir nur schnell was über und tue etwas gegen das Vogelnest hier.« Dabei deute ich auf meine wirren Haare. Milo wird mir das hier nicht kaputtmachen, auch nicht mit einem Auszug mitten in der Nacht oder seinem kindischen Abgang.

Dario nickt. »Ich bin fertig. Ready when you are.« Er wartet im Flur, während ich in mein Zimmer flitze.

Ich schlüpfe in ein blassrosa Shirt und einen Jeansrock und suche auf einem Bein hüpfend unter meinem Bett nach dem zweiten Flipflop.

Dario erscheint in der Tür und lehnt sich gegen den Rahmen. »Meinst du, dass Paragliding und Bergsteigen ausgereifte Ideen sind?« Er studiert noch immer meine Liste und bekommt anscheinend doch Bedenken, dass meine mangelnde Koordination mich umbringen könnte. »Vielleicht sollten wir erst einmal auf Meeresspiegelniveau bleiben, um deine Überlebenschancen zu erhöhen?«

»Ich war komatös müde, als ich das geschrieben habe, aber versuchen will ich es irgendwann. Hab ein bisschen Vertrauen.«

Ich zucke zusammen, als mir klarwird, dass ich gerade Milos Worte wiederholt habe. Verbissen überspiele ich den Gedanken an ihn. Er soll endlich aus meinem Kopf verschwinden, und dafür ist die Kombination aus Kitsch und Einkaufen genau das Richtige.

Milo

Der Club ist voll, und die Luft riecht abgestanden nach Rauch, Alkohol und Schweiß. Mein Auftritt ist wirklich gut gelaufen. Die Menschen hatten Spaß und sind mit mir in die Musik eingetaucht. Vor mir auf dem Tresen steht ein kühles Bier, und in meiner hinteren Jeanstasche knistern zwei Scheine – meine Gage für diesen Abend. Es ist ein guter Abend. Ich trinke mein Glas in einem Zug leer und kämpfe mich dann durch das Menschengewühl bis zum hinteren Teil der Bar durch.

Ich bin wieder frei.

Man könnte auch sagen, dass ich mal wieder obdachlos bin, aber ich sehe die Dinge positiv. Das habe ich immer getan, und damit werde ich auch nicht aufhören, nur weil Jiara eine kleine emotionale Bodenwelle darstellt. Für heute habe ich einen Platz zum Schlafen, meine Tasche steht in einem der Hinterzimmer, und die Bezahlung für meinen Auftritt ist nicht nur sehr gut, sondern sie beinhaltet auch Freigetränke jeglicher Art.

Ein Mädchen lässt sich mit voller Absicht gegen mich

fallen und sieht mich mit einem koketten Augenaufschlag an, während sie unschuldig hinter sich zeigt, wo sich die Menschen dicht gedrängt im Rhythmus der Musik bewegen. Anstatt mir über den Lärm eine Entschuldigung zuzurufen, berührt sie mit ihren Fingernägeln die nackte Haut an meinem T-Shirt-Ausschnitt und sieht mich durchdringend an. Es ist klar, worauf das hier hinauslaufen wird – ist ja nicht das erste Mal.

Wieso also wehrt sich plötzlich alles in mir, auf das Spiel einzugehen? Das Mädchen ist hübsch. Sie hat langes Haar, braune, mandelförmige Augen und eine Figur zum Niederknien. Sie ist die Art von Frau, nach der sich die Männer umdrehen, und sie will mich. Ich ergreife ihre Hand und ziehe sie hinter mir her in den Backstage-Bereich. Ich mache mir nicht die Mühe, sie bis in meine Garderobe zu bringen, sondern presse sie auf halbem Weg gegen die Wand. Meine Lippen wandern ihren Hals hinab, streifen ihre Brust, bevor ich sie küsse. Meine Zunge spielt mit ihrer, während meine Hände an ihren Seiten hinabwandern und mäßig motiviert die Knöpfe ihrer Hose öffnen.

Ich will diese Ablenkung. Ich will Spaß haben, nicht mehr und nicht weniger. Das ist der lang erprobte Plan, der immer funktioniert hat. Sie fingert an meiner Jeans herum, und ich zwinge mich, auf sie zu reagieren. Ich verstehe nicht, wieso es mir so schwerfällt. Unwirsch mache ich mich von dem Mädchen los und sehe sie sekundenlang stirnrunzelnd an, bevor ich ihre Hand nehme und sie in meine Garderobe schleppe. Auf dem Weg nehme ich eine

Flasche Whiskey aus den Lagerbeständen und schraube den Deckel mit den Zähnen ab. Ich schließe die Tür hinter uns und nehme mehrere tiefe Schlucke.

»Nicht gerade luxuriös.« Das Mädchen schürzt die Lippen. Im kalten Licht der Neonlampen sieht sie blass aus und zu stark geschminkt. Meine kaum vorhandene Erregung ist quasi nicht mehr existent. Ich trinke weiter. Die Flüssigkeit brennt in meiner Kehle, bevor sie sich warm in meinem Magen verteilt.

»Kriege ich auch was?« Ihre Stimme klingt eine Spur zu schrill. Wortlos reiche ich ihr die Flasche und sehe zu, wie sie langsam durch den kleinen Raum schlendert und winzige Schlucke der bernsteinfarbenen Flüssigkeit trinkt.

Alles, was ich will, ist die Flasche.

»Was ist mit dir?«, fragt sie.

Ich setze mich auf einen Stuhl und ziehe verständnislos die Brauen in die Höhe. Die kleine Lampe, die hinter ihr auf einer Kommode steht, taucht ihre Haare in ein diffuses Licht. Es sieht aus, als hätten sie die gleiche Farbe wie Jiaras.

»Was meinst du?«, meine Stimme klingt angeschlagen.

Sie macht zwei Schritte in meine Richtung. »Sieht aus, als hättest du ein kleines Problem.« Sie wirft der entsprechenden Stelle zwischen meinen Beinen einen vielsagenden Blick zu.

Ihre Stimme klingt rau. Vermutlich denkt sie, das macht sie sexy und mich an. Ich wünschte, sie würde einfach den Mund halten.

»Glaubst du ernsthaft, ich hätte ein Problem damit?«

Sie zeigt auf meine halbgeöffnete Jeans und grinst schief. »Sag du es mir.«

»Ich habe einfach keine Lust.« Das entspricht nur halb der Wahrheit. »Auf dich.«

Das war hart, und ich sehe, wie sie zurückzuckt. Das hat sie nicht verdient. Es ist nicht fair, aber ich bin wütend. So verdammt wütend, und ich bin betrunken. Der Whiskey verteilt sich als angenehme lähmende Wärme in meinem Inneren. Ich will nur noch allein sein und schlafen.

»Dann verzieh ich mich wohl besser.« Sie ist eingeschnappt. Ich kann es ihr nicht verübeln.

»Lass die Flasche hier, wenn du gehst.« Ich werde sie nicht zurückhalten. Ich will, dass sie geht und aufhört, mich an Jiara zu erinnern. Ich will, dass sie geht, weil sie überhaupt nicht so ist wie Jiara. Ich reibe mir die Schläfen und wünsche, ich könnte sie so aus meinem Kopf bekommen.

Sie schmeißt die Flasche auf das Sofa an der gegenüberliegenden Wand, wo die bernsteinfarbene Flüssigkeit auf das dunkle Polster läuft und dort versickert. Eigentlich müsste ich aufspringen, um den kostbaren Inhalt zu retten, aber ich tue es nicht. Ich sehe zu, wie der Alkohol aus der Flasche rinnt, und fühle mich einsam. Früher habe ich dieses Gefühl geliebt. Es hat mich unabhängig und frei gemacht. Jetzt fühlt es sich schwer und kalt an.

Jiara

In den letzten zwei Wochen habe ich einiges über mich gelernt. Zum Beispiel, dass meine Koordination nicht ausreicht, um einen Berg verletzungsfrei zu besteigen. Obwohl der Ausblick von der Spitze auch mit brennenden Händen und aufgeschürften Schienbeinen traumhaft war. Und dass ich gern laufe. Ich bin nie sportlich gewesen und habe mich immer für den faulsten Menschen auf diesem Planeten gehalten, aber mittlerweile gefällt es mir, morgens früh aufzustehen, was an sich schon ein Paradoxon ist, und mit Dario an meiner Seite über den feuchten Sand zu joggen, bevor die Touristen die unterteilten Strandabschnitte wie Ölsardinen erobern.

Während wir schweigend am Meer entlanglaufen, kriecht die Sonne über dem Wasser hinauf. Es ist friedlich, wundervoll, und ich kann komplett abschalten. Es gibt nur meinen Körper, der im Einklang mit der Natur arbeitet und dabei versucht, meinen Kopf zu überlisten, um Milo und Jonas ein für alle Mal aus meinen Gedanken zu verbannen. Ein netter Begleiteffekt sind die sichtbaren Ergebnisse des Sports.

Mein Körper ist definierter, meine Kondition wesentlich besser, und ich habe die zwei Kilo verloren, die mich seit Jahren gestört haben.

Dario macht jeden verrückten Einfall meiner Liste mit. Er ist total begeistert, weil er sieht, wie gut mir die ganze Sache tut. Wie sich herausstellt, ist er im Gegensatz zu mir nicht nur viel mutiger, sondern auch noch ein deutlich besserer Sänger. Es reicht zumindest, um bei einem Karaoke-Abend Nina mit einem Liebeslied die Tränen in die Augen zu treiben. Ich habe nicht halb so gut abgeschnitten. Mein Gesang war wirklich furchtbar, aber was zählt, ist der Spaß, den Dario, Nina und ich an diesem Abend hatten.

Nach unserem Markttag bin ich nun stolze Besitzerin einer wirklich hässlichen Tonvase, zweier nicht minder hässlicher Pareos, und ich habe vier Paar neue Schuhe, die wider Erwarten wirklich hübsch aussehen und, wie ich finde, sehr gut zu meinem neuen Ich passen. Die Sache mit dem Paragliding habe ich nach meinen Erfahrungen beim Klettern erst einmal aufgeschoben. Ich werde zunächst den Rest der Liste abarbeiten, bevor ich von einem Berg springe. Wer weiß, ob ich das Ganze überlebe.

Dario und ich sind heute statt der üblichen drei Kilometer fünf gelaufen, und ich bin erschöpft, aber glücklich. Ich warte darauf, dass er endlich die Dusche freimacht, und sitze derweil mit Stift und einem vollgekritzelten Stück Papier am Küchentisch. Das Klingeln des Telefons reißt mich aus einem Wust von Worten. Ich habe vor Jahren aufgehört, die Sätze und Geschichten, die sich in meinem Kopf formen, aufzuschreiben. Ich verstehe nicht, wieso, aber in Hamburg kam es mir immer wie eine Schnapsidee vor. Jonas hat darüber gefrotzelt – zwar liebevoll –, aber es hat mir so viel ausgemacht, dass ich es irgendwann einfach ließ. Dieser Moment auf dem Berg mit Milo hat in mir jedoch den Wunsch geweckt, wieder damit anzufangen. Zu schreiben stand ganz oben auf meiner Liste, und es macht mich seltsam zufrieden. Ich mag es, wie meine eigenen Worte Bilder erzeugen, die sich in meinen Gedanken über alles Schwierige legen wie eine dicke Decke: den Streit mit Kathi, die Trennung von Jonas und das Verschwinden von Milo.

Wieder schrillt die Basisstation. Während das Telefon in der Trattoria häufig wegen Reservierungen oder Lieferanten klingelt, läutet es in Darios Wohnung seltener, als es Feiertage im Jahr gibt. Irritiert schmeiße ich ein paar Zeitschriften beiseite und werde schließlich unter einem Kissen fündig. Der Ladebalken zeigt an, dass es ein kurzes Gespräch werden wird. Ich melde mich mit einem hastigen »*Pronto*«.

Sekundenlang bleibt es still am anderen Ende der Leitung, bevor eine dunkle Männerstimme antwortet.

»Tiziano Riva hier. Könnte ich bitte Dario Montinari sprechen?«

Der Mann am anderen Ende der Leitung klingt müde. Sein Name schießt mir wie heißes Eisen durch die Venen. Riva, Tiziano Riva – er muss Milos Bruder sein. Ich kämpfe den Anflug von Panik nieder, dass ihm etwas zugestoßen sein könnte. Wesentlich wahrscheinlicher ist, dass Tiziano hofft, ihn hier anzutreffen, aber warum fragt er dann nach Dario und nicht nach Milo?

Vor weniger als zwei Wochen ist Milo noch hier gewesen und hat auf Darios Beifahrersitz neben mir geschlafen. Er hat mich geküsst, und da ist er definitiv mehr als lebendig gewesen. Es geht ihm bestimmt gut.

Ich schließe die Augen. Manchmal sind es nur Sekunden der Unachtsamkeit, die zu einer schweren Verletzung oder Schlimmerem führen. Milo hat mich zurückgerissen, sonst wäre der Motorroller an der Via Lungomare mein Sekundenbruchteil gewesen. Ich schlucke trocken und versuche krampfhaft, meine Atmung zu kontrollieren. Der Anrufer wartet noch immer auf eine Antwort, auch wenn er sich nicht wiederholt oder nachfragt. Er scheint geduldiger als sein Bruder zu sein, höflich und nicht halb so impulsiv.

»Dario ist gerade unter der Dusche. Worum geht es denn?«, frage ich leise.

»Tut mir leid, das müsste ich mit Dario persönlich besprechen, wenn das möglich ist.«

Mein Mund ist so trocken wie Schmirgelpapier, und meine Stimme klingt tonlos, als wäre mit dem Anruf jedes Leben aus mir gewichen. »Sie sind Milos Bruder?«

Er wirkt irritiert. Die erste klar zu hörende Gefühlsregung. »Ja, woher kennen Sie ihn?«

Ich habe ihn geküsst, beinahe mit ihm geschlafen und mich fast in ihn verliebt.

Okay, mit dem *fast* in dieser Überlegung belüge ich mich selbst, das ist mir klar. Dieser Anruf hat alle Bemühungen,

Milo aus meinem Leben zu verbannen, mit einem Schlag zunichte gemacht. Mein Herz schlägt wie ein Vorschlaghammer.

»Ich wohne den Sommer über bei Dario, und Ihr Bruder war auch hier. Für ein paar Wochen.«

»Wann war das?« Tiziano hört sich jetzt sehr viel wacher an. Er wirkt sympathisch, freundlich, wenn auch distanziert. Ein wenig steif vielleicht, aber nicht wirklich unangenehm.

»Er ist vor knapp zwei Wochen weggegangen, aber wir wissen nicht, wohin.« Ich beiße mir auf die Unterlippe. Stimmt das? Wissen wir nicht, wohin, oder weiß nur ich nicht, wohin Milo sich verdrückt hat? »Wenn Sie warten wollen, frage ich Dario, ob Milo ihm etwas gesagt hat.«

Tiziano bemerkt mit Sicherheit, wie ich ins Schleudern gerate, geht aber nicht darauf ein. Ganz offensichtlich hat die Erziehung bei ihm besser gewirkt als bei seinem Bruder. Milo hätte meine Unsicherheit als Steilvorlage genutzt. In diesem Moment wünsche ich mir, seine leicht kratzige, tiefe Stimme hören zu können. Er dürfte sich auch gerne über mich lustig machen, solange er mir dabei nur einen seiner Blicke aus diesen sirupbraunen Augen zuwerfen würde.

»Können Sie mir sagen, worum es geht? Ist ihm etwas passiert?«

Ich habe Angst vor dem, was er mir sagen wird, aber ich brauche Gewissheit. Ich klammere mich an die Hoffnung, dass er wohl kaum nach Milo suchen würde, wenn sein Bruder auf einem Stahltisch in einem gerichtsmedizinischen

Institut liegen würde. Aber vielleicht versucht er auch nur, Milos letzte Wochen zu rekonstruieren. Mir wird schlecht, und meine Knie geben kraftlos nach.

Tiziano räuspert sich, dabei scheint er kein Mensch zu sein, dem die Worte fehlen. Es dauert quälende Sekunden, bis er leise hinterherschiebt: »Ich rufe an, weil unser Vater einen Infarkt hatte. Die Ärzte sind sich nicht sicher, ob er durchkommen wird.«

Erleichtert seufze ich auf und presse hastig die Hand vor den Mund. Natürlich hat Tiziano es trotzdem gehört und reagiert zu Recht befremdet.

»Alles in Ordnung mit Ihnen?« Seine Stimme klingt plötzlich kühl. Als ich nicht antworte, fährt er fort: »Sagen Sie Dario doch bitte, er möge mich anrufen, wenn ihm noch etwas einfällt. Ansonsten werde ich mich dann wohl oder übel durch die Clubs von Norditalien telefonieren müssen.«

Ich finde es rührend, dass Tiziano seinen Bruder trotz des Aufwands und der jahrelangen Funkstille sucht, und habe das Bedürfnis, mein merkwürdiges Verhalten zu erklären.

»Es tut mir leid, dass ich so unpassend reagiert habe, aber ich dachte wirklich, sie würden anrufen, um uns mitzuteilen, dass Milo etwas zugestoßen ist.« Das klingt genauso schlimm, wie es sich anfühlt. »Nicht dass der Gesundheitszustand Ihres Vaters weniger bedauerlich wäre …« Ich breche ab, bevor ich es noch schlimmer machen kann.

Tiziano ist nett. Er tut nichts, was diesen ersten Eindruck kaputtmachen würde, aber schon nach fünf Minuten am

Telefon ist mir klar, warum die beiden Brüder nicht gut miteinander auskommen. Milo ist ganz anders als Tiziano, dessen Selbstbeherrschung und Disziplin verdammt einschüchternd sind. Würde es meinem Vater so schlechtgehen, wäre ich ein emotionales Nervenbündel. Er aber macht den Anschein, als würde er einen unbedeutenden Geschäftsabschluss verhandeln. Es muss schwer sein, als Freigeist ein Leben lang an so einem Menschen gemessen zu werden.

»Wo liegt Ihr Vater? In welchem Krankenhaus? Nur für den Fall, dass wir etwas von Milo hören«, frage ich schnell, um das beklemmende Gefühl abzuschütteln.

Es folgen einige Sekunden Stille, in denen Tiziano zu überlegen scheint, ob er diese Information an mich weitergeben soll.

»Wenn Sie Milo sehen und er bereit ist, sich nicht zu streiten, sagen Sie ihm, er soll ins Ospedale Civico di Palermo kommen. Mein Vater war zum Zeitpunkt des Vorfalls in unserem Sommerhaus in Bagheria und ist nicht transportfähig.« Nach einer kurzen Pause fügt er leise hinzu: »Wenn er Geld braucht, um seinen Hintern hierherzubewegen, soll er mich anrufen. Er hat die Nummer.« Dann ist die Leitung tot.

Ich lasse das schnurlose Telefon sinken und schließe die Augen. Milo ist unterwegs, singt oder amüsiert sich, während sein Vater vielleicht gerade stirbt. Im besten Fall weiß Dario, wo er sich aufhält, aber selbst dann wird es schwer werden, ihn zu erreichen. Er hat kein Handy, und es könnte Tage dauern, ihn zu finden.

Dario kann die Trattoria jetzt während der Hauptsaison unmöglich so lange allein lassen, auch wenn er es für Milo in einer solchen Situation vermutlich tun würde. Ich könnte sicher die Organisation und den Service übernehmen, aber spätestens, wenn es ums Kochen geht, ruiniere ich Darios Lebenswerk. Die einzig logische Konsequenz ist, dass ich den Part übernehme, Milo zu suchen.

Der Innenraum des Stilo ist stickig und kommt mir vor wie eine Bestrafung für meine irrsinnige Entscheidung, ausgerechnet ich müsste Milo aufspüren und davon überzeugen, seinen Hintern nach Palermo zu bewegen. Dario wollte mir diese Fahrt nicht zumuten. Er weiß, dass mich schon das letzte Treffen mit Milo aus der Bahn geworfen hat. Er wollte meinen mühsam erarbeiteten Seelenfrieden nicht einem Milo-Beben aussetzen, aber er hat nachgegeben. Weil die finanziellen Einbußen für die Trattoria bei einer Schließung immens gewesen wären und er außerdem einsehen musste, dass ich unmöglich seine Arbeit in der Küche übernehmen konnte.

Die Klimaanlage streikt mal wieder, also lasse ich das Fenster herunter und lenke den Wagen, so gut ich kann, durch den wirren Stadtverkehr Turins. Ständig hupt irgendwer. Dieser ganze Lärm macht mich vollkommen verrückt, und dass die anderen Fahrer in neunzig Prozent der Fälle tatsächlich mich mit dem Gehupe meinen, macht das Fahren nicht gerade entspannter. Es ist echt schwer, hier den Überblick zu behalten. Was wir für eine große Kreuzung halten und mit einem Schildermeer versehen, damit Zucht und Ordnung herrscht, ist hier was für Anfänger. Ich befinde mich gerade gefühlt im Fortgeschrittenenlevel – ein riesiger Platz im Zentrum Turins, auf dem mindestens acht mehrspurige Straßen in einem chaotischen Wirrwarr zusammenlaufen. Und nicht *ein* Schild für die unwissende Deutsche, welches erklären würde, wie ich die Kreuzung lebend überqueren kann.

Ein schriller Ton reißt mich aus meinen Gedanken. Um ein Haar hätte mich eine Tram umgefahren, die nicht nur stärker ist als der Stilo, sondern zu allem Überfluss auch noch Vorfahrt hat. Da ich Angst habe, Dario nie wieder unter die Augen treten zu können, wenn seinem Stilo etwas passiert, parke ich den Wagen wenig später auf dem riesigen Parkplatz vor Lingotto, einem überdimensionalen Einkaufszentrum. Von hier aus sind es nur einige Stationen mit der Tram bis zum Manhattan, einem Club mit langjähriger Geschichte und regelmäßigen Livemusik-Abenden. Milo hat keinen festen Tourplan, was es schwierig gemacht hat, ihn zu finden, aber Dario hat einige Clubs abtelefoniert und herausgefunden, dass Milo heute Abend hier auftreten wird.

Bevor es Zeit wird, mich dahin auf den Weg zu machen, möchte ich im Einkaufszentrum etwas essen. Es ist so groß, dass man sich Tage darin aufhalten könnte. Die Stadt hat es in die stillgelegten Fabrikhallen von Fiat gebaut, um dem optischen Schandfleck neues Leben einzuhauchen. In den modernen, mit Marmor ausgelegten Gängen der Geschäftszeilen riecht es angenehm nach frisch gebackener Focaccia und starkem Kaffee. Ich merke erst jetzt, wie hungrig ich bin. Heute Morgen habe ich nur ein Croissant hinuntergewürgt und bin dann aufgebrochen. Ich schlendere zu einer kleinen Bar, die am Ende eines Ganges liegt und wie eine Oase inmitten all des Kommerzes wirkt. Überdimensionierte Blumentöpfe beherbergen echte Palmen, Gräser und Olivenbäume. Die kleinen, runden Tische werden so vom Getümmel abgeschirmt, und ich lasse mich erleichtert auf einen der Stühle am Fenster fallen.

Ich bestelle mir ein gefülltes Pizzabrot und einen Tee. Hoffentlich fällt mir beim Essen ein, wie ich Milo dazu überreden soll, in Darios Wagen zu steigen und sich dann in einen Flieger zu setzen. Er hat seit Jahren keinen Kontakt zu seinem Vater, und ich bezweifle, dass ich ihm einen Besuch schmackhaft machen kann. Ich bin mir sicher, dass er auf stur schalten wird, sobald ich ihm erzähle, worum es geht. Ich habe noch zwei Stunden bis zum Beginn seines Konzerts, um mir eine passende Taktik zurechtzulegen. Inbrünstig wünsche ich mir, Dario wäre doch mitgekommen. Er bräuchte Milo nur zu sagen, dass er es für eine gute Idee hält, und würde ihn damit überzeugen. Das wird bei mir mit Sicherheit schwieriger.

Ich nehme einen großen Bissen meines Pizzabrotes und kaue angestrengt darauf herum, während meine Gedanken in Lichtgeschwindigkeit herumwirbeln. In weniger als zwei Stunden werde ich ihn wiedersehen, und bestenfalls habe ich mich dann besser unter Kontrolle als bei unserem letzten Aufeinandertreffen. Ich bin zu stolz, um einem Mann hinterherzurennen, der mich abgewiesen hat. Zumindest hoffe ich das.

Ich erreiche das Manhattan um kurz vor neun. Es ist bereits dunkel, und obwohl es in einer vollkommen unscheinbaren Straße liegt, deutet nicht einmal eine Leuchtreklame darauf hin, dass sich hier der Geheimtipp der Metropole befindet. Trotz der unspektakulären Lage hat sich eine beachtliche Schlange vor der Eingangstür gebildet. Die Häuserwände sind voller verschmierter Graffitis, die Straßen verschmutzt. Von außen wirkt auch die Bar schmuddelig und wenig einladend. Ich ignoriere den Geruch von Marihuana und Zigaretten, der in der Luft hängt wie zäher Nebel, und laufe an der Schlange vorbei direkt zu einem der Kaugummi kauenden Türsteher, was mir einige entnervte, zickige Blicke vornehmlich weiblicher Gäste einbringt.

»Ich möchte gerne zu Milo Riva. Er tritt heute Abend hier auf, und ich muss ihn vorher dringend sprechen«, versuche ich mein Glück.

Der Mann verzieht in klischeehafter Manier sein Gesicht. »Der Typ hat tatsächlich schon Groupies.« Er lacht wiehernd. »Hast du das gesehen, Alé? Sie will zu ihm in die Garderobe.« Er imitiert eine scheinbar sexuelle Bewegung, die bei seiner Statur eher lächerlich wirkt, und fühlt sich anscheinend ganz toll dabei.

»Ich muss dringend mit ihm reden. Es geht um etwas Privates«, erkläre ich und höre selbst, wie zweideutig das klingt. Hastig füge ich hinzu: »Ich meine, es geht um etwas Familiäres. Sehr wichtig!« Die Fähigkeit, sinnvolle Sätze zu formulieren, verabschiedet sich schon, bevor ich überhaupt in Milos Nähe bin. Na, das lässt ja hoffen.

Der Typ mit dem Namen Alé scheint um einiges professioneller zu sein als sein noch immer lachender Kollege. Er kommt zu uns herüber, weist das gackernde Ebenbild von Bud Spencer an, sich um die wartende Schlange zu kümmern, und betrachtet mich dann schweigend von oben bis unten.

»Was genau willst du von Milo?«, fragt er. »Wir haben Anweisung, niemanden nach hinten zu lassen.«

Er ist vernünftig genug, um mich wenigstens anzuhören. »Das kann ich verstehen, aber es ist sozusagen ein Notfall«, formuliere ich vage.

Er kneift die Augen zusammen und überlegt offenbar, ob ich die Wahrheit sage oder nur eine gute Lügnerin bin. »Was für ein Notfall?«

Es widerstrebt mir, einem Wildfremden von Milos Vater zu erzählen, aber das hier ist sozusagen ein Notfall im Notfall.

»Sein Vater ist schwer erkrankt. Seine Familie versucht seit Tagen, ihn zu erreichen. Sie haben mich kontaktiert und gebeten, ihm Bescheid zu geben.«

Ich setze mein Mitleidgesicht auf und habe tatsächlich Erfolg. Vielleicht weicht auch nur der bei Italienern stark ausgeprägte Familiensinn die ablehnende Haltung des Türstehers auf. Auf jeden Fall winkt er seinem Bud Spencer-

Kollegen zu und sagt: »Ich bring sie eben hinten rein. Sie ist 'ne Angehörige.«

Sein Kollege hebt lässig die Hand, um ihm mitzuteilen, dass er alles im Griff hat, und ehe ich es mich versehe, zieht Alé mich durch eine dunkle Gasse bis zu einer Seitentür. Er schließt die unscheinbare Eisentür auf und gibt mir einen freundschaftlichen Schubs.

»Ich habe keine Zeit, dich bis zur Garderobe zu bringen, aber sie ist da hinten, gerade den Gang hinunter und dann die letzte Tür links. Dein Freund singt sich gerade warm. Müsste also da sein, aber mach mir keinen Ärger.« Er zögert kurz, als wäre er sich nicht sicher, die richtige Entscheidung getroffen zu haben. »Ich verlier meinen Job, wenn du mir Mist erzählt hast.«

»Hab ich nicht«, sage ich leise.

»Dann beeil dich. Das Konzert geht gleich los.« Er nickt mir aufmunternd zu und verschwindet, nachdem er die Tür in meinem Rücken zugeworfen und abgeschlossen hat. Es ist ziemlich dunkel und eng in dem schmalen Flur. Getränkekisten, ausrangierte Lautsprecherboxen und jede Menge Kleinkram stehen auf dem Gang und machen ein Durchkommen fast unmöglich. Ich kann mir beim besten Willen nicht vorstellen, dass irgendein Brandschutzbeauftragter das hier abgenommen hat. Die Luft riecht leicht schimmelig und mischt sich mit dem ganz eigenen Geruch einer Nebelmaschine, die im Gastraum aufgestellt ist und feine Nebelschwaden über die vollgestopfte Tanzfläche schickt. Ich kämpfe mich an mehreren Kisten Hochprozentigem vorbei und gelange zu der Tür, hinter der Milo seine Garderobe hat. Sein Name steht kaum leserlich auf einem vergilbten Kreppband, das schräg an die Tür geklebt worden ist.

Sorgfältig streiche ich meine Haare glatt, ordne meine Kleidung, die von der Fahrt ziemlich zerknittert ist, und klopfe schließlich leise an. Mein Herz schlägt mir bis zum Hals. Ich warte, und als keine Antwort kommt, klopfe ich noch einmal. Dieses Mal etwas energischer, obwohl meine Überzeugung, das Richtige zu tun, längst über alle Berge ist. Vorsichtig lege ich meine Hand auf die Klinke und öffne die Tür. Ich muss aussehen wie eine einzige Entschuldigung, und das, bevor ich überhaupt etwas gesagt habe. Ich drücke meinen Rücken durch und versuche, meine Gesichtszüge undurchdringbar zu halten. Mit dem Erfolg bin ich mäßig zufrieden. Aber meine Bemühungen sind sowieso für die Katz, denn die Garderobe gleicht einer Abstellkammer und ist bis auf jede Menge Gerümpel leer. Milo muss irgendwo anders in diesem Wirrwarr aus Gängen sein.

Resigniert stoße ich die Luft aus und lasse mich auf ein halb unter Kleidungsstücken begrabenes Sofa plumpsen. Ich müsste ihn suchen, aber die Anspannung hat mich ausgelaugt. Ich weiß nicht, wo ich nachsehen soll und welche der zig Türen ich überhaupt öffnen darf, ohne mir Ärger einzuhandeln. Ich beschließe, vorerst hier sitzen zu bleiben. Immerhin steht sein Name auf der Tür. Das hier ist seine Garderobe, also muss er irgendwann hier auftauchen. In der Zwischenzeit kann ich überlegen, was ich sagen will. Mein Blick fällt auf einen schwarzen Kapuzenpullover. Es ist der Pullover, den Milo bei unserem ersten Treffen getragen hat. Zusammengeknüllt liegt er in der Ecke und ruft die Erinnerung an sein Gesicht, umrahmt von schwarzem Jersey, hervor.

Bevor ich mich von dem Gefühl erholen kann, das allein dieses Kleidungsstück in mir auslöst, höre ich seine Gitarre. Das Stimmengewirr wird leiser, einige begeisterte Pfiffe mischen sich unter die reinen Gitarrentöne, bevor Milos Stimme erklingt. Ich habe ihn verpasst. Der Auftritt hat begonnen, und mir wird nichts übrigbleiben, als hier auf ihn zu warten. Es sei denn, ich habe vor, ihn von der Bühne zu schleifen und mich dafür von den Zuschauern vierteilen zu lassen. Ich schüttle den Kopf und gähne. Müde angele ich mir seinen Pullover, um ihn mir als Kissen zusammengeknüllt unter den Kopf zu schieben, und rolle mich auf dem freien Ende des Sofas zusammen. Mit seinem unverwechselbaren Geruch in der Nase und seiner Stimme im Ohr schlafe ich schließlich ein.

»Hey!« Irgendjemand knufft mich in den Oberarm und holt mich ziemlich unsanft aus einem Traum, in dem ein unverschämt gutaussehender Musiker noch unverschämtere Dinge mit mir anstellt. Ich versuche, einen Zipfel des Traums festzuhalten, und brumme schläfrig in Richtung des Störenfrieds. Als ich die Augen aufschlage, sehe ich in genau die sirupbraunen Augen aus meinem Traum. Aber dieser Musiker hier verzieht seinen Mund zu einem lässig überheblichen Grinsen, anstatt mich zu küssen.

»Ich glaube, in manchen Ländern ist Stalking eine Straftat«, sagt er nüchtern.

Ich setze mich abrupt auf und funkle ihn wütend an. Als hätte ich rund zweihundert Kilometer zurückgelegt, mich durch den nach meinem Leben trachtenden Stadtverkehr gequält und dann auch noch Stunden hier auf ihn gewartet, nur um mich jetzt von ihm beleidigen zu lassen. Am liebsten würde ich aufstehen und unverrichteter Dinge wieder gehen. Stattdessen beiße ich mir auf die Zunge und schlucke die Worte, die ich schon darauf schmecken kann, hinunter. Es geht jetzt nicht um mich oder um uns, sondern allein um Milo und seinen Vater.

»Ich bin nicht wegen dir hier.« Das ist irgendwie nicht richtig. »Also, nicht wegen uns.« Das stimmt zwar, klingt aber dämlich und naiv. So als gäbe es ein uns. Ich vertreibe die Unsicherheit aus meiner Stimme. »Dein Bruder hat bei Dario angerufen.«

»Und hat er dir unsere traurige Familiengeschichte erzählt, damit du den verlorenen Sohn nach Hause bringst, oder was?«

Ich kann nicht fassen, wie viel Kälte in seiner Stimme liegt. Soweit ich weiß, hat seine Familie nicht mehr getan, als Erwartungen an ihn zu stellen.

»Nein. Er hat mir nichts über deine Familie erzählt«, sage ich ruhig.

»Aber?«

Ich spüre seine unterschwellige Wut und Aggression.

»Deinem Vater geht es nicht gut.«

Das ist wohl in etwa die Untertreibung des Jahrhunderts. Ich will etwas hinzufügen, um den Ernst der Lage zu unterstreichen, aber er unterbricht mich.

»Meinem Vater ging es noch nie besonders. Zu wenig Vitamin D, weil er immer nur am Schreibtisch sitzt, und der viele Stress.« Er zuckt mit den Schultern und zieht sich das verschwitzte Shirt in einer fließenden Bewegung aus.

Für einen Moment wirft mich der Anblick seines nackten Oberkörpers aus der Bahn, aber ich sehe weg und konzentriere mich stattdessen auf meine Aufgabe.

»Er liegt in einem Krankenhaus in Palermo. Deine Familie war in eurem Ferienhaus, als er …«

Er lässt mich nicht aussprechen. »Mein Vater ist wie eine Küchenschabe. Der würde einen Atomangriff überleben.«

»Einen Infarkt vielleicht nicht.« Er zuckt zusammen, auch wenn er versucht, es zu überspielen. »Ich habe deinem Bruder gesagt, dass du kommen wirst.«

Abrupt dreht er sich weg. »Das hättest du nicht tun sollen.«

Dann läuft er auf den nicht vollgestellten zwei Quadratmetern der Garderobe auf und ab. Er sieht jung aus. Unsicher. Nicht wie der Milo, den ich kenne.

»Er liegt auf der Intensivstation«, presse ich mein letztes Argument hervor.

Er bleibt stehen und starrt mich an.

»Das ist kein blöder Scherz, um dich wieder mit deiner Familie zu vereinen. Dein Bruder klang echt besorgt«, füge ich hinzu.

Er lässt sich wortlos auf eine Getränkekiste fallen, die dem Sofa gegenübersteht, und vergräbt sein Gesicht in den Händen. Er atmet angestrengt. Es ist ungewohnt, ihn so zu sehen, aber bevor ich mich an diesen anderen Milo gewöhnen kann, ist sein altes Ich zurück.

»Hat Tiziano wirklich gedacht, dass er dich mit dieser rührseligen Geschichte schicken kann, und dann komme ich einfach so wieder angekrochen?«, fragt er verächtlich.

»Hör auf!« Ich bin so müde, dieses Spiel weiterzuspielen. »Es geht nicht um dich, deinen Stolz und diese alte Geschichte.« Welche auch immer das ist. »Dein Vater könnte sterben.«

Für eine Weile ist es still. Nur die dunklen Bässe der Musik dringen durch die Tür.

Sein Schweigen hält an. Er hat endlich begriffen, dass das hier kein Scherz, sondern Ernst ist.

»Dein Bruder hat gesagt, du sollst ihn anrufen. Dann überweist er dir das Geld für den Flug.«

»Er kann sich sein Geld sonst wo hinstecken.«

»Was ist, wenn dein Vater es nicht schafft?« Die Frage steht im Raum und lässt ihn noch kleiner erscheinen.

Milo antwortet nicht darauf. Wütend zieht er sich ein Shirt über und packt seine im Raum verteilten Habseligkeiten zusammen. Dabei wirkt jeder Handgriff wie ein Schlag, den er am liebsten irgendwem verpassen würde.

Schließlich steht er wartend an der Tür. »Kommst du jetzt, oder willst du hier Wurzeln schlagen?«

Ich unterdrücke meine Wut, indem ich an seinen kranken Vater denke, und stehe auf. Wortlos reiche ich ihm seine Kapuzenjacke. Es ist nicht der richtige Moment, um zu streiten. Ich bin erschöpft, und Milo sieht noch fertiger aus.

Wir müssen über die Tanzfläche zur Bar gehen, um Milos Gage abzuholen. Er lässt mich mittig auf dem abgenutzten Parkett stehen und schlurft zum Tresen. Während er ein paar zerknüllte Scheine in seiner Gesäßtasche verstaut, lacht er, witzelt ein wenig mit dem Besitzer herum und verabschiedet sich dann mit einem lässigen Handschlag. Er zeigt niemandem, was er gerade erfahren hat und was das mit ihm macht. Er hat es mir gezeigt, wenn auch nur für einen kurzen Moment. Er ist erschreckend gut darin, der Welt etwas vorzuspielen, und ich frage mich unwillkürlich, was zwischen uns echt und was ebenfalls nur gespielt gewesen ist.

Sobald wir den Club verlassen und auf den Gehweg in die leicht abgekühlte Nacht treten, verschwindet das Lächeln auf Milos Gesicht. Es ist, als hätte er das Licht in seinen Augen ausgeknipst. Während wir schweigend nebeneinander herlaufen, berührt sein Gitarrenkoffer ab und an mein Knie.

»Wo hast du das verdammte Auto denn geparkt?« Die Müdigkeit in seiner Stimme nimmt der Frage jede Schärfe.

»Beim Einkaufszentrum.« Einfach typisch für mich, vorher nicht nachzusehen, wann die letzte Tram fährt, die jetzt natürlich schon weg ist. Ich bin hundemüde, und der Weg kommt mir unendlich weit vor.

»Was willst du jetzt machen?« Mir ist klar, dass er das Geld für einen Flug nicht hat und dass er es trotzdem niemals von seinem Bruder annehmen wird.

»Ich werde Dario bitten, mir sein Auto zu leihen.« Er nickt, als müsste er sich selbst von seiner Idee überzeugen.

Das sind gute eintausendfünfhundert Kilometer.

»Du kannst die Strecke nicht allein fahren. Du würdest eine halbe Ewigkeit brauchen.«

Er hört mir nicht zu. Auf jeden Fall reagiert er nicht auf mich.

Geistesabwesend murmelte er: »Ich werde nicht wieder bei ihm angekrochen kommen, aber ich muss mich verabschieden, wenn es …« Er bringt den Satz nicht zu Ende.

Ich würde ihn so gern trösten, ihn in den Arm nehmen und ihm sagen, dass alles gut werden wird, aber ich weiß, dass er diese Geste niemals annehmen könnte. Also laufen wir durch die schlafende Stadt. Die Straßenlaternen werfen gelbe Lichtkreise in die Dunkelheit und erhellen in regelmäßigen Abständen Milos angespanntes Gesicht. Ich habe das Gefühl, dass er kurz vor einem Zusammenbruch steht, und gleichzeitig weiß ich, dass er sich das nie erlauben wird. Er würde eher verbal um sich schlagen als zuzugeben, dass es einen Ort unter seiner Scheißegal-Fassade gibt, wo er Gefühle zulässt. Im Moment bin ich die einzige Person, die er dabei treffen wird, aber trotz dieser Tatsache laufe ich unbeirrt neben ihm her.

Milo

Als ich nach meinem Auftritt in die Garderobe gekommen bin und sie zusammengerollt wie eine Katze auf dem Sofa liegen sah, war mein erster Gedanke, dass mir jemand etwas in den Drink geschüttet haben muss. Ich machte mir ernsthafte Sorgen darüber, dass ausgerechnet Jiara als Halluzination aufgetaucht ist. Erst als ich sie berührt habe, wurde mir klar, dass sie wirklich da ist.

Jetzt laufen wir schweigend zum Wagen, der verlassen auf dem weitläufigen Parkplatz vor dem geschlossenen Einkaufszentrum steht. Der riesige Betonklotz des ehemaligen Fiat-Fabrikgebäudes ragt dunkel in den sternenklaren Nachthimmel und wirkt wie ein überdimensionales Großstadtmonster. Am Tage verschlingt das Einkaufszentrum Menschenmassen und zieht Tausende in seine Eingeweide, während es nachts ruhig daliegt und Kräfte für den nächsten Tag sammelt.

Ich warte, bis Jiara umständlich ihren Schlüssel aus der Handtasche gefummelt und aufgeschlossen hat. Ich verstehe den Sinn solcher Riesenumhängetaschen nicht, in denen vornehmlich Frauen nie etwas wiederfinden. Ihr leises Schimpfen, während sie das Leinenmonster auf die Rückbank verfrachtet, lässt mich lächeln. Zum ersten Mal, seitdem ich abgehauen bin, fühlt es sich nicht wie ein Fake an. Und das nur, weil sie hier bei mir ist.

Die Tatsache, dass Pa im Krankenhaus liegt, stört mich empfindlich dabei, nicht an meine Familie zu denken. Ich sollte mir Sorgen machen, aber eigentlich bin ich nur sauer. Es ist mir egal, dass es ihm schlechtgeht. Es ist mir sogar egal, dass er Schmerzen hat, obwohl er sie nicht verdient. Wenn er aber sterben würde, ohne dass ich mich verabschiedet habe, würde ich mir das niemals verzeihen. Auch wenn es mir schwerfällt, mir vorzustellen, wie ein Mann mit seiner Selbstbeherrschung und Stärke einfach sterben sollte, ist es immerhin möglich. Wahrscheinlicher ist jedoch, dass er dem Tod erst einmal die Leviten lesen und ihm deutlich klarmachen wird, dass ein frühzeitiges Dahinscheiden inakzeptabel ist.

Seufzend lehne ich mich gegen die Scheibe, während Jiara sich durch die nächtlich leeren Straßen Turins schlängelt. Über uns ragt die Mole Antonelliana gegen die Dunkelheit auf. Der pavillonartige Bau, dessen Kuppel sich bis zu einer schmalen Spitze am Ende verjüngt, ist hell erleuchtet und wirkt wie eine glühende Nadel im schwarzen Stoff des Nachthimmels. Von der Aussichtsplattform kann man bei klarem Wetter und guten Bedingungen bis zu den Alpen sehen.

Für einen Moment wünsche ich mir, ich wäre irgendwo in den Bergen untergetaucht. Dann hätte mich Jiara nie gefunden, wir säßen nicht in diesem Auto, und ich würde nicht dieses dämliche Bedürfnis verspüren, meinen Vater zu besuchen. Ich will nicht an ihn denken, also blinzele ich zu Jiara hinüber. Ihre dunklen Haare fallen in weichen Wellen über ihre Schultern. Dunkel, wie das Meer bei Nacht. Meine Gedanken klingen so schmalzig, dass mir schlecht wird. Ich bin kein romantischer Typ, also zerschneide ich mit meiner Stimme den Kitsch in meinem Kopf.

»Du bist hergekommen. Das ist …« Ich beiße mir auf die Lippe, auch wenn man mir dadurch meine Unsicherheit ansieht. »… das war ziemlich nett von dir.«

Nett? Wenn Jiara mich nicht ansehen würde wie ein verunglücktes Experiment, würde ich mir verflucht nochmal selbst in den Hintern treten. Schroff quetsche ich ein »Danke« hinterher.

Sie sieht überrascht aus und zieht fragend eine Augenbraue nach oben.

»Na ja, die Strecke hat viele Kurven und …« Ich weiß nicht, was ich sagen soll, ohne mich zum Idioten zu machen. Also schließe ich die Augen und lehne meinen Kopf an die Scheibe. Es ist leichter, mit ihr zu reden, wenn ich sie nicht dabei ansehe. »Du hättest das nicht tun müssen«, mache ich einen zweiten Versuch, ihr zu zeigen, dass ich verdammt nochmal weiß, was sie für mich auf sich genommen hat.

»War keine große Sache«, entgegnet sie sofort.

Irgendwie glaube ich ihr nicht. Ich erinnere mich nur allzu gut daran, wie sie sich wegen der vielen Kurven bei unserem letzten gemeinsamen Trip übergeben musste. Die Strecke vom Meer nach Turin ist mindestens genauso schlimm. Trotzdem ist es nett, dass sie so tut, als würde es ihr nichts ausmachen. Es mildert ein wenig das Gefühl, in ihrer Schuld zu stehen.

»Was wirst du jetzt machen? Die ganze Strecke bis Palermo allein fahren?«, will sie wissen.

Ich habe nicht vor, das mit ihr zu besprechen, auch wenn sie recht hat. Die Strecke ist verdammt lang, und es wird mir kaum etwas anderes übrigbleiben, als mir Darios Auto zu leihen und die Strecke in Etappen hinter mich zu bringen, die viel Zeit kosten werden. Ich schnaube frustriert aus. Es wird mich Tage und mein gesamtes Erspartes kosten.

»Ich will mich nicht aufdrängen oder in deine merkwürdige Familiendynamik einmischen, aber ich könnte dir helfen runterzufahren. Wenn wir uns zu zweit mit dem Fahren abwechseln, könnten wir es in zwei Tagen schaffen.«

Sie sieht mich an und fügt hastig hinzu: »Ich wollte mir sowieso endlich mal den Rest von Italien ansehen, und du kannst die Strecke nicht allein bewältigen. Es ist also eine Win-win-Situation.« Etwas leiser sagt sie noch: »Ich tue das wirklich gern.«

Der Gedanke, eintausendfünfhundert Kilometer mit ihr in einem Wagen zu sitzen, ist durchaus reizvoll, aber er führt unweigerlich dazu, dass ich bis ans Ende des Universums in ihrer Schuld stehen werde.

»Das kann ich nicht annehmen.« Ich öffne das Fenster und lasse etwas milde Nachtluft ins Wageninnere. Jiaras Haare wehen leicht im Fahrtwind. Ich kann ihr Parfum riechen, die Reste von Sonnencreme auf ihrer Haut. Wir beide zusammen auf so engem Raum, das ist eine Scheißidee.

»Ich könnte das nie wiedergutmachen«, versuche ich zu erklären.

»Ich habe nicht gesagt, dass ich etwas dafür haben will«, antwortet sie sofort.

Mir ist nicht klar, was sie mir damit sagen will. Menschen wollen immer etwas haben, wenn sie anderen etwas Gutes tun.

»Wusste nicht, dass du 'ne Nonne bist. So mit Nächstenliebe und all dem Kram.« Aber mein Versuch, das Ganze ins Lächerliche zu ziehen, missglückt.

Ihre Nase legt sich in winzige Fältchen. »Du machst es einem nicht gerade leicht, nett zu dir zu sein.«

Sie lacht leise. »Gib doch einfach zu, dass es sehr lieb von mir ist, einem Idioten wie dir zu helfen.«

Sie scheint froh zu sein, dass sie ihren Blick fest auf die Fahrbahn vor sich heften kann.

»Ich schaffe das schon. Es wird nur etwas länger dauern, aber danke für das Angebot und das hier.« Ich zeige auf sie und mich und den kotzgrünen Stilo, der nachtschwarzen Asphalt frisst.

Mit einem Räuspern rutsche ich tiefer in meinen Sitz.

»Müssen wir darüber reden, was an diesem Abend …« Fast ist es, als könnte ich ihre Finger am Bund meiner Hose spüren, ihre heiße Haut an meiner. »… was da zwischen uns passiert ist?«

Sie runzelt ihre Stirn, bevor sie in einem schroffen Ton erwidert: »Also, wenn ich zwischendurch nicht weggetreten war, ist rein gar nichts passiert.«

Meine Zurückweisung hat sie stärker gekränkt, als ich angenommen habe, und ein dummer Teil von mir freut sich darüber. Ich weiß nicht, was ich darauf erwidern soll, also sage ich das Erstbeste, was mir in den Kopf kommt.

»Mein Vater wird nicht sterben.« Ich verstehe nicht, wieso ich ausgerechnet das sage oder zulasse, dass meine Stimme dabei zittert. »Ich werde hinfahren, aber er wird nicht sterben.«

Sie antwortet nicht darauf, und ich bin froh, dass sie keine dieser dämlichen Floskeln hervorholt, die das Ganze noch peinlicher machen würden. Sie blickt weiter schweigend auf die Straße, und ich habe nicht das Gefühl, irgendetwas vor ihr verbergen zu müssen.

Jiara

Die Fahrt war anstrengend. Die Stille zwischen Milo und mir hat an meinen Nerven gezerrt, so dass ich mich direkt nach der Ankunft auf mein Zimmer in Darios Wohnung zurückgezogen habe. Seitdem sitze ich auf dem Bett und starre auf die Patchworkdecke, die als Bettüberwurf dient. Es ist ein buntes Muster aus hellem Rosa, Pink und Weiß. Ein echter Mädchentraum. Eigentlich bin ich nicht der Typ für Girliesachen, aber ab und an kommt das Mädchen in mir durch und verleitet mich zu Einkäufen, die selbst Lillifee neidisch machen würden. Diese Decke, die ich zusammen mit Dario auf dem Markt gekauft habe, gehört dazu.

Ich fahre mit meinen Fingern die Linien nach, wo die einzelnen Stoffflicken aneinanderstoßen, als es plötzlich klopft. Es ist kein zaghaftes Klopfen, sondern ein forderndes. Ich weiß, dass es Milo ist, noch bevor er seinen Kopf durch den Spalt steckt und seinen Körper hinterherzwängt. Er lehnt sich gegen die Tür, so dass er sie mit einem Rumms wieder verschließt.

»Ich muss mit dir reden.«

Bei ihm klingt es wie eine Strafe. Ich habe ihn nicht hereingebeten, aber das hält ihn nicht davon ab, sich von der Tür zu lösen und meine Sachen auf dem Bord über dem Schreibtisch zu inspizieren. Seitdem ich nach meinem Schulabschluss mit achtzehn das erste Mal allein nach Finale kam, drapiere ich sie jedes Jahr dort, um mich in dem ansonsten schlichten Gästezimmer heimisch zu fühlen. Aber ehrlich gesagt ist keines dieser Andenken daran beteiligt, dass ich dieses Zimmer derzeit lieber mag als Jonas' Hamburger Wohnung.

Milo dreht einen Stein in der Hand, den Jonas und ich an der Nordsee gefunden haben und durch dessen Mitte sich ein heller Streifen zieht. Es lässt ihn aussehen wie ein natürliches Jin-und-Jang-Zeichen. Fragend hält er ihn in meine Richtung und zieht eine Augenbraue nach oben, als könne er einfach nicht verstehen, wieso Menschen an Erinnerungen hängen. Er ist ein Mensch ohne Vergangenheit. Ihm liegt nichts an Erinnerungen, und dennoch fährt er die weite Strecke, um seinen Vater zu sehen. Ich gehe nicht auf seine unausgesprochene Frage ein.

»Ich dachte, du wolltest reden?«, frage ich.

Er nickt und blättert dabei einen Stapel Bücher durch, der als schiefer Turm auf der Kante des Schreibtischs balanciert. Dann nimmt er mein Parfum in die Hand, begutachtet es eingehend und stellt es unsanft zurück aufs Regal.

»Was willst du?« Ich will nicht so unfreundlich klingen, aber seine Art, mein Zimmer in Besitz zu nehmen, macht mich wütend.

Anstatt auf meine Frage einzugehen, zeigt er auf den Flakon. »Den Duft trägst du nicht.«

Das stimmt. Seitdem ich in Finale bin, habe ich das Parfum nicht einmal benutzt und stattdessen ausschließlich ein neues Parfum benutzt, das ich mir auf dem Markt gekauft habe.

Jonas hat mir den alten Flakon geschenkt. Es würde ihn hierherbringen, aber dieser Sommer gehört mir. Der Rest meines Lebens gehört jetzt mir. Jonas und ich sind nicht länger zusammen. Ich bin allein. Ich schlucke trocken und frage mich, ob es Milos Masche ist, auf solche Kleinigkeiten zu achten, um die Menschen, die ihn umgeben, zu beeindrucken. Es sieht nicht so aus, weil er keine Reaktion erwartet. Ohne mich anzusehen, schlendert er zum Fenster und sieht über das Meer.

Ich frage noch mal: »Was willst du?«

»Ich fahre.« Er sagt das mit einem fragenden Unterton, als bräuchte er meine Erlaubnis.

»Wann?« Es hat mich gewundert, dass er nicht direkt aufgebrochen ist, nachdem wir angekommen sind und die Frage geklärt war, ob er Darios Auto haben dürfte.

Er sieht auf sein Handgelenk, als könnte er auf der bloßen Haut die Uhrzeit ablesen. Dann zuckt er mit den Schultern. »Bald.«

Er sieht wieder aus dem Fenster. Die aufgehende Sonne taucht seine Gestalt in ein sanftes Licht.

»Ich packe noch ein paar Sachen und fahre dann.« Die Worte klingen hölzern.

Eine Weile sagt keiner von uns etwas. Ich lasse mich rücklings auf das Bett fallen und starre gegen die Decke, während er stumm am Fenster verharrt.

»Du sagtest, es wäre eine Win-win-Situation.«

Er formuliert es nicht als Frage, aber er ist nervös. Er wirkt angespannt, und ich warte ab, anstatt etwas zu erwidern.

»Dario ist manchmal wie eine verdammte Glucke. Besonders wenn es ums Autofahren geht. Er hat Angst, ich könnte mich um einen Baum wickeln und das auch noch lustig finden.«

Er dreht sich um, und in seinen Augen steht die Frage, die er aus irgendeinem Grund nicht stellen kann. Dabei weiß er sonst immer, was er sagen will.

Ich nicke. »Er ist da ziemlich vorbelastet.«

»Vielleicht sollten wir ihm den Gefallen tun und zusammen fahren«, schlägt er vor. »Nur damit er Ruhe gibt natürlich.«

Natürlich. Bevor ich darüber nachdenken kann, verlassen die Worte bereits meinen Mund.

»Ich komme gern mit, wenn das die Frage war?« Ich lächle, und Milo lächelt zurück.

Es ist keines seiner Tausend-Kilowatt-Lächeln. Dieses ist ehrlich und offen. Es ist einfach nur einhundert Prozent Milo.

Die Mailbox geht ran. Der feige Teil von mir freut sich. Dabei wollte ich Kathi persönlich erzählen, dass ich Milo begleiten werde. Ich brauche ihren Segen. Die Gewissheit, dass für sie in Ordnung ist, was mein Herz aus dem Rhythmus bringt. Sie wird es verstehen. Kathi sagt mir ihre Meinung, hinterfragt mich und fordert mich manchmal mehr heraus, als mit lieb ist, aber am Ende ist und bleibt sie meine beste Freundin. Sie wird trotz dieses Chaos immer für mich da sein. Ich seufze. Es ist offensichtlich, dass ich versuche, mich selbst zu überzeugen.

»Hi, Kathi.« Ich kann mir vorstellen, wie sie bereits nach der Begrüßung die Stirn in Falten legt und an den Stiften in ihrem Haar herumspielt, weil sie meiner Stimme anhört, dass etwas nicht stimmt.

»Ist echt blöd, mit einer Maschine zu sprechen. Ich wollte es dir persönlich erzählen.«

Wieder zögere ich.

»Ich rufe nur an, weil ich Milo nach Palermo begleiten werde. Sein Vater ist schwerkrank. Ich habe ihm die Nachricht überbracht, weil Dario nicht aus der Trattoria wegkonnte. Dann habe ich Milo angeboten, dass ich ihn beim Fahren ablösen würde, damit er möglichst schnell nach Sizilien kommt. Außerdem sehe ich so endlich mal mehr von Italien. Du kennst mich besser als jeder andere. Deswegen weißt du wahrscheinlich längst, dass das nicht alles ist. Ich weiß, dass du es nicht hören willst, aber mein Herz flattert wie verrückt, wenn er in meiner Nähe ist. Du hast mich neulich gefragt, ob meine Reaktion auf Milo eine rein körperliche ist? Ich würde sagen ja, denn das Herz ist ein Körperteil, oder nicht?« Ich schlucke trocken. »Bitte sei mir nicht böse.«

Das sagt alles, was ich mir wünsche, und doch zu wenig,

aber bevor ich noch etwas hinzufügen kann, ist die maximale Länge der Tonaufnahme erreicht, und die Mailbox kickt mich aus der Leitung. Ich starre auf das Display. So lange, bis Milo in der Tür auftaucht.

»Bist du so weit?«

Ich bin mir nicht sicher. Kein Stück. Aber trotzdem nicke ich, schultere meine Tasche und folge ihm.

Milo fährt den ersten Teil der Strecke, während ich auf dem Beifahrersitz des Stilo sitze und lese. Das Fenster ist heruntergekurbelt, und ich habe meine Füße in die Fensteröffnung gequetscht.

»Du schaffst es noch, dass ich dir aus Versehen die Füße an einem der Felsen abfahre«, brummt er über das gleichmäßige Geräusch des Motors hinweg.

Seitdem wir uns von Dario verabschiedet haben, sitzt er schweigend hinter dem Lenkrad und starrt stur geradeaus auf die in der flirrenden Hitze daliegende Autobahn. Dass er doch beschlossen hat, mich anzubrummen, werte ich als positiv. Ich warte ab, aber mehr kommt nicht. Nur wenn die Straße durch einen der vielen Tunnel führt, die diesen Teil der Autobahn ausmachen, setzt er die Sonnenbrille ab und wenig später wieder auf. Es ist die einzige Bewegung, die zeigt, dass er nicht zur Salzsäule erstarrt ist.

Ich lehne den Kopf zurück und beschließe, nicht auf seine schlechte Laune einzugehen. Ganz offensichtlich hat er ein Problem damit, dass er seine Freiheit hat aufgeben müssen. Jetzt sitzt er eingesperrt in einem Fiat Stilo und muss zu seiner Familie fahren. Aber immerhin hat er mich gebeten, ihn zu begleiten. Oder zumindest ist unser Gespräch nah an einer Bitte seinerseits vorbeigeschrammt. Er will mich dabeihaben, und auch wenn dieser Wunsch auf rein pragmatischen Gründen beruht, bleibt es unterm Strich dabei, dass wir gemeinsam durch Italien fahren. Es macht mich seltsam glücklich, einfach neben ihm zu sitzen.

»Ich mag den Fahrtwind auf der Haut«, erwidere ich mit einigem Abstand zu seinem Kommentar über abgefahrene Füße. »Außerdem müsstest du Darios Spiegel schrotten, um meine Füße loszuwerden, und das würde dich bestimmt dein Leben kosten.«

Ich sehe, wie seine Mundwinkel zucken, aber er lacht nicht. Dabei gehört dieses Lachen, das einen mitreißt, zu ihm. Es fehlt mir.

Die Helligkeit verschwindet so abrupt, als hätte jemand sie mit einem scharfen Messer durchtrennt und dabei einen Fetzen Dunkelheit freigelegt. Es fröstelt mich, aber schon ist der Tunnel zu Ende. Die hoch im Zenit stehende Sonne brennt wieder auf meine Haut und verscheucht die beginnende Gänsehaut.

Milo sieht kurz zu mir herüber, bevor er seinen Blick wieder auf die Straße heftet.

»Mein Pullover liegt hinter dir. Wenn du willst, kannst du ihn überziehen. Kommen jetzt jede Menge solcher kleinen Tunnel.« Wie auf ein Stichwort wird es wieder dunkel. »Du solltest ihn anziehen. Du frierst.«

Seine Stimme in der Dunkelheit klingt besorgt, und ich

frage mich, wie er in einem Moment ein Arsch und dann wieder so fürsorglich sein kann. Vielleicht bilde ich mir das Ganze auch nur ein, weil es mir so leichter fällt, nichts Schnippisches zu erwidern.

Mit einem beiläufigen »o. k.« stimme ich zu, werfe mein Buch auf den Rücksitz und angele mir seinen retroblauen Kapuzenpullover vom Polster. Sein Geruch hängt noch immer im satten Stoff. Ich streife mir den Pullover über und atme tief ein. Fest in mein eigenes Stück Milo gekuschelt, schlafe ich wenig später ein.

Ich wache auf, weil mir schlecht ist. Milo hat die Autobahn verlassen. Ohne dass ich es mitbekommen habe, hat er an einer der Mautstellen gehalten und den Autobahnabschnitt bezahlt. Jetzt folgt er einer Straße, die sich eng an die mit Stahlnetzen bespannten Felsen quetscht. Neben uns fällt der felsige Untergrund steil ins Meer ab.

»Wo sind wir?« Eine blöde Frage. Ich erkenne die halbverfallenen Natursteinmauern, die in regelmäßigen Abständen vorliegende Felsnasen umgeben und malerische Aussichtsplattformen schaffen. Diese Überbleibsel aus der Römerzeit sind typisch für die Via Aurelia, nur verstehe ich nicht, wieso Milo meinem Magen diese Serpentinen zumutet. Er weiß ganz genau, was passiert, wenn ich den Kurven zu lange ausgesetzt bin. Ich schenke ihm meinen vorwurfsvollsten Blick.

»Ist dir etwa schlecht?«, fragt er scheinheilig.

Mit entgeht der spöttische Unterton in seiner Stimme

nicht. Es fühlt sich vertraut an, wenn auch wenig charmant.

»Nein.« Ich zupfe an einem Faden, der aus dem Saum meiner Shorts lugt. »Hast du Angst um Darios Polster?«, frage ich zurück.

»Eigentlich nicht. Ich will nur nicht, dass diese Kotzerei zu unserem …, na ja, zu unserem Ding wird.« Er dreht den Rückspiegel so, dass ich mich darin betrachten kann, und ich verstehe augenblicklich, wie er auf die Idee kommt, ich könnte mich in nächster Zeit erneut übergeben. Mir starren zwei verquollene Augen entgegen, die in einem viel zu blassen Gesicht liegen und von wirren, einseitig verschwitzten Haaren umgeben sind. Ich streiche mir durch die Haare und binde sie zu einem Knoten am Hinterkopf zusammen.

»Wir machen eh gleich Pause. Dann kannst du …« Er beendet den Satz nicht, als wüsste er selbst nicht, was man bei dem Anblick tun könnte, um eine Verbesserung zu erreichen.

Stattdessen schiebt er sich seine Sonnenbrille auf der Nase zurecht und erklärt: »Auf diesem Teil der Strecke kann man die kostenpflichtige Autobahn ganz gut über die Aurelia umgehen … Du weißt, ich liebe Abkürzungen …«

Ich sehe auf die Uhr und kann nicht fassen, dass ich volle vier Stunden geschlafen habe. Milo hat mich mitgenommen, damit ich ihn unterstütze, und alles, was ich seit unserer Abreise getan habe, ist, zu schlafen wie ein Murmeltier. Bis jetzt hat er die gesamte Strecke allein hinter dem Steuer gesessen.

Als wir das Ortsschild von Viareggio passieren, lenkt Milo den Wagen ins Landesinnere. Kurz hält er vor einem Karren, der frisches Obst und Farinata anbietet – eine teigartige Paste aus Kichererbsenmehl, die auf wagenradgroßen Blechen im Holzofen gebacken wird. Der etwa einen Zentimeter dicke Snack wird in Dreiecke geschnitten und in einer Foccaccia angeboten. Milo reicht dem Verkäufer, dessen Haut ebenso zerfurcht ist wie das Holz seines Karrens, Geld hinüber und erhält zwei Portionen. Es riecht himmlisch.

Die Farinata schmeckt noch besser, als sie duftet, und ich genieße jedes Stück, während Milo den Wagen weiter von der Küste fort lenkt. Die Landschaft hat sich verändert. Hinter den hohen Bergen schwingen sich sanfte Hügel bis an die Füße der apuanischen Alpen, die steil über dem toskanischen Becken aufragen. Milo fährt zielsicher über kleine Straßen und unbefestigte Schotterwege, als wäre er hier zu Hause. Mich würde interessieren, warum er sich hier so gut auskennt, aber ich frage nicht nach. Ich bin viel zu beschäftigt, die atemberaubend schöne Landschaft in mich aufzunehmen.

Wenig später hält er an einem See und hüpft mit einem eleganten Sprung aus dem Wagen. Aber anstatt das Auto zu umrunden, um mit mir die Plätze zu tauschen, streckt er sich, gähnt und geht dann ohne einen Ton der Erklärung zu einem verwitterten Fischerhaus hinüber, das etwa hundert Meter entfernt auf Stelzen in einem gigantischen See steht.

Um uns herum liegt ein Meer aus Schilf. Das Summen der Insekten übertönt das leise Schlagen der Wellen am Seeufer. Ich schnalle mich ab und kletterte ebenfalls aus dem Auto. Bei mir sieht das Ganze aber weitaus weniger elegant aus. Meine Beine sind durch das lange Sitzen steif, und so stakse ich einige Meter hinter ihm her, bevor ich stehen bleibe. Wir haben keine Zeit für Pausen. Ich bin ausgeschlafen und fit genug, um den nächsten Abschnitt zu fahren, aber er klettert bereits über eine nicht besonders vertrauenerweckende Holzleiter und verschwindet hinter der Hütte, bevor ich auch nur meinen Mund aufmachen kann.

Ich lehne mich an den Stilo und schaue über das Wasser, das von der tiefstehenden Sonne rötlich gefärbt wird. Ich warte eine ganze Weile, weil ich Milo nicht den Gefallen tun möchte, hinter ihm herzulaufen. Andererseits verlieren wir gerade unnötig viel Zeit. Seufzend puste ich mir die Haare aus der Stirn. Es ist so verdammt heiß. In Finale rettet mich die beständige Brise, die vom Meer über das Küstenstädtchen weht. Hier steht die Luft. Es ist wie in einem paradiesischen Backofen. Vorsichtig folge ich dem Weg, den Milo zuvor ins Schilf geschlagen hat, und steige die Holzleiter hinauf. Als ich um die Ecke der Hütte biege, sitzt er mit dem Rücken an die morsche Wand gelehnt und sieht auf den See hinaus. Das perfekte Stillleben. So als würde er genau hierhergehören.

Das warme Holz verströmt einen harzigen Geruch, und ich gebe dem Impuls nach, mich neben ihn zu setzen. Genau neben ihn. Ich kann seine Körperwärme spüren. Wenn ich nur ein wenig das Gewicht verlagern würde, würden unsere Arme gegeneinanderstoßen. Milo sieht mitgenommen aus, und ich glaube nicht, dass das allein an der zurückgelegten Strecke und der Müdigkeit liegt. Er pult an einem morschen Astloch herum. Eine zutiefst unsichere Geste, die nicht zu ihm passt.

»Bevor das alles passiert ist …« Er schließt die Augen, bevor er weiterspricht, »… bevor du nach Turin gekommen bist, habe ich oft überlegt, wie es wäre, einfach zu Hause anzurufen.« Er zögert, bevor er fortfährt. »Die hier habe ich von Tiziano.« Er reibt über eine blasse Narbe auf dem Unterarm.

Er scheint nicht wütend deswegen zu sein. Seine Stimme klingt flach, aber nicht zornig. Ich warte stumm ab, dass er weiterspricht, obwohl mir tausend Fragen auf der Zunge liegen. Erst nach einer quälend langen Minute fährt er fort.

»Wusstest du, dass dieser See hier Puccini zu seinen Werken inspiriert hat?«, fragt er dann zusammenhanglos.

Wie genau sind wir jetzt von seinem Bruder und einer unfertigen Geschichte zu Puccini gekommen?

»Puccini?«, frage ich wenig intelligent.

»Als ich acht war, wollte mein Vater, dass ich Puccinis Werke auf dem Klavier lerne.«

»Alle?« Ich bin irritiert. Nicht nur, weil ich mir Milo partout nicht dabei vorstellen kann, wie er brav auf einem Klavierhocker sitzt und stundenlang klassische Musik übt, sondern auch, weil ein Vater das von seinem achtjährigen Sohn nicht verlangen sollte, oder?

»Nicht alle. Nur die wichtigsten, aber das sind genügend.« Er rümpft die Nase. »Ich glaube, wenn Pa gewusst hätte, was für einen Samen er da sät, hätte er mich Latein oder Altgriechisch pauken lassen.« Er lacht. Es ist ein abgehacktes hartes Geräusch.

Ich versuche, mir Milos Leben vorzustellen, bevor er begonnen hat, es selbst zu gestalten, aber es gelingt mir nicht. Ich kann mir nicht vorstellen, wie er sich streng erzogen und sittsam den steifen Vorgaben seiner Eltern unterwirft.

»Ich habe mich echt schwergetan mit Puccini. Mozart und Bach sind mir leichtergefallen.«

Er macht eine flatternde, schnelle Bewegung der Finger, und ich zweifle keinen Moment daran, dass er ein guter Klavierspieler ist.

»Irgendwann hat mein Vater es nicht länger ertragen, wie ich das Klavier gequält habe, und meinte, wir würden den Sommer hier verbringen. Wahrscheinlich hat er gehofft, dass mich dieser Ort ebenso inspiriert wie Puccini. Es gibt einen ziemlich guten Klavierlehrer, der hier ganz in der Nähe wohnt. Ein Exzentriker, der sein ganzes Leben dem Meister gewidmet hat.«

Er schnippt einen Moskito von seinem Unterarm und streicht über die Stelle, wo der Parasit seine Haut durchstochen hat. Ich hätte es verstanden, wenn in Milos Stimme Verachtung mitschwingen würde, aber er klingt eher bewundernd. Ich weiß so verdammt wenig über ihn.

Ich lehne meinen Kopf neben ihm an die Wand, und für eine Weile sind nur die Geräusche der Natur zu hören.

Es ist eine perfekte Stille, die kein bisschen unangenehm ist. Ich kann hören, wie er Atem holt, um weiterzusprechen.

»Tiziano wollte den Sommer in Bagheria verbringen. Er hatte sich mit seinen Freunden verabredet. Ich habe ihm seinen Sommer versaut, weil ich es nicht geschafft habe, O *mio bambino caro* zu spielen.« Er klingt belustigt, nicht schuldbewusst. »Er hat sich dafür revanchiert.« Milo deutet auf seinen Arm.

»Bist du nicht sauer deswegen?«

»Nein.« Er stemmt sich auf die Füße und atmet tief durch. »Ich find's nur schade, dass es diesen Tiziano nicht mehr gibt. Ich denke, ich hätte das Lied spielen können. Ich wollte es nur nicht, und Tiziano hatte alles Recht der Welt, mir deswegen in den Hintern zu treten. Ich habe so vieles nicht gewollt.«

Er schüttelt den Kopf, schleudert seine Schuhe von den Füßen, strampelt die Shorts herunter und sieht mich achselzuckend an. Dann dreht er sich um, zieht sich im Laufen das Shirt aus und springt kopfüber in den See.

Er tut nie das, was man erwartet. Keines seiner Worte passt zu einem Lachen, aber als er auftaucht, tut er genau das. Wasser perlt von seiner Haut und seinen Lippen, während er laut und befreit lacht. »Komm rein, es ist total erfrischend.«

Ich bin nie die Vernünftige gewesen, und es ärgert mich, dass er mich durch seine Art in diese Rolle drängt.

Leise murmele ich: »Wir müssen weiter.«

Er spritzt mit Wasser nach mir. »Jetzt komm schon, oder traust du dich nicht?«

Es ist klar, dass er nur versucht, mich aus der Reserve zu locken, und mir ist auch klar, wie idiotisch es ist, darauf anzuspringen. Trotzdem streife ich meine Kleidung ab und bin froh, dass ich einigermaßen zusammenpassende Wäsche trage. Ziemlich unelegant springe ich ins Wasser und schwimme einige hektische Züge, bis ich mich an das kalte Seewasser gewöhnt habe.

Milo gleitet neben mir durchs Wasser. Immer wieder sieht er mich an. Und ich sehe sowieso nicht mehr als ihn, bis wir die Mitte des Sees erreicht haben, und er stoppt. Mir war nicht bewusst, wie weit wir hinausgeschwommen sind. Der Stilo sieht von hier beängstigend klein aus. Ich trete Wasser und versuche bei dem Gedanken, wie weit das Ufer entfernt ist, nicht in Panik zu verfallen.

»Alles in Ordnung?«

Milos kräftige Arme zerteilen direkt neben mir die Oberfläche, während er mich kritisch ansieht. Natürlich entgeht ihm nicht, dass ich Angst habe. Das ist so demütigend, dass ich für einen Moment in Erwägung ziehe, einfach unterzutauchen und nie wieder an die Oberfläche zu kommen.

Stattdessen murmele ich: »Wir sind ziemlich weit vom Ufer entfernt.« Mein Atem zerteilt den Satz in kurze abgehackte Stücke.

»Dieser See ist eigentlich eine Lagune, die vom Fluss Serchio überschwemmt wird«, erklärt er, ohne auf meine Anmerkung einzugehen.

Ehrlich gesagt, habe ich gerade andere Sorgen, als eine Belehrung über die Entstehung des Sees zu erhalten.

»Er ist dadurch nicht besonders tief«, fährt er in einem beruhigenden Tonfall fort.

Zum Ertrinken reicht bei meinem Geschick jedoch auch eine Pfütze. Er will mir nur helfen, ich weiß. Aber dass er niemals aus dem Takt gerät, während ich von einer Krise in die nächste stolpere, macht es nur noch schlimmer. Aber ich werde es bis ans Ufer schaffen! Immerhin bin ich fit. Ich laufe jeden Morgen. Zumindest seit kurzem. Das ist alles eine reine Kopfsache. Ich brauche Ablenkung.

»Wieso hast du mir erzählt, du wärst mit Dario zusammen aufgewachsen? Deine Familie wohnt in Mailand, und euer Sommerhaus liegt in Bagheria?«, frage ich.

Der plötzliche Themenwechsel hat den gewünschten Effekt. Ich habe ihn irritiert, und sein verdutzter Gesichtsausdruck lenkt mich ab. Sein Kopf liegt tief im Wasser, so dass sein Atem die Oberfläche leicht kräuselt, während er mich durchdringend ansieht. Sein Blick jagt mir heiße Wellen durch den Körper, bringt mich aus dem Takt, so dass ich mich am Seewasser verschlucke.

»Wir haben in Finale Ligure gewohnt. Mein Vater hat seine Firma von da aus aufgebaut.«

Sein sachlicher Tonfall reißt mich aus meinen Phantasien. Hastig beginne ich, von neuem Wasser zu treten. Milo sieht nachdenklich durch mich hindurch, an mir vorbei, ins Leere.

»Später ist er dann nach Mailand gezogen, um sein Imperium auszubauen. Meine Mutter und Tiziano sind ihm kurz darauf gefolgt.«

Was soll das nun wieder heißen? Sein Bruder und seine Mutter sind dem Vater hinterhergezogen, er aber nicht? Das mit dem Ablenken klappt besser als vermutet. Er wendet sich in Richtung Ufer, und ich schwimme irritiert hinter ihm her.

»Wie alt warst du, als ihr nach Mailand gezogen seid?«, frage ich.

Er dreht sich nicht zu mir um. »Du solltest weniger reden, sonst verschluckst du dich noch mal und säufst ab.«

Natürlich weicht er aus. Er legt an Tempo zu und bringt nach wenigen Schwimmzügen eine beachtliche Distanz zwischen uns. Ich müsste sauer sein, aber ich bin zu sehr damit beschäftigt, den Abstand zwischen uns nicht zu groß werden zu lassen. Als ich eine gefühlte Ewigkeit nach Milo aus dem Wasser klettere und die schilfige Uferböschung erklimme, sitzt er schon auf dem Beifahrersitz und wartet auf mich. Seine zusammengekniffenen Lippen zeigen deutlich, dass er keine Lust hat, weiter mit mir über seine Familie zu reden.

Ich trockne mich notdürftig ab, ziehe meine Kleidung über die nasse Wäsche. Den BH entferne ich umständlich unter dem Shirt. Die Feuchtigkeit des Slips durchnässt meine Shorts, aber ich kann ihn nicht ausziehen, ohne nackt vor Milo zu stehen, also lege ich nur ein Handtuch unter, um Darios Sitze zu schützen, und vertraue darauf, dass die Hitze den Rest trocknen wird.

Milo

Ich sitze auf dem Beifahrersitz und lehne mit geschlossenen Augen am Fenster. Das Glas wird durch die Sonne erhitzt, die unerbittlich ins Wageninnere knallt. Ein Schweißtropfen läuft an meinem Hals hinab und versickert im Ausschnitt meines Shirts.

Jiara fummelt an der Klimaanlage herum und flucht dabei, während das Auto leicht vom Kurs abkommt und sie hastig gegenlenkt. Ich mache mir ein wenig Sorgen, dass sie uns gegen einen der alten, steinernen Rundbögen setzen wird, die die Straße säumen. Allerdings kann ich nichts sagen, ohne meine Schlaftarnung aufzugeben. Ich weiß nicht, wieso ich ihr von Tiziano und diesem einen Sommer erzählt habe. Ich weiß nicht einmal, warum ich mich überhaupt daran erinnere. Es ist mir so lange nicht wichtig gewesen.

Wenn Tiziano und ich uns nicht so verdammt ähnlich sähen, wie eine fast identische Mischung aus dem Erbgut unserer Eltern, wäre ich bis heute davon überzeugt, dass ich adoptiert sein muss. Mein Bruder ist so kotzlangweilig wie mein Vater und so moralisch wie meine Mutter, die in ihrem Leben noch nie einen einzigen verdammten Fehler gemacht hat. Manchmal kommt es mir so vor, als würden sie allesamt einen Heiligenschein tragen, den ihnen der Papst höchstpersönlich verliehen hat und der nie auch nur einen Millimeter verrutscht. Es ist unmöglich, in so einer Familie seinen Platz zu finden.

Tiziano ist der Meinung, dass ich meine Ressourcen vergeude, aber das stimmt nicht. Er hat keine Ahnung, wie nah ich an den Rand meiner Möglichkeiten gekommen bin, als ich versucht habe, das Studium durchzuziehen. Es waren nicht unbedingt der Inhalt oder die Anforderungen des Studiums, die es anstrengend machten. Mir fehlte einfach das Durchhaltevermögen, an einer Sache festzuhalten, hinter der ich nicht stehe. Und hinter dem BWL-Studium stand ich einfach überhaupt nicht. In der Welt meiner Familie werde ich nie mehr als guter Durchschnitt sein, und das reicht in dieser Familie nicht aus. Sie alle streben nach etwas Höherem. Ich nicht. Ich strebe nur nach Glück – und das finde ich in der Musik und nicht in Bilanzen.

Meine Leidenschaft gilt nicht der klassischen Musik, die zu spielen mich mein Vater als Kind gezwungen hat. Ich mag den Mix aus Folk, Indie und Rock. Diese Musik ist pur, ehrlich und einzigartig. Als ich das erste Mal Angus Stone hörte, fühlte es sich an, als wäre ich endlich nach Hause gekommen, als gäbe es diesen Ort wirklich, nur dass er eben aus Noten und nicht aus Wänden besteht. Die Leidenschaft, mit der ich die Musik verfolgte, machte meinen

Eltern Angst. Ich verwuchs praktisch mit meiner Gitarre. Ich nahm sie überall mit hin, schlief nachts neben ihr, während ich begann, mich Tag für Tag weiter von meinen Eltern zu entfernen.

Sie konnten mir nicht folgen. Ich *wollte* nicht, dass sie mir folgten. Sie bauten Druck auf, und ich ruderte dagegen. Jeden einzelnen Tag. Ich erinnere mich noch an den Blick meines Vaters, als ich eines Morgens mit zerschnittenen Jeanshosen am Tisch erschien. Die Augen hatte ich mit einem dunklen Kajal meiner Mutter umrandet. Ich trug eine Mütze, und das im Haus, was laut meiner Mutter und ihrem Aberglauben nach zum unausweichlichen Tod eines Verwandten führen würde. Gekrönt wurde mein Auftritt von Flavios abgewetzter Lederjacke. Es war der Tag, an dem die Verbindung zwischen uns schlussendlich brach wie ein bröseliger Grissini. Die Enttäuschung in den Augen meines Vaters hätte mir nahegehen sollen, aber noch heute löst die Erinnerung nur ein zufriedenes Kribbeln in meinen Adern aus. Am liebsten würde ich lachen.

Vielleicht damit ich nicht weinen muss.

In mir herrscht Chaos, und das liegt nicht nur daran, dass sich meine Familie mit Tizianos Anruf zurück in mein Leben drängt, sondern auch an Jiara. Sie sitzt direkt neben mir. Ich kann sie spüren. Ihre Anwesenheit bringt jede Zelle meines Körpers zum Vibrieren. Ich kann nicht schlafen, obwohl ich müde bin. So verdammt müde. Meine Scheißegal-Haltung hat sich seit ihrem Erscheinen feige verpisst. Sie bringt mich dazu nachzudenken. Dabei vergrabe ich lieber. Am besten alles, was nicht in mein Leben passt.

Ich hätte mich nie hierzu überreden lassen dürfen, aber genau das hat Dario getan, als ich ihn wegen des Autos gefragt habe. Er meinte, es wäre eine gute Idee, und ich würde Jiara mit dieser Reise einen Gefallen tun. Und das wollte ich, seitdem sie in meiner Garderobe aufgetaucht ist. Sie ist den ganzen Weg nach Turin gefahren, um mir von meinem Vater zu erzählen, was neben Darios rettenden Nudeltellern und Flavios Rückhalt so ziemlich das Netteste ist, was ein Mensch je für mich getan hat. Da war es ja wohl das mindeste, sie mit auf diese Fahrt zu nehmen.

Dario hat mir erzählt, dass sie sich von Jonas getrennt hat, und ich kann sehen, dass es ihr zusetzt, auch wenn sie nicht mit mir darüber spricht. Sie braucht Ablenkung, und ich brauche jemanden, der mich ablenkt. Es klingt logisch, aber es ist kompliziert. Und wir werden noch mindestens zwei Tage aufeinanderhocken.

Der Innenraum des Stilo ist schon jetzt zu klein für uns zwei. Das letzte Mal, als wir zusammen in diesem Wagen gesessen haben, hätte ich fast die Kontrolle verloren. Sie hat mich berührt. Immer wieder, so lange bis meine Selbstbeherrschung dahin war. Ich bin damals nicht abgehauen, weil ich wusste, dass Jiara eine Nacht mit mir niemals reichen würde, sondern weil ich mir Sorgen mache, was eine Nacht mit ihr mit *mir* anstellen würde.

Ich bin mir nicht sicher, ob ich bis nach Palermo stark genug sein kann, um dieser verdammten Anziehungskraft zu widerstehen. Sie streift meinen Arm, und ich wäre um ein Haar zurückgezuckt. Gerade noch rechtzeitig erinnere ich mich daran, dass ich vorgebe zu schlafen. Die Haut an meinem Arm kribbelt. Die Berührung heizt mein Verlangen an. Es füllt mich aus und vertreibt die Gedanken an Pa. Das ist gut und gleichzeitig gefährlich.

Jiara

Die Steine unter den Reifen des Stilo knirschen leise, als ich in den Schotterweg einbiege. Heller Sand wirbelt im Licht der Scheinwerfer auf, die die Dunkelheit der Nacht zerschneiden. Wie eine Decke liegt Staub auf bizarr geformten Kakteen und hohen Gräsern.

Ich habe die Strada Statale verlassen und bin eine Weile ziellos durch das kleine Städtchen Borgo Piave gekurvt, das sich kurz vor Latina befindet. Nach ermüdenden vier Stunden Fahrt brauche ich definitiv eine Pause. Milo liegt schlafend neben mir, und ich will ihn nicht aufwecken. Er sieht erschöpft aus. Bis jetzt sind wir sehr gut durchgekommen, so dass einige Stunden Schlaf sicher in Ordnung sind. Vom Stadtkern aus bin ich in eine der engen Bergstraßen eingebogen und dann den waghalsigen Serpentinen bis auf den Bergrücken gefolgt, um einen ruhigen Platz zum Schlafen zu finden. Zum Glück herrschte zu dieser Zeit kaum noch Verkehr, so dass ich wenig Angst davor habe musste, von einem entgegenkommenden Auto von der Straße abgebracht zu werden. Je weiter ich nach oben gefahren bin, umso weniger hatte ich das Gefühl, mich noch in der Zivilisation zu befinden. Bis auf die Zikaden, die die Ruhe der Nacht durchbrechen, und das monotone Brummen des Motors ist es still.

Ich parke den Wagen am Anfang des Schotterwegs und stelle den Motor ab. Milo schnauft, schläft aber weiter. Ich weiß, dass er am Anfang nur so getan hat, als würde er schlafen. Er braucht Zeit für sich. Er hat seine Familie seit Jahren nicht gesehen. Jetzt verringert sich die Distanz zu ihnen mit jedem Meter, den wir zurücklegen. Ich verbanne das bohrende Gefühl von Traurigkeit, das mich überkommt, wenn ich an das Ende unserer Reise denke.

Ich seufze leise und bringe den Fahrersitz in eine fast liegende Position. Milo ist unerreichbar, und er hat einen Haufen Schwierigkeiten. Eine Liebelei mit einer emotional instabilen Deutschen, die ihn durch eine rosarote Brille auf einem weißen Ross in einer Rüstung sieht, steht da wohl kaum ganz oben auf seiner To-do-Liste.

Ich starre nach draußen ins Dunkel und horche auf Milos regelmäßige Atemzüge. Wir liegen nebeneinander, und obwohl es mir nichts bedeuten sollte, macht es mich seltsam glücklich. Im Wagen ist es still, als er meine Hand berührt. Es ist keine rein zufällige Bewegung. Seine Finger schließen sich sanft um meine und lösen ein warmes Kribbeln aus. Die Geste passt nicht zu dem kühlen Tonfall seiner Stimme.

»Wieso Psychologie?«

»Ich dachte, du schläfst.«

»Habe ich auch.« Er sagt nichts weiter, aber es ist klar, dass er eine Antwort auf seine ursprüngliche Frage erwartet.

Ich weiß nicht, was ich sagen soll. Milo scheint immer gewusst zu haben, dass er Musiker sein will. An diesem Traum hat er sein Leben ausgerichtet. Er hat sich deswegen mit seiner Familie zerstritten. Ich hatte nie so tiefe Überzeugungen, nie ein Ziel. Bis zum Ende der Schulzeit war ich mir nicht einmal sicher, ob ich überhaupt studieren wollte.

Schweigend wartet er auf eine Antwort. In der Dunkelheit kann ich nur seine Umrisse erahnen, was es einfacher macht, ihm eine Gegenfrage zu stellen, anstatt eine Antwort zu geben.

»Warum willst du das wissen?«

»Weil es mich interessiert.«

Er klingt ernst, überhaupt nicht wie der selbstbewusste Mr Perfect mit Monsterego, der sein ganzes Leben in einen Witz verpackt.

»Vielleicht mag ich es aber auch nur, deine Stimme zu hören.« Er lacht leise, aber es hört sich nicht an, als wäre ihm zum Lachen zumute.

Er wird enttäuscht sein, wenn er meine Gründe erfährt. Fieberhaft überlege ich, wie ich die Geschichte aufpimpen könnte, aber mir fällt nichts ein. Also die Wahrheit.

»Ich wusste nie, was ich werden wollte. Ich habe die Leute immer beneidet, die genau wussten, wie ihre Zukunft aussehen sollte. Leute wie dich.« Leute wie Jonas, wie Kathi. Ich gehöre zu der Sorte Mensch, die nach dem Schulabschluss nicht wissen, was sie machen sollen, und eigentlich weiß ich es selbst bis heute nicht. »So bin ich nicht.«

Er unterbricht mich nicht. Es ist die Art von Stille, die eine Antwort erfordert. Ich seufze. Er wird nicht aufgeben.

»Dank Jonas' geduldigen Nachhilfestunden habe ich ein ganz gutes Abitur gemacht. Meine Mutter drängte darauf, dass ich Medizin studierte. Aber für mich war es das einfach nicht.«

»Und dann hast du stattdessen Psychologie studiert?«

Ich schüttle den Kopf. »Dann wäre ich bereits fast fertig und würde momentan beim Lernen für die Abschlussexamina verzweifeln.« Mein Tonfall zeigt hoffentlich, wie froh ich bin, stattdessen hier zu sein. »Ich habe das Medizinstudium angefangen. Meine Mutter war happy. Ich glaube, sie hatte schon das Layout für mein eigenes Praxisschild entworfen. Es war eine herbe Enttäuschung für sie, als ich das Studium dann doch geschmissen habe. Die Verantwortung für das Leben oder die Gesundheit von Menschen zu tragen, hat mir Angst gemacht.«

Ich zucke mit den Schultern, als wär es keine große Sache gewesen, dabei war es genau das. Ma hat wochenlang nicht mit mir gesprochen.

»Es hat sie etwas versöhnt, dass ich nach einem Wartesemester einen Platz für Psychologie bekommen habe. Es musste etwas ebenso Vorzeigbares sein, und schlussendlich hat das Immatrikulationssystem entschieden.«

»Magst du es?«

»Ich hasse es.« Bis heute habe ich das nicht einmal vor

mir selbst zugegeben, aber ich habe mich mit dem Studium in etwas verrannt. Aus den falschen Gründen, für die falschen Menschen. »Ich habe schon ziemlich schnell darüber nachgedacht, etwas anderes zu machen, aber ich wollte nicht schon wieder hinschmeißen. Ich hasse es aufzugeben.«

Und ich hatte Angst vor der Reaktion meiner Mutter. Mein Vater ist anders als sie. Ihm ist nur wichtig, dass ich glücklich bin. Er lässt mich machen, setzt Ma aber leider nie etwas entgegen, wenn sie versucht, ihren Stempel auf mein Leben zu drücken.

»Wieso glaube ich dir das aufs Wort?« Er lacht leise und fragt dann: »Was würdest du stattdessen gern machen?«

Noch immer hält er meine Hand, und ich entziehe sie ihm nicht. Sein Unterarm berührt mich sanft, als er nach einer bequemeren Position sucht.

»Ich weiß nicht. Ich mag Worte. Ich mag es, Bilder damit zu erschaffen und fremde Welten zu entwerfen.« Habe ich das gerade wirklich gesagt? Es klingt, als hätte ich eine ausgeprägte psychische Störung. Aber es stimmt. Ich verschlinge Bücher und Gedichtbände, verliere mich in den Worten anderer und potenziere dieses Gefühl, wenn ich selbst schreibe.

»Ich würde einfach nur schreiben«, sage ich und erwarte einen blöden Spruch von Milo, aber seine Stimme klingt ruhig und fest.

»Wenn ich Musik mache, ist es, als würde ich damit in meinem eigenen Kosmos abtauchen.« Wieder erklingt sein

Lachen. »Ich bekomme dann nicht mehr viel mit. Ist besser als jede Droge dieser Welt.«

Ich muss an den Abend in der Trattoria denken, als er auf der Tischkante gesessen hat. Er ist damals in seiner eigenen Welt gewesen. Und er hat die Gabe, andere mit in diese Welt zu ziehen. Zumindest hat er das bei mir geschafft.

»Leider verdient man mit Träumen selten genug Geld.« Er räuspert sich. »Ich wollte immer Musik machen. Das hat sich nicht geändert, aber ich bin nicht dumm. Mir ist klar, dass ich damit immer nur gerade so über die Runden kommen werde. Die wenigsten Musiker schaffen den Durchbruch und verdienen genug mit ihrer Musik. Ein kleiner Club, in dem ich andere Künstler aufbauen, eigene Songs schreiben und ab und an selbst spielen könnte, das wäre …« Er bricht ab, als gäbe es kein Wort, was auch nur annähernd umfassen würde, was ihm dieser Traum bedeutet.

Ich kann spüren, wie er mich durch die Dunkelheit hindurch ansieht. Ich habe das Gefühl, etwas sagen zu müssen, aber bevor ich dazu komme, brummt er in seiner gewohnt rotzigen Art: »Nur blöd, dass ich für das Startkapital eine Bank ausrauben müsste.«

Und genauso kühl, als hätte es unsere Unterhaltung eben gar nicht gegeben, schiebt er hinterher: »Wir sollten weiterfahren.« Er entzieht mir seine Hand und schlägt sich als Zeichen des Aufbruchs auf die Oberschenkel. Das Klatschen zerbricht den intimen Moment.

»Wo sind wir überhaupt?«, fragt er.

»In der Nähe von Latina.«

Er öffnet die Autotür, und die Innenbeleuchtung flammt auf. »Du bist gut vorangekommen. Lass das nur nicht Dario hören.« Milo grinst breit, und ich lächle zurück.

»Der Stilo hat praktisch danach geschrien, mal richtig ausgefahren zu werden«, versuche ich mich zu rechtfertigen.

Er zwinkert mir zu. »Ich habe zwar geschlafen, aber ich glaube, ich habe es trotzdem deutlich gehört. Lass uns die Plätze tauschen. Ich fahre den nächsten Abschnitt.«

Widerwillig rapple ich mich auf und rutsche vom Fahrersitz. Die Nacht ist kühl, und ich schlinge fröstelnd meine Arme um den Körper. Milo umrundet den Wagen. Bevor er mir den Schlüssel abnimmt und auf den Fahrersitz gleitet, hält er mir seinen Pullover hin und fügt mit einem Grinsen hinzu: »Ich gewöhne mich langsam daran, dich in meinen Klamotten zu sehen.«

Ich bin zu müde, um darauf etwas Schlagfertiges zu erwidern, also nehme ich ihm einfach den Sweater aus der Hand und stolziere um den Wagen herum, während ich meine Arme in den passenden Öffnungen seines Pullovers versenke und auf den Beifahrersitz rutsche.

Milo startet den Motor und betätigt den Sendersuchlauf des Radios, bis er einen Sender findet, der ihm passt. Er wendet den Wagen und fährt zurück zur Strada Statale. Die seichten Gitarrenakkorde einer akustischen Version von Oasis' *Wonderwall* verklingen zwischen uns. Ich kuschele mich, soweit das möglich ist, in das Polster des Sitzes, während Milo den Wagen auf die zugelassenen hundert Stundenkilometer beschleunigt und wie selbstverständlich meine Hand ergreift. Seine Finger verschränken sich mit meinen, während mein Herz einen Hüpfer macht. Die Musik umgibt unsere eigene, kleine Welt, eingeschlossen in einen Fiat Stilo, an dessen Fenstern die Nacht vorbeifliegt.

Milo

Die Straßen sind mitten in der Nacht ungewohnt leer. Der Motor des Stilo surrt monoton über den aufgerissenen Asphalt. Seit über einer Stunde ist mir schon kein anderes Fahrzeug mehr begegnet. Tagsüber staut sich der Verkehr südlich von Salerno kilometerweit. Jetzt zwingen uns lediglich einige blinkende Baustellenbegrenzungen, die Geschwindigkeit zu reduzieren. Jiara sitzt neben mir auf dem Fahrersitz und singt herrlich falsch Alex Claires *Too Close* mit. Der Fahrtwind weht ihr die Haare ins Gesicht.

Ich versuche, mich auf die Straßen zu konzentrieren, die den Stoßdämpfern des Stilo einiges abverlangen. Ihr Gesang ist wirklich fürchterlich – fürchterlich und gleichzeitig perfekt. Ich stecke mir eine Handvoll Chips in den Mund und ersticke damit mein Lachen.

Meine Gedanken wandern zu Tiziano. Uns hat nie sehr viel verbunden, außer der Tatsache, dass wir Brüder sind – das zählt in unserer Familie mehr als gemeinsame Interessen oder Vorlieben. Man ist füreinander da. Das gehört sich eben so. Ich weiß, dass Tiziano diese Regel mindestens genauso sehr gegen den Strich geht wie mir. Er kann nichts mit meinem Lebenswandel anfangen und versteht nicht, wieso er gezwungen wurde, Zeit mit mir zu verbringen. Er hat das Aussehen und die geschliffenen Umgangsformen eines Politikers. Vermutlich hatte er Angst, dass ich ihn mit meiner Andersartigkeit infizieren könnte, wenn er zu viel Zeit mit mir verbracht hätte. Ich weiß nicht, ob es ihn anekelt oder neidisch macht, dass ich einen freien Willen habe, dem ich folge. Auch wenn er scheinbar perfekt in dieses Leben passt, müssen auch ihn die steifen Vorgaben einengen, aus denen ich ausgebrochen bin. Tiziano ist es gewohnt zu bekommen, was er will. Geld, Frauen, die Anerkennung unserer Eltern und seiner Geschäftspartner.

Aber das, was ich in der Musik finde, sucht er seit Jahren vergebens. Das kann er sich weder kaufen noch hart erarbeiten. Man braucht ihm nicht nahezustehen, um mitzubekommen, dass ihn der Druck langsam, aber sicher auffrisst und dass ihm ein Ventil fehlt. Es war, als würde ich ihn allein durch meine Anwesenheit ständig hinterfragen und daran erinnern, was in seinem Leben zu kurz kommt. Das muss unbequem gewesen sein. Auf jeden Fall war es einer der glücklichsten Tage in seinem Leben, als ich ging, um bei Darios Eltern zu wohnen und Musik zu machen. Er hat sich nicht die Mühe gemacht zu verbergen, wie sehr es ihn freute.

Als ich dann wiederkam und das Studium begann, um Pa ruhigzustellen, hat ihn das unendlich wütend gemacht. Wahrscheinlich auch, weil mir das Studium leichter fiel als ihm und weil es mir gleichzeitig so dermaßen egal war. Es hat ihn fast wahnsinnig gemacht. In dieser Zeit gerieten wir fast täglich aneinander. Als ich kurz vor meinem Abschluss alles hingeschmissen habe, war das die letzte Bestätigung, die er brauchte, um mich als eine Verschwendung von Zeit, Ressourcen und Mühe zu sehen.

Damals habe ich bekommen, was ich wollte. Ich habe Pa gezeigt, dass ich entscheide, wie mein Leben verläuft, und dass keiner seiner Pläne etwas an meinen Zielen ändern wird. Dass es egal ist, ob er an mich glaubt oder nicht. Dass ich stark genug sein würde, um es alleine zu schaffen, und dass ich niemals wieder bei ihm angekrochen kommen werde. In dieser einen Sache sind Tiziano und ich gleich. Wir bekommen, was wir uns in den Kopf setzen. Ich wollte damals allein sein – nur ich und die Musik. Wann also hat sich das verändert? Wieso fahre ich zu meinem Vater? Und wieso halte ich dabei Jiaras Hand?

Ich halte mich an ihr fest. Das wird mir in diesem Moment klar.

Jiara

Außer einem unendlichen Band aus zerlöchertem Asphalt sehe ich nicht besonders viel von Italien, aber komischerweise vermisse ich nichts. Ich sitze neben Milo, während uns durch die geöffneten Fenster der frische Wind um die Nase weht, der die salzige Luft vom Meer mit sich trägt. Milo singt die Melodien im Radio mit, und von Zeit zu Zeit drehe ich die Lautstärke des Radios so laut, dass ich auch mitsingen kann, ohne Gefahr zu laufen, dass Milo einen Hörschaden erleidet. Wir essen, wir reden, und das alles auf vier Quadratmetern, die uns einander näher und in Richtung Palermo bringen.

Der letzte Teil der Strecke ist ein Meer aus Baustellen und Schildern. Milo fährt. Er sieht müde aus. Wir sind beide müde und heilfroh, als wir um vier Uhr morgens endlich den Fähranleger von San Giovanni erreichen, um nach Messina überzusetzen. Wir haben die gesamte Strecke von tausendfünfhundert Kilometern Landstraße in unglaublichen achtzehn Stunden hinter uns gebracht. Wir steigen aus und lehnen uns an die Kühlerhaube, während wir auf den Sonnenaufgang über der Straße von Messina warten. Der Fährbetrieb wird erst in drei Stunden wieder einsetzen, weswegen der Hafen vollkommen ruhig daliegt. Hinter uns ragen Hochhäuser wie ungleichmäßige Zähne vor den Bergen auf. San Giovanni ist keine hübsche Stadt, sie ist funktional. Die ockergelben Anstriche und vereinzelten Rundbögen der Betonquader wirken wie ein wenig motivierter Versuch, das eintönige Bild der Stadt zu durchbrechen.

»Es gibt hier ein kleines Hotel in der Nähe.« Milo sieht mich erwartungsvoll an, aber ich schüttle den Kopf. Das ist bestimmt nicht mit den spärlichen Resten in unseren Portemonnaies zu bezahlen, die für die Fähre und bestenfalls auch noch für den Rückweg reichen müssen. Ich lege meine Stirn in Falten und verbanne den Gedanken an ein weiches, kuscheliges Bett aus meinem Kopf.

»Es sind nur drei Stunden«, sage ich.

»Ich habe mal bei denen gespielt. Sie werden kein Zimmer für uns haben, es ist Hochsaison. Aber vielleicht können wir in der Lobby warten. Ist einen Versuch wert.«

Er hält mir die Hand hin, als würde er mich zum Tanzen auffordern wollen. Die Geste passt zu einigen Menschen, die ich kenne, aber nicht zu Milo. Es wirkt so aufgesetzt und albern, dass ich lachen muss. Er ist eher der Typ, der Frauen ungefragt über die Schulter wirft, anstatt höflich um ihre Gunst zu bitten. Er verharrt in der Romeo-Position, und ich beschließe, ihn zu erlösen, indem ich seine Hand ergreife.

Das Hotel liegt in einer kleinen Nebenstraße nur fünf

Minuten vom Fähranleger entfernt. Ich folge Milo durch die mit Naturstein gepflasterten Straßen bis zu einem mehrstöckigen Gebäude. Es sieht ein bisschen nach Plattenbau-meets-italienischen-Barock aus.

Milo klingelt den Nachtportier von seinem Minifernseher weg und schert sich nicht darum, dass er dafür drei Anläufe benötigt. Kaugummikauend und das Gesicht zu einer missmutigen Grimasse verzogen, schlurft der Portier durch die Eingangshalle und schließt mit umständlichen Umdrehungen eines gigantischen Schlüsselbundes die Tür auf.

»Wir sind voll.«

»Pietro!« Milo klopft ihm auf die Schulter und wirft ihm ein entwaffnendes Lächeln zu. »Erkennst du mich nicht? Ich bin es, Milo. Ich habe letztes Jahr bei eurem Jubiläum gespielt.« Er deutet auf einen rückwärtig liegenden Raum. »Du weißt schon – der Musiker.« Und wieder dieses Lächeln, das einem den Puls hochjagt.

Der Portier scheint immun. Er kaut gemächlich weiter an seinem Kaugummi und verzieht keine Miene. »Wir sind trotzdem voll.«

»Aber du erinnerst dich?«

»Der Typ mit der Gitarre, oder?«

Milo nickt. »Wir müssen auf die erste Fähre warten und dachten uns, vielleicht könnten wir das hier tun?«

Pietro sieht nicht so aus, als würde er uns hereinlassen wollen. Milos Gesicht und seine ganze Körperhaltung zeigen, dass er ebenso wenig aufgeben wird. Es gibt Leute, die sich kleinmachen und höflich um die Gunst des Portiers werben würden. In Milos Wortschatz existiert das Wort klein nicht. Er überragt den Hotelangestellten um gute zwei Köpfe, und das bezieht sich nicht nur auf seine Körpergröße. Es ist, als würden sie ohne Degen fechten, nur mit den Blicken, und es ist klar, wer gewinnen wird.

Der Portier sieht als Erster weg und heftet seinen Blick dafür auf mich. Dann seufzt er resigniert und macht eine Handbewegung, die zeigt, dass er wohl oder übel nachgibt.

»Geschäfte laufen wohl nicht so besonders, was?« Er ist schon halb hinter der Rezeption verschwunden. Eine sichere Entfernung, um seine Niederlage mit einem Spruch unter die Gürtellinie wettzumachen.

Milo zuckt mit den Schultern. Es scheint ihn nicht besonders zu stören, was ein Nachtportier aus San Giovanni über ihn denkt.

»Können wir nach hinten gehen?«, fragt er.

»Solange ihr keinen Ärger macht.«

Milo grinst lasziv. Seine Art eines passenden Konters, der allerdings an der Tatsache verpufft, dass der Portier bereits wieder auf seinen Fernseher stiert.

Milo nimmt meine Hand und zieht mich hinter sich her in einen kleinen abgetrennten Bereich. Das ist also die Lobby des Hotels. Irgendwie habe ich mir unter diesem Wort etwas Prunkvolleres vorgestellt. Dieser Raum gleicht mehr einer Bahnhofshalle und ist in etwa so heimelig wie ein Seziersaal. Ein quadratischer, gefliester Raum, in dem ein Sofa, einige an die Wand gestapelte Stühle und ein langgezogener Tisch stehen. Vermutlich wird hier in ein paar

Stunden das Frühstücksbuffet serviert. In der Ecke unter einem penetrant surrenden Deckenventilator steht ein Klavier, das genauso wenig in dieses schmuddelige Umfeld passt wie Milo.

Er knipst das Licht an, das grell in jeden Winkel des Raumes dringt. Unzufrieden schüttelt er den Kopf und macht es sofort wieder aus. Er zeigt auf das Sofa und nimmt die Wolldecke, die ordentlich gefaltet auf der Lehne liegt.

»Leg dich ein bisschen hin. Wir haben noch gute vier Stunden Fahrt vor uns, bevor wir Palermo erreichen.« Unwillkürlich verzieht sich sein Gesicht. Seine Sorge gilt dabei wahrscheinlich weniger der verbleibenden Fahrtstrecke.

Ich bin wirklich müde. Mein Nacken ist steif vom Fahren und Sitzen. Außerdem fühle ich mich, als würde mir eine Erkältung in den Knochen stecken. Vielleicht ist es aber auch nur Milo und das baldige Ende unserer Reise, das in jeder Zelle meines Körpers zwickt. Die Ungewissheit, was danach passieren wird, macht mich nervös. Wir haben nie über das gesprochen, was gerade zwischen uns geschieht. Was also, wenn das Ende der Reise auch unser Ende ist?

Mit einem Mal ist mir schlecht. Stumm rolle ich mich auf dem einen Ende des Sofas zusammen, damit Milo genug Platz hat, um sich ebenfalls hinzusetzen. Er lässt sich neben mich plumpsen, bedeutet mir sein Bein als Kopfkissen zu nutzen und wirft mir die Decke über. Sie riecht muffig, und ich wünschte, dass es nicht merkwürdig wäre, wenn ich meine Nase an Milos Seite vergraben würde – natürlich nur, um dem Geruch zu entkommen.

Ich blinzle zu ihm hoch. Er sitzt mit geschlossenen Augen da. Ich bezweifle, dass er wirklich schläft, aber reden will er auch nicht. Er versucht sich auszuruhen, und ich sollte vermutlich dasselbe tun. Nach einer Weile rutscht er in eine bequemere Position, und sein Atem wird gleichmäßiger. Sein Arm rutscht von der Lehne, und er legt ihn wie selbstverständlich um meine Hüfte. Ich fühle mich geborgen und beschützt, auch wenn es vermutlich nichts gibt, wovor er mich beschützen müsste. Ich kuschle mich in seine Umarmung und schlafe mit seinem Herzschlag an meinem Ohr ein.

Ich werde durch eine zerstreute Aneinanderreihung von Tönen aufgeweckt. Milo sitzt am Klavier und lässt gedankenverloren seine Finger über die Tasten gleiten. Er beachtet das Instrument kaum, als wäre ihm egal, was die Töne erzeugt, solange ihn nur Musik umgibt. Er starrt aus dem Fenster. Das Licht der aufgehenden Sonne erhellt einen Teil seines Gesichts und bricht sich warm in den feinen Bartstoppeln auf seinen Wangen.

Ich stehe auf und gehe zu ihm hinüber. Dabei schlinge ich die Decke um meine Schultern, obwohl es nicht kalt ist. Er zuckt zusammen, als ich mich neben ihn setze und ihn damit aus seinen Gedanken reiße. Vor ihm, auf der schmalen Leiste, die eigentlich für Notenhefte vorgesehen ist, steht ein kreuz und quer vollgekritzeltes Blatt Papier. Ich erkenne meine Schrift, meine Gedanken, meine Bilder. Wo hat er das her? Mein Blick schweift durch den Raum und fällt auf meine Tasche, die auf den Boden gefallen und deren Inhalt halb hinausgerutscht ist. Auch wenn ihm meine Gedichte geradezu vor die Füße gefallen sind, hat er kein Recht, sie einfach zu nehmen. Mir steigt die Röte in die Wangen. Er sitzt ohne jeden Selbstzweifel da. Mein Puls beschleunigt sich. Er kommt nicht einmal auf die Idee, dass es falsch gewesen sein könnte, meinen Text zu lesen. Ich will ihm etwas an den Kopf knallen, aber er beachtet mich gar nicht.

»Ich mag es.«

Ich sehe zweifelnd von ihm zu dem Gedicht, aber er sagt es so ruhig, dass meine Wut verraucht. Ich glaube ihm. Nur einige wenige Töne, die er mit der rechten Hand anspielt, begleiten die Worte der ersten zwei Strophen, als er sie leise singt. Dann bricht er ab und reicht mir das Blatt Papier. Er hat Zeilen hinzugefügt. Einige Worte sind mehrfach verändert, durchgekritzelt und neu arrangiert worden. Sein Text passt so sehr zu meinem, so sehr zu uns, dass es mir die Tränen in die Augen treibt. Er hat meine Welt betreten. Ich habe ihn nicht darum gebeten, und trotzdem kann ich ihm nicht böse sein.

Bis heute habe ich das Schreiben nie mit jemandem geteilt – mal abgesehen von den Sprüchen, die ich auf Geburtstags- und Glückwunschkarten schreibe, wann immer mich einer meiner Freunde und Verwandten darum bittet. Milo hätte lachen können oder sagen, dass es absoluter Kitsch oder Blödsinn ist, aber das tut er nicht. Stattdessen wiederholt er unsere Worte und legt eine zarte Melodie darunter. Seine Stimme kratzt an meiner Seele, während er spielt. Wieder bricht er an derselben Stelle ab. »Das ist wirklich gut.«

Ich weiß nicht, wie ich mit Komplimenten umgehen soll. Also schweige ich, während er mich eindringlich ansieht. Ich fühle mich entblößt unter diesem Blick und wechsle hastig das Thema. Den Zettel mit dem Gedicht falte ich zusammen und lasse ihn in meiner Hosentasche verschwinden.

»Spielst du mir einen Klassiker vor?«, frage ich.

»Ernsthaft?«

Ich nicke und entgegne. »Als Wiedergutmachung.«

Er grinst mich an. Ich sehe den leichten Spott in seinen Augen, bevor er sich räuspert und seine Finger knacken lässt. Er spielt eine Melodie an. Es ist *Billy Jean* von Michael Jackson. Ich stupse ihn sanft in die Seite, sage aber nichts.

»Wieso? Das ist ein Klassiker«, entgegnet er leise, spielt aber nicht weiter.

Ich warte ab, ob er mir meinen Wunsch erfüllt. Mein Blick fällt auf die gegenüberliegende Häuserwand, deren Grau sich in der aufgehenden Sonne orange färbt. Ich höre seinen Atem und spüre, wie sich sein Körper strafft, bevor seine Finger langsam beginnen, über die Tasten zu gleiten. Die ersten Töne sind so sanft und hoch, dass sie mir eine Gänsehaut über den Körper jagen. Dann nimmt er seine linke Hand dazu. Ich erkenne das Stück, obwohl ich nicht besonders bewandert bin, was klassische Musik angeht: *O mio babbino caro*. Er sieht nicht aus, als müsste er sich konzentrieren, um die Töne sanft zu einer Melodie zu verbinden. Entweder ist er verdammt gut oder die Erinnerungen an seine Familie schwingen in jedem einzelnen Ton mit.

Ich könnte ewig so dasitzen. Jedes Wort würde den Moment zerstören, also lehne ich mich an ihn und konzentriere mich auf seine Bewegungen, die eine eigene, abgeschlossene Welt für uns erschaffen. Minuten später tippt er die letzte Note. Der Ton hängt scheinbar ewig in der Luft, bevor er in der Stille des Morgens verhallt.

Ich will den Moment nicht zerbrechen, aber noch weniger will ich, dass er aufhört zu spielen. »Spielst du weiter?« Leiser füge ich hinzu. »Bitte.«

Ohne zu antworten, setzt er erneut an und lässt seine Hände über die Tastatur gleiten. Auch wenn ich nicht weiß, wie das Lied heißt, ergreift mich die Melodie. Milo wirbelt meine Gefühle durcheinander. Er frisst sich in meine Erinnerung. Dieses Bild wird für immer in meinem Kopf sein. Milo und ich auf einem Schemel vor einem alten Klavier.

Die Sonne kriecht langsam über die Dächer der Häuser und taucht den Raum in ein warmes Licht. Staub tanzt darin wie Tausende von Moskitos am Nachthimmel, während ich mein Herz mit jeder Note weiter an diesen Mann verliere.

Milo

Das Ospedale Civico di Palermo, das Krankenhaus der Hauptstadt Siziliens, ist ein langgezogenes, vierstöckiges Gebäude. Ein hässlicher, ockerfarbener Klotz, der inmitten einer Betonwüste aus Parkplätzen thront. Ich parke den Stilo in einer Parklücke unmittelbar vor dem Gebäude und stelle den Motor ab. Wir haben die ganze Strecke von Messina aus geschwiegen. Wie sollte man auch in Worte fassen, was zwischen uns passiert. Wir bleiben im Wagen sitzen und sehen den Menschen zu, die über den Parkplatz eilen. Die Sekunden dehnen sich wie ein Gummi, das einem jeden Moment ins Gesicht flitschen wird. Ich will nicht aussteigen, nicht ins Krankenhaus gehen, und am allerwenigsten will ich meine Familie sehen, obwohl ich genau dafür über tausend Kilometer zurückgelegt habe. Am liebsten würde ich noch immer mit Jiara auf dem Klavierhocker sitzen und nur sie und die Musik spüren.

Ich starre auf ein verdorrtes Grasbüschel am Bordstein und sage, was ich am allerwenigsten will: »Ich sollte reingehen.«

Sie nickt, aber es kommt mir vor, als würde sie lieber den Kopf schütteln. »Ich werde mir in der Zeit vielleicht ein wenig Palermo ansehen. Oder hier warten.« Sie wirkt unsicher.

Ich stelle mir vor, wie ich auf Tiziano stoße und wie sich die Wut in meinem Bauch dabei zusammenbrauen wird. Einfach, weil ich in seiner Nähe immer wütend bin. Mein Bruder, die Wut und ich gehören zusammen. Ich schließe die Augen. Ich brauche etwas, woran ich mich festhalten kann. Jemanden. Sonst werde ich mit Tiziano zusammenprallen wie zwei unterschiedliche Wetterfronten.

»Wieso kommst du nicht mit rein?« Es soll beiläufig klingen. Tut es aber nicht.

»Du solltest mit deiner Mutter und deinem Bruder allein sprechen. Ich würde bestimmt stören«, weicht sie aus.

Mich würde sie nicht stören. Allerdings tut es die Vorstellung von mir und meiner Familie in einem sterilen Krankenhauszimmer, aber das kann ich ihr nicht sagen. Überhaupt ist es irre, wie viel man aus den verschiedensten Gründen einfach nie ausspricht.

Ich berühre ihre Wange und drehe eine Haarsträhne zwischen meinen Fingern, weil ich nicht weiß, was ich sagen soll. Und dann küsse ich sie. Es ist so verdammt viel einfacher, sie zu küssen, als ihr zu erklären, warum ich unmöglich allein zu meinem Vater gehen kann. Sie erwidert meinen Kuss. Er ist sanft. Nicht so wie die bisherigen Küsse zwischen uns. Da ist kein Verlangen, keine Leidenschaft. Ihre Lippen streichen vorsichtig über meine. Etwas Leises und sehr Festes, Unverrückbares liegt darin.

Ich bin jemand, der schreit, um gehört zu werden. Jetzt bleibe ich stumm und weiche zurück. Nicht so schnell, dass sie es mir als Flucht auslegen kann, aber schnell genug.

»Bitte, komm mit rein?« Ich senke den Blick und frage mich, ob ich vielleicht von Aliens entführt wurde. Anders ist so eine dämliche Frage nicht zu erklären.

»Wenn ich so nett gefragt werde, kann ich ja kaum nein sagen, oder?« Sie lacht. Ich mag das Geräusch. Es fühlt sich an wie einer meiner Lieblingssongs.

Erleichtert öffne ich die Fahrertür und steige aus. Jiara klettert ebenfalls aus dem Wagen. Ich schiebe meine Hand in ihre und gehe neben ihr her zum Eingang des Krankenhauses. Ich muss mich nur davon überzeugen, dass Pa nicht allzu bald ins Gras beißen wird. Dann können wir hier abhauen, bevor ich noch anfange, mein komplettes Leben zu hinterfragen. Mein dämliches Herz schlägt schneller, als ich an die Rückfahrt denke. Jiara und ich. Ich und Jiara – allein.

Ich lächle, obwohl ich keinen Plan habe, wohin dieser Gedanke führen soll. Jiaras Semester beginnt in etwas mehr als einer Woche. Sie wird zurückgehen, und ich bin nicht aus dem Wir-bleiben-für-immer-zusammen-Material. Wie also könnten wir eine Zukunft haben? In meinem Kopf flüstert eine störrische Stimme, dass Jonas, laut Dario, genauso ein Mensch ist. Und sie hat ihn sitzenlassen. Sie ist mit mir hier, und sie hat auf keine der zigtausend Mailbox-Nachrichten geantwortet, die der Herr Zehnjahreszukunftsplan ihr seit Tagen auf die Mailbox quatscht. Zumindest legt ihr Gesichtsausdruck nahe, dass die Nachrichten, die sie des Öfteren erhalten hat, von ihm sind.

Wir betreten das von Klimaanlagen gekühlte Innere des Gebäudes. Das Erste, was ich wahrnehme, ist der Geruch nach verbrauchter, sterilliumgeschwängerter Luft. Sie scheint nicht einmal aus denselben Bestandteilen zusammengesetzt zu sein wie die Luft außerhalb des Gebäudes. Das Zweite ist mein Bruder, der an der gegenüberliegenden Wand lehnt und auf seinem iPhone herumtippt. Alles an ihm sieht konstruiert perfekt aus. Der maßgeschneiderte Anzug, die teuren Schuhe, das nagelneue Handy und die markanten Gesichtszüge. Sofort spüre ich eine innere Anspannung, die meinen ganzen Körper erfasst. Am liebsten würde ich wieder umdrehen, aber Jiara läuft unbeirrt weiter. Meine Finger sind noch immer fest mit ihren verknotet, und mir bleibt nichts anderes übrig, als ihr zu folgen.

Jiara

Ich merke, wie Milos Schritte kaum wahrnehmbar langsamer werden. Er erinnert mich an ein Tier, das Gefahr wittert. Erst Sekunden später sehe ich den Mann, der wie bei einem Covershooting für ein Modemagazin an der weißen Wand im Eingangsbereich lehnt und sich mit seinem Handy beschäftigt. Er hat dieselben ausgeprägten Wangenknochen wie Milo, dieselben geschwungenen Lippen und die ebenmäßig markanten Gesichtszüge.

Trotzdem zieht mich nichts an diesem Mann an. Tiziano ist im Gegensatz zu seinem Bruder vom Scheitel bis zur Sohle akkurat konservativ gestylt. Er hat keine der Ecken und Kanten, die Milo so interessant machen. Seine Frisur ist ordentlich gescheitelt und streng zurückgegelt. Die Wangen sind glattrasiert, und der Anzug, der deutlich zu erkennen ein Vermögen gekostet haben muss, hat nicht eine einzige Falte oder auch nur den Hauch eines Fussels. Ich frage mich, wie jemand aussehen kann, als wäre er gerade einem Hochglanzmagazin entstiegen, wenn er bereits seit zwei Tagen im Krankenhaus ausharrt.

Vor allem aber hat Milos Bruder keine Wärme in den Augen, obwohl sie sich ansonsten so sehr ähneln. Er bemerkt uns erst, als Milo und ich unmittelbar vor ihm stehen bleiben. Mit einem lauten Klick betätigt er die Tastensperre des Smartphones, lässt es in seiner Anzugtasche verschwinden und hält Milo die Hand hin. Es ist eine so alltägliche Geste, dass sie einfach nicht passen will. Sie haben sich seit drei Jahren nicht gesehen.

»Hallo. Wie geht es dir?«, fragt er.

Er blinzelt nicht einmal. Ich kann nicht glauben, dass Tiziano nichts Besseres einfällt, als seinen Bruder nach so vielen Jahren der Funkstille mit so einer Floskel zu begrüßen. Die Distanz zwischen den beiden lässt mich frösteln. Keiner von ihnen macht Anstalten, den anderen in die Arme zu schließen.

»Gut. Und wie geht es dir?«

Ich erkenne Milos Stimme nicht wieder. Ich habe ihn noch nie so förmlich erlebt. Es ist, als würde ein anderer Mensch neben mir stehen und Tiziano steif die Hand schütteln.

»Die Geschäfte laufen.« Tiziano weicht Milos Frage aus, als wäre bereits die einfache Erkundigung nach dem Befinden zu persönlich.

»Wie geht es Vater?«

»Den Umständen entsprechend. Du bist in Begleitung?«

Es scheint, als hätte Milo meine Anwesenheit in den letzten Minuten ausgeblendet. Jetzt tritt er einen Schritt zur Seite, so dass sein Bruder mich ansehen kann, und deutet mit einem schiefen Kopfnicken auf mich. Ich hätte nicht gedacht, dass Milo irgendetwas wirklich verunsichern könnte, aber in diesem Moment wirkt er zutiefst durcheinander.

Er sagt: »Darf ich vorstellen. Das ist Jiara.«

Mehr nicht, und idiotischerweise verletzt es mich. Ich habe nicht erwartet, dass er mich als seine Freundin ausgeben würde, mit der er vorhat, den Rest seines Lebens zu verbringen, aber etwas mehr Erklärung als meinen bloßen Namen habe ich wohl doch erwartet. Was immer auch zwischen uns passiert, in einem Moment raubt es mir den Atem und im nächsten scheint es rein gar nichts zu bedeuten.

Ich strecke Tiziano tapfer meine Hand entgegen.

»Jiara Hansen. Ich freue mich, sie kennenzulernen.« Ich höre mich genauso gestelzt an wie Milo. Wieso hat Tiziano diese Wirkung auf mich? Milo und er haben mit Sicherheit eine ganz eigene Dynamik, aber ich kenne diesen Menschen gar nicht. Ich muss ihm nicht gefallen.

Mit einem Blick zu Milo füge ich schroff hinzu: »Ich habe Ihren Bruder begleitet, um ihn beim Fahren zu unterstützen.«

Super. Ich habe unsere Beziehung gerade auf das Niveau einer Fahrgemeinschaft reduziert.

Tiziano zieht die Augenbrauen zusammen, als müsste er über diese Erklärung eine Weile nachdenken. Dann reibt er sich die Stirn und lächelt distanziert.

»Die Baustellen auf dem letzten Ende der Strecke sind eine Katastrophe. Du hättest wirklich fliegen sollen, Milo.«

Ich höre, wie Milo die Luft scharf einzieht und sie dann langsam wieder entweichen lässt.

»Jiara ist eine Freundin, und die Fahrt war obgleich der Umstände sehr schön.«

Wer benutzt denn bitte schön das Wort obgleich. Ich stehe kurz davor, einen Lachkrampf zu bekommen. In solchen Situationen neige ich dazu. Allerdings bin ich gerade von einer Fahrgemeinschaft zu einer Freundin befördert worden. Ich wünschte, er hätte *meine* anstatt *eine* Freundin gesagt.

»Sightseeing mit einer deiner Bettgeschichten, ja?« Das erste Mal gelingt es Tiziano nicht, seine Stimme emotionslos zu halten.

»Du hast vor knapp sechsunddreißig Stunden angerufen, und ich bin hier, oder nicht?« Milo presst die Worte hervor. »Und was Jiara angeht, halt sie da raus.«

»Wie auch immer, du hättest mein Geld für den Flug annehmen sollen.« Es ist mehr der Blick, als die Worte, die seine Aussage scharfkantig machen. Er trifft sein Ziel. Milos Gesichtszüge versteinern.

»Ich bin nicht hier, um zu streiten.« Dabei sieht er absolut kampflustig aus. Dann fragt er: »Wo ist er?«

Tiziano dreht sich mit einer lässigen Eleganz um und führt uns aus der Eingangshalle in einen ruhigeren Teil des Krankenhauses. »Er liegt auf der Intensivstation des privaten Flügels«, sagt Tiziano und sieht dann mich an. »Sie kommt mit?«, fragt er.

Er spricht mich nicht mit Vornamen an, und ich sehe, wie sehr es Milo ärgert.

»Sie hat einen Namen.«

Ich bleibe unschlüssig stehen. Tizianos Worte haben klar gezeigt, dass ich nicht erwünscht bin. Ich kann es ihm nicht verübeln. Eine schwere Krankheit ist etwas Intimes, und ich bin schließlich nur ein Teil der Fahrgemeinschaft. Milo aber nimmt meine Hand und zerrt mich hinter sich her. Ich komme mir vor wie eine willkommene Gelegenheit, um seinen Bruder zu ärgern.

Ich bleibe stehen. »Geht ruhig«, sage ich und füge leise hinzu: »Das ist was Familiäres.«

Milo blickt stur geradeaus und zerrt weiter an meinem Arm. Als wäre ich eine Stoffpuppe.

»Von welcher Familie redest du bitte?«

Er meint das ernst, und ich kann es ihm nicht verübeln. Im Vergleich mit der Temperatur, die zwischen seinem Bruder und ihm herrscht, ist die Antarktis ein mollig warmer Ort. Ich drehe mich so, dass ich Tiziano, der einige Meter weiter wartet, den Rücken zudrehe, und senke meine Stimme so weit, dass er unser Gespräch nicht mehr verfolgen kann.

»Milo, ich meine das ernst. Du hast sie so viele Jahre nicht gesehen. Vielleicht ist das hier die Chance, euch zu vertragen. Ich will da nicht im Weg sein.«

Milo starrt wütend auf den Boden. »Ich bin nicht hier, um mich zu vertragen. Dario hat mich hierzu überredet, und ich Idiot habe auf ihn gehört, aber er irrt sich. Ein Besuch bei meinem Vater wird nichts zwischen uns ändern. Alles, was ich will, ist sichergehen, dass er das Ganze überlebt, mehr nicht.«

Als er aufsieht, schimmern Tränen in seinen Augen, aber bevor ich realisieren kann, dass er wirklich Gefühle zeigt, küsst er mich. Die Intensität, mit der er seine Lippen auf meine presst, raubt mir den Atem. Als er sich von mir zurückzieht, geben um ein Haar meine Beine nach.

»Ich habe nicht vor, diesen Besuch länger als nötig hinauszuzögern«, sagt er dann.

Ich glaube ihm. Er sieht aus, als wäre er bereits auf dem Sprung und der Besuch seines Vaters nur ein kurzer Zwischenstopp.

»Kommt ihr?« Tiziano verlagert ungeduldig sein Gewicht von einem Fuß auf den anderen. Sein Blick gleitet über unsere Hände, die ineinander verschlungen zwischen uns baumeln, und er zieht seine Augenbrauen hoch.

»Keine Sorge, deiner Aftershave-Spur könnte selbst ein geruchsblinder Dackel folgen. Du brauchst nicht auf uns zu warten«, sagt Milo und lacht dabei leise. Das ist der Milo, der mein Herz aussetzen lässt. Unser Kuss hat ihn zurückgeholt oder zumindest ein Stück von ihm. Er drückt leicht meine Hand, als wäre er dankbar dafür.

Tiziano schnaubt unterdrückt. Der Laut passt nicht zu seinem sonstigen Auftreten und lässt den Menschen erahnen, den Milo während des Erwachsenwerdens verloren hat.

»Hier ist es.« Tiziano deutet auf eine Tür, auf der in großen, schwarzen Buchstaben *Unitá di Terapia Intensiva* steht. Daneben an der Wand hängt eine Box, in der Einwegkittel, Hauben, Fuß- und Handschuhe aufbewahrt werden, die man auf der Intenisvstation tragen muss.

»Du musst dir die Sachen überziehen, und es sollte immer nur eine Person bei ihm sein. Du kannst reingehen. Wir warten hier«, erklärt Tiziano und betrachtet mich dabei argwöhnig – so als wäre er sich nicht sicher, ob er sich und mich tatsächlich in einem Wir zusammenfassen will.

Ich spüre, wie sehr Milo diesen Blick hasst. Er funkelt seinen Bruder an. Seine Arme hängen schlaff an seinem Körper herab, aber seine Hände ballen sich zu Fäusten.

Kurz entschlossen stelle ich mich auf die Zehenspitzen und ziehe Milos Kopf zu mir hinunter, bis er den Blickkontakt mit Tiziano abbrechen muss. Unsere Lippen berühren sich. Es ist mir egal, wie sein Bruder oder seine Eltern es finden, sich unter den gegebenen Umständen und an diesem Ort zu küssen. Es wird Milo helfen, sich nicht länger auf den Wettstreit mit Tiziano einzulassen. Es hilft mir. Ich lasse mich in diesen Kuss fallen. Wir fallen gemeinsam, bis er sich abrupt losreißt und die Schutzkleidung aus der Box zupft.

Ich sitze im Eingangsbereich des Krankenhauses und blättere lustlos in einer Zeitschrift, die ich vor einer Stunde schon gelesen habe und die da schon nicht interessant war. Milo ist seit über zwei Stunden verschwunden, und ich langweile mich zu Tode. Wir haben keinen Treffpunkt abgesprochen, weswegen ich nicht einfach den Eingangsbereich verlassen will. Ich wünschte, ich hätte eines meiner Bücher mitgenommen, aber die liegen noch im Wagen, und Milo hat die Schlüssel. Ich überlege, ob ich mir einen Snack am

Automaten holen soll oder ob die Gefahr zu groß ist, sich den Magen zu verderben. Die Staubschicht auf den Schokoriegeln in dem Gerät ist besorgniserregend hoch.

Lustlos schnippe ich gegen das Blatt einer Pflanze, die gerade Selbstmord begeht, indem sie den Kapillareffekt einstellt, und stehe auf. Mein Magen knurrt, also werde ich es wohl oder übel darauf ankommen lassen. Gerade, als ich in meiner Hosentasche nach Münzen fische, tritt Milo aus dem Fahrstuhl. Er sieht sich suchend um, entdeckt mich und steuert zielstrebig auf mich zu. Er ist blass, aber das kann auch an der unvorteilhaften Neonbeleuchtung liegen. Egal wie mitgenommen er auch ist, sein Anblick hebt sofort meine Stimmung.

»Hi.« Sehr geistreich. Bevor ich eine etwas intelligentere Frage nach dem Befinden seines Vaters stellen kann, nimmt er meine Hand und zieht mich ohne ein Wort der Erklärung in Richtung Ausgang.

Als wir in das gleißende Sonnenlicht treten, lässt er mich los und überquert den vor Hitze flimmernden Asphalt des Parkplatzes, als wäre er sich sicher, dass ich ihm sowieso folge. Die Wärme hat den Effekt eines Faustschlags, der einen mitten ins Gesicht trifft. Ich taumle, bevor ich mich fange und Milo hinterherlaufe. Langsam habe ich das Gefühl, nichts anderes mehr zu tun, als ihm hinterherzulaufen. Er hat den Wagen bereits erreicht und schließt leise fluchend die Fahrertür auf.

»Kannst du mir mal verraten, was los ist?«

Er antwortet nicht. Seine Lippen sind fest zusammengekniffen. Er zwängt sich ins Auto, dessen Tür er wegen eines anderen viel zu eng neben uns parkenden Wagens nur einen Spaltbreit öffnen kann, und startet den Motor. Er nimmt die Hände vom Lenkrad, wie um mich davon zu überzeugen, dass er nicht losfahren wird, bevor ich eingestiegen bin. Sein Blick zeigt aber, dass er es nicht erwarten kann, hier wegzukommen. Ich krabble eilig auf den Beifahrersitz und schnalle mich an, was sich als gute Idee erweist. Milo lenkt den Stilo in einem halsbrecherischen Tempo um die enge Kurve der Ausfahrt. Es fühlt sich an, als würde uns irgendetwas jagen.

Auch wenn es mich ärgert, dass er noch immer nicht mit mir spricht, lasse ich ihn in Ruhe. Er sieht aus, als würde er am liebsten etwas mit einer Axt zerhacken, und ich will ihn nicht auf die Idee bringen, dass ich dafür eine gute Wahl wäre.

Er fährt über die Tangenziale, die Umgehungsstraße, aus der Stadt hinaus. Die Tachonadel bewegt sich dabei weit über der Geschwindigkeitsbegrenzung. Er ist ein sicherer Fahrer, und trotzdem beunruhigt mich sein Fahrstil. Nicht weil ich fürchte, dass wir einen Unfall bauen werden, sondern weil es seinem Vater wirklich schlechtgehen muss.

Milo

Normalerweise beugt Tiziano die Wahrheit, bis sie bricht, und er hat einen guten Lehrer gehabt. Pa ist ein Meister darin, seine wahren Absichten zu verschweigen und dennoch nicht zu lügen. Vielleicht habe ich mich deswegen bis jetzt in Sicherheit gewogen. Ich habe mir Sorgen gemacht, aber nicht so sehr darüber, dass Pa tatsächlich sterben könnte, sondern vielmehr, wie das Zusammentreffen mit meiner Familie laufen würde. Ich habe nicht wirklich geglaubt, dass Pa ins Gras beißen könnte. Ich stöhne unterdrückt und reibe mir mit den Handknöcheln über das Kinn. Jetzt mache ich mir Sorgen, sehr große sogar.

Ich werde ihn vielleicht verlieren. Im Gegenzug wird man mir eine Verantwortung aufhalsen, vor der ich seit Jahren davonlaufe. Ich will weder den Namen meiner Familie noch das Geld oder die Firma, aber all das werde ich zusammen mit Tiziano bei seinem Tod erben – zu hübschen, gleichen Teilen.

Ich erinnere mich an die leisen, wehmütigen Klänge klassischer Musik, die über die Terrasse wehen, an frische Granita, deren Eispartikel süß im Mund schmolzen, und an meinen Vater, wie er mit mir auf dem Knie gegen Nonnino, meinen Großvater, im Schach verliert. Er darf auf gar keinen Fall einfach sterben. Panik kriecht meine Kehle hinauf. Sie schnürt mir die Luft ab.

»Könntest du mit mir reden? Du machst mir Angst.« Jiara dreht nervös an einer ihrer Haarsträhnen herum. Die Markierungen der Fahrbahn fehlen, was dazu führt, dass ein aufgemotzter Fiat Panda sich zwischen unserem Stilo und einem Ape, einem stotternden dreirädrigen Kastenwagen, hindurchzwängt. Ich bremse ab und tue so, als würde mich dieses Manöver zu sehr in Anspruch nehmen, um zu antworten.

Es ist zu früh. Ich weiß, dass meine Stimme zittern wird. Ich schüttle den Kopf und öffne das Fenster. Die Klimaanlage kühlt schon wieder nur zu ihren eigenen Bedingungen, aber der Luftstrom, der durch den Fensterspalt dringt, steigert die Hitze nur noch weiter.

»Es geht ihm schlecht.« Das sagt eigentlich genug aus, aber natürlich kann Jiara mit dieser Information wenig anfangen. Sie hat Pas eingefallene Wangen nicht gesehen, nicht die fahle, fast schon gräuliche Haut. Sie hat nicht neben seinem Bett gesessen und mit angesehen, wie er um jeden Atemzug kämpft. Ich habe sein Leben immer als selbstverständlich betrachtet. Er war kraftvoll, gesund, niemals krank. Und wenn doch, sah man es ihm nicht an.

»Wie schlimm ist es?«, fragt sie dann.

So schlimm, dass mein Bruder über seinen Schatten gesprungen ist und mich angerufen hat. Ich atme angestrengt ein und aus. Der einzige Gedanke, den ich zulasse, ist, den Wagen in Richtung Meer zu lenken. Zugegeben ist auf Sizilien in jeder Richtung Meer, aber ich fahre den Stilo in östlicher Richtung an die Küste. Nach Bagheria, wo unser Ferienhaus liegt, zu dem Ort, mit dem ich ausschließlich glückliche Erinnerungen verbinde.

»Milo?«

Jiara legt mir ihre Hand auf den Arm, aber ich schüttle sie widerwillig ab. Mitleid vergrößert den Brocken in meiner Brust nur, und ich schaffe es schon jetzt kaum, daran vorbeizuatmen. Ungeduldig trommle ich auf das Lenkrad. Der kurze Besuch bei meinem Vater hat mich um Jahre zurückgeworfen. Ich lasse die Wut zu einem Teil von mir werden. Es fühlt sich vertraut an und gibt mir ein Gefühl der Sicherheit in all dem Durcheinander. Jiara weicht zurück und sieht aus dem Fenster. Dabei fallen ihre Haare wie ein dunkler Vorhang vor ihr Gesicht. Sie hat den Kopf auf ihre Hand gestützt und nimmt still die Landschaft in sich auf, die am Wagenfenster vorbeifliegt. Wild blühender Oleander schmiegt sich an die bewässerten Gärten und bildet mit dem üppigen Grün darin Oasen, die wie bunte Punkte in dem ansonsten verdorrten Gras hängen. Kakteen strecken ihre fleischigen Arme in den azurblauen Himmel, und über all dem liegt die Geräuschkulisse eines unbeschwerten Sommers: knatternde Vespas, Gelächter, und in der Ferne erklingt das aufdringliche Glockengeläut eines Kokosnussverkäufers, der Runde um Runde am Strand dreht und dazu laut seine Ware anbietet. Ich weiß nicht, ob Jiara versteht, dass ich im Moment meine Ruhe brauche, oder ob mein Gesichtsausdruck sie einfach davon abhält, mir weitere Fragen zu stellen. In jedem Fall bin ich dankbar für die Stille.

Wir haben den Stadtkern hinter uns gelassen, und ich folge einer Straße, die sich an den Felsen direkt am Meer emporwindet. Ich bin so lange nicht mehr hier gewesen, und dennoch kommen mir jeder Strauch, jedes verdorrte Grasbüschel und jeder Olivenbaum des Weges vertraut vor. Ich parke den Stilo vor einem riesigen schmiedeeisernen Tor, das zwei Enden einer Natursteinmauer verbindet, die ihrerseits ein riesiges Gelände umfriedet, das sich von hier oben bis ans Meer erstreckt. Am dichtbewachsenen Hang fällt es jedoch schwer zu erkennen, wo genau die Grenze des Grundstücks verläuft. Irgendwo zwischen den unregelmäßig wachsenden Oliven-, Zitronen- und Pfirsichbäumen gut hundert Meter unter uns lugt ein orangefarbenes Schindeldach hervor, das auf eine beeindruckende Grundfläche des Gebäudes schließen lässt, selbst wenn man das Riva-Anwesen nicht kennt.

Ich steige aus dem Wagen. Zerplatzte Feigen liegen auf dem Asphalt der Straße und verströmen einen intensiven Geruch, während der riesige Feigenbaum, der seit jeher die Toreinfahrt bewacht, wohltuenden Schatten spendet. Ich habe nicht vor, zu klingeln und mich auch noch mit meiner Mutter auseinanderzusetzen. Also lasse ich Grundstück und Haus links liegen und wende mich stattdessen einem schmalen Trampelpfad zu, der sich durch wilden Ginster und anspruchslose Bodenranker schlängelt, die ihre Wurzeln in losem Schotter und einem Hauch von Erde verankern. Ich warte, bis Jiara aussteigt. Sie lässt sich Zeit, und ich bemühe mich, nicht allzu ungeduldig zu sein.

»Ich möchte dir gern etwas zeigen.« Meine Stimme funktioniert wieder einigermaßen.

Sie sieht mich lange an, als müsste sie erst gründlich darüber nachdenken, ob sie mir überhaupt noch irgendwohin folgen will, bis sie seufzend nachgibt. Lose Steine machen den Abstieg schwierig, aber nach etwa zweihundert Metern erreichen wir eine steil vor uns aufragende Felsnase. Der Trampelpfad verläuft von hier an in einem geordneten Zickzackkurs wieder bergauf.

»Du willst da nicht wirklich hoch? Wir sind doch gerade erst hier runtergelaufen«, schimpft sie leise vor sich hin.

Unwillig schüttelt sie den Kopf, ihr Gesicht ist gerötet und verschwitzt. Ihr T-Shirt klebt an ihrem Oberkörper und lenkt meine Gedanken in deutlich angenehmere Bahnen. Es gibt gute Gründe, warum die Einheimischen es zu dieser Jahreszeit vermeiden, vor vier Uhr nachmittags das Haus zu verlassen. Die Temperaturen liegen bei über dreißig Grad im Schatten, und die Felsen unter uns reflektieren unbarmherzig die Hitze. Jiara bläht entrüstet die Nasenflügel.

Ich wische mir den Schweiß von der Stirn und nicke ihr zu. »Es lohnt sich.«

Die Erschöpfung und Jiara haben den Großteil meiner

Wut aufgelöst, und ich weiß, was den Rest beseitigen wird. Es gibt nur einen Ort auf Sizilien, der mir schon früher Ruhe geschenkt hat, an dem es in Ordnung sein wird, meinem Vater nahezusein.

Ich klettere voran und helfe Jiara, indem ich ihr an besonders schwierigen Stellen meine Hand anbiete. Als wir den höchsten Punkt erreichen, bleibt sie wie angewurzelt stehen. Unter uns erstreckt sich eine kleine Bucht. Heller, feinkörniger Sand trifft hier auf kristallklares, türkisfarbenes Wasser. Hinter der Bucht erstreckt sich ein breiter Streifen unberührte Natur, bevor die ordentlich angelegten Gärten des Familienanwesens beginnen.

»Das ist unglaublich.« Jiara setzt sich langsam auf einen Stein und starrt fasziniert nach unten. Diese oder eine ähnliche Reaktion entlockt der Ort jedem.

»Wieso ist der Strand leer?« Sie klingt weniger erstaunt als ehrfürchtig. »Es ist Hauptsaison.«

Weil meine Familie nichts übrig hat für die Schönheit der Natur. Weil keiner der Rivas es schafft, zwei Minuten innezuhalten und zu genießen, was ihnen geschenkt worden ist. Aber sie meint etwas anderes.

»Das ist ein Privatstrand.« Ich setze mich neben sie. Unsere Knie berühren sich, und ich konzentriere mich darauf, den Punkt anzustarren, an dem unsere Haut gegeneinanderstößt.

»Mein Großvater hat diese Bucht und den halben Berg in den Fünfzigern zu einem Spottpreis erstanden und seitdem jeden Sommer die ganze Familie hier versammelt. Wir sind in meiner Kindheit immer hierhergekommen.« Ich erinnere mich an sein Akkordeon, an die Geschichten, die er immer wieder von neuem erzählte und deren Worte nachts über dem Meer in der Dunkelheit verklangen.

»Im Sommer regnet es hier so gut wie nie. Dafür wird es so heiß wie in einem beschissenen Backofen.« Ich halte kurz inne und kann fast spüren, wie der Deckenventilator in Tizianos und meiner Kindheit die heißen Luftschichten über unseren Betten hin- und herschiebt.

»Wenn es nach Wochen der Hitzewelle angefangen hat zu regnen, hat Großvater mich geholt, egal ob mitten in der Nacht oder am Tag. Das war so Tradition. Pa war dabei und Tiziano. Wir alle standen oben auf der überdachten Terrasse und haben Großvaters Geschichten angehört oder haben seinen schwermütigen Melodien auf dem Akkordeon gelauscht. Die Liebe zur Musik habe ich wohl von ihm.«

Und vermutlich auch seinen Starrsinn. Ich muss lächeln. Der Starrsinn meines Großvaters ist etwas Gutes gewesen, bei meinem verdrehten Dickschädel bin ich mir nicht ganz so sicher.

»Als er starb, ist diese Tradition mit ihm gestorben. Mein Vater ist nur noch selten im Sommer mit uns hergefahren. Er hatte zu viel mit dem Aufbau seiner Firma zu tun, und ich kann mich an keinen gemeinsamen Sommer hier erinnern, seit Großvater tot ist.« Offenbar hat meine Familie die Tradition, ihre Sommer hier zu verbringen, neu aufleben lassen, sonst wäre Pa nicht hier gewesen, als er kollabierte.

»Vielleicht hatte es gar nichts mit der Arbeit zu tun. Vielleicht war es zu schmerzhaft für ihn«, sagt Jiara leise.

Sie kennt Pa nicht. Vielleicht kenne ich ihn selbst nicht. Ich schüttle den Kopf und schließe für einen Moment die Augen.

»Er wird sterben.«

Die drei Worte haben eine solche Kraft, dass sie meine Stimme in die Knie zwingen. Kraftlos lasse ich etwas Sand durch meine Hände gleiten und bin froh, als sie wortlos ihre Hand in meine schiebt. Eine Möwe schwingt sich in die Luft und landet weit draußen auf dem spiegelglatten Meer.

Jiara

Wir liegen nebeneinander am Strand, der von der untergehenden Sonne in gleißendes, knallorangenes Licht getaucht ist. Je länger ich in den wolkenlosen Himmel sehe, umso höher scheint sich das Firmament zu spannen. Es ist, als würde sich die Atmosphäre mit jedem Atemzug weiter ausdehnen. Milo liegt neben mir. Er trägt ein einfaches, kurzärmliges Shirt und langweilige, helle Shorts. Trotzdem schafft er es, damit die perfekte Mischung zwischen lässig und verwegen zu treffen, obwohl ich nicht glaube, dass das seine Absicht war.

Ich finde nicht, dass er in diese Welt aus Privatstränden hinter riesigen Villen mit Blick auf das türkise Mittelmeer gehört. Im Reihenhaus meiner Eltern kann ich ihn mir hingegen auch nicht vorstellen. Die räumliche Enge und das strenge Korsett gesellschaftlicher Vorgaben passen ebenso wenig zu ihm wie der Schickimicki der Upper Class, der uns seit unserer Ankunft umgibt. Für mich gehört Milo in Darios Trattoria, an unseren Strand in Finale, auf die Bühne eines kleinen Clubs.

Milo bewegt sich ein paarmal hin und her, um den Sand unter seinem Rücken zu glätten. Der noch immer heiße Untergrund verstärkt seinen ganz eigenen Geruch. Ich schließe die Augen und versuche, mich auf etwas anderes zu konzentrieren. Aber da ist nur er, sein Atem, sein Körper ganz nah an meinem.

»Ich habe mit Jonas Schluss gemacht«, platzt es aus mir heraus. Es ist wichtig, dass er es endlich erfährt. Eine Zeitlang sagt er nichts. Ich höre nur seinen Atem, ruhig und gleichmäßig.

Dann erklärt er: »Ich muss hier bleiben. Erst einmal. Bis es meinem Vater bessergeht oder …« Milo führt den Satz nicht zu Ende. Nach einem Moment sagt er beiläufig: »Das mit Jonas wusste ich. Dario hat es mir erzählt.«

Und trotzdem hat er nichts mit mir angefangen. Doch. Er küsst mich. Und in letzter Zeit tut er das sogar ziemlich oft. Aber er hat nie mehr versucht. Wieso?

»Meine Mutter wird oft in der Klinik sein, Tiziano auch. Das Haus ist groß. Es sollte irgendwie möglich sein, sich aus dem Weg zu gehen.«

Er schweigt einen Moment. Ich warte darauf, dass er mich fragt, ob ich mit ihm hierbleiben will. Ich würde ja sagen, obwohl die Uni bald wieder beginnt. Eigentlich bleiben mir nur noch acht Tage, bis ich zurück in Hamburg sein muss, aber das ist mir egal. Ich würde bleiben – bei ihm, unabhängig davon, was das für meine Zukunft bedeutet. Es ist unwichtig, was Jonas oder meine Eltern dazu sagen würden. Es ist mir sogar fast egal, was Kathi davon halten würde.

Bei dem Gedanken an Kathi springt sofort mein schlechtes Gewissen an. Ich habe mich seit Wochen nicht bei ihr gemeldet, auf keine ihrer Nachrichten reagiert, und ich bin mir sicher, dass sie mir das nicht so schnell verzeihen wird. Energisch schiebe ich die Gedanken beiseite. Alles, was gerade zählt, ist, dass ich mir wünsche, Milo würde mich fragen.

Aber er tut es nicht. Stattdessen beugt er sich zu mir hinüber. Seine Hand sinkt tief in den Sand neben mir. Die feinen Körner unter meiner Schulter geben nach. Es fühlt sich an, als würde ich den Boden unter mir verlieren, als würde ich fallen. Sein Atem streift meine Wange, und ich lasse die Augen geschlossen. Nur sein Atem auf meinem Gesicht zeigt, dass er noch immer in derselben Position verharrt. Hinter uns schlagen die Wellen an den Strand. Ein Atemzug, noch einer, und dann spüre ich seine Lippen. Zärtlich und sanft, irgendwie ruhig, ganz anders als seine bisherigen Küsse. Von diesem Kuss werde ich mich nicht so schnell erholen. Es ist die Art von Kuss, die einem zeigt, dass man verloren hat. Sein Herz, seinen Körper, einfach alles.

Seine Hand wandert in einer sanften Linie an meinem Körper hinab. Mir ist nicht bewusst gewesen, wie sehr ich mich nach seiner Berührung gesehnt habe, bis ich sie tatsächlich spüre. Ich reagiere auf ihn. Seine Finger entfachen winzige Feuer auf meiner Haut, die sich rasend schnell ausbreiten. Ich spüre, dass er mich will – nur mich, uns. In diesem Augenblick gibt es niemanden sonst.

Ich wärme mich an diesem Gefühl und an dem Verlangen in mir. Er drückt mich fest an sich, und ich dränge mich in seine muskulösen Arme. Wir passen zusammen wie zwei Puzzlestücke, die ein fast perfektes Bild ergeben. Unsere Körper sind eins. Ein Wir, anstatt zwei einzelner Teile.

»Wenn du bleibst, und ich gehe …« Ich breche ab. Ich weiß nicht, was ich eigentlich sagen will und ob er meine geflüsterten Worte überhaupt gehört hat. Ich kann nicht erwarten, dass er seinen Vater allein lässt, seine gesamte Familie, und das in dieser Situation. Er kann nicht hier weg, und ich muss gehen. Mein altes Leben wartet auf mich, und ich muss mich zwingen, es nicht dafür zu hassen, dass es mich und Milo voneinander trennen wird.

Er lacht leise. Es ist dasselbe Lachen, das mich schon so oft dazu gebracht hat mitzulachen, nur leiser, traurig. Seine Lippen berühren mein Haar. Mein Gesicht verharrt in seiner Halsbeuge. Ich schließe die Augen. Ich will mitlachen, um nicht zu weinen. Das wäre Milos Art, aber unter meinen geschlossenen Lidern quellen stattdessen heiß die Tränen hervor.

Wir liegen aneinandergeschmiegt da, stundenlang. Die Sonne ist inzwischen untergegangen und hat einer samtenen Dunkelheit Platz gemacht. Die Sterne funkeln matt am tiefschwarzen Himmel. Weiter draußen zerfließt silbrig das Mondlicht auf dem spiegelglatten Meer. Das Rauschen der Wellen ist sanfter geworden. Milo küsst mich, und ich berühre sein Gesicht, um ihn näher an mich zu ziehen. Feiner Sand rieselt über seine Haut, bleibt in den Bartstoppeln auf seinen Wagen hängen, und eins wird mir in diesem Moment klar.

Ich will ihn. Ich will diesen perfekten Moment für immer in meinem Herzen behalten. Und ich will, dass auch Milo diesen Moment nie vergisst. Nicht, weil dieser Tag ihn an seinen Vater erinnert oder an unseren bevorstehenden Abschied, sondern weil es ein Moment voll von Lärm und Stille ist. Dieser Moment gehört uns. Das sind wir.

Immer wieder berühren Milos Lippen meine. Es liegt mehr Gefühl darin als Erregung. Vielleicht tue ich deshalb etwas, was absolut untypisch für mich ist. Ich beuge mich zu ihm hinüber und küsse ihn. Nicht sanft, sondern hungrig. So wie ich noch nie einen Mann geküsst habe. Ein Stöhnen entfährt Milo. Mein ganzer Körper kribbelt. Meine Zunge wandert an seinem Hals hinab bis zu seinem Schlüsselbein, als er mich plötzlich von sich schiebt und mich eindringlich ansieht. Sekundenlang fixiert mich das hypnotische Braun seiner Augen. Unsere Blicke verhaken sich ineinander, und dann dreht Milo mich in einer einzigen fließenden Bewegung um. Sein Gewicht drückt mich in den Sand. Ich spüre seine Muskeln unter meinen Händen und seinen Mund, den er fordernd auf meinen presst, während er achtlos an seinem Shirt zerrt. Ich streife es ihm ab und streiche mit meinen Händen über seine nackte Haut, die im Mondlicht silbrig schimmert. Ich küsse ihn. Küsse seine Brust, seinen muskulösen Bauch, seine Schultern, während er mir wesentlich sanfter als bei sich selbst Shirt und Hose vom Körper streift. Seine Hand gleitet langsam unter den Saum meines Slips und streicht über meinen Po, während seine Zunge hungrige Muster auf meine Haut malt. Sein Atem geht schnell, trifft heiß auf meine Haut. Sanft berührt er meine Brust, streift den BH hinunter und umschließt mit seinem Mund meine linke Brustwarze. Ein Ziehen fließt durch meinen Körper und endet in meinem Schoß, wo es sich zu einem See aus Verlangen sammelt. Ohne meinen Blick loszulassen, zieht er mir quälend langsam den Slip hinunter.

In mir ist nur Erregung, Verlangen, Liebe. Ich liebe ihn. Ich möchte über das Meer schreien, wie sehr ich jeden Zentimeter von ihm liebe, seine Hände, die meinen Körper zum Beben bringen, seine Haare, in denen ich meine Finger vergrabe, und diese dunklen Augen. Es fühlte sich richtig an, hier mit ihm nackt unter den Sternen zu liegen.

Ich spüre seine Härte, als er sich an mich presst. Er will das hier genauso sehr wie ich. Er will mich. Und ich musste nicht mehr dafür tun, als ich selbst zu sein. Seine Zunge folgt den Linien meines Körpers und bringt jeden noch übrigen, klaren Gedanken zum Zerfasern. Seine Hand gleitet zwischen meine Beine und liebkost meine empfindlichsten Stellen. Die Berührung seiner Zunge, seiner Hände, seines muskulösen Körpers bringen mich zum Beben. Die Lust knallt durch meine Zellen wie ein grellbunter Farbbeutel, der auf einer weißen Leinwand explodiert. Ich vergrabe meine Hände in seinen Haaren, dränge mich ihm entgegen, als mich eine Detonation aus purer Lust durchläuft wie eine Schockwelle.

Ich atme gierig die noch immer warme Luft ein und kann nicht glauben, dass mir der Höhepunkt keinen Millimeter meines Verlangens geraubt hat. Milo streicht mir eine Haarsträhne aus dem Gesicht und küsst mich sanft auf die Wange, auf das Gesicht, auf den Rand meiner Lippen. Ich kann spüren, wie viel Beherrschung es ihn kostet, aber ich will nicht, dass er sich zurücknimmt. Hungrig überfalle ich seinen zärtlichen Kuss und mache daraus etwas Wildes, berühre ihn, wie er mich. Ich küsse ihn so eindringlich, dass ein verzweifeltes Knurren aus seinem Mund dringt. Ich kann spüren, wie seine Selbstbeherrschung fortgeschwemmt wird, wie sein rauer Atem mich mit sich fortreißt.

Ich vergrabe meine Hände in seinen Haaren, weil ich genau das will, und spüre, wie die Lust mit jeder unserer Berührungen anschwillt. Ich genieße seine Lippen auf meiner Haut, die Art, wie Milo auf mich reagiert, bis er schließlich nicht mehr anders kann und zärtlich in mich eindringt. Es ist ein intensives Gefühl, ihn in mir, auf mir zu spüren, obwohl er sich noch nicht bewegt. Es bringt mein Innerstes zum Schmelzen, raubt meinen Atem, als würde kein Funken Sauerstoff mehr unter dem Sternenfirmament existieren.

Milo verschränkt seine Hände mit meinen und sieht mich sekundenlang nur an. Dieser Blick ist derselbe, der mich bei unserer allerersten Begegnung vor den Wasserkisten festeiste. Ein schiefes Lächeln legt sich auf sein Gesicht und macht ihn so unwiderstehlich, dass ich den ersten Schritt mache und beginne, mich unter ihm zu bewegen. Ganz fest drücke ich meinen Körper an seinen und spüre, wie sein Atem rauer wird. Jetzt übernimmt er die Führung, seine Bewegungen sind stärker, reißen mich mit. Wir bewegen uns in einem Rhythmus, den es nur zwischen uns gibt.

Nicht nur Milos Zorn ist funkensprühend, sondern auch der Sex mit ihm. Ich habe das Gefühl zu verglühen. Meine Hände streichen über seinen Rücken, folgen den Muskelsträngen an seinem Rücken, finden wie von selbst den Weg zu seinem Po. Ich umklammern ihn, dränge ihn in einen schnelleren Takt, spüre, wie sich Milos Muskeln kurz darauf verhärten, wie sich sein Körper anspannt und er mitten in diesem Knoten aus Lust tief in meinem Unterleib seinen Höhepunkt erreicht. Ihn so zu sehen, zu spüren, wie er in mir kommt, lässt mich ihm nur Augenblicke später folgen. Ein Zittern durchläuft mich. Ich presse mich an ihn, während er mein Gesicht mit Küssen bedeckt. Es fühlt sich an, als würde ich inmitten dieser sternenklaren Nacht zerfallen, und gleichzeitig habe ich mich noch nie so vollständig gefühlt.

Ich bin randvoll von diesem Gefühl, Milo zu lieben. Es ist ein großes Gefühl, eines, das mich mit Haut und Haaren verschlingt. Es macht mir Angst, und gleichzeitig macht es mich glücklicher als alles zuvor.

Das Erste, was ich sehe, ist ein sich träge drehender Deckenventilator, der unregelmäßige Schatten auf die weißen Laken wirft. Kühle Morgenluft streift meine nackte Haut. Erschrocken rapple ich mich auf und versuche, meine Gedanken zu sortieren. Glück und erneute Erregung durchströmen meinen Körper, als ich an gestern denke, an das, weswegen ich heute Morgen nackt, erschöpft und so verdammt glücklich bin.

Irgendwann haben wir uns angezogen. Milo hat mich geküsst und mir zärtlich mein Shirt übergestreift. Selbst durch den Stoff konnte ich seine Lippen spüren, sein raues Lachen, weil ich mich irgendwie in dem Shirt verhakt hatte. Dann hat er sich selbst in seine Kleidung gezwängt, während ich mir Slip und Rock überzog. An den Weg vom Strand durch die Gärten des Riva-Anwesens bis zum Haus kann ich mich kaum erinnern. Nur daran, wie Milo mich immer wieder gegen die Natursteinmauern gedrängt und mich voller Leidenschaft geküsst hat, an das Prickeln in meinem Magen und das schmerzhaft überwältigende Gefühl von Liebe, das jeder Zentimeter von ihm in mir ausgelöst hat. Nach einer halben Ewigkeit haben wir dieses Zimmer erreicht, wo er mich auf das Bett gelegt und sich, ohne den Blick von mir zu lösen, quälend langsam seiner Kleidung entledigt hat, nur um mich ebenfalls auszuziehen und mich noch einmal zu lieben.

Jetzt sitze ich hier, und alles riecht nach ihm, nach mir, nach uns. Der Raum, in dem ich mich gemeinsam mit einem antiquiert wirkenden Sessel, einem Schrank und dem Kingsize-Bett befinde, ist groß, aber schlicht und abgesehen von dem Sessel modern eingerichtet. Die Wand zum Meer ist vollständig verglast und führt auf einen riesigen teilüberdachten Balkon. Zwei Flügeltüren stehen weit offen, so dass man das Meer und geschäftiges Treiben aus der Etage unter mir hören kann. Ich stolpere zum Nachtschrank, wo der Wecker steht, und stöhne, als ich sehe, wie spät es bereits ist. Neben dem Schrecken, den halben Tag verschlafen zu haben, mischt sich die Angst, Milo könnte die gestrige Nacht bereuen. Er ist nicht hier. Wenn er das Ganze nicht als Fehler betrachtet, warum ist er dann gegangen? Er hat seine Mutter und seinen Bruder ewig nicht gesehen. Er ist sicher bei ihnen. Ein kläglicher Versuch, mich selbst von einer logischen Erklärung zu überzeugen.

Etwas ratlos sehe ich mich in dem Zimmer um. Wenn Milos Familie nur halb so strenggläubig ist, wie das Gros der Süditaliener, sollte der erste Kontakt nicht mit einem Blick auf meinen entblößten Hintern enden. Ich muss unbedingt etwas zum Anziehen finden. Wo zum Henker stecken meine Klamotten? Mein Koffer ist nirgends zu sehen. Dabei hat Milo gestern Nacht schläfrig in meine Halsbeuge gemurmelt, dass er heute Morgen als Erstes die Koffer aus dem Wagen holen würde. Offensichtlich hatte er Wichtigeres zu tun. Nur nicht durchdrehen.

Ohne Kleidung ist meine Lage ziemlich hoffnungslos, also suche ich. Zunächst am offensichtlichsten Ort – im Schrank. Aber Fehlanzeige. Bis auf eine Wolldecke und zwei Ersatzkopfkissen blickt mir nur gähnende Leere entgegen. Prustend stoße ich die Luft aus meinen Lungen und sehe unter dem Bett nach. Erleichtert atme ich tief ein, und die Panik verebbt. Da liegen Milos zerschlissener Seesack und genau daneben meine Tasche. Ich ziehe sie hervor und wühle mich durch den Inhalt. Dabei verteile ich die Sachen auf dem Boden um mich herum und suche nach der idealen Kombination. Mir scheint allerdings, als wäre bei den luftigen Sommersachen nichts Passendes dabei, das dem Stil und den Ansprüchen von Milos Familie gerecht wird. Vielleicht bin ich aber auch nur nervös.

Resigniert entscheide ich mich für ein pastellfarbenes Sommerkleid, das zwar relativ eng anliegt und über dem Knie endet, aber immerhin keinen allzu gewagten Ausschnitt hat. Das einzig Kleidungsstück, das ich eingepackt habe, das eine Chance hat, mit dem zugeknöpften Stil seines Bruders, der vermutlich repräsentativ für die ganze Familie ist, mitzuhalten. Danach ordne ich meine Haare, putze die Zähne und verlasse barfuß, die Flipflops in den Händen, das Zimmer. Der Boden des Flurs ist mit antik wirkenden Terrakottafliesen ausgelegt. An den Wänden hängen Gemälde, und auch wenn ich keine Ahnung von solchen Dingen habe, kann ich sehen, dass sie nicht günstig waren. Es fällt mir immer noch schwer zu verinnerlichen, wie stinkreich Milos Familie ist und dass er lieber eine Bank ausraubt, als seine Eltern um einen Kredit für einen eigenen Club zu bitten. Allem Anschein nach würde das nicht mal ihre Portokasse besonders belasten. Der Flur führt über mehrere kleine Treppen ins Erdgeschoss, wo mich das Geräusch von Stimmen in eine geräumige Küche führt. Die Schränke sehen alt aus, wenn auch sehr schön restauriert und mit teuren Edelstahlgeräten kombiniert.

»Guten Morgen.« Tiziano steht an die Arbeitsfläche gelehnt und trinkt aus einer edlen Espressotasse. Sein Anzug – dieses Mal eine ebenso perfekt sitzende hellgraue Variante der Kombination von gestern – betont seine sportliche Figur und sein makelloses Auftreten.

»Morgen«, murmle ich undeutlich und reibe mir unsicher über den Arm. Ich hätte lieber Milo gefunden als seinen Bruder. Wer bitte trägt bei diesen Temperaturen Anzüge, wenn es nicht absolut notwendig ist? Tiziano befindet sich in einem Strandhaus, und sein einziger Weg wird ihn ins Krankenhaus führen, und dennoch steckt er in einem maßgeschneiderten Zweiteiler, ohne auch nur einen angebrachten Schweißtropfen auf der Stirn zu haben.

»Gut geschlafen?« Seine Frage klingt beiläufig, aber ich höre die Neugier dahinter, ob Milo und ich die Nacht zusammen verbracht haben. Ich gehe nicht darauf ein.

»Kaffee?«

Ich schüttle den Kopf und bereue das erste Mal in meinem Leben, dass ich Kaffee einfach nicht runterbekomme. Tiziano wird es bestimmt als Unhöflichkeit auffassen, dass ich sein Angebot ausschlage. »Ich vertrage leider keinen Kaffee, aber danke.«

»Etwas anderes?«

»Vielleicht warte ich auf Milo?« Unsicher sehe ich mich um.

»Ich habe Erfahrung damit, seine Bettgeschichten zu verköstigen.«

Er sagt das so freundlich, dass ich die Spitze in dem Satz erst bemerke, als sie sich mir schon mitten in den Magen rammt. »Wo ist er?«

»Weg.« Tiziano sieht mich belustigt an.

»Er hat nicht gesagt, wohin er wollte, aber er ist mit dem Wagen los. In der Regel wartet er, bis die Luft rein ist, ehe er wieder angekrochen kommt. Du könntest aber auf ihn warten und ihm einen Strich durch die Rechnung machen.«

Die Vorstellung scheint ihn zu amüsieren. Ich hätte nicht gedacht, dass Tizianos Meinung über Milo wirklich noch schlimmer sein könnte, als Milo mir gegenüber bereits zugegeben hat. Es macht mich wütend, dass Tiziano so über ihn spricht.

»Ich werde auf ihn warten. Er hat den Wagen, und ich hatte nicht vor, nach Finale zurückzulaufen«, erwidere ich spitz.

»Na, dann.« Tiziano grinst zufrieden – er scheint ein Spektakel zu seiner Belustigung zu erwarten. Mir ist ziemlich flau im Magen. Was, wenn Milo es tatsächlich bereut? Wenn da nichts zwischen uns ist außer seinem Wunsch, mich rumzukriegen, wie all die anderen Frauen vor mir? Warum bitte bilde ich mir überhaupt ein, ich wäre etwas Besonderes?

»Jetzt mach nicht so ein Gesicht. Er ist nur kurz in die Stadt.« Tiziano lacht, dreht sich um und stellt seine Tasse in die Spüle. »Kommt gleich wieder. Hat er zumindest gesagt.«

»Ha ha, sehr witzig«, quetsche ich hervor.

Ohne auf meinen Kommentar einzugehen, fährt Tiziano fort: »Er wollte nur ein wenig raus. Ist nicht seine Stärke, auf Familie zu machen.«

»Aber er ist hier.« Mein Protest ist schwach und wenig überzeugend.

»Das muss Milos Begleitung sein?«, erklingt eine kühle Frauenstimme hinter mir. Ich drehe mich um und stehe direkt vor Milos Mutter. Die Ähnlichkeit mit ihren Söhnen ist unverkennbar. Sie hat dieselben dunklen Augen, denselben Mund und die gleiche stolze Körperhaltung. Sie ist gekleidet, als käme sie direkt von einer Vorstandssitzung. Ihre dunklen Haare sind zu einem kunstvollen Knoten am Hinterkopf gebunden. Ihr Make-up sieht aus, als hätte ein ganzer Stab an Angestellten dafür gesorgt, dass sie trotz der Sorge um ihren Mann frisch und schön wirkt.

»Mama, das hier ist Jiara Hansen. Milo hat sie mitgebracht.«

Sie hält in der Bewegung inne und betrachtet mich von oben bis unten.

»Freut mich wirklich sehr«, murmle ich schüchtern und bemerke genau, wie sie mein Kleid aburteilt, ohne dass sie etwas sagen müsste.

»So so, Milo hat sie mitgebracht?«

Obwohl sie mich direkt ansieht, redet sie in der dritten Person von mir, was mich völlig verunsichert. Ihre Stimme ist noch einschüchternder als ihr Aussehen. Ich weiß nicht, ob sie eine Antwort erwartet oder nicht.

»Hübsch.« Ich komme mir vor wie ein unnützes Möbelstück. Sie kommt näher und zupft etwas an dem Ausschnitt meines Kleides herum.

»Wirklich hübsch. Ein bisschen freizügig, aber das passt wohl zu meinem Sohn.« Ich passe also zu Milo, aber für Rosa Riva ist meine Qualität nicht ausreichend. Wie hätte das auch sein können. Nicht einmal Milo genügt ihren Ansprüchen.

»Aber sie wird nicht lange bleiben«, sagt sie zu Tiziano. Das ist also Rosas Fazit. Sie kennt ihren Sohn und ist sich sicher, dass er sich nicht lange mit mir aufhalten wird.

»Er auch nicht.« Tiziano klingt bitterer als beabsichtigt. Auf jeden Fall entschuldigt er sich sofort. »Tut mir leid, Ma.«

Ich habe das Gefühl, etwas sagen zu müssen, das die einsetzende Stille in der Küche durchbricht.

»Das Haus ist ein echter Traum«, bringe ich hervor. Wirklich sagenhaft einfallsreich. Ich rolle innerlich mit den Augen und schenke Rosa dabei mein nettestes Lächeln.

»Ja, das ist es.« Sie sieht sich um, und ihr Blick wird weicher. »Ein Traum.«

Tiziano versteift sich. Er hat offenbar Probleme, mit den Gefühlen anderer zurechtzukommen. Insbesondere, wenn es um seine Familie geht. Angestellte, die zu Gefühlsregungen neigen, wirft er vermutlich sofort aus der Firma oder stellt sie gar nicht erst ein. Seiner Familie kann er nicht kündigen. Deswegen flüchtet er.

»Ich fahre kurz in die Stadt und sehe nach, ob Milo Pa

schon ein Kissen aufs Gesicht gedrückt hat oder ob er noch mal wiederkommt.« Dabei zwinkert er mir verhalten zu und küsst seine Mutter auf beide Wangen. Die Geste passt genauso wenig zu ihm wie das Zwinkern.

»Er ist nicht bei deinem Vater«, sagt seine Mutter.

»Ich weiß«, entgegnet er ohne einen Anflug von Gefühl in der Stimme.

Sie sieht Tiziano einen Moment nachdenklich an, bevor sie sich einem bunten Haufen Lebensmittel auf der Arbeitsfläche zuwendet. »Sei pünktlich zum Essen da, Tesoro.«

Anstelle einer Antwort hebt Tiziano kurz die Hand und verschwindet durch die Tür. Ich bin mir nicht sicher, was ich jetzt tun soll. Sie mit dem Kochen allein zu lassen, macht vermutlich keinen allzu guten Eindruck. Andererseits sind meine begrenzten Fähigkeiten in der Küche nichts, womit man punkten könnte. Mach dich nützlich und sei höflich, sagt meine Mutter immer, das ist die Eintrittskarte in das Herz der Menschen. Ich bin mir nicht sicher, ob Milos Mutter ihrem Herzen besonders viel Beachtung schenkt, aber es wäre mit Sicherheit ein Fortschritt, wenn ich mich mit irgendeinem Körperteil von ihr gutstellen würde.

»Kann ich vielleicht bei der Zubereitung des Mittagessens helfen?« Am liebsten würde ich das Zittern aus meiner Stimme vertreiben. Leider ist es hartnäckig.

Milos Mutter sieht mich an, während sie beginnt, fachmännisch und in einer atemberaubenden Geschwindigkeit Zucchini zu zerteilen. Sie sieht nicht aus wie ein Mensch, der in der Küche arbeitet. Eher wie jemand, der dafür Personal hat. Aber ihre sicheren und selbstverständlichen Handgriffe erinnern mich an Dario und seine Leidenschaft für das Kochen.

»Ich heiße übrigens Rosa.« Sie wischt sich ihre Hand an der Schürze ab, die sie sich über das Kostüm gezogen hat, und reicht sie mir.

Natürlich weiß ich von Milo, wie sie heißt, aber wir sind uns nicht offiziell vorgestellt worden. Vielleicht ihre Art, einen Schritt auf mich zu zu machen.

»Es ist schön, Sie kennenzulernen, Rosa.« Ich überlege kurz, ob ein Knicks angebracht wäre. Immerhin weiß ich von Milo, wie viel Wert seine Eltern auf Erziehung und Traditionen legen. Mein Stolz ist aber entschieden dagegen.

»Das sagen die Freundinnen von Milo gewöhnlich nicht.« Ihre Miene bleibt undurchdringlich. Ich kann nicht einschätzen, ob sie mich abscheulich findet oder vielleicht doch mag.

»Ich freue mich wirklich. Milo hat viel von Ihnen erzählt, und ich freue mich sehr, Sie endlich kennenzulernen.« Sie äugt misstrauisch zu mir herüber, als könne sie sich partout nicht vorstellen, dass Milo über seine Familie spricht. Mit einer abrupten Bewegung zerteilt sie eine große Zwiebel und legt die Hälften vor mich hin.

»Du könntest die Zwiebeln schneiden?« Immerhin keine komplette Ablehnung.

Ich nicke, dann frage ich: »Sie kochen gern?«, obwohl das wohl offensichtlich ist. Aber wie soll einem auch etwas Besseres einfallen, wenn man so nervös ist wie ich gerade und einem dazu noch die Augen tränen. Verstohlen wische ich mir mit dem Handrücken übers Gesicht und mache es dadurch nur noch schlimmer. Schniefend hacke ich weiter auf der Zwiebel herum und bin entschlossen nicht aufzugeben, auch wenn ich kaum noch etwas sehe und das meine Chancen, mir einen oder gleich mehrere Finger abzuhacken, in gefährliche Höhen treibt.

»Milo singt, und ich koche. Wir sind uns nicht so unähnlich, auch wenn er das denkt. Wir sollten uns duzen.« Wieder mustert sie mich und fügt ruhig hinzu. »In Anbetracht der Umstände.«

Ich lächle sie an und nicke, obwohl ich mir ziemlich sicher bin, dass sie mir das Du nicht anbietet, weil ich ihr besonders sympathisch bin, sondern eher, weil es in Italien zum guten Ton gehört, Gäste des Hauses so willkommen zu heißen. Es ist einfach ein Bestandteil der traditionell italienischen Gastfreundschaft.

Rosa beachtet mich gar nicht und widmet ihre komplette Konzentration stattdessen den Zucchini, bevor sie etwas verzweifelt auf den ungleichmäßig zerquetschten Haufen Zwiebeln schaut. »Du kochst offensichtlich nicht gern.«

Sie sieht mich an, als hätte ich ein Familienmitglied zerhackt, bevor sie die Stirn runzelt und versucht, von den Zwiebeln zu retten, was noch zu retten ist.

»Was tust du gern?«, fragt sie dann.

»Ich bin gern mit Ihrem Sohn zusammen.« Habe ich das gerade wirklich laut gesagt? Rosa hält in der Bewegung inne, und ich spüre, wie mein Blut in den Wangen pulsiert.

»Das erklärt, wieso du mit ihm gekommen bist.«

Ich sehe mich nach Milo um, der mich von diesem Gespräch erlösen könnte, aber es ist keine Rettung in Sicht. Ich will mit ihm reden, besprechen, wie es weitergehen soll. Ich will spüren, was ich gestern Abend gespürt habe. Ich will fühlen, dass es echt ist und richtig, dass wir die Trennung, die uns bevorsteht, überbrücken können.

»Du liebst ihn.« Rosa sagt das, als wäre es der schwerste Fehler meines Lebens. Ich muss mir auf die Innenseite meiner Wange beißen, um nicht loszuheulen, denn das Gefühl, sie könnte recht haben, will einfach nicht verschwinden.

»Du scheinst mir ein nettes Mädchen zu sein, Jiara. Aber das mit dir und ihm wird niemals gutgehen. Herrgott, du bist ja nicht einmal katholisch.«

Auch wenn ich bei dem Gedanken von Milo in einer Kirche innerlich auflachen muss, haben wir nie über Religion gesprochen. Nur weil es mir so vorkommt, als würde Milo eine Kirche erst betreten, wenn das Kreuz verkehrt herum hängt oder sich das Weltgefüge verändert hat, heißt das nicht, dass ich richtig liege. Er ist zumindest religiös aufgewachsen, denn Rosa meint ihre Aussage todernst. Ich habe mich allein aufgrund der Tatsache, nicht gläubig zu sein, als Schwiegertochter disqualifiziert.

Sie starrt mich mit versteinerter Miene an. »Er wird dich nicht glücklich machen. Einfach, weil er ist, wie er ist, und du wirst ihm nicht das geben können, was er braucht, um sich zu ändern.«

Als würde er sich ändern wollen. Und als wäre das überhaupt nötig. Ich will auf jeden Fall nicht, dass er das tut. Vielmehr beginne ich zu verstehen, warum er von zu Hause weggegangen ist. Es ist bestimmt nicht einfach, Rosa zu enttäuschen. Sie lässt einen spüren, dass man versagt hat.

Sie sieht von mir zum Schneidebrett und zurück in den Topf, in dem inzwischen eine Minestrone leise blubbernd vor sich hin kocht. »Deine Mutter hat dir nicht einmal das Kochen beigebracht.«

Das saß. Sie sagt das nicht, weil es wirklich etwas über unsere Beziehung aussagt, sondern weil sie mich treffen will, und ich habe plötzlich überhaupt keine Lust mehr, ihr zu gefallen. So nett sie auch tut, sie teilt mit all ihrer beherrschten Freundlichkeit Spitzen aus, die sich gewaschen haben. Unsere Welten sind so grundverschieden, dass mir die ganze Familie vorkommt wie eine Horde gutaussehender, stinkreicher Außerirdischer. Ich verstehe nicht, wieso ich mir Rosas Verhalten überhaupt gefallen lasse, aber mir fehlt die Kraft für eine angebrachte Reaktion, die vermutlich alles noch schlimmer machen würde. Ich sollte gehen, aber stattdessen bleibe ich, wo ich bin, und hoffe, dass Milo bald auftaucht.

Eine Stunde später steht das Essen auf dem Tisch, und ich wundere mich, woher all die Leute kommen, die rings um den enormen Esstisch Platz nehmen. Tiziano ist auf die Minute pünktlich durch die Tür getreten, gefolgt von seiner Frau Carla und ihren zwei Kindern, die bis eben bei Freunden in einem Nachbarort zu Besuch waren und mit denen er sich ungewohnt weich und warmherzig gibt. Ein untersetzter, älterer Mann namens Pino sitzt mir schräg gegenüber und wird von vier Frauen umringt, deren uniformartige Kleidung darauf schließen lässt, dass sie nicht zur Familie, sondern zum Personal gehören. Rosa sitzt neben mir, so dass ich zwischen ihr und Tizianos siebenjährigem Sohn Nevio eingeklemmt bin. Vor mir steht ein Teller mit dampfender Minestrone. Der kleine Junge mustert mich neugierig, während ich nur auf den freien Stuhl mir gegenüber starren kann. Milo ist noch immer nicht da.

»Wie hast du den Vormittag verbracht, Jiara?«

Ich blinzle irritiert in Tizianos Richtung.

»Ma hat erzählt, du hättest ihr beim Kochen geholfen?« Sein Blick zeigt Anerkennung. Na klar, er weiß ja auch nicht, dass ich außer einigen verunglückten Zwiebeln nicht viel getan habe, außer Rosas verletzenden Sprüchen auszuweichen. »Ich glaube, ich habe nicht so viel helfen können. Leider.«

Er sieht mich freundlich distanziert an und nickt mir zu. »Es schmeckt jedenfalls sehr gut.«

Was der alleinige Verdienst von Rosa ist, aber bevor ich etwas sagen kann, platzt Milo in die Küche, murmelt ein kaum verständliches »'tschuldigung« und setzt sich.

Ich bin so dankbar, dass er da ist. Zum einen, weil sich alle Blicke auf ihn richten und er mich damit aus dem Zentrum des Interesses befördert. Zum anderen, weil sein Lächeln, das er mir über den Tisch zuwirft, alle Zweifel zerstreut, die sich in den letzten Stunden in mir breitgemacht haben. Milo bemerkt entweder nicht, dass ihn die anderen anstarren, oder es ist ihm egal. Seelenruhig lässt er einen Löffel Suppe in seinem Mund verschwinden und zwinkert mir über den Teller zu.

»Und wo warst du heute Morgen?« Tizianos anerzogene Freundlichkeit ist verflogen. Seine Stimme ist steif und kalt.

Milo reagiert nicht darauf. Er isst einfach weiter, den Blick stur auf das karierte Muster der Tischdecke geheftet.

Die Gespräche sind mittlerweile vollständig verstummt. Nur Nevio lässt ein Minestronelöffelflugzeug zu seiner kleinen Schwester Sofia fliegen und brummt dabei wie ein altersschwacher Düsenjet.

»Du wirst es uns also nicht verraten?« Tiziano legt den Löffel auf den Tisch und wischt sich betont beherrscht den Mund mit einer weißen Stoffserviette ab. Ich kann sehen, dass seine Hände dabei zittern. »Ich bin es leid, hinter dir herzuräumen.« Dabei fällt sein Blick auf mich. Wirklich schmeichelhaft.

»Reg dich ab, Tizio, ich war nur unten in der Stadt.« Milo grinst schief und hält dem Blick seines Bruders stand.

»Warum bist du hier, Milo?« Er sieht wieder zu mir und wirft die Serviette auf den halbleer gegessenen Teller. »Warum ist sie hier?«

Wenn Milo die Frage seines Bruders irritiert, dann lässt er es sich nicht anmerken. »Du wolltest, dass ich komme, und du magst es doch, wenn die Leute tun, was du ihnen sagst.«

»Milo, basta!«, beendet Rosa den Schlagabtausch, und

ich frage mich, warum sie Tiziano nicht ebenfalls in seine Schranken weist. Immerhin hat er angefangen. Milo gibt zu meiner Verwunderung nach und wendet sich seinem Neffen zu, ohne auf den zweiten Teil von Tizianos Frage einzugehen, der auch für mich von Interesse wäre. Warum hat er mich mitgebracht?

»Was sagst du, Nevio, wollen wir nach dem Essen mit Jiara schwimmen gehen?«

»Er wird nicht mit dir schwimmen gehen.« Tiziano sieht seinen Bruder wütend an und fügt etwas weniger streitlustig hinzu: »Es ist ungesund, mit vollem Magen ins Wasser zu gehen.«

»Bitte, Papa.« Nevio sieht hoffnungsvoll zu seiner Mutter, als hätte sie Zauberkräfte, die seinen Vater erweichen könnten.

»Nevio, Papa hat recht. Aber wenn ihr etwas wartet, könnt ihr gern später runter zum Strand gehen.« Sie lächelt zuerst ihren Sohn liebevoll an, dann Milo. Als hätte sie nicht einen, sondern zwei Söhne. Dabei legt sie ihrem Mann die Hand auf den Unterarm. Eine einfache Geste, die jeglichen Kommentar von Tizianos Seite im Keim erstickt.

»Also dann, Großer, in einer Stunden am Strand.« Milo hält Nevio die Hand hin und wartet, bis der Kleine eingeschlagen hat.

»Vergiss es nicht.« Tizianos Blick bohrt sich in den seines Bruders. »Er ist noch nicht alt genug, um zu wissen, dass deine Versprechen nicht allzu viel wert sind.« Tiziano muss wohl immer das letzte Wort haben.

Immerhin bringt Rosa ihn jetzt mit einem strengen Blick zum Verstummen. Zunächst bin ich erleichtert, aber die plötzliche Ruhe ist ebenso nervenzehrend wie der Streit zuvor. Man hört nur das Klirren von Besteck auf Porzellan, die angestrengte Stille und gelegentlich das Motorengeräusch von Nevio und ein seichtes Kichern seiner Schwester Sofia.

Ich wünschte, es wäre bereits Zeit, an den Strand zu gehen und der feindseligen Atmosphäre im Haus zu entkommen.

Nach dem Essen bin ich noch schnell auf unser Zimmer gegangen, um mir einen Bikini und ein leichtes Strandkleid überzuziehen, während Milo schon mit Nevio zum Strand vorausgegangen ist. Jetzt laufe ich an einer Natursteinmauer entlang. Der Weg schlängelt sich durch die Gärten bis zum Strand.

Gestern sind wir über diesen Weg ins Haus gelangt, aber bei Nacht ist es hier ganz anders – sanft und leicht. In der Mittagshitze, die von den Steinen ungefiltert reflektiert wird, flirrt die Luft. Schwer und drückend steht sie zwischen dichten Obstbäumen und Kiwiranken, die einen süßlichen Geruch verströmen. Dieser vermischt sich mit dem herben Duft nach Gewürzen, die ordentlich aufgereiht und tiefgrün in Beeten dahinter wachsen. Ich bleibe kurz stehen und atme tief durch.

Vom Strand her sind Nevios begeistertes Quietschen und Milos tiefes Lachen zu hören. Insekten erzeugen ein surrendes Geräusch in der Luft, das sich mit dem Schlagen der

Wellen am Ufer zu einer fein verwobenen Melodie vermischt. Als ich den Strand erreiche, ziehe ich meine Schuhe aus und hetze wenig elegant über den aufgeheizten Sand bis zum Wasser. Mit einem erleichterten Stöhnen versenke ich meine Füße im Meer und warte, bis das Brennen nachlässt.

»Hi.« Mehr sagt Milo nicht. Und vielleicht ist das gut so. Vielleicht ist ein einfaches »Hi« genau das Richtige. So fühlt es sich zumindest an.

Nevio und er haben am Strand nahe des Wassers eine beeindruckende Sandburg gebaut. Der Kleine ist noch immer ganz vertieft darin, den breiten Burggraben mit Meerwasser zu füllen, und kümmert sich nicht darum, dass sein Bauleiter von mir abgelenkt wird.

»Hi«, erwidere ich, aber bei mir klingt es nicht annähernd so perfekt, aber das hält Milo nicht davon ab, mit einem halben Lächeln näherzukommen. Ich frage mich, was erst ein ganzes Lächeln in mir auslösen würde, denn schon jetzt steigt das Glück in mir hoch wie blubbernde Bläschen in einem Sektglas.

Unmittelbar vor mir bleibt er stehen und sieht mich mit einem unwiderstehlichen Blick an. Eigentlich sieht er mich nur an, aber ich finde, dass genau dieser Blick so überaus attraktiv ist, dass man nur dahinschmelzen kann.

Mit seiner Hand streicht er an meinem Arm entlang. Ein nervenzerstrubbelndes Kribbeln folgt der Bahn seiner Finger und sammelt sich als heißes Knäuel in meinem Unterleib. Seine Lippen berühren meine Haare, streifen mein Ohr und legen sich dann auf meine Stirn.

»Tut mir leid, dass ich heute Morgen weg musste«, murmelt er.

Was soll man darauf erwidern. *Ist nicht so schlimm, ich bin prima zurechtgekommen?* Das wäre eine Lüge. Es hat sich scheußlich angefühlt, morgens allein in einem fremden Bett aufzuwachen, Tizianos spöttischem Blick ausgesetzt zu sein und mit seiner Mutter zu kochen, die mich auf Religiosität und meine Kochfähigkeiten geprüft hat. Das alles müsste ich sagen, aber damit würde ich den Moment zerstören, und das wäre mindestens genauso scheußlich. Wie oft sagt man Dinge nicht, um viel weniger wichtige Dinge zu schützen als diesen Mikrokosmos, den Milos Arme um uns schaffen?

Seine Finger gleiten unter den leichten Stoff des Strandkleids und streicheln meinen Rücken. »Ich musste einfach eine Weile raus hier. Tiziano hat mich in den Wahnsinn getrieben. Eigentlich tut er das immer.«

»Jeder muss ein Talent haben«, erwidere ich grinsend.

Er nickt ergeben und küsst mich. Zögernd tastet Milo sich vor, und seine Zunge beginnt, mit meiner zu spielen. Ein Kuss wie eine Frage, ob mit dieser schwachen Entschuldigung alles wieder gut ist. Es ist das, was ich will. Ich will ihn, und ich will dieses heiße Brennen, das meinen Körper durchläuft, wenn er mich berührt. Ich möchte seine Haut an meiner spüren und sehen, wie das Dunkel seiner Augen noch eine Spur dunkler und seine Stimme rau wird vor Erregung.

Aber bevor ich unter seinen heißen Küssen die Welt um

mich herum vergesse, trifft mich etwas Kaltes zwischen den Schulterblättern. Etwas Eiskaltes, das meine aufgeheizte Haut trifft wie ein Vorschlaghammer und mich mit einem unsanften Schlag zurück in die Realität befördert. Mein Atem entweicht als quietschender Pfeifton. Wie ein sterbendes Spanferkel. Die nächste Ladung aus Nevios Wasserpistole verfehlt mich nur knapp. Dafür trifft sie Milo mitten ins Gesicht. Er lässt mich abrupt los, dreht sich mit entschlossener Miene um und jagt den kleinen Angreifer über den Strand. Seinem Gesichtsausdruck nach zu urteilen, wird Tizianos Sohn das nicht überleben. Meinen Segen hat Milo, obwohl ich nach dem ersten Schrecken laut auflachen muss.

Mein Herz flattert noch immer von der plötzlichen Abkühlung, als ich das durchweichte Kleid abstreife und Milo zurückkehrt. Er hält Nevio an den Fußgelenken fest, so dass dieser kopfüber baumelt und japsend um Gnade bettelt.

»Was meinst du? Lassen wir ihn frei?« Milo sieht mich zweifelnd an. Das schelmische, schiefe Grinsen lässt ihn ebenso jung erscheinen wie sein zappelndes Opfer.

Ich schüttle den Kopf. »Er muss auf jeden Fall dafür büßen.«

Milo nickt ganz so, als wäre das die einzig richtige Idee, und entlockt Nevio damit ein ängstliches, begeistertes Lachen. Man sieht ihm an, dass er Milo vertraut. Er liebt ihn. Dabei ist er erst sieben und hat seinen Onkel angeblich seit Jahren nicht gesehen. Es ist schon komisch, wie vertraut die beiden miteinander sind, und dann dieser liebevolle Blick von Tizianos Frau. Milo ist oft in Mailand und spielt dort in kleinen Bars und Clubs. Und Tiziano ist bestimmt genauso oft geschäftlich unterwegs, während seine Familie in Mailand bleibt. Man braucht nicht gerade ein Genie zu sein, um eine logische Erklärung für die bestehende Verbindung von Tizianos Familie zu Milo zu finden.

Eine Weile sehe ich Milo an, wie er das um sich schlagende Bündel festhält. Er hat gesagt, Familie wäre ihm nicht wichtig. Er hat gesagt, ihm wäre nichts wichtig außer seiner Musik. Der Beweis, dass das nicht stimmt, ist einen Meter zwanzig groß und vor lauter Kopfüber-Lachen himbeerrot im Gesicht.

Und plötzlich wünsche ich mir mehr als jemals zuvor, Milo und ich könnten ein richtiges Paar sein. Mit allem, was dazugehört. Wie in einem Hollywood-Kitschstreifen. Dann würde uns niemand trennen, und ich könnte immer in seinen Armen liegen, wenn mir danach wäre. Unser Bett würde nach ihm riechen, er würde mir morgens in der Küche den Hals küssen und mir dabei zusehen, wie ich das Frühstück für uns mache, während seine Arme zärtlich und besitzergreifend um mich geschlungen wären. Fast entfährt mir ein tiefes Seufzen, aber gerade noch rechtzeitig sticht Milo eine Nadel in meinen rosa Seifenblasenballon.

»Wir sollten ihn einfach ertränken.« Er deutet auf das Meer und stapft unbeirrt von Nevios Befreiungsversuchen zum Ufer.

Ich brauche einige Sekunden, um mich aus unserer fiktiven zukünftigen Küche zurück an den Strand zu beamen. Der Kleine zappelt jetzt wie verrückt. Seine Haare berühren bereits die Wasseroberfläche. Ich bin mir nicht ganz sicher, wie geübt Milo im Umgang mit Siebenjährigen ist. Nicht, dass er ihn aus Versehen tatsächlich ertränkt, aber bevor es dazu kommen kann, stürzt Milo ins Wasser wie ein gefällter Baum. Nevio freut sich so über den fingierten Erfolg seines Befreiungsversuchs, dass er sekundenlang lachend im Wasser steht, bevor er sich auf Milo stürzt und ihn immer wieder unter Wasser drückt. Es ist ein Bild für die Götter, wie Nevio sich mit Feuereifer daran macht, es Milo heimzuzahlen. Eine Welle der Zärtlichkeit durchläuft mich, als ich sehe, wie viel Spaß Milo daran hat. Plötzlich fixiert er Nevio und flüstert ihm etwas ins Ohr. Noch bevor ich die Gefahr sehen kann, haben sich die beiden verbündet und stürzen sich als geschlossene Einheit auf mich.

Milo

Wir sitzen auf der unteren Terrasse. Nur Tiziano und ich. Eine Citronellakerze erhellt das Dunkel zwischen uns. Und auch wenn sie eigentlich dazu gedacht ist, lästige Mücken fernzuhalten, vermischt sich der Duft angenehm mit dem nach frischen Zitronen der Bäume, die uns umgeben. Tiziano schlägt sich träge gegen den Schenkel und verscheucht damit einen harmlosen Nachtfalter, der eine der Terrassenleuchten für den Mond hält.

»Pa wird lange brauchen, bis er wieder einsatzbereit ist«, beginnt Tiziano das Gespräch, das er schon vor einer Viertelstunde beginnen wollte. Seitdem stochert er in einer gefüllten Paprika herum. Den Zusatz – *wenn er überhaupt wieder wird* – lässt er weg, aber wir wissen beide, dass diese Option besteht und was diese ganze Scheiße für mich bedeutet, was sie für meinen Bruder bedeutet.

Ich antworte nicht. Was sollte ich darauf auch erwidern? Ich habe meinen Punkt damals ziemlich klargemacht, als ich zwei Wochen vor dem Abschlussexamen des Wirtschaftsstudiums alles geschmissen und den Kontakt abgebrochen habe. Jiara steht am Geländer der großen Terrasse und sieht zusammen mit Nevio auf das nachtschwarze Meer. Ihre Haare sind noch immer nass und kleben auf ihrer sanft gebräunten Haut. Das durchnässte Strandkleid hat sie gegen kurze Shorts und ein Spaghettiträgertop getauscht, das ihre Figur umschmeichelt. Es tut gut, sie anzusehen. Es ist das Einzige, was mich davon abhält, Tiziano eine blöde Erwiderung an den Kopf zu knallen.

»Er wird wollen, dass du gemeinsam mit mir die Leitung der Firma übernimmst«, fasst Tiziano in Worte, was zwischen uns steht.

Musste er das wirklich sagen? Es macht die Tatsachen paniktreibend real. Tizianos Stimme zeigt, wie sehr ihm dieser Umstand missfällt. Mir geht es noch mehr gegen den Strich als ihm, auch wenn er sich das vermutlich schwer vorstellen kann. Frustriert schiebe ich meinen Teller von mir. Die Paprika duftet betörend, aber mir ist der Appetit vergangen. Ich kann nicht hier sitzen und distanziert über das Ableben meines Vaters reden und im selben Atemzug das Leben regeln, das ich auf keinen Fall führen will. Ich rücke den Stuhl etwas vom Tisch ab, damit ich Jiara besser zusehen kann. Sie hilft Nevio dabei, Glühwürmchen zu fangen, und hüpft ausgelassen über die Terrasse. Ich wünschte, das Leben wäre so. Wie ein Tanz mit Jiara, bei dem wir Glühwürmchen fangen. Tiziano durchdringt den Kitsch meiner Gedanken.

»Sie ist anders als die anderen.« Er deutet mit einem Kopfnicken auf Jiara. »Sie bedeutet dir etwas.«

Auch darauf erwidere ich nichts. Was auch? Ich sehe aus wie ein liebeskranker Trottel. Das erklärt genug.

»Und das, wo dir sonst alles am Arsch vorbeigeht.« Er wischt sich mit einer perfekt eleganten Geste den Mund ab und wirft die zerknüllte Serviette auf den Teller. »Aber du wirst sie genauso verarschen und fallenlassen wie all die anderen, habe ich recht?«

Ich wünschte, Tiziano würde einfach seine Fresse halten.

»Weil du einfach nichts ernst nimmst«, fährt er fort. Jetzt klingt er wütend. Ich habe diese Wirkung auf ihn. Unwillkürlich reibe ich über die Narbe, die er mir in unserer Kindheit verpasst hat. Tiziano ist nicht dumm, und er erkennt die Tatsachen verdammt gut: »Du wirst nicht hierbleiben.«

Ich bin mir nicht sicher, ob das eine Feststellung oder eine Aufforderung ist, sein Territorium zu verlassen. Er nimmt einen tiefen Schluck Whiskey, anstatt weiter die Paprika auf seinem Teller zu zerpflücken. Es ist nicht sein erstes Glas.

»Sie wird auch gehen, und ihr werdet nicht gemeinsam verschwinden. Du solltest es ihr sagen, und du solltest es Ma sagen.« Monologe zu führen war schon immer seine Stärke.

Er betrachtet mich mit diesem Blick, den ich hasse. »Aber das wirst du nicht. Du warst schon immer feige.« Er schenkt sich nach, obwohl er schon stockbesoffen ist. Trotzdem treffen seine Worte ins Ziel.

»Du wirst gehen, und ich mache hinter dir sauber. So wie ich es schon immer getan habe. Ich rackere mich ab, um dein Vermögen zu vergrößern, während du tust, was immer du für richtig hältst.«

Er akzeptiert meine Art zu leben noch immer nicht, und er hat nicht kapiert, dass ich sein verdammtes Geld nicht will. Keiner meiner Familie hat das verstanden. Sie akzeptieren mich nicht. Tiziano grinst. Ein hässliches Grinsen, das zeigt, wie nah ihm all dieser Kram hinter seinen teuren Anzügen und dem geschäftsmäßigen Getue tatsächlich geht. Nevio sollte seinen Vater so nicht sehen. Vielleicht will ich auch nur nicht, dass er hört, wie sein Vater mit mir spricht. Ich will nicht, dass Jiara es hört. Ich stehe leise auf und entferne mich. Tiziano prostet mir zu und schüttelt sarkastisch grinsend den Kopf. Als hätte er schon immer gewusst, dass ich versagen würde.

»Hey, Kleiner.« Ich hebe Nevio hoch und werfe ihn einmal in die Luft, bevor ich ihn auf meine Schultern setze. »Zeit, schlafen zu gehen.«

Dabei sehe ich Jiara durchdringend an. Nevio zerstrubbelt meine Haare. Sein kleiner Körper umschlingt meinen gesamten Kopf und versperrt mir dadurch den Großteil der Sicht. Ich spüre Jiara neben mir. Ihren Körper, der sich vertraut an meinen schmiegt, als sie mit mir reingeht. Irgendwann löst Carla ihren Sohn von meinem Nacken. Er klammert sich bis zuletzt an mir fest. Fast so als könnte er spüren, dass ich nicht mehr lange hier bin. Dabei habe ich mich noch gar nicht entschlossen zu gehen. Tiziano weiß es, Nevio spürt es, nur ich bin zu feige, es mir einzugestehen.

Jiara steht mir gegenüber, während Carla mit Nevio nach oben geht, um ihn schlafen zu legen.

Ich will nicht darüber nachdenken, wie es weitergeht. Allein der Gedanke, in die Firma meines Vaters einzusteigen, schnürt mir die Luft ab. Wenn ich den Gedanken zulasse, ihn weiterführe, ist klar, dass ich abhauen werde, bevor es dazu kommt, und das bedeutet, dass Jiara und ich dann Geschichte sein werden.

Wir sind allein in der Küche. Ich mache einen Schritt auf sie zu und schiebe sie rückwärts gegen die Küchenzeile. Meine Arme fixieren sie vor der noch schwach nach Basilikum und Knoblauch duftenden Arbeitsplatte. Mein Mund verharrt direkt vor ihrem, aber ich küsse sie nicht. Ich will, dass sie den ersten Schritt macht. Ihr Atem streift meine Lippen, und es fällt mir verdammt schwer, sie nicht hier und jetzt zu nehmen. Sanft streiche ihr ihren Rücken hinab und wandere mit meinen Händen unter den Bund ihrer Shorts. Meine Hände kneten ihren Po.

Sie stöhnt leise auf. Ich mache weiter, bis sie es nicht mehr aushält. Stürmisch küsst sie mich, beißt mir sanft in die Lippe, knabbert und reizt mich. Sie dreht den Spieß um. Alles, was Tiziano in meinem Kopf in Bewegung gebracht hat und das seitdem unangenehm gegeneinanderprallt, verstummt.

»Milo …« Sie stößt meinen Namen zwischen zwei wilden Küssen hervor.

Ich weiß, was sie sagen will: Wir sind hier nicht ungestört, und das Letzte, was uns jetzt noch fehlt, ist Tiziano, der uns beim Sex überrascht. Also ziehe ich sie an der Hand hinter mir her ins Obergeschoss, über die ausgetretenen Treppenstufen und in unser Zimmer.

Kaum sind wir über die Schwelle und damit vor neugierigen Blicken geschützt, dränge ich sie gegen die geschlossene Tür und schiebe ihr Oberteil nach oben. Ihre Brustwarzen reagieren auf meine Zunge, meine Hände. Jede Berührung entlockt Jiara Laute, die mich wahnsinnig machen. Es ist etwas Aufreizendes zwischen Gurren und Stöhnen, das mich um den Verstand bringt. Ich ziehe ihre Shorts hinunter. Ungeduldig schleudert sie sich das Kleidungsstück von den Knöcheln. Sie steht nackt vor mir – nackt und perfekt. Zärtlich fahre ich mit der Hand zwischen ihren Brüsten entlang und streiche an ihrer Seite hinunter, bis meine Finger zwischen ihre Beine gleiten. Sie beißt sich auf die Lippen und legt den Kopf in den Nacken. Ich küsse mich ihren Hals entlang, platziere winzige Bisse auf ihrem Schlüsselbein und streiche federleicht über ihre Mitte. Sie ist feucht, warm und zittrig, als ich meinen Finger in sie gleiten lasse und sie leise aufstöhnt. Für einen Moment genießt sie die Erregung, die ich ihr schenke, aber dann hält sie mich am Arm zurück und sieht mir tief in die Augen. Sie küsst mich, schiebt mich zum Bett hinüber, bis die Matratze gegen meine Kniekehlen stößt und ich mich zurücksinken lasse.

Jiara sieht mich mit diesem Blick an, der all meine Lust bündelt. Dann kommt sie ganz dicht an meinen Körper heran und küsst sich ihren Weg zum Bund meiner Hose hinab. Ich schließe die Augen, öffne sie wieder, weil es unmöglich ist, nicht zuzusehen, was sie mit ihren Lippen anstellt. Sie öffnet meine Hose, und ich helfe ihr, sie auszuziehen. Achtlos schleudere ich sie in das Halbdunkel des Zimmers und küsse Jiara. Mitten in den Kuss schiebt sich ein schmerzhaft süßes Ziehen, als sie meine Härte umfasst und sie sanft reibt. Ich sauge scharf die Luft ein und unterbreche damit unseren Kuss. Gerade als ich sie an mich ziehen will, um unseren Kuss wieder aufzunehmen, rutscht sie weiter nach unten und umschließt schließlich meine Erektion mit ihren Lippen. Ihre Zunge spielt mit mir, ihre Lippen reizen mich. Hilflos vergrabe ich meine Hand in ihren Haaren, halte mich wie ein Ertrinkender an ihr fest, nicht sicher, ob ich will, dass sie aufhört oder für immer weitermacht. Mein Becken zuckt ungeduldig, und ich ziehe sie hoch, bevor ich komme. Das wäre zu früh. Wir haben noch die ganze Nacht.

Sie lacht leise. Es ist ein gurrender Laut, den ich mit einem harten Kuss verschließe, während ich Jiara bestimmt auf den Rücken drehe, so dass sie unter mir auf der Matratze liegt. Ich sehe ihr tief in die Augen und küsse mich an ihren perfekten Brüsten hinab bis zu ihrem Becken, folge den sanften Einbuchtungen ihrer Leiste und berühre vorsichtig die zarte Haut zwischen ihren Beinen.

Als ich zu Jiara aufblicke, sieht sie kurz so aus, als würde sie widersprechen wollen, aber ich gebe ihr keine Zeit zum Nachdenken. Meine Zunge liebkost ihre intimsten Stellen, so dass sie sich laut atmend in das Bettlaken krallt. Sie stöhnt meinen Namen, als ich sanft an ihr sauge, knabbere und ich sie schließlich über die Klippe treibe. Ihre Hände graben sich tief in meine Haare, als ihr Höhepunkt langsam verebbt.

Ich gleite an ihrem Körper nach oben, bis ich dicht neben ihr liege und fühle, wie ihr Herz hart gegen den Brustkorb stößt. Ihr Atem streift mich in rauen Stößen. Lächelnd küsse ich sie, lasse den Kuss ausufern und male dabei zärtlich die Konturen ihres Gesichts nach, die verlockenden Linien ihres Körpers. Ein kurzer Moment bittersüßer Ruhe, inmitten des Tosens, das sie in mir auslöst. Erst als Jiara den Kuss ungeduldig intensiviert und mich damit fast um den Verstand bringt, gleite ich zwischen ihre Beine. Sie ist warm, weich und empfängt mich voller Sehnsucht. Jiara schlingt ihre Beine um meinen Rücken, lässt uns noch tiefer verschmelzen. Ich bewege mich in ihr und spüre, wie sich eine dunkle Welle von Lust in mir aufbaut, und versuche, mich zu beherrschen, auf Jiara zu warten, aber sie drängt sich mir bereits entgegen, gibt mir einen schnellen Rhythmus vor, der mich die Beherrschung verlieren lässt. Ich stöhne und versuche, den Laut zu dämpfen, indem ich mein Gesicht an ihren Hals presse, als die Welle schwarz und sogartig über mir zusammenbricht. Jiara beißt mir in die Schulter, als sie mir über die Schwelle folgt. Der Schmerz intensiviert meinen Höhepunkt, während sich Jiaras Körper im Einklang mit meinem bewegt, kommt.

Erschöpft bleiben wir dicht beieinander, ineinander verschlungen liegen, und ich lasse zu, dass Jiara mir zärtlich durch die Haare streicht. Ich liege auf ihrer Brust und höre ihrem Herz zu, das sich langsam wieder beruhigt. Früher wollte ich nach dem Sex nur, dass die Frauen gingen oder dass sie mir die Gelegenheit gaben zu verschwinden. Bei Jiara ist das anders. Ich will nirgendwo anders sein als hier bei ihr. Und in diesem Moment vollkommener Zufriedenheit wünschte ich, Tiziano hätte unrecht.

Jiara

Wir sind jetzt seit drei Tagen in Bagheria. Ich liege in Milos Armen, in einer übergroßen Hängematte, die zwischen zwei Olivenbäumen auf einer der oberen Terrassen gespannt ist. Er ist heute, wie auch schon die zwei letzten Tage, nach Palermo ins Ospedale Civico gefahren. Bis jetzt hat er mir nichts von seinen Besuchen erzählt, und ich versuche, ihm die Zeit zu lassen, die er braucht.

Als er heute wiedergekommen ist, sind wir gemeinsam ins Zentrum von Bagheria gefahren und haben unterwegs an einem Stand mit sich träge drehendem Granita gehalten. Das süße Eisgetränk in der Hand, schlenderten wir durch die Altstadt, die bunt und lärmend ihre engen Gassen vor uns ausbreitete. Milo schien es nicht zu kümmern, dass er die Blicke auf sich zog. Bagheria ist wie ein kleines Dorf, zumindest was den Tratsch angeht, und die Kunde, dass der verlorene Sohn der Rivas zurückgekehrt war, hatte sich in Windeseile verbreitet. Milo wurde von einigen wenigen angesprochen, die meisten begnügten sich damit, sich die Hälse zu verrenken und hinter vorgehaltener Hand zu tuscheln.

Ich versuchte, es wie Milo zu machen und die Leute zu ignorieren, während er mich kreuz und quer durch die Stadt führte. Am Ende landeten wir in einem Freilichtkino mit abgewetzten, unbequemen Stühlen, von denen die salzzerfressene Farbe abblätterte. Über die Natursteinmauern hörte man das rege Treiben auf der Straße, das Rufen und Hupen, während auf der Leinwand irgendeine Schnulze lief. Milo flüsterte mir Worte ins Ohr, und ich flüsterte zurück, bis eine weitere Strophe unseres Lieds entstanden war, und nun liegen wir in einer Hängematte im Garten dieses wunderschönen Hauses direkt am Meer. Ich bin erschöpft, müde und unsagbar glücklich, und alles in mir vibriert, während Milos Hände gedankenverloren über meine Haut streichen.

Ich weiß, dass es falsch ist, glücklich zu sein. Sein Vater könnte sterben, Milo sorgt sich, und zwischen uns ist nichts geklärt, aber alles, was ich fühle, sind seine muskulösen Arme, die mich umschlingen, und seine Brust, die sich im Rhythmus seines Atems unter mir hebt und senkt. Ich könnte für immer so in dieser Hängematte liegen, aber ich will für Milo da sein und frage, auch auf die Gefahr hin, diesen Moment zu zerstören: »Wie war es bei deinem Vater?«

»Wie soll es schon gewesen sein.« Er klingt müde und ein wenig trotzig. »Er war heute wach.«

»Das ist gut.«

»Für ihn bestimmt.« Er zögert, als wäre er sich nicht sicher, ob er mehr preisgeben will. »Er hat Erwartungen, die sich nicht so ganz mit meinen decken.«

»Was meinst du damit?«

Ich spüre, wie sich sein Körper unter mir kurz anspannt. Nur so lange, bis er sich dazu zwingt, so zu tun, als würde ihn das Ganze nichts angehen.

»Fürs Erste soll ich die Musik an den Nagel hängen.« Er seufzt. »Und dann in die Firma einsteigen.«

»Welchen Nutzen hätte er davon?« Das klingt gemeiner, als ich wollte. »Du bist Musiker, kein Wirtschaftswissenschaftler. Was würde es ihm bringen, dich dazu zu zwingen, in der Firma zu arbeiten?«

Er lacht leise, dabei hätte ich gedacht, er würde sauer werden.

»Ich habe in meiner Vergangenheit nicht unbedingt nur Dinge getan, auf die ich stolz bin. Dazu gehört neben der absoluten Todsünde, dass ich Puccinis Noten nach dem Sommer am See verbrannt habe, auch ein Wirtschaftsstudium an der *Universitá degli Studi di Milano,* das ich kurz vor dem Abschluss geschmissen habe.«

Ich kann nicht fassen, was er mir da gerade erzählt, und noch weniger, dass sich offensichtlich eine Schwäche für BWL-Studenten oder -Absolventen durch mein Liebesleben zieht. Auch wenn Milo bis auf das Studium nichts mit Jonas gemeinsam hat.

»Wie kurz davor?«, hake ich nach.

»So kurz davor, dass ich Pa durchaus nützlich sein könnte, sagt zumindest der Familienrat, der jeden Tag vor seinem Zimmer tagt.« Er seufzt. »Zwei Wochen vor dem Examen. Aber ich wollte die Firma damals nicht, und ich will sie jetzt nicht.«

Und sie werden ihn trotzdem unter Druck setzen, weil sein Vater nicht so bald wieder einsatzbereit sein wird und weil das schon immer der Weg war, den sie für ihn vorgesehen haben. Das ist ihre einmalige Chance, ihn endlich in ihre Richtung zu zwingen. Ich habe Tiziano und ihn mehrfach reden gehört, wenn sie dachten, sie wären ungestört, und die Richtung der Gespräche war immer die gleiche. Dabei kann ich mir einfach nicht vorstellen, wie Milo zu einem zweiten Tiziano wird und in einem Anzug den ganzen Tag in einem Büro hockt. Ich kann mir nicht vorstellen, dass er wirklich nachgeben wird, aber die Tatsache, dass er Tiziano bei diesen Gesprächen kaum widersprochen hat, ist besorgniserregend. Meistens hat Milo ihm nur eisiges Schweigen entgegengebracht, selten hat er versucht, seinem Bruder Verständnis abzuringen, was jedes Mal in einem Streit endete. Ich habe das Gefühl, dass ihm die Situation das sonst so unerschütterliche Fundament abgräbt und dass er sich beugen könnte.

Dabei ist er schon einmal gegangen. Auch wenn mir klar ist, dass die Situation eine andere war, würde ich ihm am liebsten raten, sich treu zu bleiben, aber bevor ich die richtigen Worte finden kann, ruft Milos Mutter im Erdgeschoss zum Abendbrot, und der Moment, in dem die Worte passend gewesen wären, verfliegt. Keiner von uns rührt sich. Ich will für kein Essen der Welt seine Umarmung verlassen, und Milo scheint ebenfalls keinen Hunger zu haben.

Schläfrig murmelt er: »Er ist wie eine Küchenschabe. Er wird wieder. Dann hat sich das alles sowieso erledigt.«

Er möchte es glauben, und ich wünsche ihm, dass er recht behält. Egal wie ihr Verhältnis ist, es würde ihn tief treffen, wenn er seinen Vater verlieren würde. Und zwar nicht nur, weil es sein jetziges Leben komplett auf den Kopf stellen würde. In dem geschützten Bereich seiner Arme drehe ich mich zu ihm um und sehe ihn an. Er lässt es zu, aber er schließt seine Augen. So liegen wir da. Sehr lange, ohne dass einer von uns etwas sagt. Vielleicht, weil keiner von uns beschreiben könnte, was da zwischen uns passiert. Dafür gibt es keine Worte.

»Hab ich was im Gesicht?« Er grinst, ohne die Augen zu öffnen.

»Deine Mutter ruft schon wieder. Wir sollten vielleicht reingehen. Sonst schaffe ich es nie, sie als Fan zu gewinnen.«

»Ich bin dein Fan, reicht das nicht? Wenn du möchtest, kannst du gern gehen, auch wenn es dir nicht dabei helfen wird, sie für dich zu gewinnen. Ich bleibe hier. Ich hatte heute genug Familie für einen Tag. Außerdem bin ich mir nicht sicher, ob Tiziano mich in einem Stück lässt, wenn er mich sieht, und ich bin zu müde, um zu streiten.«

Anstatt mich loszulassen, presst er mich jedoch enger an sich und lehnt seine Stirn gegen meine. Ich spüre seinen Atem auf meinem Gesicht und würde diesen Platz nicht einmal aufgeben, wenn ich dabei wäre zu verhungern. Lange liegen wir einfach nur da. Leise und dunkel beginnt er, unser Lied zu singen, dreht und wendet die einzelnen Zeilen meines Gedichts und verändert die Melodie so lange, bis es perfekt klingt. Die Hängematte wiegt sich leicht, angestoßen nur durch die Bewegungen unserer Körper, wenn Milo von Zeit zu Zeit einen Moskito erschlägt. Ich fühle mich wohl, geborgen und geliebt. Auch wenn er Letzteres noch nie gesagt hat. Er liebt mich, und ich liebe ihn. Ich war mir einer Sache noch nie so sicher. Ich brauche die Worte nicht zu hören, um zu wissen, dass es stimmt. Er küsst mich. Erst langsam, dann stürmischer. Die Hängematte wackelt bedenklich, als er seine Position verändert. Ich sehe uns schon nach einem schmerzhaften Sturz auf dem Boden liegen, aber dann ist Milo über mir, ohne dass wir gekentert sind.

Seine Lippen wandern über meine Haut. Sein Gewicht drückt mich in den schweren Stoff der Hängematte. Ich fühle mich ausgeliefert, und noch nie hat sich dieses Gefühl so sexy angefühlt. Ich stöhne leise und spüre, wie sehr ihn das anmacht. Er wird hart, ich kann seine Erregung an meinem Bauch spüren, seine Hände, die ihren Weg unter mein Kleid suchen und hastig meinen Slip herunterstreifen. Ich bin mir nicht sicher, ob die Hängematte ein geeigneter Ort ist, um miteinander zu schlafen, aber ich bin gewillt, es auszuprobieren. Milo zu lieben ist ein Risiko, und genau das macht es so unvergleichlich. Es ist atemberaubend, wie ein freier Fall, ohne Sicherheitsnetz, und das erste Mal in meinem Leben brauche ich keinen doppelten Boden.

Milo

Ich sitze in dem breiten Ledersessel, der hier steht, seitdem ich mich erinnern kann. Meine Mutter hat Tiziano und mich in diesem Stuhl gestillt. Mein Vater hat uns in diesem Sessel Geschichten vorgelesen. Großvater hat mit mir hier gesungen. Ich blicke auf das massive, neue Doppelbett mit Kingsize-Matratze und jeder Menge Zierkissen. Mitten in diesem Wust aus Stoffen und Polstern liegt Jiara. Ich kann ihr Gesicht nicht sehen, aber das brauche ich auch nicht. Ich kenne jeden Millimeter von ihr. Ich wünschte, wir hätten eine Chance, aber ich kann das eiserne Band um meine Brust nicht ignorieren.

Tiziano baut jeden Tag mehr Druck auf, fordert, dass ich nachgeben solle. Im Vergleich zu meiner Mutter ist der Umgang mit ihm noch leicht. Ma ist eine ganz andere Sache, und von Pa will ich gar nicht erst anfangen. Er hat seit neuestem auch noch die Wenn-du-nicht-parierst-sterbe-ich-Karte. Ich habe genau zwei Möglichkeiten. Bleiben oder abhauen. Bleibe ich, werde ich an den Erwartungen meiner Familie und an diesem Leben ersticken. Nichts hat sich in den vergangenen Jahren verändert. Die Menschen, die Beziehungen, die Firma, das alles ist so festgefahren und zähflüssig wie der Verkehr in Palermos verworrenem Netz aus engen Gassen und ineinander verzweigten Straßen.

Gehe ich, riskiere ich nicht nur die Gesundheit meines Vaters, sondern verliere auch Jiara, denn ich werde nicht zulassen, dass sie zusieht, wie ich mich feige verpisse. Ich beiße mir schmerzhaft auf die Unterlippe, weil ich genau das vorhabe. Es endet hier, damit Jiara nicht sieht, wie ich gehe und zu welcher Person mich diese Entscheidung macht. Zu einem Feigling, einem Egoisten, zu jemandem, der seine Familie verrät, um sich an seinen Idealen festzuklammern. Sie wird diesen Menschen niemals lieben können, und ich ertrage es nicht, sie auf diese Art zu verlieren. Sie kann mich meinetwegen hassen, wütend auf mich sein, weil ich sie wegschicke, aber sie darf mich nicht verachten. Meine Faust ballt sich um den Zettel in meiner Hand.

Es ist an der Zeit zu akzeptieren, dass ich dem Druck nicht länger standhalten kann. Lange genug habe ich versucht, die Entscheidung hinauszuzögern. Ich habe versucht, Jiara und mir Zeit zu verschaffen. Vielleicht habe ich auch auf ein Wunder gehofft, das mir erlauben würde zu gehen, ohne das Gesicht dabei zu verlieren. Ein Wunder, das es mir erlauben würde, mit Jiara zusammenzubleiben. Aber so ist das mit Wundern. Sie geschehen äußerst selten und nie, wenn man sie bitter nötig hat.

Ich wünschte, Tiziano hätte mir mehr Zeit gelassen, aber er hat mich gezwungen zu handeln, als er mir gestern Abend die Pistole auf die Brust gesetzt hat. Jiara schlief bereits, und ich wollte nur noch ein Glas Wasser trinken. Ich wünschte, ich wäre einfach bei ihr geblieben, obwohl das vermutlich nur das Unausweichliche verschoben hätte. Tiziano saß am Küchentisch. Sein Jackett hing über dem Nachbarstuhl, und sein Krawattenknoten war gelockert, so dass sie schief vor seiner Brust baumelte. Es war ein ungewohntes Bild, ihn so nachlässig zu sehen.

»Du bist noch auf.« Tiziano sieht mich nicht an. Stattdessen fährt er sich durch die Haare und kritzelt etwas auf ein offiziell aussehendes Dokument.

»Ich will nur kurz was trinken. Bin quasi schon wieder weg«, erwidere ich und hoffe, dass er mich in Ruhe lässt. »Lass dich nicht stören.«

»Dafür ist es wohl etwas zu spät«, entgegnet er trocken. »Setz dich.«

Ich will mich nicht setzen, ziehe aber dennoch einen Stuhl hervor und drehe ihn so, dass die Lehne wie ein Schild zwischen uns steht, bevor ich mich rittlings daraufsetze.

»Was willst du?«, frage ich, weil er sich wieder den Papieren vor sich widmet und ich keine Lust habe, den Musterschüler bei der Arbeit zu bewundern.

»Das sind die Verträge«, sagt er ganz ruhig und schockgefriert damit mein Innerstes. »Pa hat sie aufsetzen lassen und erwartet, dass du sie unterschreibst.«

»Wir haben doch schon darüber gesprochen.« Ich rutsche unbehaglich auf meinem Stuhl herum. »Ich will das nicht, Tiziano.«

Er sieht mich durchdringend an, und da ist keinerlei Wärme in seinen Augen. Nichts, was mich an den Jungen erinnert, mit dem ich aufgewachsen bin.

»Glaubst du etwa, ich will das?« Er schmeißt den Kugelschreiber auf den Tisch. Ein teures Teil, das seine Initialen trägt. »Ich habe mir all die Jahre meinen Arsch aufgerissen. Die Firma ist Pas Vermächtnis, auf das du seit jeher gespuckt hast. Meine Arbeit steckt darin, mein Leben, und trotzdem gehört dir ein Teil davon. Das ist nichts, was mich zu Freudentänzen bewegt.«

Wir denken dasselbe. Keiner von uns will, dass ich plötzlich Teil dieser verdammten Firma bin. Warum lässt er mich dann nicht da raus?

»Ich bleibe, bis es Pa bessergeht, und verschwinde dann wieder. Ich überlasse dir freiwillig das Feld.«

»Sehr großzügig, aber das geht nicht, und das weißt du so gut wie ich.« Tizianos Muskeln zittern vor Anspannung. »Aus irgendeinem Grund liebt Pa dich, und er will, dass du endlich deinen Platz in der Firma einnimmst. Er wird so bald nicht wieder arbeiten können, also ist jetzt Showtime.«

Ich kann nicht glauben, dass er mir wirklich die Papiere über den Tisch schiebt und auffordernd nickt.

Ich stöhne unterdrückt. »Ich werde das nicht unterschreiben.«

»Jetzt reiß dich verdammt nochmal zusammen!«

Dieser plötzliche Ausbruch Tizianos trifft mich so unerwartet, dass ich unwillkürlich zusammenzucke. Mein Bruder verliert nie die Beherrschung. Er streicht seine Haare zurück, als würde ihm das die eben verlorene Fassung zurückgeben.

»Pa wäre fast gestorben. Ich werde nicht sein Leben riskieren, nur weil du keine Lust hast, erwachsen zu werden und lieber weiter durch irgendwelche Clubs huren willst.« Seine Stimme ist jetzt tief und bedrohlich. »Meinetwegen könntest du auf der Straße landen. Ich würde liebend gern die Papiere aufsetzen, die uns für immer zu getrennten Menschen machen. Es wäre mir mehr als eine Freude, aber meine Meinung zählt nun mal nicht.« Er hebt den Kugelschreiber an und legt ihn mit Nachdruck genau neben meine Hand. Er seufzt und schiebt resigniert hinterher: »Genauso wenig wie deine. Also unterschreib endlich.«

Ich nahm die Verträge und stand ungelenk auf. Das Holz des Stuhls erzeugte ein schabendes Geräusch auf den Küchenfliesen, das genauso kalt war wie die Atmosphäre zwischen Tiziano und mir.

»Was soll das werden?«, fragte Tiziano ungeduldig. Das Gespräch strengte ihn genauso an wie mich.

Ich grinste ihn schief an und versuchte, Überlegenheit zu vermitteln, wo keine war. »Du wirst mir doch wohl die Möglichkeit geben, die Verträge zu prüfen, oder nicht?«

Ich sah ihm an, dass er mir nicht traute, aber was blieb ihm anderes übrig. Selbst seinem erbittertsten Gegner räumt Tiziano Zeit zum Überprüfen von Verträgen ein. Da machte er bei mir keine Ausnahme. Ich klopfte auf die dreißig Seiten juristischen Kauderwelsch, die de facto das Ende meines eigenen Wegs bedeuteten, und machte mich auf den Weg zurück in unser Zimmer.

Ich glaube, Tiziano und ich wussten beide, dass ich sie nie unterschreiben würde. Ich habe die ganze Nacht auf die Verträge gestarrt. Mir ist klar, dass ich etwas tun muss – und zwar jetzt. Ich wusste im Grunde immer, wie die Entscheidung aussehen würde, nur habe ich es verdrängt, habe versucht, die Zeit mit Jiara auszudehnen und das unweigerliche Ende hinauszuzögern. Im Gegensatz zu früher schäme ich mich dieses Mal für meine Entscheidung. Ich schäme mich, weil mein Abgang feige und egoistisch ist. Und ich schäme ich, weil mich diese Entscheidung zu exakt dem Menschen macht, den Jiara auf den Felsen als planlosen Versager gesehen hat. Deswegen wird sie nicht hier sein, wenn ich alles hinschmeiße, was Pa für mich geplant hat, und zurück in mein altes Leben taumle. Zurück zu einem Traum, der mich glücklich, aber mittellos macht und den sie vielleicht für den Moment aufregend findet, aber der kaum eine Zukunft zwischen uns zulässt. Ich weiß, dass sie eine andere Vorstellung von ihrem Leben hat, und ich werde ihr nicht bieten können, was sie sucht. Vielleicht ist es besser so. Unsere Liebe wird nicht durch unsere unterschiedlichen Leben und unseren Alltag zu einem krümeligen Brei zerrrieben. Ich lasse es mit einem Knall enden.

Ich beobachte Jiara, die auf dem Bett liegt, und stütze meinen Kopf schwer auf die zu Fäusten geballten Hände. Wenn Jiara jetzt geht, kann sie in ihr altes Leben zurückkehren.

Heiße Eifersucht steigt in mir auf, als ich mir vorstelle, wie sie in Jonas' Armen liegen wird. Er wird sie glücklich machen. Das steht außer Frage. Glücklicher als ich es je könnte. Er wird ihr das Leben bieten, das sie verdient. Dario hat mir erzählt, was für ein Mann er ist. Er ist anders als ich. Das komplette Gegenteil, und doch hat er es geschafft, sie jahrelang glücklich zu machen, während unsere Liebe gerade mal sechs Wochen überstanden hat, wenn man ganz wohlwollend ab dem Tag unseres ersten Kennenlernens rechnet.

Ich habe immer noch die Musik. Bevor Jiara dazukam, war es so verdammt einfach. Jetzt ist alles kompliziert, aber ich halte mich daran fest, dass es wieder so werden kann wie früher. Ich falte den Zettel in meiner Hand zusammen. Ein elektronisches Flugticket nach Nizza. Für Jiara. Von da gibt es eine stündliche Zugverbindung nach Finale. Ich halte das Ende in meinen Händen. Ein Ende, das mir die Möglichkeit gibt abzuhauen, zurück in mein Leben, in das sie nicht passt. Eines ohne sie und meine Familie. Ich ignoriere die Tatsache, dass ich bereits versucht habe, ohne sie zu leben, und dass der Versuch alles andere als zufriedenstellend war. Es wird Zeit brauchen, aber es ist das Richtige. Missmutig schüttle ich den Kopf und falte das Ticket noch einmal auf die Hälfte seiner ursprünglichen Größe. Ich will es nicht ansehen müssen. Wieder bewegt Jiara sich im Schlaf, aber dieses Mal ist es anders. Ihr Bewusstsein kratzt bereits an der Grenze zum Wachsein. Sie wird gleich aufwachen. Es ist vorbei, und mein Bruder hatte wie immer recht.

Jiara

Ich sitze auf dem Beifahrersitz des Stilo und spüre, wie die Räder über den Asphalt gleiten. Jede Faser von mir weigert sich, der stetigen Vorwärtsbewegung des Wagens zu folgen, aber Milo biegt bereits auf den Parkplatz des Aeroporto Palermo Punta Raisi ein. Er hat mich nicht einmal angesehen, seitdem wir sein Elternhaus verlassen haben. Er schweigt beharrlich. Sein Gesicht ist ausdruckslos, wie immer, wenn ihn etwas berührt. Ich weiß nicht, ob mir dieser Umstand Angst machen oder Zuversicht geben soll. Ich fühle mich wie in einer überdimensionalen Seifenblase, in die kein Laut vordringt. Ich starre auf den Boden. Meine Tasche steht im Fußraum wie ein Mahnmal für die Endgültigkeit dieses Tages. Ich werde zurückgehen. Milo wird bleiben.

Er hat darauf bestanden, mich direkt nach dem Aufstehen zum Flughafen zu fahren. Nicht einmal von seiner Familie konnte ich mich verabschieden. Irgendetwas hat einen Schalter umgelegt, und jetzt kann es ihm nicht schnell genug gehen, mich loszuwerden. Dabei habe ich erwartet, dass er mich bitten würde zu bleiben. Und ich hätte es getan. Ich hätte mein Studium abgebrochen und wäre bei ihm geblieben. Ein völlig verrückter Gedanke, der mir im Angesicht unserer jetzigen Situation so absolut endzeitmäßig naiv und dämlich vorkommt.

Unsere Arme berühren sich fast – aber eben nur fast. So als wäre eine unsichtbare Scheibe zwischen uns, die es ihm erspart, mich zu berühren. Ich verstehe die Welt nicht mehr. Mir ist schlecht. Nicht so ein einfaches Schlechtsein, sondern eins, das sich anfühlt, als hätte ein Serienkiller meinen Magen in einem eisernen Würgegriff. Es hat kein Gespräch stattgefunden. Es gab keine Erklärungen – nichts. Ich habe versucht, etwas aus ihm herauszubekommen, bis auch mich dieses eisige Schweigen ergriffen hat. Das hier ist das Ende. Ich habe ihn angesehen, die ganze Fahrt lang, immer wieder, in der Hoffnung, er würde endlich etwas sagen, in der Hoffnung, es zu verstehen.

Er soll mir versichern, dass ich mich irre, dass das hier nicht das Ende ist, sondern nur seine Art, mich rechtzeitig zurück zur Uni zu schaffen, und dass wir eine Chance haben, egal wie viele Kilometer ab morgen zwischen uns liegen. Ich will, dass er mich liebt. Mit einem Mal sind die Worte wichtig. Die Worte, die ich gespürt, die er aber nie ausgesprochen hat.

Mir ist so übel, dass ich kurz davor bin, auf die widerlich gemusterten Sitze des Stilo zu kotzen. Mein Herz schlägt unregelmäßig. Milo schafft eine kalte Distanz zwischen uns, und er tut es bewusst.

»Können wir darüber reden?«, setze ich noch mal an, weil sich mein Verstand weigert, einfach aufzugeben. Ich will fordernd klingen, selbstbewusst, aber meine Stimme bricht. Natürlich bekomme ich keine Antwort.

Milo parkt den Stilo am äußersten Ende des Parkplatzes. Als die Geräusche des Motors verstummen, bleibt eine unangenehme Stille zurück. Es ist stickig heiß im Innenraum des Wagens.

Anstatt auf meine Frage zu reagieren, reicht er mir wortlos das Flugticket und starrt dabei auf das Lenkrad. Ich will ihn anschreien, ihn schütteln, aber dafür müsste er sich in derselben Welt befinden wie ich.

»Du wirst also nichts sagen?« Ein bitteres Lächeln verzerrt mein Gesicht. Wenn er nicht reden will, werde ich es tun. Es wäre vermutlich reifer, das Ende mit Stolz zu tragen, aber davon bin ich leider weit entfernt.

»Ich hätte gedacht, dass es einfachere Wege gibt, um eine Frau ins Bett zu kriegen, als sie quer durchs Land zu zerren und ihr irgendwelche Scheißgefühle vorzuspielen.« Meine Selbstachtung verkrümelt sich.

Milo spielt ungeduldig mit dem Schlüssel von Darios Wagen. Der Anhänger stammt von meinem Kitscheinkaufsbummel auf dem Markt. Eine kleine, jadefarbene Kochmütze. Milo blinzelt nicht einmal, als ich ihm die Worte entgegenschleudere. Ich will, dass er mir widerspricht, aber das wird er nicht tun, das spüre ich. Egal, was ich gefühlt habe, für ihn war ich nie mehr als eine Ablenkung. Das wird gerade mehr als offensichtlich. Hierherzukommen war schwer für ihn und mich rumzukriegen die geeignete Zerstreuung. Ich verstehe nicht, wieso sich meine Lippen immer noch zu Worten formen, aber sie tun es.

»Ich wollte mit dir schlafen. Du hättest dich nicht anstrengen müssen, um mich rumzukriegen. Du hattest die Möglichkeit, damals in Finale. Ohne diesen ganzen Zirkus.« Ich ertrage das Gefühl in meinem Inneren kaum. Seine Sprachlosigkeit lähmt mich. Am liebsten würde ich mich bis ans andere Ende der Erde durchbuddeln und für immer dort bleiben. Weit genug entfernt von ihm und diesen Gefühlen in mir.

»Hör auf.« Er stößt die Luft aus. »So ist es nicht …«

»Du hast für mich auf einem Scheißklavier gespielt.« Tränen ersticken meine Stimme.

»Du hast mich darum gebeten.«

Es stimmt, aber gleichzeitig ist es nicht einmal die halbe Wahrheit. Da ist so viel mehr gewesen. Zumindest für mich. Er öffnet die Tür und steigt aus. Er kann es nicht ertragen, länger mit mir in einem Raum zu sein. Dieses Gespräch ist ihm lästig. Ich bin ihm lästig.

Minutenlang bleibe ich sitzen und starre auf das rechteckige Stück Milo, dass durch die Fensteröffnung zu sehen ist. Ein kleiner Teil Jeans und ein verwaschenes Shirt mit einem kaum leserlichen Bandlogo auf der Brust. Er kommt nicht zu mir herüber und hilft mir aus dem Wagen. Die Romeo-Zeiten sind vorbei. Er hat bekommen, was er wollte. In sperrigen Brocken sickert die Erkenntnis zu mir durch, dass es ihm wohl wirklich nur um das eine gegangen sein muss. Er ist nicht der Typ, dem es reicht, mit einer Frau zu schlafen, die sich ihm hingibt. Er will erobern. Er will alles sein, nur um dann ein Nichts zu schaffen.

Tief in meinem Innern klafft dieses Nichts und breitet sich rasend schnell aus. Wie betäubt klettere ich aus dem Wagen und schultere meine Tasche. Ich muss gehen, wenn ich mir einen Rest Würde erhalten will, aber ein dummer Teil von mir hofft, dass Milo noch irgendetwas sagen wird. Dass er in der letzten Minute erkennt, wie sehr er mich liebt, und mitten auf dem staubigen, rissigen Asphalt des Aeroporto Punta Raisi auf die Knie fällt und mich bittet zu bleiben. Stattdessen steht er einfach nur da, die Arme auf das Dach des Stilo gestützt, den Blick auf einen Punkt weit hinter mir gerichtet.

Eine lässige Langeweile spricht aus seiner Haltung. Es gibt mir den letzten, entscheidenden Schlag mitten ins Gesicht. Mühsam stolpere ich vorwärts. Es ist zu Ende. Und da ist kein doppelter Boden, kein Netz, das mich auffängt. Ich zwinge mich wegzusehen, mir sein Gesicht nicht einzuprägen. Ich will ihn vergessen. Den Schmerz vergessen, der an meinen Eingeweiden reißt. Mir ist schwindelig, als ich mich langsam abwende und zum Flughafengebäude schleppe.

Hamburg empfängt mich mit dichtem Sprühregen und einem grauen, farblosen Himmel, der sich über das Rollfeld am Fuhlsbüttler Flughafen spannt. In den Pfützen spiegeln sich die Lichter der Terminals wider. Ich starre aus dem

Fenster des Busses, der über den Asphalt in Richtung Terminal kriecht, und bin froh, dass die Vorfreude auf mein Zuhause Milos Gesicht für den Moment aus meinem Kopf verbannen kann. Zum gefühlt tausendsten Mal, seitdem ich das Flugzeug verlassen und das Handy aus dem Standby-Flugmodus geweckt habe, kontrolliere ich den Posteingang meiner WhatsApp- Nachrichten.

Die Häkchen zeigen, dass die Nachricht angekommen ist, aber Kathi hat nicht geantwortet. Ein mulmiges Gefühl macht sich in meinem Magen breit. Ich habe keinen Plan, was ich tun soll, wenn Kathi mich nicht vom Flughafen abholt. Die ganze Zeit habe ich mir eingeredet, dass sie vielleicht zu viel zu tun hatte, um auf meine Nachrichten zu reagieren. Ich habe mir immer wieder gesagt, dass es mit Sicherheit eine logische Erklärung für die Funkstille von ihrer Seite aus gibt, aber diese Zuversicht verkrümelt sich, je näher ich ihr komme.

Sobald der Bus hält, drängle ich mich an einem übergewichtigen Mann und einem Fitnessfanatiker vorbei, die wie Dick und Doof im Weg stehen und den Ausgang versperren.

Ich murmle ein leises, »'tschuldigung«, quetsche mich durch die zischend aufgleitenden Türen und haste zur Gepäckausgabe. Während ich auf meinen Koffer warte, schreibe ich Dario eine knappe SMS.

Ich weiß, dass ich ihm Angst gemacht habe, als ich mitten in der Nacht heulend und wie ein Häufchen Elend in die Trattoria gestolpert kam. Und dass ich danach zwei

Tage das Bett nicht verlassen habe, hat seine Sorge bestimmt nicht kleiner werden lassen. Wir haben nicht einmal darüber gesprochen, was in Palermo und während der Reise passiert ist. Wir, die immer über alles geredet haben. Vielleicht, weil Dario und Milo zu eng zusammengehören, vielleicht, weil Finale mich nun immer an Milo erinnern wird. Nachdem ich es geschafft hatte, aus dem Bett zu klettern, wollte ich nur noch weg. Außerdem beginnt morgen bereits die Uni. Auch wenn ich mir nicht vorstellen kann, in meinen Vorlesungen für Psychologie zu sitzen und so zu tun, als hätte es diesen Sommer nicht gegeben; als wäre das mit Milo nie passiert.

Ich setze einen lachenden Zwinker-Smiley unter die SMS an Dario, der glaubhaft machen soll, wie gut es mir geht. Ich weiß, Dario wird mir kein Wort glauben, aber er wird verstehen, was der Smiley ausdrücken soll. Ich kann nicht über das reden, was geschehen ist. Mit Frauenlogik kennt Dario sich zum Glück aus. Ich seufze und hieve meinen Koffer vom Gepäckband, dann gehe ich zum Ausgang.

Die elektrische Flügeltür des Flughafens, die zum Absperrbereich führt, hat etwas Einschüchterndes. Ich komme mir wie ein von Paparazzi umzingelter C-Promi vor, als die Türen aufgleiten und mich eine riesige Menschenmenge erwartungsvoll anstarrt. Ich ducke mich und eile rechts herum aus dem Gefahrenbereich. Vergebens warte ich auf ein hohes Quietschen, das die Wartenden dazu bringen würde, sich umzublicken, um zu sehen, welcher Resonanzkörper zu so einem Geräusch fähig ist. Es wäre ein verdammt kleiner, aber Kathi ist nicht hier. Ich sehe mich immer wieder um, aber sie kommt auch nicht auf den letzten Drücker um eine der Ecken gehetzt, weil sie wie immer zu spät dran ist. Es gelingt mir nicht länger, mich davon zu überzeugen, dass irgendetwas sie aufgehalten hat – obwohl es ja immer noch so sein könnte. Irgendwo in all dem Chaos meines Lebens habe ich Kathi verloren.

Noch schlimmer ist, dass ich zu sehr mit Milo und mir beschäftigt gewesen bin, um diesen Gedanken überhaupt zuzulassen oder etwas dagegen zu unternehmen. Ich habe mich seit drei Wochen nicht bei ihr gemeldet. Wie also könnte ich erwarten, dass sie kommt, um mich abzuholen. Ich schleppe mich zum Taxistand und überlasse meinen Koffer einem viel zu adretten Taxifahrer, der sich an dem Gepäckstück fast einen Bruch hebt.

»Und wohin soll's gehen?«, will er wissen.

»Juliusstraße 226 in der Sternschanze.« Ich frage mich, wieso ich ihm Kathis Adresse nenne. Hoffe ich tatsächlich, dass sie mir um den Hals fällt, wenn ich erst einmal reumütig vor ihrer Tür erscheine? Vielleicht weiß ich auch einfach nicht, wo ich sonst hingehen soll. Meine Eltern wohnen außerhalb von Hamburg, und Jonas hat mir eine formlose E-Mail geschickt, in der er mich bittet, die nötige Unterschrift zu leisten, um ihn zum alleinigen Mieter unserer Wohnung zu machen. Ich kann unmöglich bei ihm auftauchen.

Ich bin froh, dass der Fahrer kein besonders gesprächiger Typ ist. Er fährt schweigend durch den gemächlich dahinfließenden Verkehr Hamburgs, fädelt sich in die richtigen

Spuren ein, um die Strecke zügig zu bewältigen, und erreicht schließlich von hinten die Juliusstraße, um den Hauptverkehr im Schulterblatt zu umgehen. Er bleibt mitten auf der Straße stehen und fordert seine Bezahlung. Ich gebe ihm zwanzig Euro, schultere meine Tasche und drücke den Klingelkopf unter Kathis verwaschenem Namensschild. Auch wenn man es kaum noch erkennen kann, steht darauf Katthikatz. Wir haben das Schild gemeinsam beschrieben, als Kathi sich gerade in ihrer Hello-Kitty-Phase befand. Die rosafarbenen Aufkleber sind noch verblichener als die Schrift. Es wundert mich, dass ihre Post relativ zuverlässig ankommt, ohne dass je ein Nachname auf dem Schild oder dem dazugehörigen Briefkasten stand.

Es dauert lange, zu lange, bis Kathis Stimme über die Gegensprechanlage schnarrt. Normalerweise öffnet sie jedem, der bei ihr klingelt, über den Türsummer, ohne vorher zu fragen, wer unten steht.

»Moin, was gibt's?« Sie klingt gequält, aber das kann auch von der quäkend schlechten Übertragung des Lautsprechers kommen.

»Ich bin's.« Eine Weile herrscht absolute Stille. Zumindest zwischen uns. Hinter mir tobt das pulsierende Leben der Sternschanze. Ich bin versucht, noch mal zu klingeln, nur damit Kathi mich endlich hereinlässt, aber bevor ich das tun kann, geht der Summer. Erleichterung durchströmt mich und lässt mich zusammen mit meiner neugewonnenen Fitness die vier Stockwerke bis zu ihrer Altbauwohnung samt Koffer hinaufsausen. Sie verpufft, als ich Kathi in der Tür stehen sehe. Ihr Körper ist in den winzigen Spalt gequetscht, den sie die Tür geöffnet hat, und ich sehe die Abwehr in ihrer Haltung.

»Hi.« Ich zucke mit den Schultern und wünsche mir nichts mehr, als dass sie die blöde Tür loslässt und mir wie eine Naturgewalt um den Hals fällt.

»Hi.« Es ist ein statisches Hi, das sie kalt über die Lippen quetscht. Ich sehe mich um und hoffe, dass sie meinen Blick richtig versteht und mich in die Wohnung bittet. Ihre Abwehrhaltung bleibt jedoch bestehen. Ein untrüglicher Beweis, dass sie wirklich sauer ist. Wir müssen darüber reden, es aus der Welt schaffen, aber ich würde die Sache ungern mitten im Hausflur klären.

»Kann ich reinkommen?«

Sie wirft einen Blick über die Schulter, bevor sie den Kopf schüttelt.

»Warum nicht?« Ich klinge nicht nur weinerlich. Tränen rinnen über meine Wangen. Ich fühle mich schwach und klein.

»Was erwartest du, Jiara?« Ich kann sehen, dass ihr Widerstand bröckelt, als sie sieht, wie sehr mich ihre Ablehnung trifft. Es bringt mich dazu, gleich noch stärker zu weinen. Denn das kurze Aufblitzen von Wärme in ihrem Blick erinnert mich daran, dass Kathi immer für mich da war. Uns hat so viel verbunden. Ob davon überhaupt noch etwas da ist, nachdem ich mich drei Wochen nicht gemeldet, ihren besten Freund in die Wüste geschickt und sie wegen der Gründe dafür angelogen habe, weiß ich nicht. Ich wünsche uns zurück unter den Rhododendronbusch im Garten meiner Eltern, als nur der Streit über das passende Outfit unserer Puppen zwischen uns stand. Jetzt nehmen Milo und Jonas so viel Raum ein, dass ich es nicht schaffe, die Distanz zu überbrücken.

»Jonas ist genauso lange mein Freund wie du, und du hast ihn echt verarscht. Ehrlich gesagt, fühlt nicht nur er sich hintergangen.«

»Das wollte ich nie«, beeile ich mich zu sagen.

»Du hast mir gesagt, dass Milo weg ist. Dass er nicht der Grund für die Trennung war.«

Ich habe sie belogen, und das wird sie mir nicht verzeihen.

»Wieso bist du überhaupt hier? Was ist denn mit deinem Mr Perfect?« Sie sieht mich herausfordernd an und reckt in dieser typischen Kathi-Manier das Kinn vor.

Früher hat sie mich mit dieser Mimik vor streitlustigen Menschen oder meiner Mutter verteidigt, was in etwa dasselbe ist. Jetzt hält sie mich mit diesem Blick auf Abstand, und ich kenne sie gut genug, um zu wissen, dass ich verloren habe.

»Er ist in Italien geblieben«, murmle ich und senke den Blick.

»Also doch nicht die große Liebe?« Es müsste verächtlich klingen, aber das tut es nicht. Kathis Stimme zittert ebenso wie meine, aber ihr Gesicht bleibt unbewegt.

»Ich musste mich entscheiden«, sagt sie und zuckt mit den Schultern.

Es ist nicht verwunderlich, dass sie sich auf Jonas' Seite gestellt hat. Sie kennt uns beide gleich lang und ist mit ihm fast ebenso eng befreundet wie mit mir. Und im Gegensatz zu mir hat er sie nicht vor den Kopf gestoßen und sich absolut daneben benommen. Jonas war nie etwas anderes als ein wundervoller Mensch, der mich bis in alle Ewigkeiten geliebt hätte. Ich habe das alles weggeschmissen, um mit einem Mann zusammen zu sein, der nur daran interessiert war, mich ins Bett zu kriegen, und mich dann fallengelassen hat. Ein tiefes Schluchzen sitzt in meiner Kehle. Ich will es nicht hinauslassen, aber es zerreißt mein Innerstes. Ich beiße mir auf die Wange und wende mich ab.

»Hey!« Kathis Stimme hält mich zurück. Sie hat ihren Platz an der Tür aufgegeben, als wüsste sie, dass nichts mehr übrig ist, was sie verteidigen müsste. Sie lächelt schief. »Es tut mir leid, aber du hast Scheiße gebaut, und ich habe mich um Jonas gekümmert, als du abgehauen bist und wochenlang nichts hast von dir hören lassen. Ich kann ihm jetzt nicht in den Rücken fallen.«

Ich versuche, tapfer zu nicken, aber es gelingt mir nicht.

»Wo wirst du jetzt unterkommen?«

Das ist eine verdammt gute Frage. Es gibt nur eine vernünftige Antwort darauf, die mich nahe an den nächsten Zusammenbruch bringt.

»Ich werde erst mal zu meinen Eltern gehen.« Für einen Moment keimt Hoffnung in mir auf, dass diese Aussicht Kathis Entscheidung aufweichen könnte, aber im nächsten Moment zerbricht sie sie.

»Das ist sicher vernünftig.«

Ich würde es eher als lebensmüde bezeichnen. Die Beziehung zu meinen Eltern war noch nie einfach. Sie erwarten einfach etwas vollkommen anderes vom Leben als ich, und dass Ma ständig versucht, meinen Weg zu organisieren, als wäre ich ihr Eigentum, macht es nicht einfacher. Ich kann mir nur vorstellen, was mich erwartet, wenn sie von der Trennung erfährt.

»Deine Mutter wird dir den Kopf abreißen.«

»Sie weiß es?« Ich sehe Kathi mit großen Augen an. Irgendwie hatte ich gehofft, dass ich noch ein wenig Schonfrist hätte. »Wieso hast du es ihr erzählt?«, bringe ich verzweifelt hervor.

»Du kennst deine Mutter«, meint Kathi. »Sie hat es irgendwie aus mir rausgequetscht. Ich schwöre, ich weiß nicht, wie das passieren konnte.« Sie legt drei Finger aufs Herz und lutscht vorher den Daumen ab – ein Stück Kathi von früher. »Wahrscheinlich hat sie irgendwelchen schwarzen Zauber angewendet.«

So ist meine Mutter. Gegen sie ist die spanische Inquisition ein Sonntagsspaziergang. Ich bemühe mich, Kathi keine Vorwürfe zu machen. Wenn ich auf irgendwen sauer sein sollte, dann auf mich. Vielleicht ist es gar nicht mal schlecht, dass meine Mutter bereits Zeit hatte, die Tatsache sackenzulassen, dass ich begonnen habe, eigene Entscheidungen zu treffen. Wie erwartet, habe ich dabei alles zerstört, aber mit Glück hat sie die Phase der Wut schon überwunden und mich trifft nur ihre naturgewaltähnliche

Planungswut, um meinen Fehler auszubügeln. Sie wird mit allen Mitteln versuchen, mein Leben wieder geradezubiegen. Dabei fühlt es sich nicht so an, als hätte Milo irgendetwas in mir heil gelassen, das man noch geraderücken könnte.

Ich greife nach meinem Koffer und schleife ihn neben mir her die Treppe hinunter. Bis zuletzt hoffe ich, dass Kathi mir nachläuft und mich in die Arme schließt. Stattdessen trete ich hinaus in den Nieselregen und rufe über die App meines Handys ein Taxi, das mich zurück zu meinen Eltern bringt. Mit jedem Meter, den mich der Wagen meinem Elternhaus näher bringt, spüre ich überdeutlich, dass ich wieder zu Hause bin. Ein Ort, an dem ich die Person bin, der man sagen muss, wie sie ihr Leben zu gestalten hat, damit es nicht in einem Desaster endet. Ich bin wieder die alte Jiara. Auch wenn ich keine Ahnung habe, wer dieser Mensch ist.

Schon wieder beginne ich zu weinen. Lautlos in meinen Ärmel, damit der Taxifahrer es nicht bemerkt. Ich hätte Kathi so gern von Milo erzählt. Von den Gefühlen, für die ich nicht einmal ein Wort finden kann und die er trotzdem in mir ausgelöst hat. Er tut es noch immer. Selbst mit mehr als tausend Kilometern, die zwischen uns liegen. Nach allem, was er getan hat. Immer wenn ich ihn angesehen habe, hat es sich angefühlt wie Brausepulver auf der Zunge, knisternd, prickelnd, verboten perfekt. Ich wünschte, ich könnte ihr erzählen, wie er mir den Atem geraubt hat, fast so als würde er ein Vakuum um uns schaffen. Ich möchte ihr sagen, dass er bei jeder Berührung die Zellen meines Körpers zum

Vibrieren gebracht hat. Ich würde ihr das alles gern erzählen, damit jemand versteht, wie es sich anfühlt, das alles verloren zu haben. Stattdessen habe ich neben ihm auch noch meine beste Freundin, Jonas und meine Selbstbestimmtheit verloren. Ich werde bei meinen Eltern leben. In meinem Kinderzimmer.

Mein Leben ist im wahrsten Sinne des Wortes am Ende.

Milo

Ich stehe vor einem winzigen Club in Lucca. Mir ist kalt. Die Abendluft trocknet den Schweiß des Auftritts auf meiner Haut. Ich sollte reingehen, bevor ich mir den Tod hole. Das Letzte, was ich jetzt brauche, ist eine Erkältung, die mir die Stimme ruiniert.

Stattdessen stehe ich seit über einer Stunde vor dem roten Münztelefon und starre auf den Torre Guinigi. Die fünf Steineichen auf dem Dach des antiken Turms werden von Strahlern erleuchtet und machen es mir leicht, mich auf den Anblick anstatt auf den bevorstehenden Anruf zu konzentrieren. Ich schließe die Augen. Ich sollte es endlich hinter mich bringen. Ich gebe mir einen Ruck und wähle.

»Pronto?« Es ist Nina, die rangeht. Im Hintergrund höre ich die vertrauten Geräusche der Trattoria. Besteck- und Geschirrgeklapper, Gelächter und Stimmengewirr mischen sich mit dem Geknatter von Vespas und dem aufdringlichen Hupen eines vorbeifahrenden Wagens.

»Pronto, Trattoria nel Blu«, widerholt sie geduldig. Dem Geräuschpegel nach zu urteilen, ist es voll in der Trattoria, und sie vergeudet ihre Zeit mit einem Anrufer, der nichts sagt, ohne aus der Haut zu fahren. Ich bin dieser kleinen, zierlichen Person unendlich dankbar, dass sie meinem besten Freund zur Seite steht. Jiara ist sicher wieder in Hamburg bei Jonas und ihrem Studium, und ich werde ebenfalls so schnell nicht zurückkehren. Er wird Nina brauchen, und sie wird für ihn da sein.

»Ist jemand dran?« Ninas Stimme klingt verzerrt. Ich höre, wie sie nebenher Gläser befüllt, und nehme an, dass sie das Telefon zwischen Schulter und Kinn geklemmt hat.

»Ich bin es, Milo.«

»Milo.« Mehr sagt sie nicht. Ich höre keine Überraschung heraus, keine Wertung. Trotzdem entsteht eine kleine Pause, bevor sie weiterspricht. »Ich bringe Dario das Telefon. Ich nehme an, dass du ihn sprechen willst.«

Die Hintergrundgeräusche werden leiser, als sie vom Gastraum in die Küche läuft. »Er steckt irgendwo zwischen Ofen und Herd. Moment.« Sie hält den Hörer zu. Nur gedämpft kann ich die Stimmen der beiden ausmachen, dann raschelt es, und Darios tiefe Stimme dröhnt in mein Ohr.

»Milo?«

Wieso würde ich lieber weglaufen, als mit meinem besten Freund zu reden? Ich seufze: »Ja, ich bin es.«

»Ich sollte dir den Hals umdrehen oder dir alternativ etwas brechen und dich dann im Hafenbecken versenken.« Nur Dario kann eine Drohung so liebevoll rüberbringen. Ich bin ihm so viel wert, dass er sich selbst nach dieser Sache noch immer mit mir abgibt.

»Solltest du«, stimme ich zu.

»Leider sind meine Mafiosi-Qualitäten nicht allzu ausgeprägt.« Er lacht leise. »Du hast richtig Scheiße gebaut.«

»Ich weiß.« Das ist schlimmer, als einen Porsche zu zerlegen oder Schulden bei einem windigen Barbetreiber zu haben. Ich sollte sagen, weswegen ich angerufen habe. »Mir ist klar, dass sie dir viel bedeutet, und ich weiß, dass ich es verbockt habe.« Ich kratze mir den Kopf und sehe wieder zu den Eichen hinauf, die sich hell erleuchtet gegen den Nachthimmel abzeichnen.

»Gut.« Er wartet darauf, dass ich die folgende Pause fülle, und ich bin es ihm schuldig.

»Es tut mir leid.« Das tut es wirklich, obwohl ich weiß, dass Dario nicht der Einzige ist, bei dem ich mich entschuldigen sollte. »Ich bin einfach durchgedreht. Meine Familie, Pa und Tiziano, die Firma.« Jiara. Ich kann ihren Namen nicht aussprechen. »Es war zu viel, zu eng. Ich hatte das Gefühl, keine Luft zu kriegen.«

»Sie denkt, dass du nicht mehr als den Sex mit ihr wolltest, und als du das bekommen hattest, hast du sie abgeschoben.«

Sie hat so einen Schwachsinn schon am Flughafen angedeutet. Ich verstehe nicht, wie sie so etwas denken kann. Sie muss doch gefühlt haben, dass da mehr war. So viel mehr, dass es mir eine Scheißangst eingejagt hat. »So war es nicht.«

»Ich weiß das.« Er seufzt. »Milo, ernsthaft. Du bist nicht dumm, aber wenn es um Sachen geht, die dir etwas bedeuten, bist du echt auf den Kopf gefallen. Rede mit ihr.«

»Was sollte das bringen? Es hat sich nichts verändert. Ich bin noch derselbe Idiot wie damals, und sie ist wieder mit Jonas zusammen.«

»Du meinst das ernst, oder?« Ich kann förmlich sehen, wie er sich an die Edelstahlplatte lehnt und den Kopf schüttelt. »Vor ein paar Wochen hätten wir dieses Gespräch hier niemals geführt, und du glaubst wirklich, es hätte sich nichts verändert. Warum kannst du alter Idiot nicht einfach zugeben, dass du dich in sie verliebt hast?«

Er scheint keine Antwort zu erwarten. Vielleicht weil er sie bereits besser kennt als ich.

»Wo bist du jetzt?«, fragt er dann.

»Nicht mehr in Palermo.« Seit fünf Tagen nicht mehr, und es fühlt sich gleichermaßen befreiend und beklemmend an.

»Das habe ich mir gedacht.«

»In Lucca. Ich spiele hier. Die Schlüssel für deinen Wagen hast du gefunden?«

»Ja. Danke, dass du noch mal vollgetankt hast. Das war nicht nötig. Du hättest stattdessen lieber reinkommen sollen. Den Schlüssel in den Briefkasten zu werfen war wirklich kindisch.«

Ich hätte so vieles anders machen können und sollen. Ich könnte ihm zum Beispiel erklären, warum ich zwei Stunden vor dem Haus stand und es am Ende nicht gewagt habe zu klingeln. »Die Altstadt von Lucca ist der Hammer.« Ich blinzle zu den Bäumen hoch.

»Wann kommst du wieder nach Finale?«

Ich zucke mit den Schultern, obwohl ich weiß, dass er das nicht sehen kann. Mir ist verdammt nochmal zum Heulen zumute.

Ich atme tief durch und murmle: »Ich brauche etwas Zeit, um mich zu sortieren. Außerdem hoffe ich, dass du mir verziehen hast, bis ich mich wieder bei dir blicken lasse. Das Hafenbecken ist verdammt dreckig. Ich lege es nicht gerade darauf an, darin versenkt zu werden.«

»Ich werde nicht lügen.« Dario macht eine kurze Pause, und ich höre, wie er mit Pfannen hantiert, während er weiterspricht. »Ich bin stinkwütend auf dich, wegen der Sache mit Jiara, aber ich liebe euch beide, auch wenn mir bei dir derzeit nicht einfallen will, wieso.« Er lacht leise. »Es gibt also nichts zu verzeihen. Komm her, sobald du mit Sortieren fertig bist.«

»Ich versuche es.« Der Zähler beginnt zu blinken. »Da, das Geld ist gleich alle, und ich habe keine Münzen mehr.«

»In Ordnung, pass auf d…« Den Rest des Satzes schluckt der Apparat, als er das Gespräch abrupt beendet.

Ich lege mich auf die Natursteinmauer neben dem Münztelefon und sehe in den Himmel. Die Nacht ist tiefschwarz. Normalerweise ist der Himmel über dem Meer zu dieser Jahreszeit von Sternen übersät, aber heute verdecken Wolken diesen grandiosen Blick. Ich drehe meinen Kopf und schlafe wenig später mit dem Bild der fünf Steineichen vor Augen ein. Sie sind ein Zeichen der Wiedergeburt. Eine Hoffnung für Pilger auf einen Neuanfang.

Jiara

Ich stehe vor der Haustür meiner Eltern. Dahinter bekommt Käthe, unser Jack Russel-Terrier, gerade einen hysterischen Anfall und überschlägt sich fast bei dem Versuch, mir auf einen Meter fünfzig Höhe durch die Glasscheibe entgegenzufliegen. Der Hund hat eindeutig psychische Probleme. In der Einfahrt steht der alte Volvo meines Vaters. Der mintgrüne New Beetle meiner Mutter ist nicht da. Vielleicht ist sie auf einem Geschäftstreffen. Nachdem ich ausgezogen war und mein Bruder Basti sich standhaft weigerte, sein Leben Mamas Planungswahn zu unterwerfen, hat sie ihr Talent in produktivere Bahnen gelenkt und eine eigene Firma gegründet. Sie kümmert sich um die Ausrichtung von großen Feierlichkeiten. Eine Arbeit, bei der sie nach Herzenslust Leute herumkommandieren darf, ohne dass die armen Tröpfe etwas dagegen unternehmen können.

Ich liebe meine Mutter, aber sie ist zu viel von allem. Ihre Energie, Planungswut und Lautstärke sind schon aufgeteilt auf drei Personen schwer zu ertragen, gebündelt in einer Person ist es hingegen nicht auszuhalten. In ihrer

Nähe habe ich ständig das Bedürfnis, mir die Ohren zuzuhalten.

Käthe wird hochgenommen. Es sind die Arme meines Vaters, die den hyperventilierenden Hund ruhigstellen.

»Jiara, meine Süße.« Er drückt mich eng an sich. Eine warme, pure Geste. Hinter ihm taucht Mama auf. Ich hatte wirklich gehofft, dass ich ihr nicht so bald unter die Augen treten müsste.

»Wir hatten schon vor zwei Tagen mit dir gerechnet.« Sie mustert mich prüfend. »Was machst du nur für Sachen.« Sie berührt mein Kinn und wischt etwas verlaufene Wimperntusche unter meinem Auge fort, bevor sie mich in den Arm nimmt.

»Wir bekommen das schon wieder hin. Es wird alles wieder gut«, sagt sie in ihrem typischen resoluten Tonfall.

Ich glaube ihr. Meine Mutter bekommt alles wieder hin. Sie ist der Typ, der selbst die Naturgesetze aufhebt, wenn es nützlich für ihren Plan ist, aber ich bin mir nicht sicher, ob ihre Vorstellung von »gut werden« mit meiner übereinstimmt. Fürs Erste begnüge ich mich damit, einfach ihre kleine Jiara zu sein. Ich liege in ihren Armen und weine. Ich bin zu Hause, und egal wie sehr ich es sonst hasse, dass Mama mir immer das Gefühl gibt, ein unselbständiges Kind zu sein, im Moment ist es genau das Richtige. Ich genieße es, all die Gedanken abzustellen und mich einfach nur trösten zu lassen.

Ein lautes Poltern weckt mich. Es wird von einem aufdringlichen Brummen begleitet. Blinzelnd öffne ich die Augen und blicke auf meine rosa Kinderzimmertapete. Eine der Wände ist mit Fotos aus meiner Schulzeit beklebt. Dazwischen hängen bunte Schleifen, die an meine wenig rühmlichen Versuche als Turnierreiterin erinnern.

Unglaublich. Ich bin vierundzwanzig und liege inmitten meiner quietschpinken Prinzessinnenbettwäsche in meinem Kinderzimmer. Zuletzt hat meine kleine Cousine Amelie bei ihren Besuchen hier geschlafen, und die ist gerade fünf Jahre alt geworden. Stöhnend drehe ich mich auf den Rücken und versuche, den Staubsauger auszublenden, der rücksichtslos gegen meine Zimmertür stößt. Als wäre das nicht schon schlimm genug, klopft Mama in diesem Moment. Ich komme mir vor wie damals mit sechzehn. Oder noch besser, als wäre ich wie Amelie, fünf Jahre alt, und meine Mutter müsste mich wecken, um mich rechtzeitig für den Kindergarten anzuziehen.

»Aufstehen, Jiara.« Eine Wolke aus Parfum und ekelhaft überschäumendem Tatendrang drängt sich in mein Zimmer.

Ich frage mich ernsthaft, warum ich das tun sollte. Ohne meine Reaktion abzuwarten, öffnet meine Mutter das Rollo und stellt das Fenster auf Kipp. Ich hätte Lust, den fröhlich piepsenden Vögeln im Busch vor dem Haus den Hals umzudrehen.

»Mama!« Ich drehe mich genervt auf den Bauch und ziehe mir das Kissen über den Kopf. Ich finde, das sollte ausreichen, um sie zu verscheuchen, aber anstatt zu gehen, setzt sie sich auf mein Bett.

»Es ist schon fast elf Uhr.«

Es ist mir egal, wie spät es ist. Mir ist alles egal. Na ja, vielleicht nicht alles. Ich mag es zum Beispiel, wie Mama mir über den Rücken streicht, aber gleichzeitig hasse ich es, wie sehr mich allein diese Berührung zu einem Kind macht. Ich drehe mich brüsk zu ihr und starre sie so feindselig an, wie ich kann.

»Warum zum Henker musst du so tun, als gäbe es einen Grund für mich aufzustehen?« Ich bin sauer. Eigentlich auf mich, aber es ist einfacher, ihr die Worte ins Gesicht zu schleudern.

Sie zieht sich zurück und ordnet ihre Bluse. Ich kenne niemanden, der aussieht wie ein Vorstandsmitglied und so seinen Haushalt erledigt. Doch. Milos Mutter ist in dieser Beziehung genauso wie sie. Schnaubend ziehe ich die Decke über den Kopf. Warum muss jeder Gedanke bei Milo enden?

»Kannst du mich nicht einfach in Ruhe lassen?«

»Nein, kann ich nicht. Und zwar weil ich der Meinung bin, dass du dich zusammenreißen solltest. Dieser Italiener war ein Ausrutscher, mehr nicht.« Ma klopft mir auf den Unterschenkel und steht auf. »Wenn du noch etwas essen willst, mach dich fertig. Die Küche schließt gleich. Ich muss noch arbeiten.«

Ich kann den subtil darin verpackten Vorwurf hören, dass ich lieber in Selbstmitleid versinke, als so fleißig zu sein wie sie. Bevor sie das Zimmer verlässt, ordnet sie den Nippes aus Italien, den ich gestern auf die Kommode geschmissen habe. Am liebsten würde ich laut schreien, aber ich bleibe stumm. Ich warte, bis sie das Zimmer verlassen hat. So fühlt es sich etwas weniger danach an, als würde ich ihr widerstandslos gehorchen. Am Ende tue ich jedoch genau das, was sie verlangt hat.

Ich fühle mich wie eine leere Hülle, als ich meine Haare bürste und zu einem ordentlichen Pferdeschwanz am Hinterkopf zusammenbinde. Es wäre weniger unheimlich, wenn ich weinen könnte. Stattdessen mache ich mein Bett, überprüfe noch einmal mein Spiegelbild und verlasse dann das Zimmer. Die Ansage war klar und deutlich. Ich kenne meine Mutter – wenn ich jetzt nicht esse, werde ich nichts mehr bekommen. Und da mein Magen gerade denkbar untheatralisch knurrt, beuge ich mich der Forderung. Als ich aus dem Obergeschoss nach unten laufe, stoße ich auf der untersten Treppenstufe um ein Haar mit Jonas zusammen. *Jonas!?*

»Das war knapp.« Er lächelt angestrengt und berührt mich leicht am Arm. Eine befangene Geste, die zeigt, dass er keine Ahnung hat, wie er mich begrüßen soll.

Ich weiß es selbst nicht. Ich sehe von ihm zu meiner Mutter, die in der Küche an der Spüle steht. So langsam wird mir klar, wieso ich so dringend aufstehen sollte.

»Sie hat dich angerufen?« Ich klinge schärfer als beabsichtigt. »Ich bin noch nicht einmal vierundzwanzig Stunden hier, und schon hat sie mein Leben übernommen. Ich fass es nicht!« Ich hoffe, sie kann meine Wut hören.

»Sie macht sich Sorgen um dich.« Jonas senkt den Blick. »*Ich* mache mir Sorgen um dich. Aber ich möchte nicht, dass ihr wegen mir Streit habt. Wenn du nicht willst, dass ich hier bin, gehe ich wieder.«

Ich wünschte, dass er gar nicht erst gekommen wäre. Noch während sich dieser Satz in meinen Gedanken formt, weiß ich, dass es gelogen ist. Es fühlt sich seltsam tröstlich an, dass er da ist. Ich schüttle den Kopf und versuche, meine Abwehr in ihre Schranken zu weisen.

»Sie sagte, dass du dich mit Kathi gestritten hast. Das habe ich nie gewollt.«

Das war kein Streit. Das war so viel schlimmer als ein einfacher Streit. Ich kämpfe gegen die Tränen an, und Jonas sieht es. Er weiß, was in mir vorgeht, und er streicht mir eine Haarsträhne aus dem Gesicht. Einfach so. Wie er es immer getan hat. Er ist wegen mir hier. Nicht weil meine Mutter ihn darum gebeten hat, sondern weil er für mich da sein will. Selbst jetzt noch. Nach allem, was ich ihm angetan habe. Seine Finger auf meiner Haut fühlen sich vertraut an. Sein Geruch erinnert mich an unser Leben, an unsere Wohnung, an uns.

»Willst du darüber reden?«, fragt er leise.

Bevor ich richtig darüber nachgedacht habe, nicke ich. Nur nicht hier. »Können wir vielleicht verschwinden?« Ich nicke zur Küche hinüber, in der meine Mutter rumort. »Sie bringt mich um den Verstand.«

Er lächelt. »Zu uns nach Hause?« Verunsichert stößt er die Luft aus, als ihm auffällt, dass er ihn und mich in einem uns zusammengefasst hat. »In die Wohnung?«, quetscht er zerknirscht hinterher.

Ich nicke wieder, und dann folge ich ihm nach draußen zu seinem Wagen. Das fühlt sich so verdammt vertraut, so richtig an. Nicht, weil meine Mutter es so möchte, sondern weil er mir das Gefühl gibt, nicht mehr ganz so zerbrochen zu sein.

Drei Zimmer, Altbau, Stäbchenparkett und ein unglaublicher Blick auf die Rote Flora. Ich habe diese Wohnung geliebt. Ich habe die Bilder geliebt, die Einrichtung, die Vorstellung von mir und Jonas, wie wir in diesen Wänden eine Familie gründen. Jetzt stehe ich mitten in dem großen Wohnzimmer und starre auf den Staub, der im einfallenden Licht tanzt. Ich habe das Gefühl, nicht richtig atmen zu können. Hastig stolpere ich zum Fenster und reiße es auf. Warme Sommerluft strömt ins Innere der Wohnung und trägt den Lärm von Fahrrädern, Menschen und der regen Betriebsamkeit der umliegenden Cafés ins Zimmer. Kathis Wohnung liegt nur zwei Häuserblocks entfernt. Sie hat sich nicht bei mir gemeldet. Ich fühle mich plötzlich unendlich einsam. Schon wieder könnte ich heulen.

»Wollen wir uns setzen?«, fragt Jonas vorsichtig.

Ein Lächeln huscht über mein Gesicht. Ich bin nicht allein. Jonas ist da. Seufzend lasse ich mich neben ihn auf das Sofa plumpsen. Der Stoff des Ikea-Überzugs liegt rau unter meinen Handflächen und erinnert mich an den Tag, als wir die Einrichtung für unsere erste, gemeinsame Wohnung gekauft haben. Wir sind in einen richtigen Kaufrausch verfallen, nur um am Ende festzustellen, dass wir die Einkäufe niemals in Jonas' Golf bekommen würden. Wir saßen geschlagene drei Stunden in einem riesigen Haufen Einkäufe auf dem Parkplatz, tranken Rhababerschorle und hörten Musik, bis mein Vater uns schließlich mit einem extra angemieteten Lieferwagen rettete.

Ich umklammere eines der farbenfrohen Kissen, die auf dem Sofa liegen. Gegenüber stehen zwei Kommoden. Ich mag die schwedische Schlichtheit, die trotzdem warm und gemütlich ist. Für Jonas war die Wohnung immer nur eine Zwischenstation. Der einzige Grund, warum er schwedischer Massenware als Einrichtung zugestimmt hat. Über den Kommoden hängen mehrere alte, farbig lasierte Fotorahmen mit bunten Sprüchekarten darin. *Ich habe meine Schlüssel in meiner Handtasche verloren* oder *Das sind keine Macken, das sind Special Effects.* Ich starre auf die Karten und weiß nicht, was ich sagen soll. Jonas ist neben mir zusammengesunken wie ein Haufen nasser Kleidung. Es ist, als hätte er sich die ganze Zeit zusammengerissen. Die Nähe zu mir, hier in unserer Wohnung, hat seiner Selbstbeherrschung jedoch gewaltige Risse beschert. Trotzdem bemüht er sich, mir ein Lächeln zu schenken.

»Wie geht es dir?«, macht er den Anfang.

Mir fällt keine Antwort ein. Alles, was ich sagen könnte, tut weh. Also sage ich gar nichts. Die Stille ist drückend, und ich hasse mich dafür, dass ich an das Schweigen mit Milo denken muss, das nie unangenehm war. Es war leicht mit ihm. Alles mit ihm war so einfach. Aber es reicht, an den Moment auf dem Parkplatz des Flughafens zu denken, um mich selber Lügen zu strafen.

»Es ist schön, dich zu sehen.« Meine Stimme ist brüchig, und Jonas hört Milo in dem Schmerz darin. Ich sehe, wie sehr es ihn verletzt.

»Ich vermisse Kathi.« Über sie zu reden tut nur mir weh, das erscheint mir gerade richtiger.

»Sie redet nicht mit dir?« Er rappelt sich etwas aus seiner zusammengesunkenen Haltung hoch. »Deine Mutter sagte, sie hätte dich nicht einmal in die Wohnung gelassen?«

»Sie ist megasauer.« Und ich bin selbst schuld daran, weil ich alles kaputt gemacht habe. Wie kann Jonas ausblenden, was ich getan habe? Und wieso kann Kathi es nicht? »Ich wünschte, sie würde mit mir reden.« Ich wünschte, ich könnte ihr sagen, wie sehr sie mir fehlt und wie leid es mir tut. Er geht nicht darauf ein, aber ich kann sehen, dass es Jonas leid tut.

»Bleibst du erst einmal bei deinen Eltern?«

Mir fehlen das Geld und vor allem die Kraft, um mir etwas Eigenes zu suchen, also nicke ich. »Vorerst schon.« Ich pule am Reißverschluss des Kissens herum und vermeide es, ihn anzusehen.

»Meine Mutter hat mir angeboten, dieses Semester in ihrer Firma zu arbeiten.« Ich blinzle die Tränen weg. »Ich konnte mich irgendwie nicht aufraffen, in die Uni zu gehen.«

Genau genommen fühle ich mich nicht in der Lage, irgendwo hinzugehen. Wahrscheinlich wäre es das Beste, wenn ich für immer in meinem Zimmer auf dem Bett liegen bliebe. Das Zimmer, das mich beständig daran erinnert, dass ich auf ganzer Linie gescheitert bin. Ich beiße mir auf die Zunge und trete mir in Gedanken in den Hintern. Ich werde nicht vor Jonas in Tränen ausbrechen.

Auf dem Glastisch hat jemand Fingerabdrücke hinterlassen. Ich konzentriere mich mit voller Inbrunst darauf, sie wegzureiben, und verschmiere die Flecken dabei nur, anstatt sie zu entfernen. Die Stille zwischen uns ist so drückend, dass ich froh über die Geräusche bin, die durch das geöffnete Fenster dringen. Ich überlege, ob es besser wäre, einfach aufzustehen und zu gehen, aber irgendetwas hält mich fest. Vielleicht ist es Jonas' Blick oder doch nur meine Schuldgefühle und der Wunsch, es ihm erklären zu wollen.

»Gibt es ihn noch?«

Jonas' Frage erwischt mich eiskalt. Benommen schüttle ich den Kopf, springe auf und fahre mir über die Arme, als wäre mir kalt. Dabei ist es stickig heiß, und das offene Fenster lässt immer mehr feuchtwarme Luft in den Raum. Ich trete an die Fensterbank und schaue auf die Menschen, die sich auf der Straße tummeln. Nein, es gibt Milo nicht mehr.

»Warum wohnst du dann nicht wieder hier?« Er sagt das, als wäre das die einzig natürliche Konsequenz.

Ich drehe mich um und blicke ihn entgeistert an.

»Bleib«, fordert er sanft.

Das kann er unmöglich ernst meinen. Nicht nach allem, was passiert ist. Er fixiert mich mit seinen sanften Augen, in denen ich die Liebe unserer ganzen gemeinsamen Jahre sehe.

»Sag so etwas nicht, Jonas.« Er darf so etwas einfach nicht sagen.

»Warum nicht?«

Er steht auf und kommt zu mir ans Fenster. Eine Weile reckt er einfach nur sein Gesicht in die Sonne und schließt die Augen. Sein Hemdkragen ist schief gebügelt. Ich bin die Einzige, die solche Fehler macht und ihm damit einen perfekten Auftritt versaut. Das Hemd muss seit meinem Weggang nach Italien im Schrank gehangen haben. Wie von selbst berühren meine Finger den Kragen und streichen über die Falte, die ich vor so vielen Wochen in Jonas' Leben hinterlassen habe. Ich habe ihn betrogen – für einen Mann, der nie mehr gewollt hat als eine kurze Affäre. Egal, was Milo mir für ein Gefühl gegeben hat, er war nur daran interessiert, meinen Widerstand zu brechen. Jonas zuckt kaum merklich zusammen, und ich lasse meine Hand sinken.

»Ich kann nicht zurückkommen.« Ich beiße die Zähne zusammen. Es ist mir ernst, und trotzdem lasse ich zu, dass Jonas meine Hand in seine nimmt. Eine scheue, zärtliche Geste, wie damals im Apfelgarten, als ich mir mit sieben mein Knie aufgeschlagen habe und er vorsichtig über die aufgeschürfte Haut strich. Jonas hat mich schon immer geliebt. Das ist eine unumstößliche, tröstende Gewissheit.

»Wer sagt, dass du zurück sollst?« Plötzlich sind seine Lippen an meinen Haaren, und seine Hand schiebt sich fest in meine. Diese Gesten verursachen keinen Gefühlstornado, sondern ein weiches, warmes, beständiges Gefühl.

»Wir könnten von hier aus gemeinsam vorwärtsgehen.«

Ich wünschte, das wäre so einfach. Ich dachte, unsere Liebe wäre verloren. Ich hatte damit abgeschlossen, und ein winziger Teil von mir wollte es so. Es hat mir erlaubt, jemand anders zu sein.

»So einfach ist das nicht.« Meine Worte sind so klischeehaft, aber etwas Bessere fällt mir nicht ein.

Jonas weicht zurück, als hätte ich ihn geschlagen, aber genauso schnell fasst er sich wieder. »Wenn du Zeit brauchst, kein Problem. Ich kann warten – solange du nur eine Chance für uns siehst.«

Panik steigt in mir auf. Seine einsichtige, liebevolle Art überfordert mich. Es wäre viel einfacher, wenn er mich angeschrien hätte, wenn er nicht kämpfen würde.

»Wieso willst du das hier?«, frage ich.

»Weil ich dich liebe.« Die Antwort kommt so schnell, als hätte er sie seit Wochen in seinem Mund aufbewahrt, nur um sie jetzt innerhalb von Sekundenbruchteilen auszuspucken.

Ich müsste jetzt dasselbe erwidern, oder? Sagen, dass ich ihn auch liebe. Aber alles, was ich liebe, ist das Gefühl von Sicherheit und Beständigkeit, das er mir gibt. Das weiß ich jetzt. Irgendwann wird es vielleicht wieder mehr sein. Vielleicht kann ich ihn wieder lieben, so wie ganz am Anfang. Ich wünsche es mir wirklich, aber noch blockiert mich die

Wahrheit, die ich ihm nie erzählt habe. Auch wenn er mich dafür hassen wird, er muss alles wissen.

»Du hattest ein Stück weit recht damals. Am Telefon, als du mir vorgeworfen hast, ich würde dich wegen ihm verlassen.« Ich entziehe ihm meine Hand. »Es war mir wirklich wichtig herauszufinden, was ich will, aber es ging trotzdem auch um Milo. Das alles hatte irgendwie mit ihm zu tun.« Weil Milo immer das Zentrum ist, für alles, was ihn umgibt. Man kann nicht in seiner Nähe sein und nichts mit ihm zu tun haben.

»Ich weiß.« Er lächelt mich bedrückt an. »Aber du hast gesagt, dass es ihn nicht mehr in deinem Leben gibt, und das glaube ich dir.«

Ich möchte nichts mehr, als zustimmen und ihm die Gewissheit geben, die ich nicht spüre. Stattdessen bin ich ehrlich. »Das war mehr als ein Urlaubsflirt, Jonas.«

»Ich will das nicht hören.« Seine Stimme klingt tonlos und verletzt.

Aber es ist wichtig. »Wir haben miteinander geschlafen«, fahre ich fort.

»Warum erzählst du mir das?« Ich sehe, wie sein Adamsapfel auf- und abhüpft. Er reißt sich zusammen, aber seine Selbstbeherrschung zerfällt unter der Last meiner Worte. »Du hast doch gesagt, dass es vorbei ist.«

Er spürt instinktiv, dass ich noch weit entfernt davon bin, Milo zu vergessen.

»Ich möchte, dass du alles weißt.«

Er will es noch mal versuchen, und winzige Fragmente

von uns, die noch immer durch mein Innerstes trudeln, wollen es auch. Für ihn. Und für mich.

»Diese Entscheidung kannst du nicht treffen, wenn du nicht alles weißt.« Ich kann nicht fassen, wie gefasst ich mich anhöre.

Was tue ich hier eigentlich, und vor allem, warum? Ich versuche, Kathi auszublenden, die ich so sehr vermisse und die ich vielleicht dadurch zurückgewinnen würde. Ich blende meine Mutter aus, deren erklärtes Ziel genau das ist, was hier gerade passiert. Es darf nicht um die anderen gehen, sondern nur um Jonas und mich. Ich sehe ihn an. Er will mein Rettungsanker sein, und ich brauche einen. So dringend. Mehr als alles andere.

Und da ist noch etwas. Ein warmes, fast verschüttetes Gefühl. Ich weiß, dass es Liebe ist, auch wenn Milo es unter sich begraben hat und ich es nicht mehr sehen konnte. Ich liebe Jonas. Wie einen Bruder, wie einen Freund, ohne den ich nicht leben kann. Anders als ich Milo liebe. Aber diese Art von Liebe hat mich nicht besonders weit gebracht.

»Ich denke noch an ihn. Das kann ich nicht einfach abstellen.« Irgendwann wird er keine Rolle mehr spielen, aber noch liebe ich ihn. Das Gefühl verschwindet nicht einfach, nur weil es zu Ende ist.

Mit einem hörbaren Zischen zieht Jonas den Atem ein und senkt den Blick. Ich möchte das Gespräch beenden, einfach aufhören, an Milo zu denken und Jonas damit zu quälen, aber das ist unmöglich.

»Ich liebe ihn.« Es tut weh, es auszusprechen, aber es gelingt mir, an dem schweren Klumpen in meinem Magen vorbei zu atmen. »Aber dich liebe ich auch.«

Er schließt die Augen, eine gequälte Geste. »Wie kann man bitte zwei Menschen lieben?«

Ich habe es selbst nie für möglich gehalten, aber ich liebe sie beide. Auf vollkommen unterschiedliche Weise. Ich bin mir nicht sicher, was das für Jonas und mich bedeutet, aber so sehen sie aus, die Tatsachen.

»Das weiß ich nicht. Alles, was ich weiß, ist, dass du hier bist. Und ich bin auch hier.« Während Milo abgehauen ist. Jonas würde mich niemals so fallenlassen, wie er es getan hat.

»Die Frage ist, was wäre, wenn er ebenfalls hier wäre?« Jonas klingt plötzlich verschlossen.

Ist er aber nicht. Weil er mich nicht liebt. »Er ist nicht hier.«

Jonas reagiert so, wie ich ihn kenne. Er analysiert die Gegebenheiten und entscheidet dann. Seine Gefühle folgen der Bilanz, die er zieht.

Als er mich zögerlich in den Arm nimmt, bin ich erleichtert. Ich habe ihn so sehr vermisst, auch wenn ich mir das nie eingestehen wollte. Ich bin nicht gut darin, eigene Entscheidungen zu treffen. Dieses Schlamassel wäre nie entstanden, wenn ich Jonas weiter die Entscheidungen für unser gemeinsames Leben hätte fällen lassen. Dann wäre ich nicht nach Italien gegangen. Es ist, als hätte er kommen sehen, was diesen Sommer passieren würde. Obwohl ich seit Jahren die Sommer in Finale verbringe und er nie etwas dagegen hatte, wollte er in diesem Jahr nicht, dass ich gehe. Hätte ich auf ihn gehört, hätte ich mein Herz nicht an jemanden verloren, der es einfach zerbombt hat, und ich hätte nicht alles kaputt gemacht. Er hält diese Dinge von mir ab, wenn ich ihn nur lasse. Ich brauche ihn, wenn ich das hier überleben will. Ich brauche ihn, damit es aufhört weh zu tun.

Jonas hält mich fest, genau wie früher. Es fühlt sich noch immer sicher an, so vertraut, so sehr nach Jonas, dass es mir die Tränen in die Augen treibt. Das erste Mal seit meiner Rückkehr keimt ein winziges bisschen Hoffnung in mir auf. Vielleicht geht mein Leben doch nicht endgültig den Bach runter, nur weil mein Hormon- und Emotionszentrum Amok gelaufen ist.

Milo

Das Haus sieht genauso marode aus wie mein Innerstes. Wie konnte es bitte passieren, dass eine Frau mich dermaßen in meinen Grundfesten erschüttert? Ich vermisse sie, verdammte Scheiße. Jeden einzelnen Tag.

»Gefällt es Ihnen?« Der Makler wieselt durch die Räume und preist jeden Millimeter des Gebäudes, der nicht restaurierungsbedürftig ist, an wie eine hochverzinste Staatsanleihe.

Ich antworte ihm nicht, sondern blende ihn aus. Meine Hände wandern über die alten Balken. Der Grundriss ist vielversprechend, die Lage noch besser. Es wird eine Menge Arbeit und Zeit benötigen, aus diesem Gemäuer einen Club zu formen. In etwa genauso viel Arbeit und Zeit, wie es brauchen wird, mich wieder zu sortieren.

Ich habe das Gefühl, dass dieses Projekt mir meinen Seelenfrieden zurückgeben kann. Ich trete an die Terrassentür, die nur ein gähnendes Loch in naturbelassenem Stein ist. Das Meer liegt glitzernd unterhalb der Felsen, auf denen das Haus steht. Als der Makler mal für ein paar Sekunden die Klappe hält, kann man die Wellen gegen die Felsen schlagen hören und wie sich wenig später glucksend das Wasser aus den Spalten zurückzieht.

»Ich nehme es.« An einem unleserlichen Pokergesicht muss der Kerl noch arbeiten. Man sieht ihm allzu deutlich an, dass er über die Maßen froh ist, das Objekt endlich los zu sein. Ich fahre fort: »Allerdings müssen wir uns noch mal über den Preis unterhalten. Rechnet man den Bodenrichtwert und den Gebäudewert zusammen, rufen Sie einen regionsüblichen Kaufpreis auf. Zieht man aber die Investitionskosten ab, komme ich auf einen deutlich niedrigeren Preis.« Ich nenne ihm eine Summe, die mir etwas Spielraum lässt.

Um ein Haar hätte sich der Fettsack verschluckt. »Damit liegen Sie fast fünfzig Prozent unter dem ursprünglichen Kaufpreis.« Er gestikuliert wild in der Luft herum. »Das geht nicht, Signore Riva.«

Ich bin mir sicher, dass mein Angebot mehr als fair ist. »Im Gegensatz zu Ihren malerischen Beschreibungen ist der Kasten noch nicht einmal bewohnbar.«

Er läuft puterrot an, und seine Stirnader pocht. »Seien Sie doch vernünftig! Die Besitzer werden dem Preis niemals zustimmen.«

»Also soweit ich weiß, versuchen Sie bereits seit drei Jahren, das Haus zu verkaufen. Es ist denkmalgeschützt, weswegen nur eine Restaurierung in Frage kommt, die mich noch einmal mehr kosten wird. Ich bleibe bei meinem Angebot. Halten Sie Rücksprache mit den Eigentümern, und wir werden sehen.« Ich schenke ihm mein breitestes

Lächeln. Es zeigt, dass ich keinen Meter von meinem Angebot abweichen werde.

»Aber Sie kaufen auch die Konzession, hier Gastronomie betreiben zu dürfen. Das kostet.«

Für ein baufälliges Haus ist das bereits ein Vermögen. Es fühlt sich surreal an, mit solchen Summen zu hantieren. Vor vier Wochen habe ich auf einer Mauer übernachtet, weil ich kein Geld für ein Hotel hatte, und heute liegt die Summe für den Kauf der Immobilie, die Restaurierung und das Startkapital für den Club auf einem Konto, das Tiziano auf meinen Namen eingerichtet hat. Mich endlich ganz los zu sein hat ihn eine Stange Geld gekostet. Ich muss grinsen. Dass ich endlich nicht mehr in der Firma mit drinstecke, die Pas und sein Lebenswerk ist, hat uns einander nähergebracht.

Ich versuche es noch einmal: »Hören Sie. Ich bin hier. Ich will das Haus. Aber zu meinen Konditionen: Den Preis kennen Sie, und ich will die Schlüssel noch vor Ende der Woche haben, damit ich sofort mit den Restaurierungsarbeiten beginnen kann.«

Nur so ist der Zeitplan, vor der kommenden Saison mit diesem Mammutprojekt fertig zu werden, überhaupt zu bewältigen. Er sieht mich eine Weile mit seinen flinken Augen an, bevor er seinen Zeigefinger hebt, mir bedeutet, kurz zu warten, und nach draußen verschwindet. Er telefoniert, und das eine ganze Weile, bevor er endlich zurückkehrt. Er sieht aus, als hätte ich ihn gerade zu Boden gerungen, ergreift aber meine Hand und lächelt.

»Sie sind ein verdammt harter Hund, Signore Riva, aber

die Besitzer haben sich schweren Herzens einverstanden erklärt. Auch weil ich ihnen versichert habe, dass Sie dieses Kleinod in Ehren halten werden.« Er schüttelt meine Hand und sagt: »Es freut mich, mit Ihnen Geschäfte zu machen, Signore Riva.«

Ich wusste, dass er sich darauf einlassen würde. Trotzdem soll er es endlich lassen, mich so zu nennen. Ich fühle mich dadurch, als wäre ich mein Vater, und das ist trotz unseres neuerlichen Waffenstillstands nicht gut.

»Ich lasse die Verträge aufsetzen und sorge dafür, dass man Ihnen die Schlüssel Ende der Woche aushändigt.« Er sieht sich um und scheint erleichtert, dass er die offensichtlichen Mängel nicht mehr schönreden muss.

»Sie wollen hier wirklich ein Restaurant eröffnen?«, fragt er. Er kickt gegen einen vermoderten Balken, der sich viel zu bereitwillig in seine Bestandteile auflöst.

Meine Hand liegt auf den kühlen Steinen. Ich schüttle den Kopf. Egal, wie schlecht der Zustand der Immobilie ist, ich kann bereits die Tanzfläche sehen, die Bar, den Gastraum, in dem man essen kann, die Chill-out-Area, die im Lounge-Charakter gehalten sein wird.

»Es wird ein Club mit Livemusik, an den ein Restaurant angeschlossen sein wird«, erkläre ich.

Er sieht sich skeptisch um. Ganz offensichtlich hält er mich für übergeschnappt. »Dann komme ich vielleicht mal bei Ihnen vorbei, sobald Sie eröffnet haben?« Er lacht sein unangenehmes Lachen, das einem auf Dauer die Zuversicht wegfressen kann.

Ich nicke ihm freundlich zu und kann nicht fassen, dass mit einem einfachen Handschlag mein Traum Wirklichkeit wird. Es fühlt sich so unspektakulär an, so alltäglich, dabei müsste es Goldglitter regnen, und Fanfaren sollten erklingen. Ich weiß, in wessen Augen ich diese Dinge sehen würde, wenn sie wüsste, dass ich es geschafft habe.

Aber Jiara weiß es nicht. Sie ist weg, und zurück bleibt ein dumpfes Gefühl, das sich ähnlich anfühlt wie die maroden Wände meines Clubs.

Jiara

Auch wenn ich offiziell noch immer bei Ma und Pa wohne, verbringe ich meine Zeit seit ein paar Wochen fast ausschließlich in Jonas' Wohnung. Vielleicht, weil ich niemanden außer ihm und meinen Eltern habe, und die Letztgenannten treiben mich in den Wahnsinn. Ich kann nicht sagen, was zwischen uns ist. Das Gefühlschaos in meinem Inneren ist verwirrend. Ich weiß nur, dass Jonas mir im Moment guttut. Er lindert den Schmerz. Er ist mein Berg, an den ich mich anlehnen kann, mein Ruhepol, mein doppelter Boden.

Ich höre, wie sich Jonas' Schlüssel im Schloss dreht, und ein Lächeln stielt sich auf mein Gesicht. Das ist er. Wir wollen heute an den See. Dafür hat er sich tatsächlich den Nachmittag freigenommen und legt sich mit mir auf eine Wiese. Zwischen Ameisen und schreiende Kleinkinder, in die Sonne, die seine helle Haut überhaupt nicht verträgt, und ohne Steckdose in der Nähe. Er tut das für mich, und mein Grinsen nimmt bei diesem Gedanken debile Ausmaße an. Es ist fast wie früher, bevor die Arbeit wichtiger wurde als wir beide. Ich sollte mich beeilen, bevor Jonas es sich am Ende doch noch anders überlegt. Naturnahe Freizeitbeschäftigung ist nicht gerade seine Paradedisziplin.

In drei kurzen Sätzen bin ich an der Tür und öffne sie, bevor er es tun kann. »Komm rein, ich bin soweit fertig, muss nur noch eben die Sonnencreme holen.«

Ich lehne in der halbgeöffneten Tür und sehe Jonas an, wie er da steht und so wenig nach Sommerfreizeitspaß aussieht, dass jeder Blinde mit dem Krückstock erkennen würde, wie wenig er mit Badeseen und Wiesenpicknick anfangen kann.

Ich habe Mitleid und sage: »Wir können auch einfach irgendwo was trinken gehen …« Aber er winkt ab und quetscht sich an mir vorbei in die Wohnung.

»Nein, kein Problem. Ich bin gerüstet. Wir werden Spaß haben.« Er klingt in etwa so überzeugend wie ein Politiker in der heißen Phase des Wahlkampfes.

Ich düse ins Badezimmer und angle mir zwischen Unmengen an Probelotionen und Duftproben meine Sonnencreme heraus. Das sind Überbleibsel aus der Zeit, als Kathi den Job bei einer Firma für Meinungsumfragen hatte. Sie hat uns mit den Proben versorgt, anstatt sie den unfreiwillig Freiwilligen anzudrehen. Wahrscheinlich einer der Gründe, warum es jetzt ihr Exjob ist. Das Wort Ex trifft leider nicht nur auf ihren Meinungsumfragejob zu, sondern auch auf uns. Wir sind noch immer Ex-beste-Freundinnen, auch wenn Kathis Abwehr langsam aufweicht. Ich werde nicht aufhören, um sie zu kämpfen.

»Bin gleich so weit.« Ich schmeiße die Creme in die hellblau gestreifte Strandtasche und eile zurück zu Jonas. Er steht mit dem Rücken zu mir an einem der Fenster.

»Ist er das?«, fragt er.

Auf dem Wohnzimmertisch steht mein Laptop, noch immer aufgeklappt, und ich weiß, was darauf zu sehen ist. Die Fotos des letzten Sommers und der Grund für die Kälte in Jonas' Stimme.

Am liebsten würde ich mir in den Hintern treten. Dafür, dass ich überhaupt so bescheuert war, die Fotos, die überwiegend Milo zeigen, abzuspeichern. Und dafür, dass ich nach einer halben Flasche Wein am gestrigen Abend dachte, es wäre eine gute Idee, ausgerechnet diese Bilder aufzurufen und die halbe Nacht anzustarren, während Jonas einen feuchtfröhlichen Abend mit seinen Freunden auf dem Hans-Albers-Platz verbracht hat. Ich hätte sie heute Morgen nicht wieder aufrufen dürfen, sondern sie löschen sollen – oder zumindest den Ordner schließen können, bevor Jonas nach der Übernachtung bei einem Freund nach Hause kommt.

»Tut mir leid. Ich wollte die Fotos sortieren und einige löschen«, beeile ich mich zu sagen.

»Kein Thema.«

Seine zusammengekniffenen Lippen sagen etwas ganz anderes.

»Er sieht gut aus«, bricht es aus ihm heraus.

Eine Tatsache, die sich in Jonas' Stimme anhört wie eine Beleidigung. Hastig laufe ich zum Sofa und klicke auf das nächste Bild, das nicht Milo, sondern Dario und mich vor der Trattoria zeigt.

Jonas starrt nun in Darios blaue Augen, aber sein Blick ist so tödlich, als könnte er Milo noch immer sehen.

»Was soll das, Jiara?«, fragt Jonas verletzt.

»Ich weiß es nicht.« Ich weiß nicht, was mich geritten hat, Milo hierherzubringen, in Jonas' Wohnung, in unser Leben. Jonas bemüht sich so sehr um mich. Ich bemühe mich. Normalerweise.

Er dreht den Laptop ein Stück zu sich und betrachtet Darios Bild, das Strahlen in meinen Augen. Er schließt die Augen, bevor er leise murmelt: »Erinnere mich daran, dass ich nie wieder mit dir dorthin fahre. Da kriegt man ja Komplexe.«

Er nickt knapp zu dem Dario auf dem Bildschirm hinüber, der ebenfalls als Männermodel durchgehen könnte. Dabei mag er Dario, aber gerade scheint für Sympathien kein Platz auf Jonas' Emotionsskala zu sein. Er lässt sich auf das Sofa plumpsen.

Würde ich dich lieben, würde ich kommen, um mit dir an dem Ort zu sein, für den dein Herz schlägt, schießen mir Milos Worte durch den Kopf. Ich schüttele missmutig den Kopf. Milo hat bewusst den Konjunktiv benutzt. Er liebt mich nicht, und auch wenn Jonas nicht mit mir nach Finale will, das mir so viel bedeutet, tut er sonst alles, um mich glücklich zu machen.

»Es bedeutet nichts.« Die Begründung reicht selbst mir nicht. Fieberhaft suche ich nach einer besseren Erklärung.

»Ich wollte sie eigentlich längst gelöscht haben, aber ich habe es vor mir hergeschoben und dann gestern … Ich hatte zu viel getrunken und … es war dumm.« Ich bin kein Mensch für Ausflüchte. Also schweige ich. Minuten der Stille vergehen, und ich kann spüren, wie das Schweigen uns auseinandertreibt.

Ich muss etwas sagen, aber mir fällt nicht mehr als ein »Es tut mir leid« ein, an dem ich mich fast verschlucke.

Jonas erwidert nichts.

Der Laptop und die Bilder, die sich hinter dem winzigen Icon *Sommer Finale* verstecken, stehen noch immer zwischen uns wie eine meterdicke Mauer. Wir wollten einen schönen Tag am See verbringen. Ich war fröhlich. Ich habe mich auf unseren Ausflug gefreut. Jetzt fühle ich mich schwer, traurig und vor allem verantwortlich. Dafür, dass ich Jonas verletzt habe. Dafür, dass ich uns den Tag verdorben habe. Milo soll aus meinem Leben verschwinden. Vielleicht ist es eine sehr gute Idee, die Fotos für immer zu eliminieren. Entschlossen ziehe ich den Laptop heran, kopiere das Foto von Dario und mir auf den Desktop und verschiebe den kompletten übrigen Ordner in den Papierkorb, um ihn anschließend komplett von der Festplatte zu entfernen. Ich drehe den Bildschirm zu Jonas, um ihm zu zeigen, dass Milo nur noch Datenmüll ist, und zwinge mich dazu, fröhlich zu wirken. Als wäre es kein Ding, die Fotos zu löschen. Dabei würde ich lieber weinen. Ich mache es wie Milo. Ich lasse mein Gesicht lachen, während mein Herz ein Knoten ist, der sich immer fester zuzieht.

»Was ist schiefgelaufen?« Jonas runzelt die Stirn. »Ich meine, zwischen uns.«

Wir haben unsere Decke auf der Wiese am See ausgebreitet. Nachdem ich die Fotos gelöscht hatte, haben wir uns in stillschweigender Übereinkunft fertig gemacht und sind losgefahren – ein trotziger Versuch, heile Welt zu spielen.

Jonas und mich umgibt der Duft nach fettigen, leckeren Pommes, Stileis und Sonnencreme. Kleinkinder rasen quietschend über Decken und stolpern über Tupperdosen mit Obst und Keksen. Wir liegen etwas abseits unter einer Kastanie, zwischen deren Blätter hindurch kleine Lichtpunkte aus Sonne auf unsere Haut fallen. Seitdem Jonas Milos Foto gesehen hat, ist er sehr in sich gekehrt, auch wenn er etwas entspannter scheint, seitdem ich die Fotos von der Festplatte entfernt habe.

Ich knabbere an einer Weintraube herum anstatt zu antworten. Leider verschafft mir das nicht allzu viel Zeit, um eine passende Antwort zu finden. Ich atme tief ein und pule noch eine Weintraube aus unserem Picknickkorb hervor, obwohl ich weiß, dass mich das nicht von einer Antwort entbindet. Jonas liegt dicht neben mir, ohne dass wir einander berühren. Das ist seit einiger Zeit so. Die Distanz zwischen uns ist fort, aber die Nähe noch nicht wieder da. »Wirst du mir nicht darauf antworten?«, fragt Jonas.

»Doch.« Ich verschlucke mich fast an der Traube. »Ich weiß nur selbst nicht, was passiert ist.«

Eigentlich weiß ich es genau. Milo ist passiert, und das zu einem Zeitpunkt, an dem meine Beziehung zu Jonas wackeliger war als ein Jengaturm. Innerhalb von Sekundenbruchteilen blinzle ich das Bild seiner braunen Augen und seines tiefen, durchdringenden Blicks fort. Ich habe Jonas die Wahrheit über Milo und mich gesagt, und ich habe ausgehalten, wie sehr es ihn verletzt hat. Das werde ich nicht noch einmal tun. Milo, die Tiefe unserer Gespräche, der Spaß und unser ganz eigener Kosmos sind nicht mehr Teil meiner Welt.

Ich versuche, mich auf die anderen Dinge zu konzentrieren, die mich überhaupt erst offen für Milo gemacht haben. »Ich hatte das Gefühl, du siehst mich nicht mehr.«

Jonas antwortet nicht. Ich weiß genau, dass er gewissenhaft darüber nachdenkt. Er tut keines meiner Worte einfach ab, und das ermutigt mich.

»Du hattest einen Plan, und ich war ein Teil davon. Das hat mir gefallen, aber irgendwann war ich eben nur noch der Teil eines Plans. Du hast mich nur noch als das gesehen. Aber ich bin mehr. Das habe ich in Italien herausgefunden. Ich habe auch Träume und Wünsche, und die kann ich nicht einfach ignorieren. Ich hatte damals das Gefühl, dass ich sie nicht laut aussprechen konnte, dass es dich nicht interessiert hätte.«

Eine Weile ist es still zwischen uns. So still, wie es in einem Freibad sein kann, an einem Tag, an dem das Wetter für Oktober fast zu schön ist, um wahr zu sein.

»Und ihn hat es interessiert?«

Erst Sekunden später merke ich, dass ich den Atem angehalten habe, und lasse ihn leise entweichen, bevor ich nicke.

»Ich habe nie gesagt, dass mich deine Meinung nicht interessiert.«

Jonas hat recht. Es ist mehr ein Gefühl gewesen, das bestehende Gefüge aus den Angeln zu heben, sobald ich den Zehnjahresplan gefährdete. »Du hast dich aber auch nie dafür interessiert, was mir wichtig ist. Du hast Italien immer als einen Spleen abgetan.«

Jetzt setzt Jonas sich auf, und ich sehe allein an der Art, wie er die Arme um die Knie schlingt, dass er sauer ist. »Ich habe viel gearbeitet.«

»Das weiß ich. Aber Finale, Dario und das Leben dort bedeuten mir sehr viel, und du hast es zuletzt nur noch gemieden. Ich fühle mich dort zu Hause.«

»Du lebst hier.« Er lässt sich zurück auf die Decke plumpsen. »Ich habe nicht gesagt, dass ich nie wieder dahinfahren werde, aber unser Lebensmittelpunkt ist nun mal in Hamburg. Ich kann doch nicht einfach alles stehen und liegen lassen, meine Zukunft gefährden, nur um mit dir am Strand zu liegen. Du weißt, dass ich diesen Sommer eingebunden war. Ich konnte hier nicht weg.«

Tränen treten mir in die Augen. Nicht weil ich sauer auf Jonas bin, sondern weil ich nicht weiß, wie ich erklären soll, was mich gerade zum Heulen bringt. Milo hätte ohne Worte verstanden, was ich meine. Ich vergleiche die beiden. Und das muss endlich ein Ende haben.

»Du solltest nicht mit mir am Strand liegen. Überhaupt habe ich nicht besonders viel Zeit am Strand verbracht. Es geht um so viel mehr«, versuche ich zu erklären.

»Worum?« Jonas scheint verwirrt, aber er bemüht sich, meinen Gedanken zu folgen. Vielleicht ist es ganz gut, dass ihm das Gedankenleser-Gen fehlt, sonst wäre er schon zum zweiten Mal an einem Tag über Milo gestolpert.

»Dario ist dort, und er ist mehr Bruder für mich als Basti es je sein wird. Für mich ist dort ein Teil meiner Heimat, meiner Kindheit und meiner Familie. Ich fühle mich als ganzer Mensch, wenn ich dort bin.« Milo hat mich dort zu einem ganzen Menschen gemacht. Und das wird nie wieder sein. Trotzdem hat Italien das Potential, mich glücklich zu machen.

»Ich habe dort wieder angefangen zu schreiben«, gebe ich seufzend zu.

»Zu schreiben?« Er zieht eine seiner Augenbrauen nach oben, als würde ich nun vollends den Verstand verlieren.

»Gedichte, Kurzgeschichten.« Songtexte. Ich schlucke trocken. »Ich möchte einen Roman schreiben.« Ich nicke nachdrücklich, als könnte ihn das von der Plausibilität meiner Erklärung überzeugen.

»Ich wusste, dass du früher schon geschrieben hast. Ich meine, du warst immer gut in Aufsätzen, und es hat dir Spaß gemacht, aber das war nie mehr als ein Hobby, oder?« Er schüttelt mit einem nach innen gekehrten Blick den Kopf, als würde er alle Erinnerungen durchforsten, aber keine passende finden, die mich als ambitionierte Schriftstellerin zeigt.

»Ich habe es dir nie erzählt, weil ich das Gefühl hatte, du würdest es vielleicht nicht für voll nehmen. Ich habe mich ja selbst nicht für voll genommen. Ich habe zugelassen, dass dieser Traum unter den Vorstellungen anderer verschüttet wurde. Irgendwann habe ich einfach aufgehört zu schreiben, weil so vieles wichtiger erschien. Dabei gehört es zu mir, und eigentlich möchte ich daraus mehr machen als ein Hobby.«

»Ich habe es schon in der Schule bewundert, wie du diese ätzenden Aufsätze gemeistert hast.« Er nickt, und ich kann sehen, wie er diese neue Seite an mir durchanalysiert. Er fährt fort: »Ich denke, die Frage, die sich jetzt stellt, ist nicht die, ob du schreiben kannst, sondern ob sich damit Geld verdienen lässt. In kreativen Berufen hast du nie die Sicherheit einer geregelten Tätigkeit.«

Und trotzdem wünschte ich, es könnte mein Lebensinhalt werden. Ich wünschte, Jonas würde die Zweifel eliminieren, anstatt ihnen Nahrung zu geben. Ein kleiner Teil von mir ist sogar enttäuscht, dass er gar nicht erst fragt, ob er etwas von mir lesen darf.

Mit fester Stimme fahre ich fort: »Ich werde das Psychologiestudium trotzdem abbrechen.« Bevor er etwas dazu sagen kann, rede ich weiter. »Es war nie mehr als der Traum meiner Mutter, und es passte zu deinem Plan von unserer Zukunft, aber das bin nicht ich.« Es fällt mir schwer weiterzusprechen. Ich habe Angst, dass Jonas nicht verstehen wird, wie wichtig mir dieser Schritt ist, dass ich es einfach wagen muss. Und ich brauche ihn dafür an meiner Seite. »Ich möchte mich ganz auf das Schreiben konzentrieren und sehen, ob es klappt.«

»Was ist, wenn es nicht funktioniert?«, fragt er sachlich und versetzt mir damit einen Stich.

»Du hast schon einmal das Studienfach gewechselt. Brichst du jetzt ab, fängst du wieder bei null an. Du könntest erst deinen Abschluss machen und es dann ausprobieren. Dann hast du zumindest etwas Festes in der Hinterhand.«

Wie immer analysiert Jonas die Situation rein pragmatisch und trifft mich genau da, wo meine Unsicherheit fest verankert liegt.

Milo hat den Samen für diesen Zukunftstraum gesät, weil er mich kompromisslos darin bestärkt hat, meinen Weg zu gehen, und diese Zuversicht hat mich mitgerissen. Jonas' Worte hingegen lassen Risse in meiner festen Absicht entstehen.

»Oder du legst ein zweites Urlaubssemester ein, aber brich das Studium nicht gleich ganz ab. Wenn es nicht klappt, kannst du dann immer noch weitermachen und hast lediglich ein Jahr verloren.« Ihm fällt wohl auf, wie wenig Zutrauen in seiner Stimme liegt und wie sehr mich das in die Abwehr treibt.

Sanft schiebt er hinterher. »Du schreibst sicher gut, aber ein Plan B kann doch nicht schaden.«

Allein bei dem Wort *Plan* sträuben sich mir die Nackenhaare, auch wenn ich weiß, dass es vernünftig ist, was Jonas vorschlägt. Und woher will er wissen, ob ich das Zeug zum Schreiben habe? Er hat nie etwas von mir gelesen, und sein Interesse, diesen Umstand zu ändern, scheint nicht besonders groß zu sein.

Ich reibe zwei Halme aneinander, bis sich der Geruch von frisch geschnittenem Gras zwischen uns legt. Ich liebe diesen Geruch. Er beruhigt mich, und ich schlucke meine Gefühle hinunter, anstatt die wirren Gedanken auszusprechen. Jonas hat nicht abgelehnt. Er hat so etwas Ähnliches wie sein Okay gegeben. Alles, was er tut, ist, einen doppelten Boden zu bauen. Und ist es nicht genau das, was ihn so wertvoll macht?

Bevor sich die Zweifel verdichten können, lächelt er und rückt näher an mich heran. So nah, dass kein bisschen Distanz mehr zwischen uns ist. Seine Lippen berühren meine Stirn. Er unterstützt mich, obwohl die Sache derzeit nicht mehr als eine fixe Idee ist, und ich weiß, wie sehr es Jonas widerstrebt, den geplanten Weg zu verlassen.

»Ein Plan B ist sicher gut, aber ich meine es wirklich ernst, Jonas.«

Er nickt. So ernst, dass ich uns beinahe dafür aufgegeben hätte.

»Und du wirst mich vor meiner Mutter retten müssen, wenn ich es ihr beichte«, necke ich ihn.

Er lacht leise. »Ich erzähle ihr einfach, dass ich für dich sorgen werde und du mir dafür den Haushalt schmeißt.« Er gluckst vor sich hin, aber bevor ich ihn schlagen kann, küsst er mich. Sanft und vorsichtig, immer wieder, bis es sich so anfühlt, als hätte es den Sommer nie gegeben, als hätte er schon immer an mich geglaubt. Es fühlt sich an, als hätte mein Leben immer nur aus Jonas, mir und unserer gemeinsamen Zukunft bestanden.

Kathi rührt gedankenverloren in ihrem Latte macchiato. Wir sitzen in einem Eckcafé des Schanzenviertels, in dem wir schon unzählige Male zusammen gefrühstückt haben. Nur dass dieses Treffen anders ist. Es ist wie ein erstes Date. Dabei kenne ich Kathi mein Leben lang.

»Du bist wieder mit Jonas zusammen?«, fragt sie vorsichtig.

Sonst würden wir vermutlich nicht hier sitzen. Kathi ist noch immer sauer auf mich, weil ich ihrem besten Freund weh getan habe, weil ich sie, ihn und auch mich selbst belogen habe. Aber Jonas und ich sind wieder zusammen, und das hat die Wogen geglättet. Ich nehme außerdem an, dass Jonas mit ihr gesprochen hat. Er beseitigt das Chaos. In all den dunklen Ecken, von denen ich in den Monaten unserer Trennung unzählige geschaffen habe. Und obwohl Jonas genau wie ich an Kathi appelliert hat, hat es noch eine gefühlte Ewigkeit von fast drei Monaten gedauert, bis sie einem Treffen zugestimmt hat.

»Wie läuft es zwischen euch?«

Zum ersten Mal in unserer Freundschaft weiß ich nicht, ob ich ehrlich antworten oder ihr lieber erzählen soll, was sie gern hören will. Ich möchte sie nicht wieder verlieren. Diese ganze Sache hat etwas zwischen uns verändert, von dem ich nie dachte, dass es sich verändern würde. Das unerschütterliche Vertrauen ist verschwunden. »Jonas ist großartig.«

Es breitet sich ein Grinsen auf ihrem Gesicht aus. Kathi bedeutet es so viel, dass ihre beiden besten Freunde glücklich und zusammen sind. Ich bemühe mich, genauso begeistert auszusehen wie sie.

Die Sonne scheint auf unseren Tisch, auf dem ein reichhaltiges Frühstück steht. Kathi hat mal wieder eine ihrer Diäten beendet, die sie nicht nötig hat, und gönnt sich nun die Belohnung für zwei Wochen Gurkensalat. Ich frage mich, wieso sie sich das antut. Sie hat eine tolle Figur. Zugegeben, sie hat einige Kilo mehr als ich, aber die sitzen genau an den richtigen Stellen, was ihr die meisten Männer nur allzu gern bestätigen.

»Willst du mich jetzt foltern, oder erzählst du mir endlich alles?« Sie beißt herzhaft in ein Plunderstück, so dass ihr halbes Gesicht von einer dichten Puderzuckerschicht bedeckt ist, die sie genüsslich abschleckt, und sieht mich dabei so an wie früher. Das sind die Momente, in denen es mir leichtfällt zu vergessen, dass ich bis vor kurzem noch dachte, sie für immer verloren zu haben.

»Wir haben geredet und beschlossen, dass es Sinn macht, es noch einmal miteinander zu versuchen«, beginne ich.

Sie verzieht beleidigt das Gesicht. »Die Jonas-Version, o. k.«

Ich muss lachen, und sie stimmt ein. Es ist, als müssten wir die kleinen Unsicherheiten zwischen uns weglachen. Die Angst, Kathi wieder zu verlieren.

»Und wie genau lautet die romantische Mädchenversion der Geschichte?« Ihre braunen Augen blinzeln mich erwartungsvoll an.

Und sie hat recht. Unromantischer hätte man den Neuanfang einer Liebesgeschichte nicht darstellen können. Seufzend fahre ich mir durch die Haare. »Meine Mutter hat ihn angerufen und ihm erzählt, dass es mir schlechtginge.«

Kathi senkt den Blick, und ich verscheuche das Gefühl, dass sie trotz allem für mich hätte da sein müssen.

»Er ist vorbeigekommen, und wir sind in seine Wohnung gefahren, um zu reden. Er wollte, dass ich bleibe, und obwohl es zu dem Zeitpunkt noch zu früh war, konnte ich mir vorstellen zurückzukehren.« Ist das wirklich Liebe? Ich kappe diesen Gedankengang. Das seichte Kribbeln in seiner Nähe gibt mir ein warmes, geborgenes Gefühl. Was außer Liebe sollte es sein?

»Ich habe ihm gesagt, was mich gestört hat, wieso Milo überhaupt eine Chance hatte, sich zwischen uns zu drängen«, fahre ich fort, und denke, *weil er einfach Milo ist, und jeder Gedanke an ihn selbst jetzt noch meine Welt aus den Angeln hebt.* Ich grunze unterdrückt und verberge es, indem ich die Hälfte meines Croissant auf einmal in den Mund stopfe. Kauend füge ich hinzu. »Es gab Dinge, die sich ändern mussten.«

»Zum Beispiel?« Wieder dieser erwartungsvolle Blick aus riesigen Mangaaugen. Ich habe Kathi schon immer um diese tollen Augen beneidet, aber jetzt gerade sehen sie so verdammt unschuldig aus, dass ich mich wie eine Verräterin fühle.

»Ich habe mein Studium geschmissen«, lasse ich die Bombe platzen.

»Du hast was?« Es gelingt selten jemandem, Kathi aus der

Fassung zu bringen, aber ich scheine das Unmögliche immer öfter zu schaffen. Anstatt einer Antwort nicke ich nur und zucke die Schultern, als wäre es eben nicht zu ändern.

»Wieso?« Vor lauter Aufregung verschluckt sie sich an ihrem Latte.

»Ich möchte schreiben.«

Sie sieht mich fassungslos an. Wenn Kathi nicht mehr weiß, was sie sagen soll, ist das wirklich besorgniserregend. Ich halte ihr noch ein Stück Kuchen hin und warte, bis sie es mir aus der Hand nimmt und sie sich wieder einkriegt.

»Du weißt, dass ich früher schon geschrieben habe, und es ist das, von dem ich denke, dass es mich glücklich machen könnte. In Italien habe ich weiter daran gearbeitet.«

Milo hat mich dazu gebracht. Ich kneife für einige Sekunden die Augen zusammen. »Ich glaube, dass ich eine Chance hätte, das Schreiben zu meinem Beruf zu machen, und ich muss das einfach ausprobieren.«

Erst jetzt wird mir klar, wie viel Gewicht Kathis Meinung haben wird. Mein Magen zieht sich zusammen. Ich wünsche mir nichts mehr, als dass sie begeistert ist und ihre Begeisterung die letzten Zweifel ausräumt.

»Das ist jetzt aber nicht versteckte Kamera hier, oder?« Sie blickt misstrauisch um sich. »Das kann nicht dein Ernst sein.«

Meine Hoffnung auf eine positive Reaktion zerschellt scheppernd am Boden des mittlerweile leeren Kuchentellers. »Eigentlich schon«, erwidere ich frostig.

»Und Jonas macht bei dieser Irrsinnsidee mit?«

Eingeschnappt blähe ich die Backen auf und lasse geräuschvoll die Luft entweichen. »Es soll Leute geben, die mir das zutrauen.« Es fühlt sich an wie in dem Moment im Hausflur, vor drei Monaten, als so viel zwischen uns stand. Ich hasse dieses Gefühl.

Kathi wird wohl langsam klar, dass ich sie nicht verarschen will, und sie bemüht sich einzulenken. Allerdings hört es sich an, als würde sie um meinen verstorbenen Verstand trauern.

»Es ist nicht, dass ich dir das nicht zutraue, aber du kannst das doch nebenbei machen. Aber gleich das Studium zu schmeißen …« Sie schüttelt den Kopf. »Das ist krass.«

Kathi spricht aus Erfahrung. Immerhin hat sie es nie in Erwägung gezogen, für ihren Traumberuf als Mützendesignerin ihren sicheren Job aufzugeben. Selbst dann nicht, als das Geschäft immer besser lief. Sie macht keinen Hehl daraus, dass sie mich für durchgeknallt hält, alles auf eine Karte zu setzen. Irgendwie hätte ich auf mehr Verständnis und Zuspruch gehofft, und ich mag es gar nicht, wie sauer ich plötzlich auf Kathi bin. Ich bin bis zu diesem Sommer nie wirklich böse auf sie gewesen.

»Ich muss es versuchen.« Ich sage es so bestimmt, dass Kathi sich in ihrem Stuhl zurücklehnt und die Lippen zu schmalen Strichen zusammenkneift, anstatt etwas zu erwidern. Eine ganze Weile sitzen wir stumm da, und ich hoffe, dass sie etwas sagt, dass das Eis zwischen uns bricht, denn ich kann gerade nicht über meinen Schatten springen.

Schon nach unserem ersten Treffen fühlt es sich so an, als würde wieder alles auseinanderbrechen. »Ist aber schon süß, dass Jonas bei der Idee einfach so ja sagt.« Sie grinst mich schief an.

Ihre Worte sind kein Friedensangebot, obwohl sie vielleicht so gedacht waren.

»Jonas muss das nicht abnicken. Ich entscheide, was richtig für mich ist, und hätte es auch ohne ihn getan«, erwidere ich steif.

Kathie reagiert gar nicht auf meine kratzbürstige Art. »Das ist toll. Wirklich. Ich denke, dass du all die Jahre ein bisschen zu sehr die Jiara warst, die alle sehen wollten, und zu wenig du selbst. Es ist gut, dass du das endlich änderst. Vielleicht war dein Ausbruch diesen Sommer überfällig, auch wenn ich dich immer noch ein kleines bisschen dafür hasse.« Sie grinst. »Und der Schritt, dein Studium zu schmeißen und einen auf Jane Austen zu machen, ist vielleicht dein Weg, das zu ändern. Trotzdem muss man ganz schön Mumm haben, um das durchzuziehen, und ich finde es toll, dass Jonas dich dabei unterstützen will«, sagt sie.

Und ich bin unendlich dankbar, dass wir gerade noch so die Kurve gekriegt haben und unser Treffen nicht in einem Streit endet.

»Gerade Jonas. Das entspricht sicher nicht seinem Zehnjahresplan.« Kathi kichert, und ich höre, was sie eigentlich sagen will. Er muss mich unendlich lieben, wenn er entgegen seiner Überzeugungen bereit ist, mich diesen Weg gehen zu lassen. Dabei weiß ich längst, wie sehr er mich lieben muss – er hat mir schließlich die Sache mit Milo verziehen.

»Er liebt dich.«

Ich weiß, dass es keine Aussage ist, sondern eine Frage, die Kathi mir stellt, und ich gebe ihr die gewünschte Antwort. »Ich ihn auch.« Und das ist unwiderlegbar. Ich liebe ihn genug, um ein erfülltes Leben zu führen. Ich wünsche es mir so sehr, dass es einfach wahr sein muss.

Milo

Die Trattoria liegt im Licht der letzten Sonnenstrahlen an der Küste von Finale. Durch die geschlossenen Glastüren sehe ich Dario, der, sein Handy zwischen Schulter und Kinn geklemmt, den Tresen wischt. Ich glaube nicht, dass ihm bewusst ist, wie sehr er Flavio in diesem Moment ähnelt. Langsam gehe ich hinüber und betrete den Gastraum. Außer mir und Dario sitzt nur eine kleine Gruppe Jugendlicher an einem Tisch in der Ecke. Die Saison ist jetzt im Herbst fast zu Ende, es ist unter der Woche und noch zu früh fürs Abendgeschäft. Dario sieht auf und beendet das Gespräch abrupt. Er hat nicht mit mir gerechnet, das sehe ich an der Überraschung in seinem Gesicht.

»Milo«, ruft er.

Wie wird seine Begrüßung ausfallen? Auch wenn er gesagt hat, er hätte mir bereits verziehen, wollte er mich ebenso für mein dämliches Verhalten im Hafenbecken versenken. Und auch wenn das wohl eher ein Witz war, hätte ich es verdient.

Er wirft Lappen und Handy neben die Spüle und steuert

auf mich zu. Sein Gesichtsausdruck ist unergründlich, und ich erwarte fast, dass er mir doch noch irgendetwas brechen wird, aber er schließt mich nur fest in seine Arme. Erleichtert atme ich aus. Mir war nicht bewusst, wie sehr ich mich vor diesem Moment gefürchtet habe. Ich erwidere seine Umarmung, und eine ganze Zeit stehen wir einfach da, bis ich mich schließlich losreiße.

Dario räuspert sich und blinzelt ein paar Tränen fort. Er war schon immer besser darin, seine Gefühle zu zeigen. Für ihn müssen die letzten Monate hart gewesen sein. Er hat keine Familie mehr, nur seine engsten Freunde, die diesen Part ausfüllen, und durch diese Sache zwischen Jiara und mir hat er auf einen Schlag keinen von uns mehr um sich gehabt.

»Wie geht es dir?« Ich deute auf die Bar und ihn.

»Gut. Sehr gut sogar.«

Er grinst zweideutig, und ich weiß, wieso er das tut. Tiziano hat mir die Neuigkeit direkt unter die Nase gerieben, als ich zur Vertragsunterzeichnung in Mailand war. Dario wird heiraten.

Ich nehme an, dass Tiziano ihn angerufen hat, weil er seine krankhafte Neugier in Bezug auf mich nicht zügeln konnte. Dario hat ihm zwar keinerlei Informationen über mich gegeben, weil er sich generell nicht als Spielball in unserem Bruderstreit benutzen lässt, aber das heißt ja nicht, dass er nichts über sich selbst erzählt. Daher war das Gespräch für Tiziano ein Gewinn. Ich glaube, es hat ihm gefallen, dass er vor mir von Darios Plänen wusste.

»Mein Bruder konnte die Klappe nicht halten. Ich weiß schon von deinen Heiratsplänen, und ich gratuliere dir und natürlich auch Nina. Jetzt hast du doch noch eine Signora Montinari gefunden, bevor du als alter schrumpeliger Sack enden konntest«, komme ich ihm zuvor.

»Tiziano?«, er klingt überrascht.

Ich zucke ergeben mit den Schultern. »Bei mir hat sich auch einiges getan.«

»Einiges ist wohl die Untertreibung des Jahrhunderts.« Er schiebt mir einen Barhocker zu und macht uns zwei Espressi. »Wieso hat Tiziano nichts davon gesagt, dass ihr euch seht? Wir haben erst neulich telefoniert, und es klang so, als wärest du komplett vom Radar verschwunden.«

»Du kennst ihn.« Das muss als Erklärung genügen. Ich habe aufgegeben, meinen Bruder verstehen zu wollen. Das ist vergebliche Liebesmüh. Ein ergebenes Lachen entfährt mir. Der Gedanke treibt mich nicht mehr so auf die Palme wie früher. »Nachdem Jiara nach Hause geflogen ist …«

Dario unterbricht mich. »Du meinst, nachdem du sie abserviert und mit gebrochenem Herzen in einen Flieger verfrachtet hast?« Er zieht seine Augenbrauen in die Höhe und sieht mich mit seinem Der-Großer-Bruder-liest-dir-jetzt-mal-die-Leviten-Blick an.

»Ja, deine Ausführung entspricht vermutlich mehr der Realität. Ich wollte nur noch weg, und ich wollte nicht, dass sie sieht, wie ich mich feige verkrümele.« Ich kann nicht glauben, dass ich das laut ausspreche. Noch immer trifft mich ihr Blick, den sie mir auf dem Parkplatz des Flughafens zugeworfen hat.

Es ist besser, sich nicht zu erinnern. Ich weiß, dass ich mit nichts meine damaligen Entscheidungen ungeschehen machen kann. Ich habe es verbockt, und damit muss ich leben. Ich will nicht darüber nachdenken. Ich kann es nicht.

»Ich habe in verschiedenen kleinen Bars in der Toskana gespielt. Irgendwann bin ich durch ein Dorf in der Nähe von Viareggio gekommen. Damals auf dem Weg zu meinem Pa haben Jiara und ich genau dort Pause gemacht.« Und schon wieder Jiara. Es ist unmöglich, nicht an sie zu denken.

»Wie geht es deinem Vater?«, fragt Dario.

»Erschreckend gut.« So gut, dass ich mich lieber weit entfernt von ihm aufhalte, obwohl derzeit ein wackliger Frieden zwischen uns herrscht.

»Das freut mich zu hören.«

Ich nicke ihm zu und nehme einen tiefen Schluck meines Espressos. Eine herbe, nussige Röstung, die Tote erwecken könnte. »Ich musste an sie denken. An uns und daran, was für ein Mensch ich hätte sein müssen, damit wir eine Chance gehabt hätten.« Das ist so kotzkitschig, dass sich meine Nackenhaare sträuben, aber es ist die beschissene Wahrheit.

»Du hättest nur du sein müssen«, meint Dario.

»Du weißt, dass das nicht stimmt.« Dass er mir nicht widerspricht, zeigt, dass ich recht habe. Obwohl ich das sowieso schon wusste. »Es musste sich etwas verändern. Dieses Leben auf der Straße hat mich langsam aufgefressen. Außerdem kann ich ja nicht mein Leben lang bei dir auftauchen, wenn es mir schlechtgeht. Und dann war da noch die Sache mit Pa und Tiziano, die so nicht weitergehen konnte. Mein Bruder hat sich sein Leben lang für die Firma abgerackert, und wäre mein Vater letztes Jahr gestorben, hätte ich genauso viel geerbt wie er.«

Ein Erbe, das nicht fair gewesen wäre und das ich nie gewollt habe.

»Mein Traum hatte nie etwas mit der Firma zu tun«, erkläre ich. »Ich bin immer nur weggelaufen, anstatt mich für das stark zu machen, was ich wirklich wollte. Es war nicht einfach, aber nach ewigem Gestreite habe ich Pa endlich dazu bekommen, mir zuzuhören. Ich meine, wirklich zuzuhören. Am Ende hat er zugestimmt, dass ich vertraglich geregelt aus der Firma aussteigen durfte. Als finanziellen Ausgleich haben mir Pa und Tiziano das Startkapital für einen eigenen Club gegeben.«

Darios Augen verengen sich. »Hast du das Ganze von einem Anwalt durchsehen lassen?«

Wahrscheinlich hält er es bei dem Gesamtwert der Firma für nicht fair, mich mit einer relativ geringen Summe abzuspeisen. Für mich hingegen war es eine utopisch hohe Summe, und mehr als eine gesicherte Möglichkeit, mit meiner Musik zu leben, habe ich nie gewollt. Dabei ist es vollkommen egal, ob mir mehr Geld zugestanden hätte.

»Nein, das brauchte ich nicht. Ich bin zufrieden, so wie es ist, Da. Ich glaube, viele Streitereien zwischen Tiziano und mir hatten ihren Ursprung in seiner Angst, ich könnte ihm streitig machen, was er sich so hart erarbeitet hat. Seitdem das geklärt ist, läuft es besser zwischen uns. Wir sehen uns regelmäßig. Nicht zu oft, sonst würde ich ihn vermutlich doch noch umbringen. Und dank der Finanzspritze werde ich endlich mein eigener Chef und bald ein Kollege von dir sein.«

»Das ist echt toll, und genau das Richtige für dich«, meint Dario.

Mit der Erkenntnis ist er schon weiter als Tiziano und Pa, die zwar zugestimmt haben, aber dennoch skeptisch sind und wohl auch bleiben werden. Dabei ist ein eigener Club nicht nur mein Traum, sondern eigentlich die logische Konsequenz meines Lebenslaufs. In Darios Trattoria habe ich ein wenig Gastronomieerfahrung gesammelt – damals, als ich bei seinen Eltern aushelfen durfte, um mir das Benzingeld für die ersten Auftritte zu erarbeiten. Das Wirtschaftsstudium wird mir beim Papierkram und der Organisation helfen; die Musik dann beim Rest.

»Es gibt noch jede Menge zu tun, bevor ich das Gemäuer Club nennen darf«, erkläre ich.

Dario grinst. »So schlimm?«

»Ja. Mein Budget war begrenzt. Es ist keine Schönheit, aber es hat Potential, und ich arbeite dran.« Ich zucke die Schultern. »Hauptsächlich soll es sich um Musik drehen, aber ich möchte auch Essen anbieten.«

»Ein gutes Konzept. Hervorragendes Essen ist wichtig. Ich kann ein bisschen für dich rumtelefonieren. Ich kenne den einen oder anderen guten Koch, der Interesse haben könnte.«

Dario steigt sofort voll ein. Und ich kann nichts dagegen tun, dass mich das wahnsinnig freut.

»Wie weit ist das gute Stück denn entfernt?«, will er wissen.

»Du kannst dir nicht vorstellen, wie es aussieht. Es verdient so eine schmeichelhafte Umschreibung nicht.« Ich zwinkere und füge hinzu. »In Noli.« Einem Nachbarort von Finale. »Die Lage ist traumhaft, direkt auf den Felsen über dem Meer. Es muss komplett restauriert werden, aber es fühlt sich richtig an.«

Dario nickt. Er weiß, dass mein Bauchgefühl mich schon immer geleitet hat. »Dann ist es auch richtig. Und es ist nah genug, damit wir uns wieder öfter sehen.«

Ich nicke. Vielleicht ist es genau das, was Flavio meinte, als er sagte, ich solle an mich und meine Träume glauben. Auf jeden Fall fühlt es sich so an.

Jiara

Es ist drei Monate her, dass mit Kathie das letzte Puzzlestück zurück an seinen Platz meines alten Lebens gerückt ist, und doch ist vieles anders als früher. Besser. Die Wellen rollen in kurzen Abständen an den Strand. Irgendwo am Horizont haben wir unser Auto geparkt und sind dem feinpudrigen Sand bis zum Ufer gefolgt. Die Nordsee wirkt wild, aber gleichzeitig auch gezähmt. Die Wellen sind zwar rau und spucken Gischt in die Luft, aber sie sind nicht besonders hoch. Vorsichtig stecke ich meinen großen Zeh ins Wasser und ziehe ihn schnell zurück. Die Oberfläche ist von der Februarsonne angenehm warm, aber darunter ist das Wasser eiskalt.

Jonas ist in einiger Entfernung stehen geblieben. Er trägt ein Hemd – und das am Strand. Ich bin mir nicht sicher, ob er überhaupt noch etwas anderes in seinem Kleiderschrank hat außer Hemden. Manchmal frage ich mich, wo die lässigen Sweater und Kapuzenpullover von früher hin sind. Seine Jacke hat er sich über den Arm gelegt, die Hände stecken in den Taschen seiner Jeans. Er wirkt ein bisschen wie ein steifer Fremdkörper in der malerisch schönen Natur.

»Zieh die Schuhe aus«, rufe ich ihm zu und male Muster in den Sand unter meinen bloßen Füßen.

Er legt den Kopf schief und gibt schließlich nach. Wir haben uns darauf geeinigt, dass wir Kompromisse finden müssen, die uns einander näherbringen werden und die irgendwo zwischen meinen chaotischen Einfällen und seinen rationalen Gedanken liegen. Ich würde trotz des Sturms und der roten Flagge, die der Rettungsdienst am Strand gehisst hat, baden gehen. Jonas säße vermutlich lieber in einem der vielen Restaurants Sankt Peter-Ordings und sähe sich den Strand durch ein Fenster an, wo der Wind nicht an seiner Kleidung zerrt. Wir stehen am Ufer, die genaue Mitte unserer jeweiligen Vorstellung, aber die Schuhe luchse ich ihm noch ab. Das ist drin bei unserem Arrangement. Das sieht er wohl auch ein und zuckt lachend mit den Schultern, bevor er sich auf einem Bein hüpfend die teuren Lederschuhe von den Füßen streift und prüfend seine nackten Zehen durch den Sand bewegt.

»Wenn ich auf einen Krebs trete, ist das deine Schuld.«

Er sieht wirklich unglücklich aus, und ich muss über seinen Gesichtsausdruck lachen. Jonas hatte schon immer Angst vor kleinen Tieren, die sich mit mehr als vier Beinen durchs Leben bewegen. Am schlimmsten sind für ihn Spinnen, weswegen er vor jedem Fenster unserer Wohnung penibel ein Fliegengitter angebracht hat, das nur unter Androhung der Todesstrafe entfernt werden darf.

Er nimmt meine Hand und verschränkt seine Finger mit meinen. So spazieren wir eine ganze Weile am Ufer entlang. Ich im Wasser, er im Sand. Über dem Meer geht die Sonne unter. Ein atemberaubender Anblick aus glitzerndem Wasser und orangegelbem Himmel. In mir sind nur Ruhe und Glück. Mit Jonas hier zu stehen, keine Heimlichkeiten mehr zwischen uns, am Anfang einer gemeinsamen Zukunft und nur wir beide an diesem wundervollen Flecken Erde. Das macht mich glücklich.

Vielleicht brauchte es Milo, um meine Welt durchzurütteln und die Dinge neu zu ordnen. Ohne diesen Sommer würde ich noch immer in einer Sackgasse stecken. Die Erinnerung an Milo tut auch nach über einem halben Jahr noch weh, aber es wird leichter, sie wegzuschieben. Er hat hier nichts zu suchen. Mit einem Quietschen reiße ich mich von Jonas los und vertreibe Milo, indem ich mein Glück herausschreie. Ich breite meine Arme aus und renne über den Strand, bis ich mich schließlich atemlos auf den Boden fallen lasse. Jonas schlendert langsam zu mir herüber und legt sich zu mir. Zärtlich wandern seine Hände meinen Hals hinauf und umfassen mein Gesicht, bevor er mich küsst. Ich schmecke nur ihn, Salz und Liebe.

Jonas rennt wie ein aufgescheuchtes Huhn in unserer Wohnung auf und ab. Neben dem Bett stehen Umzugskartons, in denen er fluchend nach einer passenden Krawatte für seinen Anzug sucht. Ich liege auf dem Bett und sehe ihm lächelnd zu.

Heute ist der große Tag. Jonas wird offizieller Partner in der Firma seines Vaters. Endlich hat die Bezeichnung *Volkers und Söhne* auch eine Berechtigung, denn bisher hat der alte Volkers die Firma gemeinsam mit seinem Aufsichtsrat geleitet, aber ohne einen Sohn. Wieso er bei dem Firmennahmen den Plural gewählt hat, verstehe ich bis heute nicht, denn Jonas ist Einzelkind.

»Scheiße, verdammt.« Jonas pfeffert einen der Kartons in den Flur und wühlt sich durch den Inhalt des nächsten. Er flucht sonst nie. Na ja, fast nie. Ich habe Erbarmen und tapse auf bloßen Füßen über den Boden des Schlafzimmers zu einer Kiste, die ordnungsgemäß mit den Worten *Krawatten und Tücher* beschriftet ist. Ich drehe sie so, dass Jonas sie sehen kann, und grinse ihn dabei nachsichtig an.

»Du bist meine Rettung.« Er schnappt sich eine silberweiß gestreifte Krawatte und küsst mich, während er sie zubindet und dabei in seine Lederschuhe schlüpft. »Ich bin so was von zu spät dran.«

»Aber du siehst aus wie ein waschechter Betriebswirt.«

Er lacht und küsst mich noch einmal, bevor er mit einem schrägen Lächeln durch meine verwuschelten Haare fährt. »Ich *bin* ein Betriebswirt.«

Ich ziehe seinen Kopf zu mir herunter und gebe ihm einen Kuss. Als meine Zunge in seinen Mund vordringt, löst er sich von mir.

»Wenn ich morgen kein arbeitsloser Betriebswirt sein will, muss ich jetzt los.«

Ich versuche, die Botschaft zwischen den Zeilen zu überhören, dass wenigstens einer von uns Geld verdienen sollte. Bestimmt bilde ich mir das nur ein. Seitdem ich mich voll auf das Schreiben konzentriere und mein Studium aufgegeben habe, bin ich etwas dünnhäutig. Es liegt an mir, dass ich mir den Schuh anziehe, nicht an Jonas. Er ist nicht der Typ, der versteckte Botschaften in seine Sätze packt. Ich laufe einfach nicht mehr rund. Ich stoße die Luft aus und puste dabei die Haare aus meiner Stirn.

Jonas verbreitet derweil Hektik im Flur, schnappt sich seine Tasche und wirft dann mit einem flüchtigen »Bis später« die Tür hinter sich zu.

Mit einem Mal ist es in der Wohnung drückend still. Es kommt mir fremd und kalt vor.

»Danke für den liebevollen Abschied«, werfe ich dem blankpolierten Kühlschrank an den Kopf und schlage leicht gegen die Edelstahltür, als ich keine Antwort erhalte. Ich verlasse die Küche und schlendere durch die Zimmer. Unsere Sachen sind in Kisten verpackt, die sich in jedem Zimmer auftürmen. Alles schreit nach Aufbruch.

Ich wollte hier wohnen bleiben, aber Jonas meinte, dass zu viele Erinnerungen mit diesen Räumen verbunden sind. Und da ich sie verursacht habe, habe ich wohl kaum das Recht, ihn zum Bleiben zu zwingen. Also habe ich zugestimmt, in eine Vier-Zimmer-Altbauwohnung in Altona zu ziehen. Die Wohnung ist toll, aber es wird Zeit brauchen, sie zu unserem Zuhause zu machen. Im Moment fühle ich mich obdachlos. Dieses hier ist kein Zuhause mehr, und die neue Wohnung ist es noch nicht. Schnell schalte ich das Radio an, um wenigstens die Stille und mit ihr die trüben Gedanken zu vertreiben.

Was ist nur los mit mir? Heute ist *der* Tag für Jonas. Er wird Partner. Ein Riesenschritt auf seinem Zehnjahresplan. Heute ist es so weit, und später werden wir das Ganze im Altamira feiern, einer Tapas-Bar in Ottensen, in die Jonas und ich schon als Kinder mit unseren Eltern gegangen sind.

Alle werden da sein, und ein nervöses Ziehen in meinen Eingeweiden warnt mich davor, dass an die Partnerschaft noch etwas gekoppelt ist. Ich hoffe inständig, dass er die Frage der Fragen nicht schon heute Abend stellt. Nicht nur, dass mir die ungeteilte Aufmerksamkeit eines ganzen Restaurants und der Freunde und Familie unangenehm wäre. Nein. Auch wenn ich Jonas schon mein ganzes Leben kenne, wäre ein Antrag zu diesem Zeitpunkt einfach zu früh.

Im Radio dudelt Ed Sheerans *Sing*. Ich muss mich ablenken, wenn meine Gedanken mich nicht zu einem hysterischen Nervenbündel mutieren lassen sollen. Ich mache mir einen Tee, bevor ich den Flur, den letzten noch zu renovierenden Raum, streichen will. Danach werde ich noch eine Wagenladung Kisten in die neue Wohnung bringen und mich dann für den Abend vorbereiten.

Als ich die Küche betrete, fällt mein Blick auf die Kladde, die seit Wochen unbenutzt auf der Küchenfensterbank liegt. Das Schreiben ist kein richtiger Job. Noch nicht. Und so bleibt fast der komplette Umzug allein an mir hängen. Die Behördengänge, das Packen, das Renovieren.

Es nützt nichts, Jonas deswegen Vorwürfe zu machen und mich bei ihm zu beschweren. Ob ich mit dem aktuellen Projekt jemals Geld verdienen werde, steht in den Sternen. Sein Job bedeutet unsere finanzielle Sicherheit, also ist es meine Aufgabe, ihm den Rücken freizuhalten. Ich frage mich nur, wer mir den Rücken freihält.

Zu den Klängen von Mr Probz *Waves* drehe ich den unfertigen Texten und Gedichten den Rücken zu und nehme einen großen Schluck Roibuschtee. Neben dem Waschbecken entdecke ich den Pinsel, den Jonas gestern benutzt hat. Die Borsten sind hart und verklebt. Das Ding ist nicht mehr zu retten. So sehr er sich auch bemüht, aber an Jonas ist kein Handwerker verlorengegangen.

Entnervt fahre ich mir durch die Haare. Das ist der vierte Pinsel, den er gekillt hat. Jetzt habe ich nur noch einen mit gefühlt drei Haaren, um die Ecken und Türzargen vorzustreichen. Zum Glück hat er wenigstens seine Hände von den Farbrollen gelassen, sonst hätte ich jetzt neue besorgen müssen.

Mir ist mehr nach schnellem Erfolg, und so beschließe ich, erst einmal die einzige Wand ohne Tür oder Fenster mit der Rolle zu bearbeiten. Tief tauche ich sie in die Farbe, streiche sie ab und fahre damit über die Wand. Einige Kleckse fallen auf das alte Hemd, das ich trage, und auf den Fußboden, den ich nicht abgedeckt habe. Wenn Jonas das sehen würde, würde er meckern. Er braucht allein für das ordnungsgemäße Abkleben und Auslegen des Fußbodens einen halben Tag und betont immer wieder, wie wichtig das ist, insbesondere wenn es sich um so einen wertvollen Fußboden handelt. Was ihm in Bezug auf handwerkliche Fertigkeiten fehlt, macht Jonas durch akribische Planung wett. Ich bin da ganz anders.

Mit einer bereitstehenden Klopapierrolle beseitige ich meinen Fauxpas und benetzte die Rolle dieses Mal etwas sparsamer. Eine zarte Melodie zwängt sich aus den Boxen des farbbesprenkelten Kofferradios, das auf einem der Kartons steht. Jonas' teure Stereoanlage befindet sich längst bei den zerbrechlichen Sachen im Keller seiner Eltern. Eine Gänsehaut jagt über meinen Rücken, als sich die ersten Bassakkorde zu der Melodie gesellen. Wie erstarrt stehe ich vor der halbbemalten Wand und starre die Farbrolle an. Die Farbe läuft an meinem Arm hinab, tropft auf das Parkett und bildet eine Lache am Boden.

Milo.

Es ist nicht seine Stimme. Aber seine Worte, unsere. Wir haben diesen Text zusammen geschrieben.

Ich habe auf seiner Brust gelegen, während er auf der Gitarre herumgeklimpert hat und meine Worte mit seinen und der Melodie mischte. Wie kann er von Liebe schreiben und kein Wort so meinen? Ein Schluchzen dringt aus meiner Kehle.

Was tut er hier? In meinem neuen Leben? Ich versuche, glücklich zu sein. Wieso kann er mich nicht einfach in Ruhe lassen? Noch immer umgeben mich seine Worte, gesungen von einer rauchigen Frauenstimme. Ich gebe dem Radio einen Fußtritt und sehe durch einen Tränenschleier, wie es am Boden zerschellt. Dabei hinterlässt es eine tiefe Kerbe neben der Farbe, die noch immer stetig aufs Parkett tröpfelt. Es ist mir egal, dass ich den Boden ruiniere. Es ist mir egal, dass ich das Radio kaputt gemacht habe. Mir ist alles egal.

Das Lied hat alles zurückgebracht. Den Schmerz, das Gefühl, langsam zu zerbrechen. Nur ihn hat es nicht zurückgebracht. Mir ist kalt. Ich rolle mich auf dem Parkett zusammen. Ein trauriger Haufen aus Jiara und Kleidern auf einem mit Farbe besprenkelten Boden.

Die Schatten im Zimmer werden länger, ohne dass ich mich bewege. Ich kann mich einfach nicht rühren. Die Farbe auf meiner Haut trocknet. Ich liege nur da. Meine Augen folgen der Farbe, die in den Fugen des Parketts versickert, während die Stunden vorbeiziehen. Meine Knochen tun weh. Und alles andere auch.

Erst als die Dämmerung einsetzt, rapple ich mich auf und wanke ins Bad. In weniger als einer halben Stunde treffe ich mich mit Jonas, seiner Familie und den Arbeitskollegen im Altamira. Bis dahin muss ich wieder funktionieren. Minutenlang starre ich mein Spiegelbild an, bis mir klarwird, dass das blasse Gesicht mit den roten Flecken meines ist. Ich bin nicht vorzeigbar. Jeder wird sehen, was passiert ist.

Milo ist wie ein blinder Fleck in meinem Inneren, dessen Gift mich krank aussehen lässt. Hektisch bürste ich meine Haare und binde sie zu einem einfachen Pferdeschwanz am Hinterkopf zusammen. Eine halbe Ewigkeit schrubbe ich an der Farbe auf meiner Haut herum, bis das Weiß endlich verschwindet und einem rötlichen Schimmer Platz macht. Ich klatsche jede Menge Make-up darüber, während mir schon wieder diese dämlichen Tränen kommen.

Ich bin glücklich! Ich brauche es mir gar nicht einzureden, denn das ist eine Tatsache! Jonas macht mich glücklich, unser gemeinsames Leben, unsere Zukunft, die in Kisten verpackt um mich herumsteht. Das hier ist meine Zukunft, und keine Notenfolge der Welt darf das einfach kaputt machen.

»Was war los mit dir heute Abend?«

Jonas steht neben dem Bett und löst seine Krawatte. Er hat mir den Rücken zugewandt und dreht sich nicht um. Ich kann den Ärger in seiner Stimme hören, obwohl er sich bemüht, ihn zu unterdrücken.

»Ich fühle mich heute nicht so besonders«, versuche ich mich rauszureden. Noch immer spukt Milo durch mein Hirn, und ich würde am liebsten den Kopf gegen die Wand schlagen, um ihn daraus zu vertreiben. »Es tut mir leid, dass ich dir den Abend verdorben habe.«

»Heute war ein wichtiger Tag für mich.«

Der Vorwurf ist unüberhörbar.

»Warum kannst du dich nicht einfach für mich freuen?« Ich höre den Rotwein in seiner Stimme.

Ich will mich nicht streiten. Weil ich ihm nicht erklären kann, was mich so aus der Bahn geworfen hat. Also trete ich von hinten an ihn heran und umarme ihn. Ich weiß nicht, ob es fair ist, aber ich brauche jetzt mein Jonas-Sicherheitsnetz.

Zunächst bleibt er steif stehen, gibt aber einige Sekunden später nach und streicht über meine vor seinem Bauch verschränkten Arme.

»Ich freue mich wirklich für dich. Es geht mir nur nicht so gut heute«, sage ich leise.

Ich hätte mich noch mehr zusammenreißen müssen. Es hätte mich gar nicht treffen dürfen. Ein Lied kann doch nicht die Kraft haben, alles zu zerstören. Ein Mensch sollte keine solche Macht über einen anderen haben. Trotzdem spüre ich, wie in meinem Kopf ein kleiner Teufel beginnt, alles in Frage zu stellen.

Jonas dreht sich zu mir um, reibt liebevoll über meine Schläfen und küsst mich sanft. Ich genieße seine Zuversicht, die ein wenig meiner frisch aufkeimenden Zweifel verdrängt.

»Ich gehe eben duschen und bringe dir eine Wärmflasche mit«, sagt er dann.

Ich nicke dankbar, schlüpfe unter die Bettdecke und kuschle mich fest in die wärmenden Daunen.

Als Jonas wenig später aus der Dusche kommt, tue ich so, als würde ich schlafen. Die Distanz von früher ist wieder zurück. Ich müsste dagegen ankämpfen. Ich weiß, dass ich sie besiegen kann, aber ich bin zu müde. Stattdessen versuche ich zu schlafen und hoffe, dass dieses Gefühl von allein vorübergehen wird. Ich will, dass es einfach verschwindet. Wahrscheinlich kann ich nie wieder Radio hören, aber es wird mir gelingen, diesen Tag, dieses Lied und Milo zu vergessen.

Ich treffe Kathi am nächsten Morgen im Café um die Ecke. Sie war auf einer Handwerksmesse und erstattet Bericht. Ihre Wangen glühen, als sie mir von den vielen, interessanten Menschen erzählt, die sie kennengelernt hat, und von der Organisation für ihren ersten eigenen Messeauftritt mit der eigenen Mützenkollektion, bei dem sie mit ihrer tornadoähnlichen Energie ganze Arbeit geleistet hat. Sie scheint so glücklich, als sie, ohne Luft zu holen, ein ganzes Wochenende in einen Zehn-Minuten-Kurzbericht quetscht. Das gelingt ihr auch deshalb so gut, weil sie ungefähr mit einhundertachtzig km/h spricht.

Während ich an meinem Tee nippe, fühle ich mich wie eine furchtbare Freundin. Und das in jeglicher Hinsicht. Wieso kann ich mich nicht für Jonas freuen und wieso nicht für Kathi? Wieso kann ich nicht fühlen, was ich müsste?

»Hörst du mir eigentlich zu?« Kathis Bericht ist offensichtlich zu Ende, und ich habe das fulminante Ende verpasst. Sie sieht mich stirnrunzelnd an.

»Klar«, beeile ich mich zu sagen und schiebe dann ein eiliges »Wirklich« hinterher. Sehr überzeugend. »Tut mir leid.« Das entspricht der Wahrheit, auch wenn es mir allmählich so vorkommt, als würde ich mich nur noch entschuldigen.

Am Morgen war die Distanz zwischen Jonas und mir

deutlich spürbar. Sie begleitet uns seit Wochen. Ich entschuldigte mich ungefähr zehnmal, obwohl mir nicht einmal klar war, wofür genau. Es dauerte eine halbe Ewigkeit, bis er schließlich einlenkte und mich küsste. Es waren Küsse, die guttaten, aber nicht reparieren konnten, was tief in mir noch immer zerbrochen ist. Zerstört durch eine dämliche Melodie.

Dann rief meine Mutter an, die eine Stunde lang versuchte, mir ein schlechtes Gewissen einzureden, weil ich sie nie besuchen komme. Meinem Vater würde es schlechtgehen, und von sich selbst wollte sie gar nicht reden, aber das würde mich als ihre einzige Tochter ja wohl nicht interessieren. Ich war kurz davor zu fragen, welche todbringende Krankheit mein Vater denn hätte, denn wie der Zufall es wollte, wusste ich sehr genau, dass er sich bester Gesundheit erfreute. Und meine nächste Frage hätte lauten müssen, seit wann sie nur ein Kind hätten, das sich kümmern konnte? Mein Bruder wohnte schließlich zu Hause und ließ sich trotzdem noch seltener blicken als ich. Statt all das zu sagen, entschuldigte ich mich auch bei ihr, während Milos blöder Song endlose Kreise in meinem Kopf drehte.

Und jetzt sitze ich mit Kathi zusammen und entschuldige mich schon wieder. Ich schnaube frustriert und schütte den Rest meines Tees hinunter, weil mir das die Möglichkeit gibt, die aufsteigenden Tränen hinter der Tasse zu verbergen.

Ein Finger bohrt sich in meine Schulter und erinnert

mich daran, dass ich mich nicht ewig hinter der Tasse verstecken kann.

»Was ist eigentlich los?«, fragt Kathi. Sie ordert noch einen Tee für mich und für sich einen großen Milchkaffee. Intuitiv scheint sie zu wissen, dass sie das Koffein bitter nötig haben wird. Ich zucke hilflos mit den Schultern. Ich habe keine Ahnung, wie ich in Worte fassen soll, was tief in mir rumort. Es ist bestimmt keine besonders ausgereifte Idee, ausgerechnet mit Kathi über dies Art von Problemen zu reden. Dabei wünschte ich, das wäre anders.

»Ich kann nicht darüber reden.« Ich weiß, dass meine Zweifel, einmal ausgesprochen, nicht nur Jonas und meine Beziehung zersetzen würden, sondern auch Kathis und meine Freundschaft.

Sie kneift die Augen zu schmalen Schlitzen zusammen und mustert mich eingehend. »Du hast damals Scheiße gebaut.« Sie senkt den Blick. »Aber ich habe genauso schlimme Fehler gemacht.« Ihre Hände umklammern die Tasse, und die Oberfläche der Flüssigkeit darin zittert.

»Jonas ist mein Freund, aber du bist meine beste Freundin. Ich war so sauer auf dich. Ich wollte, dass du mit Jonas zusammenbleibst. Ich wollte, dass du ihm nicht weh tust, aber am meisten wollte ich, dass du mir alles erzählst. Ich habe mich hintergangen gefühlt, als du mir gesagt hast, Milo wäre kein Thema mehr, und kurz darauf haust du mit ihm nach Süditalien ab. Jonas und ich haben uns in dem Moment ähnlich gefühlt, und es war so einfach, sich mit ihm gegen dich zu verbünden.«

Sie stellt die Tasse ab und nestelt an der Mütze herum, die sie trotz der warmen Temperaturen trägt. »Das alles erklärt vielleicht, warum ich so reagiert habe, aber es entschuldigt nichts davon.«

Das kann nicht ihr Ernst sein. »Kathi!«

Sie winkt müde ab. »Ich hätte mich nie von dir abwenden dürfen, und ich kann verstehen, wenn du mir deswegen nichts mehr anvertrauen willst, aber ich möchte, dass du weißt, dass ich diesen Fehler nicht zweimal begehen werde.« Jetzt sieht sie mich eindringlich an. »Bau Scheiße, bring mich zur Weißglut. Ich werde dir immer meine Meinung dazu an den Kopf knallen, aber ich werde dich nie wieder fallenlassen. Ich will meine Freundin zurück, und zwar nicht nur so …«, sie deutet auf mich, wie ich ihr gegenüber sitze, »… sondern ganz.«

Tränen laufen mir über die Wangen. Obwohl wir seit Wochen so tun, als wäre unsere Freundschaft wieder dieselbe wie vor dem letzten Sommer, schaffen erst ihre Worte genau das.

Ich nicke und wische mir mit dem Ärmel die Tränen fort. »Und ich verspreche, dass ich dich nie wieder anlügen oder dir etwas verschweigen werde.«

Kathi lacht und drückt über den Tisch hinweg meine Hand.

»Und jetzt verrätst du mir, wieso du aussiehst, als hätte Basti dir einen Regenwurm in den Kakao getan.«

Ich schüttle mich. »Erinnere mich nicht daran.« Mein Bruder hat solche Dinge früher wirklich getan.

»Also?«

»Es läuft nicht so gut zwischen Jonas und mir.« Ich hebe beschwichtigend die Hände. »Vielleicht bilde ich es mir auch nur ein, aber es ist merkwürdig.«

»Du hast aber nicht vor, wieder mit ihm Schluss zu machen?« Sie schüttelt den Kopf, und ihre Haare fliegen dabei wild um ihren Kopf. »Das überlebe ich nicht noch mal. Du wolltest ihn doch zurück. Und er wollte dich.«

»Ich will mich nicht trennen. Ich bin nur so müde und kaputt. Außerdem ist Jonas so komisch in letzter Zeit.« Zitternd entweicht mir der Atem. Es tut so gut, endlich darüber reden zu können, obwohl ich noch immer unsicher bin. »Ich weiß nicht, wie ich das einschätzen soll.«

Die Kellnerin bringt Getränkenachschub, und Kathi wartet ab, bis sie wieder verschwunden ist.

»Du hast dein ganzes Leben durcheinandergeschmissen, als du dein Studium abgebrochen hast. Du renovierst zwei Wohnungen, dann der Umzug, die Behördengänge. Du hast dein ganzes Leben umgekrempelt. Das ist belastend. Du hast im Moment keine Zeit für Spaß, für Jonas oder für deine beste Freundin.« Sie zieht einen Schmollmund und sieht mich dann liebevoll an. »Gib dem Ganzen etwas Zeit. Jonas ist gerade dabei, Partner zu werden. Er ist bestimmt noch überarbeiteter als du. Und denk erst einmal an den Druck, den er haben muss. Das wird alles wieder besser, wenn ihr in eurem Traumnest angekommen seid und Jonas sich in seinem neuen Posten eingearbeitet hat. Du wirst Bestsellerautorin, und als Plan B kannst du ja immer noch die tollen Liebesgeschichten in den Klatschzeitungen schreiben. Jonas wird erfolgreicher Geschäftsmann. Ihr bekommt zwei Kinder, und ich schenke euch den passenden Labrador.«

Sie grinst zufrieden. Das Bild, das sie von meiner Zukunft malt, scheint ihr zu gefallen, aber da ist dieses Lied, das sich fest in meinen Gehirnwindungen verankert hat, und daran hängen Bilder, die es unmöglich machen, Kathis Vorstellung als erreichbares Ziel zu sehen. Ich zögere. Es ist nicht einmal fünf Minuten her, als ich Kathi versprochen habe, ihr alles zu erzählen, also gebe ich mir einen Ruck. »Ich habe sein Lied gehört.«

»Sein Lied?« Sie sieht mich verständnislos an.

»Milo und ich haben ein Lied geschrieben, als wir in Palermo waren. Eigentlich war er es, der mich wieder zum Schreiben gebracht hat. Er muss den Songtext verkauft haben. Das Lied lief neulich im Radio.«

»Milo?« Kathis Nase legt sich in angewiderte Fältchen. Ich spüre, dass ich uns mal wieder an eine Klippe getrieben habe, aber sie besinnt sich und rudert zurück, indem sie leise fragt. »Wie geht es dir damit?«

»Nicht gut. Ich bin zusammengebrochen.«

Es ist völlig offensichtlich, was Kathi von meinem Rückfall hält, aber sie reißt sich zusammen. »So schlimm?«

Ich nicke. Dabei würde ich gern sagen, dass ich ihn endlich vergessen kann, dass er keine Rolle mehr spielt.

»Er hat dich ins Bett gesäuselt, mit seinen Scheißliedern, dich flachgelegt und dich dann in ein Flugzeug gesetzt, damit er dich los ist. Dir ging es dreckig, und es war Jonas, der dich wieder aufgebaut hat. Zeigt dir das nicht, wer deine Liebe verdient hat?« Sanft fügt sie hinzu. »Jonas liebt dich.«

Ich nicke und fange plötzlich an zu heulen. Ich kann einfach nicht mehr aufhören. Kathi kommt zu mir rüber, nimmt mich in den Arm und sorgt mit einem funkensprühenden Blick dafür, dass die Kellnerin uns nicht stört. Als ich mich endlich wieder beruhige, kann ich die roten Flecken in meinem Gesicht förmlich spüren. Ich brauche mich nicht im Spiegel zu sehen, um zu wissen, was für einen schrecklichen Anblick ich abgebe.

»Du liebst den Idioten trotz allem noch?«

»Er wollte das mit uns nicht.« Das ist keine Antwort auf ihre Frage, die wohl sowieso nur rhetorischer Natur war. »Ich möchte eine Zukunft mit Jonas, aber ich fühle sie nicht. Ich höre dieses Lied, und dann ist da nur noch Milo.«

»Du musst ihn vergessen! Gib Jonas und dir Zeit!«

Sie hat recht. Aber wie genau vergisst man einen Mann wie Milo, der in der kurzen gemeinsamen Zeit in jede meiner Zellen gekrochen ist?

»Vielleicht hast du recht«, antworte ich lahm. Ich bin Kathi dankbar, dass sie versucht, mein Gefühlschaos zu entwirren, aber am Ende liegt es bei mir, mein Leben auf die Reihe zu bekommen. Zumindest das weiß ich inzwischen.

Milo

Ich stehe in einer Staubwolke. Trotz langer Kleidung, Schutzbrille und Mundschutz dringen kleine Partikel zu mir durch, jucken in meiner Nase und auf der Haut. Die Schleifmaschine in meiner Hand ist aus, aber es fühlt sich an, als würde der Motor noch immer ein Summen durch meine Knochen schicken.

»Dario.«

Er ist gekommen. Er drückt mir kurz die Hand und nimmt mich in derselben Bewegung in den Arm, aber sein Augenmerk fällt nicht auf mich, sondern auf die halbverfallenen Balken, Wände und Böden.

Ich hoffe, er sieht dasselbe Potential, das ich sehe. Langsam wandert er durch den großen Raum, der später als Gastraum dienen wird, und nickt, während er mit seiner Hand über das Holz fährt.

Ungeduldig kratze ich mir über den vibrierenden Arm und folge ihm. »Was meinst du?«

Er grinst über das ganze Gesicht, hebt mich hoch und setzt mich nach einer halben Umdrehung wieder ab. »Es ist ein Juwel. Zugegeben, ein ziemlich ungeschliffenes Juwel, aber es ist der Hammer.«

Dieselbe Zuversicht, dass das hier eine gute Idee ist, die ich jetzt in seinem Gesicht sehe, erstickt bei mir gerade unter all dem Staub, den die Bauarbeiten aufwirbeln.

»Tut gut, das zu hören.« Ich klopfe auf mein Shirt und verschwinde in einer Wolke aus Sägespänen.

»Dein Konzept wird aufgehen, glaub mir. Die Musik ist dein Ding, und damit deine Gäste auch wegen des Essens kommen, ist hier die Nummer eines Freundes. Sein Name ist Matteo. Ein lockerer Kerl, passt zu dir, und wenn es um seine Arbeit geht, ist er einer der Besten.«

Ich nehme ihm den Zettel aus der Hand und stopfe ihn in meine Jeans. »Danke.«

»Ich muss wieder los. Bin eigentlich nur vorbeigekommen, um dir die Nummer zu geben.«

Und ich müsste weitermachen, sonst werde ich niemals fertig. Aber Dario sieht mich prüfend an, anstatt zu gehen. »Was?«

»Ich habe am Ende schon nicht mehr daran geglaubt, dass du die Kurve noch kriegen würdest. Ich frage mich nur, was du in Bezug auf Jiara tun wirst?«

Ich hole tief Luft, um ihm etwas an den Kopf zu knallen, das ihn dazu bringen wird, nie wieder von ihr zu sprechen, aber mit einer energischen Handbewegung stoppt er jede Form eines Einwands.

»Du hast deinen beruflichen Traum jahrelang ignoriert. Willst du deine Gefühle für sie genauso lange leugnen?«

Er erwartet keine Antwort. Er hält mir einen weiteren Zettel hin und dreht sich dann um. An der Tür hebt er kurz die Hand und lässt mich in der Staubhölle zurück – in der Hand einen Zettel mit Jiaras E-Mail-Adresse.

Jiara

Kathi hat recht. Direkt nachdem ich von dem Treffen mit ihr zurückkomme, mache ich mich daran, die letzten Kisten auszuräumen und die neue Wohnung etwas gemütlicher zu gestalten. Die Mission missglückt zwar, weil es weder eine warme Wandfarbe noch Möbel mit Seele oder irgendetwas Individuelles in dieser Wohnung gibt, das dieses Wunder vollbringen könnte. Ich wünschte, wir hätten wenigstens einige der alten Möbel mitgenommen, damit ich mich heimischer fühlen könnte, aber Jonas wollte einen kompletten Neustart. Ich habe zugestimmt, weil ich das Gefühl hatte, es ihm schuldig zu sein.

Irgendwo in der riesigen, offenen Küche mit Kochinsel und viel Edelstahl müssen noch Teelichter sein. Ich krame mich quer durch die Küchenschränke, bis ich fündig werde. Dann verteile ich eine komplette Megapackung in der Wohnung. Im Kühlschrank wartet ein Pinot Grigio. Oder war es doch ein Bianco oder Nero? Egal! Der Inhalt ist klarflüssig, und es steht Pinot drauf, was für meine Ansprüche an Wein genügt. Dann dimme ich das Licht. So ein Dimmschalter hat echt was und ist in meinen Augen der erste wirkliche Pluspunkt für die Wohnung. Ich muss wirklich lernen, mich an den guten Dingen festzuhalten, anstatt mich in Zweifeln zu verlieren. Vielleicht werden die hundert Quadratmeter Altbau und ich ja doch noch warm miteinander.

Gerade als ich das letzte Teelicht angezündet habe, höre ich Jonas durch die Tür kommen. Wenn das kein Timing ist. Er hält sich ewig im Flur auf, obwohl es da nun wirklich nichts gibt, womit man sich aufhalten könnte. Ein langer Schlauch mit mokkabraunen Fliesen und einem nichtssagenden, eleganten Sideboard, dessen Schubladen bis auf ein paar Wintermützen und Tüchern von mir leer ist. Kurz darauf höre ich die Tür zum Arbeitszimmer gehen und seufze entnervt auf. Ich versuche, hier gerade romantisch zu sein, und Jonas spielt so überhaupt nicht mit.

Natürlich erwischt er mich in der Sekunde, in der ich in Gedanken versunken wie ein Schluck Wasser in der Kurve auf der Sofalehne hänge.

»Was ist denn hier los?«

Weniger verführerisch kann man vermutlich nicht aussehen. Es sei denn, man gibt sich extreme Mühe, unerotisch zu sein. Jonas zieht eine seiner Augenbrauen nach oben. Ich bin mir nicht sicher, ob ihn mein Versuch, Romantik herbeizuzaubern, irritiert oder ob er einfach nur mein Herumhängen auf der Lehne seines teuren Sofas missbilligt.

Er würde bestimmt auch lieber sitzen, wenn er solche Schuhe an den Füßen tragen würde. Die sehen zwar wunderschön aus, wenn man Kathi glauben darf, aber sie sind leider nicht dazu geeignet, länger als zwei Minuten zu stehen, geschweige denn damit zu gehen. Ich bin mehr der Sneakers und Flipflops-Typ, aber Romantik verlangt manchmal Opfer. Kathi ist fest davon überzeugt, dass mein Gefühlsleben reine Einstellungssache ist. Diese Aktion heute soll mir dabei helfen, die richtige Einstellung zu finden.

Damit ich nicht hinfalle, tripple ich in Mäuseschritten zu ihm herüber und lege meine Arme um seinen Hals. »Ich wollte mich nur noch mal dafür entschuldigen, dass ich bei der Feier zu deiner Partnerschaft so schlecht drauf war und dir damals deine Feier vermiest habe. Ich dachte, wir könnten die Party nachholen.« Ich streiche ihm die Haare aus der Stirn. »Nur wir zwei«, füge ich leise hinzu und frage mich, wieso er mich nicht endlich erlöst. Er muss wissen, wie schwer mir das hier fällt. Er lässt mich noch etwas zappeln und lenkt schließlich ein.

Er grinst: »Hört sich verteufelt gut an.«

Das ist mein Stichwort. Ich stakse in Zeitlupentempo in die Küche und fülle den genau richtig temperierten Wein in zwei langstielige Gläser. Ohne Zwischenfälle bringe ich die Getränke zum Tisch und drücke Jonas eins davon in die Hand. Die Gläser geben ein seichtes Klirren von sich, als wir im Kerzenschein miteinander anstoßen.

»Du hast nicht zufällig auch etwas gekocht? Nicht, dass ich dich auf die Rolle der Hausfrau reduzieren will, aber ich habe echt Hunger. Hatte heute Mittag kaum Zeit, was zu essen.«

Ich kann das Knurren seines Magens bis hierhin hören und sage: »Gekocht nicht, aber ich habe uns etwas bestellt.«

Jonas kennt meine Kochkünste und erträgt sie meistens sehr tapfer, aber er sieht erleichtert aus, dass er heute Abend etwas Genießbares zu essen bekommt.

Wenig später klingelt es, und der Asia-Lieferdienst bringt eine Auswahl unserer Lieblingsgerichte. Jonas legt leise Musik auf und schaltet den Gaskamin an, der ein täuschend echtes Feuer bietet. Noch so etwas in dieser Wohnung, mit dem ich mich erst anfreunden muss.

Wir sitzen auf dem Boden, essen direkt aus den Pappboxen und reden. Das haben wir schon viel zu lange nicht mehr getan.

Die Stimmung ist unbeschwert, fast ausgelassen. Ich fühle mich geborgen. Es ist einfach schön, und es fühlt sich seit langem das erste Mal wieder so an, als würden wir in dieselbe Richtung laufen anstatt in entgegengesetzte. Als Jonas sich zu mir aufs Sofa kuschelt und mich küsst, schmiege ich mich fest in seine Arme.

Trotz des schönen Abends vor einigen Wochen, ist Jonas' und meine Beziehung alles andere als stabil. Wir geraten viel zu oft wegen Kleinigkeiten aneinander. Neu anzufangen ist gar nicht so einfach, wie wir es uns vorgestellt haben.

Auch heute ist die Atmosphäre mal wieder vergiftet, aber ich werde das Gefühl nicht los, dass es schlimmer ist als sonst. Jonas sitzt an dem riesigen Resopaltisch im Esszimmer und schlürft Kaffee aus einer Designertasse. Seine Haltung ist so abweisend, dass ich nicht zu ihm rübergehe, um ihm einen guten Morgen zu wünschen, sondern mich stumm ans andere Ende des Tisches setze. Wieder nimmt er einen geräuschvollen Schluck aus seiner Tasse. Das Geräusch verschärft die Kopfschmerzen, die mir der gestrige Abend mit Kathi in einer Cocktailbar beschert hat. Allerdings hat es der Alkohol nicht geschafft, die Melodie von Milos Lied, das seit dem Tag vom Partnerschaftsessen in meinem Kopf festhängt, zu löschen.

Ich bräuchte Jonas' Zuneigung, um Milo und die Musik aus meinen Gedanken zu vertreiben, aber er arbeitet viel. Selbst jetzt, wenn er hier ist, verschanzt er sich hinter seiner Zeitung und ist so distanziert, dass ich der Melodie in meinem Kopf nichts entgegenzusetzen habe.

Das bohrende Hämmern hinter meinen Schläfen veranlasst mich zu einem gereizten Blick in Jonas' Richtung. Er bemerkt es nicht, oder er ignoriert es.

»Ich habe Kopfschmerzen«, brumme ich undeutlich zwischen zwei seelenberuhigend fettigen, süßen Croissantbissen.

Er nickt, schlürft weiter und sagt dann: »Kein Wunder, so betrunken wie du gestern Abend warst. In der unteren Schublade sind noch Aspirin.«

Noch immer sieht er mich nicht an. Wahrscheinlich braucht der Dow Jones oder wie das Scheißding heißt seine ganze Aufmerksamkeit, um nicht ins Bodenlose zu fallen. Ich weiß genau, wie fies meine Gedanken sind und dass etwas anderes passiert sein muss. Sonst wäre Jonas nicht so schlechtgelaunt. Aber ich will mir einreden, dass es nur seine Arbeit ist, der Stress oder eine Kleinigkeit, die sich schnell aus dem Weg räumen lassen.

Ich reibe mir über die Schläfen und lasse dabei meinen Blick durch die Wohnung gleiten. Selbst die Beispiel-Wohnlandschaften im Möbelhaus sind gemütlicher. Am wenigsten mag ich die klinisch weißen Wände. Jeder Versuch meinerseits, wenigstens einigen Wänden mit warmen Farben Leben einzuhauchen, ist auf Granit gestoßen. Diese Wohnung muss repräsentativ sein, falls Jonas mal Geschäftspartner hierher einladen will. Deswegen auch die modernen, schweineteuren und wenig gemütlichen Möbel. Ich frage mich, ob ich wohl repräsentativ genug bin …

»Anstatt die ganze Zeit rumzustöhnen und dir die Schläfen zu reiben, könntest du dir auch einfach eine verdammte Aspirin aus der Küche holen.«

Genervt schlägt Jonas die Zeitung zusammen und studiert die letzte Seite, als hinge sein Leben davon ab. Jonas ist fürsorglich, beschützend. Dass er es jetzt nicht ist, macht mir Angst, aber anstatt klein beizugeben, recke ich mein Kinn vor.

»Du weißt genau, dass ich nicht so gerne Tabletten nehme.« Meine Stimme klingt trotzig.

»Das solltest du dir vielleicht überlegen, *bevor* du dich sinnlos betrinkst.«

Ich beiße mir auf die Lippen. Okay, irgendwas stimmt wirklich nicht mit ihm. Die Arbeit, der ständige Druck und die Anforderungen verändern ihn. Und dass es zwischen uns so beschissen läuft, trägt bestimmt auch seinen Teil dazu bei. Aber da ist noch etwas.

Anstatt auf den Seitenhieb einzugehen, hole ich mir ein Glas frisch gepressten Orangensaft aus der Küche und klettere damit zurück auf meinen Stuhl am Esstisch, der im offenen Wohnbereich direkt hinter der Kücheninsel steht. Der Saft riecht betörend gut nach Ferien, nach Sonne, nach Italien. Ein feiner Nadelstich von Sehnsucht durchzuckt mich. Ich vermisse Finale, meinen besten Freund, und ich vermisse den Menschen, der ich dort war. An alles Weitere, was ich vermissen könnte, verbiete ich mir zu denken.

»Bist du wahnsinnig?« Jonas' Stimme reißt mich unsanft aus meinen Gedanken. Er ist aufgesprungen und umrundet mit wenigen Sätzen den Tisch. Ob jetzt doch noch das Gedankenlesergen durchgebrochen ist? Aber nein. Er wirft einen ledernen Untersetzer vor mich und setzt mit Nachdruck das Orangensaftglas darauf. Mit einem wütenden Blitzen in den Augen deutet er auf einen feinen Rand Kondenswasser, der sich auf dem Holz des Tisches abzeichnet.

»Du drehst jetzt aber nicht wegen eines Wasserrandes durch, oder?«, frage ich und kann nicht glauben, dass derjenige, der seit dem Aufstehen schlürfend meinen Morgen gestört hat, wegen eines vergessenen Untersetzers einen Mörderaufstand übt. Früher hat ihn nichts aus der Ruhe gebracht. Er hätte mich nie wegen so einer Lappalie angegriffen, aber diese übertriebene Reaktion ist selbst für sein neues Ich ungewöhnlich.

»Der Tisch hat über tausend Euro gekostet«, setzt er nach. Als würde das seinen Ton rechtfertigen. »Und deswegen darf ich kein Glas darauf abstellen? Dann google am besten Mal die Funktion eines Esstisches!«

Bis eben war ich genervt, fast ängstlich, jetzt bin ich stinkwütend. Ich hasse Jonas' überhebliche Art, wenn er so mit seinem Besitz protzt. Auch etwas, was früher nie so war und das jetzt von seinem Vater auf ihn abfärbt, wie so vieles andere. Wieso muss er mir ständig vorhalten, wie teuer jedes Möbelstück in dieser verdammten neuen Wohnung ist? Noch immer nenne ich sie die neue Wohnung und nicht unser Zuhause.

»Wenn ich hier nicht leben und Orangensaft trinken darf, sollte ich vielleicht besser gehen.« Ich blitze ihn zornig an. Früher ist er in diesen Momenten eingeknickt und hat nachgegeben. Er hat eingesehen, dass es Blödsinn ist, worauf er sich da gerade versteift, und hat mich lächelnd geküsst. Jetzt bleibt er stocksteif stehen und mustert mich von oben bis unten.

»Vielleicht gehst du in dem Fall am besten zurück zu deinem Latinolover? Der kann dir sicher bei deinem Problem helfen.« Dabei sieht er mich zornig an.

Die Aussage und die Bitterkeit in seiner Stimme treffen mich völlig unerwartet. Jonas hat Milo seit unserem ersten Gespräch nie wieder erwähnt. Vergessen hat er ihn aber offenbar ebenso wenig.

»Das ist nicht fair. Wieso fängst du jetzt wieder damit an? Ich kann mich nicht mein Leben lang dafür entschuldigen, was vorgefallen ist«, sage ich lahm und fühle mich gleichzeitig ertappt, weil Milo tatsächlich noch immer in meinem Kopf ist und keineswegs abgehakt.

Die Temperatur seiner Stimme liegt unter dem Gefrierpunkt. »Nein, fair ist das nicht.«

Er zieht einen retroblauen Pullover unter dem Stuhl hervor und wirft ihn mittig zwischen uns auf den Tisch. Weiter sagt er nichts. Das braucht er auch nicht. Der Vorwurf trieft aus jeder seiner Poren.

Ich schweige ebenfalls und starre auf den blauen Stoff. Tränen steigen mir in die Augen. Wieso habe ich ihn nicht direkt weggeworfen, als ich Milos Pullover nach meiner Rückkehr in meiner Reisetasche gefunden habe? Wieso habe ich ihn behalten? Es war klar, dass Jonas ihn irgendwann finden würde. Nach der Sache mit den Fotos auf meinem Laptop hätte ich den Pullover wegwerfen müssen.

»Ich wollte meinen Anzug in die Reinigung bringen und dein Kleid mitnehmen. Der Pullover lag ganz hinten im Schrank. Kein besonders einfallsreiches Versteck.« Jonas schließt die Augen.

Vorsichtig berühren meine Finger die Kapuze, fast so als würde Milo sich materialisieren, wenn ich nicht achtsam genug wäre.

»Es tut mir leid«, murmle ich leise und weiß gleichzeitig, dass diese vier Worte keinen Unterschied mehr machen.

Jonas hat erkannt, dass mein Herz nie ganz zu ihm zurückgekehrt ist. Und was noch schlimmer ist: Er hört auf, darum zu kämpfen.

Er zeigt keine Reaktion auf meine Entschuldigung. Stattdessen schüttet er den Rest seines Kaffees in den Ausguss und verlässt türknallend die Wohnung.

Unschlüssig stehe ich im Flur. Ich weiß, dass ich selbst schuld an dieser Misere bin. Ich allein. Weil ich mich selbst jetzt noch nach dem Besitzer dieses Pullovers sehne. Ich sollte Jonas nachlaufen und den Pullover vor seinen Augen wegschmeißen. Ich sollte so vieles, aber mein Herz protestiert, und es hat einen starken Willen. Es war von Anfang an ein Kraftakt, es zu besiegen und zu tun, was sinnvoll und logisch war. Es hat mit keinen Frieden gebracht.

Meine Finger graben sich in den weichen Jersey, und ich ziehe den Pullover ganz nah an mich heran. Ich halte ihn in den Händen. Unschlüssig, was ich damit anfangen soll, mache ich einige Schritte auf den Mülleimer zu, aber bevor ich das Kleidungsstück zwischen benutzte Kaffeefilter und leere Verpackungen schleudern kann, versenke ich meine Nase darin. Er riecht nicht mehr nach Milo. Dennoch fühlt es sich an, als wäre er es, der meine Wange berührt, meine Lippen. Tränen hinterlassen dunkle Flecken auf dem blauen Stoff, bevor ich das Kleidungsstück eilig überstreife. Es fühlt sich an, als wäre ich von seinen starken Armen umgeben, als würden seine Fingerkuppen meine Haut kitzeln. Ich schlurfe zum Bett, schlinge die Arme um meine Mitte und lasse mich fallen. Wieso kann ich ihn nicht loslassen? Milo hatte kein Problem damit, mich hinter sich zu lassen. Er hat mich einfach auf dem Parkplatz eines Flughafens stehen lassen, und das ist ihm überhaupt nicht schwergefallen.

Es sei denn, Milo hätte den Pullover doch absichtlich in meine Tasche getan. Das hoffe ich wirklich. Und ich hoffe, dass es eine Bedeutung hat.

Milo

Betreff: Wir
Datum: 17. Februar, 23.34 Uhr
Von: camilo@rivacorporation.it
An: JiaraHansen@gmx.de

Jiara,
ich sitze seit ungefähr drei Stunden vor dem Rechner und starre den blinkenden Cursor an. Ich weiß einfach nicht, was ich schreiben soll. Vermutlich heißt das, es gibt nichts mehr zu sagen. Mein Hirn hat das kapiert, aber trotzdem sitze ich immer noch hier.
Ich habe Dich verletzt, und ich kann Dir nicht erklären, wieso. Ich verstehe selbst nicht, wie ich damals denken konnte, es wäre eine gute Idee, Dich in dem Glauben zu lassen, du hättest mir nichts bedeutet.
Ich bin genau der Typ, der so etwas Bescheuertes tut, aber seit unserer gemeinsamen Zeit ist es anders. Ich will nicht behaupten, dass ich ein besserer Mensch geworden bin. Ich würde Dich noch immer auslachen, wenn Du über Deine eigenen Füße stolperst,

und ich würde auch nach wie vor jede Minute mit meiner Gitarre einem Gespräch mit meinem Bruder vorziehen, aber Du hast etwas in mir angestoßen.
Ich spreche inzwischen ab und an mit meiner Familie.
Ich versuche, mir etwas aufzubauen. Und egal, ob Du mich nie wiedersehen willst, das ist auch Dein Verdienst. Vielleicht versuche ich wegen Dir, ein anderer Mensch zu werden.
Scheiße, ich werde dieses gefühlsduselige Zeug niemals abschicken. Du musst ja denken, ich wäre von Außerirdischen entführt und meines Hirns beraubt worden.
Milo

Am 2. Februar um 0.21 Uhr gespeichert in *Entwürfe*

Jiara

Es ist still in der Wohnung. Jonas brütet seit Stunden über irgendwelchen Zahlen und Berichten an seinem Schreibtisch. Es fühlt sich auch gut zwei Wochen nach unserem Pullover-Desaster immer noch so an, als würde er alles tun, um mir aus dem Weg zu gehen. Aber wenigstens streiten wir nicht mehr.

»Wollen wir heute etwas unternehmen?«, frage ich, während ich nervös an einem losen Faden meiner Bluse zupfe und so versuche, die Halbherzigkeit hinter meiner Frage zu verstecken.

»Musst du nicht auch etwas tun? Schreiben? Das ist doch, was Autoren allgemein so tun, oder?«, kommt es prompt zurück.

Ich atme tief durch. Seit dem Eklat wegen des Pullovers herrscht ein wackeliger Frieden, den ich nicht zerstören werde. Ich möchte nicht diejenige sein, die den Schritt aus dem Auge des Hurrikans macht, obwohl es mir schwerfällt, Jonas' in sich gekehrte Art, seine Distanz und die gelegentlichen Spitzen auszuhalten. Ich müsste wohl fragen, warum er schlecht drauf ist, aber ich bin mir ziemlich sicher, dass ich die Antwort nicht hören will.

Er denkt, ich hätte Milos Pullover entsorgt, dabei habe ich ihn nur im Keller unter meinen alten Reitsachen und den Heften meines letzten Schuljahrs versteckt. Jonas geht nie in den Keller, und wenn, würde er meine Reitsachen nicht berühren. Er hat eine Pferdehaarallergie. Einer der Gründe, warum ich das Reiten aufgegeben habe. Trotzig überlege ich, ob es nicht an der Zeit wäre, wieder Stunden zu nehmen.

Egal, was ihm auf der Seele liegt, es ist nicht fair, es an mir auszulassen. Genauso wenig wie es fair ist, ihn wegen des Pullovers anzulügen. Ich seufze. Wenigstens bemühe ich mich, die angespannte Situation nicht noch mehr zu reizen. Ganz im Gegensatz zu Jonas.

»Ich schreibe, wenn meine Kreativität einsetzt, und nicht wenn mir eine Uhrzeit sagt, ich müsste das tun.« Das klingt nicht nur klischeehaft, sondern dient Jonas auch als Steilvorlage.

Er verdreht prompt die Augen. »Du meinst nachts, damit du nicht zusammen mit mir ins Bett gehen musst.«

Natürlich schreibe ich nicht deshalb nachts, auch wenn es für ihn wirklich so aussehen muss. Ich kann mich nachts einfach besser konzentrieren. Es ist dann so herrlich ruhig, als würde die Erde für einen kurzen Moment stillstehen und mir Raum lassen, um andere Welten zu entwerfen – aber Jonas wird das nie verstehen. Er versteht *mich* nicht. Die Erkenntnis ist scharfkantig und versetzt dem letzten bisschen gute Laune in mir einen saftigen Tritt.

»Du weißt genau, dass das nicht der Grund ist. Und nur zu deiner Information, es ist Wochenende.«

»Zu deiner Information – wenn ich nicht arbeiten würde, könnten wir uns das hier alles nicht leisten. Wochenende hin oder her«, motzt er und macht eine vage Geste, die unsere Wohnung umfassen soll.

Ich wollte keine größere Wohnung. Ich brauche keine Designermöbel. Ich mochte unsere Studentenwohnung, die bunt und gemütlich war. Wenn ihm das ganze Scheißgeld so wichtig ist, sollte er vielleicht mit einem Hunderteuroschein zusammenleben und nicht mit mir. Ich will ihm genau das an den Kopf knallen, schlucke den Kommentar aber herunter.

Jonas hängt schon wieder über seinen Zetteln und Tabellen. Wahrscheinlich sollte ich einen Termin machen, um mich mit ihm zu streiten. Er ignoriert mich einfach. Es ist, als würde ich gar nicht existieren. Wütend schnappe ich mir meine Tasche und warte ab, ob er noch etwas sagen wird, aber außer dem Geräusch seines Stifts, der aufgeregt über das Papier kritzelt, ist nur Stille zwischen uns.

Milo

Betreff: kein Betreff
Datum: 4. März, 20.11 Uhr
Von ristorantemontinari@web.it
An: camilo@rivacorporation.it

Hey, mein Lieber!
Und? Hast Du Kontakt zu Jiara aufgenommen? Ich sehe Euch schon gemeinsam in Deinem Club arbeiten. Dieses Bild gefällt mir ausgesprochen gut! Also wenn Du Dich noch nicht bei ihr gemeldet hast, dann tu es jetzt – bevor ich Dir in den Hintern trete.
Noch etwas anderes. Ich hätte da einen ersten Auftrag für Dich. Könntest Du eine Band für Ninas und meine Hochzeit besorgen? Wir haben den Termin auf den 30.5. festgelegt und hoffen natürlich, dass Du Zeit hast und die geeignete musikalische Untermalung für unsere Feier findest. Ich komme in den nächsten Tagen vorbei, dann können wir alles besprechen.
Dario
PS: Schreib ihr, verdammt!

Betreff: Wir
Datum: 5. März, 00.31 Uhr
Von: camilo@rivacorporation.it
An: JiaraHansen@gmx.de

Hi Jiara,
wie geht es Dir jetzt, wo Du wieder zu Hause bist? Dario sagte mir, dass Du Dich entschieden hast, Dein Studium abzubrechen, um Dich ganz auf das Schreiben zu konzentrieren.
Wahrscheinlich denkst Du, dass es mich nichts angeht, und wahrscheinlich hast Du recht. Und trotzdem interessiert es mich. Irgendein idiotischer Teil von mir hat damals gedacht, dass es eine gute Idee wäre, Dich von mir zu stoßen. Und wer weiß, vielleicht war es das Schlaueste, was ich bis jetzt getan habe. Auf jeden Fall das am wenigsten Egoistische. Du bist wieder mit Jonas zusammen und führst ein glückliches Leben. Es ist alles, wie es sein sollte, so, wie ich es mir für Dich gewünscht habe. Dein Leben ist so, wie es war, bevor wir uns getroffen haben. Nur eine Sache hat sich verändert. Und das bin ich. Ich weiß, wie es sein kann, wenn wir zusammen sind. Ich weiß, wie es ist, Dich zu lieben, und ich wünsche es mir zurück. Ich wünsche mir uns zurück.
O Mann, ich bin betrunken. Sogar stockbesoffen, und ich werde diese E-Mail schon allein deswegen niemals abschicken.
Milo

Am 5. März um 0.53 Uhr gespeichert in *Entwürfe*

Jiara

Jonas ist bereits im Büro. Es ist acht Uhr an einem Samstagmorgen, und ich habe noch nicht einmal gehört, wie er sich aus der Wohnung gestohlen hat. Er muss in aller Herrgottsfrühe aufgestanden sein. Am Anfang hat es mich verletzt. Mittlerweile habe ich resigniert. Ich habe wirklich versucht, dass es klappt, und Jonas ebenfalls, aber wir haben beide aufgegeben. Wir waren erfolglos.

Ich streife mir ein Shirt und eine Jeansshorts über, auf die ich mit Kathis Hilfe irgendwann mal jede Menge bunte Flicken genäht habe. Jonas hasst dieses hässliche Patchwork-Ding, wie er es immer nennt. Aber da er nicht da ist, kann es mir egal sein. Ich schnappe mir meinen Schreibblock. Heute Abend muss ich mit Jonas reden. Ich werde gehen. Ich muss. Es hat keinen Sinn.

Schon seit Tagen schiebe ich das Gespräch hinaus. Trotzdem geht es mir besser, seitdem ich den Entschluss gefasst habe, mich von ihm zu trennen. Schon wieder. Im Flur schlüpfe ich in meine Sneakers, schnappe mir meine Tasche vom Sideboard und knalle die Tür hinter mir zu. Auf dem

Treppenabsatz vor der Wohnung binde ich mir die Haare am Hinterkopf zusammen und springe dann, immer mehrere Stufen auf einmal nehmend, die Treppe hinunter. Ich ertrage die Wohnung nicht. Nicht wenn Jonas da ist und noch weniger, wenn mich die weißen Wände anstarren und die Stille unerträglich wird.

Die ersten Sonnenstrahlen des Morgens tauchen Teile des Gehwegs in ein goldenes Licht, aber der Großteil der Stadt liegt noch im Schatten. Fröstelnd ziehe ich die Schultern hoch und angle den Pullover aus meiner Tasche. Vor einiger Zeit habe ich ihn aus dem Keller geholt und trage ihn seitdem immer bei mir. Es ist, als würde er mich inspirieren. Es ist zu einem Ritual geworden, dass ich ihn in meiner großen Umhängetasche aus dem Haus schmuggle, draußen überstreife, mich in eines der vielen Cafés setze und schreibe. Manchmal stundenlang, aber manchmal lasse ich auch nur meine Gedanken schweifen, entwerfe Geschichten oder bade in Erinnerungen. Wenn man es genau betrachtet, gehe ich mit einem verwaschenen blauen Kapuzenpullover fremd.

Plötzlich bleibe ich stehen. Meine Beine scheinen schneller als mein Kopf zu sein, der einige Sekunden länger braucht, um das Bild von Jonas umzusetzen, der Arm in Arm mit einem Mädchen an einem der Außentische des Bedford Cafés sitzt. Die Tussi fährt sich durch ihre blonden Haare und lacht dabei. Ein sympathisches Lachen, das meinen Magen rebellieren lässt. Sie hat üppige Brüste und eine sportliche Figur, die sie optimal verpackt hat. Das Make-up ist dezent und unterstreicht ihr hübsches Gesicht.

Unwillkürlich berühre ich mein eigenes ungeschminktes Gesicht, das gegen ihres völlig unscheinbar wirken muss. Vielleicht ist sie nur eine Arbeitskollegin, wobei ich bezweifle, dass sie mit Jonas arbeitet. Ich kenne seine Arbeitskollegen, zumindest den Großteil davon. Und genau in dem Moment beweist sie meine Vermutung, indem sie Jonas innig küsst. Es ist kein überfallartiger Kuss, der ihn überrumpelt hätte. Und er wehrt sich auch nicht gegen ihren Körper, der sich in dem immer wilder werdenden Kuss an ihn presst. Im Gegenteil, er scheint das alles sehr zu genießen. Es sieht sehr vertraut aus, was die Frau und er da tun.

Ich gehe vielleicht mit einem Pullover fremd, aber Jonas' Straftatbestand ist eindeutig schwerwiegender. Es sollte mir egal sein. Ich wollte heute mit ihm sprechen, weil ich ihn verlassen werde. Es ist weniger die Tatsache, dass er unsere Beziehung damit unwiderruflich beendet, bevor ich es tun kann, sondern vielmehr der Verrat, der bitter durch meinen Körper schwappt.

In der Sekunde, als sich unsere Blicke treffen, weiß ich, dass unsere Liebe nie groß genug war, um ein Leben miteinander zu verbringen. Die Frau an Jonas' Seite bestätigt nur, was ich längst gefühlt habe. Sie macht es mir leichter, Jonas endlich zu sagen, dass ich gehen werde. Ich überquere die Straße, lege ihm betont ruhig den Wohnungsschlüssel auf den Tisch, direkt neben Franzbrötchen, Heißwecken und die fein manikürte Hand auf seinem Unterarm. Die Situation ist so unwirklich, dass ich um ein Haar laut loslache.

»Jiara«, ist alles, was er sagt, und ich sehe, wie er kurz zusammenzuckt, als er sieht, welchen Pullover ich da trage.

Wir haben so sehr dafür gekämpft, einander wieder zu lieben, aber es ist unmöglich, so etwas zu erzwingen. Jetzt stehen wir hier: Ich mit dem Kapuzenpullover, er mit einer Frau, die er nicht erst seit heute trifft. Bevor er noch etwas sagen kann, drehe ich mich bereits um. Anstatt erleichtert zu sein, laufen mir Tränen über die Wangen, als ich in die Richtung zurücklaufe, aus der ich gekommen bin. Ich bin mir nicht sicher, warum ich weine, aber irgendwie tut es verdammt weh, obwohl ich längst wusste, dass es vorbei ist. Gleichzeitig fühle ich mich seltsam befreit. Es ist ein komischer Zustand, irgendwo zwischen Schweben und Fallen.

Nach der Begegnung bin ich einfach nur durch die Straßen gelaufen, habe den Kopf in den Nacken gelegt und mir vorgestellt, dass dieselbe Sonne, die mein Gesicht gerade wärmt, ebenfalls den Sand an Finales Stränden erhitzt und Lichtpunkte auf den Boden der Trattoria fallen lässt. Ich sehne mich so sehr nach Finale, Dario und dem Gefühl, zu Hause zu sein.

Jetzt öffne ich die Wohnungstür mit dem Ersatzschlüssel, der immer oben auf der Türzarge klemmt. Die Räume liegen im Halbdunkeln, das nur hier und da durch die Lichter der Stadt erhellt wird. Als sich meine Augen an das Dunkel gewöhnt haben, sehe ich Jonas am Esstisch sitzen. Er wohnt hier und hat natürlich jedes Recht dazu, in der Wohnung zu sein, aber insgeheim hatte ich gehofft, ihn nicht anzutreffen. Jonas starrt auf eine winzige Schachtel, die vor ihm auf dem Tisch liegt. Ich bin mir nicht sicher, ob ich mich zu ihm setzen soll. Unschlüssig bleibe ich eine Weile im Türrahmen stehen. Als ich mich schließlich doch setze, entschließe ich mich für den Platz ihm gegenüber. Es erscheint mir besser, wenn sich die teure Tischplatte zwischen uns befindet. Eine Weile sitzen wir nur schweigend da, bevor er die geöffnete Schachtel in meine Richtung schiebt und mit dem Kopf darauf deutet.

»Ich wollte dich damals im Altamira bei der Feier zu meiner Partnerschaft fragen, ob du meine Frau wirst. Ich hatte den Ring dabei. Aber dann hat es sich nicht richtig angefühlt. Ich hatte das Gefühl, dass etwas zwischen uns stand.«

Vermutlich seine Neue. Ich bemühe meine Gedanken, in weniger sarkastische Wege zu schweifen, und nicke. Der Ring ist wunderschön, und für einen Moment erlaube ich mir einen Blick auf eine Zukunft, die wir hätten haben können. Diese Zukunft ähnelt frappierend der, die Kathi für uns entworfen hat.

»Der Ring ist unglaublich schön.«

»Es wäre der richtige Ring für dich gewesen. Nur bin ich nicht der richtige Mann, habe ich recht?« Er lächelt mich liebevoll an und senkt den Blick.

Es tut trotz allem weh, ihn zu verlieren. Dabei wollte ich es so.

»Wieso so? Wieso sie?«, frage ich.

»Hanna?«

Sie heißt also Hanna. Ihr Name rundet das durchaus

sympathische Bild ab, das ich von ihr gewinnen konnte, Dabei will ich viel lieber sie anstatt uns hassen.

»Ich wollte das mit uns. Das musst du mir glauben. Aber irgendwann war da dieses Gefühl, ich würde dich wieder verlieren. Es hat mich erdrückt, ich konnte nicht daran vorbeisehen, daran vorbeiatmen. Ich habe es nicht ertragen zuzusehen, wie du dich immer weiter von mir entfernt hast.« Er zeigt auf Milos Pullover, den ich noch immer trage. »Ich habe mir so sehr gewünscht, dass du zurückkommst zu mir, aber das bist du nie.« Er seufzt, und ich sehe, wie sehr er mit sich kämpft. Am liebsten würde ich ihn in den Arm nehmen, aber ich kann es nicht. Still bleibe ich sitzen.

»Er hat dein Herz bei sich behalten, als du damals abgereist bist.« Er seufzt. »Vielleicht habe ich das mit Hanna nur getan, damit ich dieses Mal die Beziehung beende und nicht du.«

Es ist, als hätte er geahnt, dass das Ende bevorsteht. »Ich wollte heute Abend mit dir reden«, sage ich leise, und es ist unnötig zu sagen, worüber.

Er lächelt matt. »Du wärst gegangen.« Er presst die Hände gegeneinander. »Ich habe es irgendwie geahnt. Ich habe dich im letzten Sommer verloren, und du bist nie wieder ganz zu mir zurückgekommen. Du hast gesagt, dass ich dich nicht sehe. Ich habe das lange nicht verstanden, aber jetzt tue ich es. Ich kann dich *an*sehen, aber ich sehe nicht, was deine Seele bewegt.« Er klingt so unglaublich traurig.

»Jetzt sind wir beide frei«, murmle ich leise und fühle

mich eher, als würde ein tonnenschweres Gewicht meinen Brustkorb zerdrücken.

Verzweifelt suche ich nach den richtigen Worten. Keine, die das Unvermeidbare abwenden, sondern irgendetwas, das die Dinge zwischen uns erträglich macht. Etwas, das eine Freundschaft zwischen uns nicht zu etwas Unmöglichem degradiert. Aber da gibt es nichts, was das wiedergutmachen könnte, was passiert ist.

»Es tut mir leid«, sage ich leise.

»Mir auch.«

Es bleibt nichts zu sagen. Es ist vorbei. Das ist das Ende. Gleichzeitig fühlt es sich nach einem Anfang an. Ich habe die beiden Menschen verloren, die ich am meisten geliebt habe. Vielleicht ist es jetzt an der Zeit, mich nur um mich zu kümmern und mir meinen größten Traum zu erfüllen. Und es gibt nur einen Ort, an dem ich das tun kann.

Ich fahre die Ziffern auf dem Display meines Handys nach, das vor mir auf dem Bett meines Kinderzimmers liegt, in dem ich vorerst wohnen werde. Wenn es nach Ma ginge, nur so lange bis Jonas und ich die Dinge zwischen uns geklärt haben, aber ich habe andere Pläne. Der Hörer des Festnetztelefons klemmt zwischen Schulter und Kinn, während ich ungeduldig warte, dass Dario rangeht.

Bevor seine Stimme ein kräftiges »Pronto« in den Hörer trompetet, höre ich die vertrauten Geräusche der Trattoria. Ein Lächeln zerteilt die Traurigkeit auf meinem Gesicht.

»Dario?«

»Jiara! Wie schön. Endlich meldest du dich mal wieder.«

Er hat recht. Seit meiner Rückkehr nach Hamburg habe ich kaum von mir hören lassen. Er und Finale waren einfach zu eng mit Milo verknüpft. Ich habe ihn aus meinem Alltag verbannt, um das Leben mit Jonas hinzubekommen. Ich habe so viel aus meinem Leben verbannt, nur weil ich Angst hatte, an Milo erinnert zu werden.

»Wie geht es dir?«, fragt er.

Es ist, als würde er die Trennung von Jonas und mir ahnen, denn er fragt nicht nach ihm. Vielleicht ist es ein Zufall, aber ich glaube nicht an Zufälle.

»Nicht so gut.« Ich räuspere mich, aber meine Stimme bleibt wackelig.

»Was ist los?« Die Sorge in Darios Worten ist echt, und sofort steigen mir die Tränen in die Augen.

»Jonas hat mich betrogen.«

Es ist erst vierundzwanzig Stunden her und fühlt sich trotzdem an wie eine alte Wunde. Tief unter der Oberfläche spüre ich den Schmerz zwar noch dumpf pochen, aber die Traurigkeit hat dem flattrigen Gefühl von Vorfreude auf das, was kommen wird, Platz gemacht.

Es poltert, als Dario gegen irgendetwas tritt. Dann flucht er.

»Lass deine Küche heil, Da. Es ist schon o.k.«

»Was soll daran o.k sein?« Er klingt so wütend, wie ich ihn nicht kenne. Dario ist sanftmütig und großherzig, und auch wenn es ihn ehrt, er braucht nicht aus Loyalität empfinden, was ich fühlen müsste.

»Bist du wütend oder traurig?«, fragt er dann.

»Von beidem ein bisschen.« Nicht so sehr, wie ich es vielleicht sein sollte. »Ich wollte sowieso gehen. Er hat es mir nur verdammt leicht gemacht.« Trotzig wische ich die Tränen aus meinen Augenwinkeln.

»Hab ich etwa Glück, und du kommst zurück nach Finale?« Dario lacht leise.

Ich weiß genau, wie sein Gesicht sich durch dieses Lachen verändert, aufleuchtet und wie er sich dabei an den Tresen lehnt. Ich wünschte, ich wäre jetzt schon bei ihm.

»Wenn du noch einen Platz in deinem Asyl der gestrandeten Persönlichkeiten frei hast?«

»Für dich immer, Sorellina.«

»Es wäre auch nur, bis ich etwas Eigenes gefunden habe.«

Er lacht leise. »Du kannst so lange hier wohnen, wie du magst. Du brauchst dir keine eigene Wohnung zu suchen. Das ist vollkommener Quatsch.«

Ich weiß, dass Dario es gut meint, aber alles in der Wohnung wird mich an Milo erinnern und an den letzten Sommer. Auf Dauer würde das nicht gutgehen. »Mir wäre es aber lieber so.«

»Darüber sprechen wir noch. Nina heißt dich ebenfalls herzlich willkommen. Sie kann weibliche Verstärkung gut gebrauchen, sagt sie. Ich habe dich vermisst, meine Kleine. Wir freuen uns auf dich. Schreib uns einfach, wann du genau ankommst, dann holen wir dich ab.«

Ich bin so verdammt froh, dass Dario mein Freund und meine Anlaufstelle ist.

Meine Mutter sitzt mir an unserem Tisch gegenüber und kneift die Lippen zu einem schmalen Strich zusammen. Sie sieht einschüchternd aus, wenn sie das tut. Ich bin froh, dass ich Kathi gebeten habe, zu diesem Gespräch dazuzukommen. Allein wäre es sehr viel schwerer gewesen, meiner Mutter die Stirn zu bieten. Sie war bereits sauer, als ich vor ihrer Tür stand und ihr gebeichtet habe, dass Jonas und ich nicht länger zusammen sind. Das war nach dem Abbruch des Studiums der zweite harte Schlag für meine Mutter. Pa geht besser damit um. Er vertraut mir, dass ich das Richtige tue, aber Ma ist vollkommen anders.

Ich bin mir nicht sicher, wie sie darauf reagieren wird, dass ich bereits morgen auswandern werde. Ich habe das Gespräch mit Absicht bis heute vor mir hergeschoben. Sie wird zweifelsohne ausflippen und versuchen, meinen Entschluss aufzuweichen. Deswegen möchte ich nach dem Gespräch nicht mehr allzu lange hierbleiben müssen. Kathi weiß auch noch nichts von meinen Plänen, nach Italien zu gehen, aber sie wird die Sache deutlich besser wegstecken als Ma.

»Warum hast du uns hergebeten?«, fragt Kathi dann auch sofort und bringt damit das Gespräch in Gang. Jetzt gibt es kein Zurück mehr.

»Ich wollte mit euch reden, weil ich Entscheidungen getroffen habe, wie es jetzt weitergehen wird. Ich werde nicht zurück zu Jonas gehen, und hier kann ich auch nicht ewig bleiben.« Ich hole tief Luft. »Ich habe beschlossen, nach Italien zu gehen.«

Nicht nur Mama, sondern auch Kathi schnappt nach Luft.

»Was?« Meiner Mutter sind sämtliche Gesichtszüge entgleist.

»Ich habe lange und gründlich darüber nachgedacht«, fahre ich fort. »Ich will dort leben. Finale war in meinem Herzen schon immer mein Zuhause. Lange bevor Milo auf der Bildfläche erschienen ist. Ich weiß, dass ich an diesem Ort schreiben kann und das Beste aus meinen Fähigkeiten entwickeln werde. Sollte das Resultat nicht ausreichen, um das Schreiben zum Beruf zu machen, habe ich es wenigstens versucht. Ich habe einen Job in Darios Trattoria, in dem ich genug verdiene, um eine kleine Wohnung und mein Leben zu finanzieren, egal was passiert. Ich werde dort glücklich sein.« Dieser Ort hat das schon immer vollbracht, und ich hoffe inständig, dass Milo nicht auch das zerstört hat.

Kathi nickt. Sie sagt nichts, dabei sagt sie immer etwas. Sie hat zu allem eine Meinung. Lange sitzt sie nur da und hält sich an ihrem Glas Apfelschorle fest, bevor sie doch noch den Mund öffnet. Zweimal schließt sie ihn wieder, bevor ihre Lippen tatsächlich Worte formen.

»Jonas ist fremdgegangen. Dass dich das trifft, verstehe ich.« Sie schluckt, und ich sehe, dass der Betrug sie fast genauso sehr verletzt wie mich.

Mama sagt gar nichts mehr. Sie sitzt blass neben uns und versucht zu verdauen, was sie hört. Es ist sehr angenehm, dass auch sie zur Abwechslung mal sprachlos ist.

»Mit einer furchtbar nett wirkenden und zu allem Überfluss auch noch gutaussehenden Tussi«, werfe ich ein und verziehe das Gesicht zu einer Grimasse, die in etwa zeigt, was ich von alledem halte.

Kathi sieht mich verständnislos an. »Nett? Wie kann so jemand nett sein? Sie schläft mit einem Typen, der in einer Beziehung steckt. Sie ist der Feind, oder nicht?«

»Schon«, gebe ich zu. »Aber sie ist nicht der Grund für das Ende. Ich wäre so oder so gegangen. Wir waren beide schon länger nicht mehr glücklich.«

»Du musst ihm ja nicht verzeihen oder es noch mal mit ihm versuchen, aber du könntest in Hamburg bleiben, bei mir?«, fragt sie kleinlaut.

»Du kommst mich besuchen und ich dich. Es sind nur ein paar Kilometer.«

Vielleicht aber verliert auch sie ihr Herz an das kleine italienische Küstenstädtchen oder an einen ihrer Bewohner und bleibt ebenfalls dort. Eine Traumvorstellung, ich weiß. Es fällt mir schwer, sie zu verlassen, und ich wünschte, ich könnte sie einfach in meine Tasche packen und mitnehmen, aber ihr Leben ist hier.

»Das geht nicht.« Ma ist aus ihrer Erstarrung erwacht. »Du kannst doch nicht völlig allein da runtergehen. Überleg bitte, was letztes Mal passiert ist. Wir sollten auf deinen Vater warten. Er kommt bald von der Arbeit.« Sie sieht sich hektisch um, und ich lege ihr eine Hand auf den Arm.

»Ma, Papa weiß schon Bescheid. Ich habe gestern mit ihm gesprochen, und er ist einverstanden.«

»Dass du allein in eine fremde Stadt ziehst, in ein fremdes Land?«, bringt sie entsetzt hervor.

Mir tut Pa jetzt schon leid. Sie wird ihm das eine halbe Ewigkeit nicht verzeihen.

»Vielleicht könntest du vorerst zu deinem Onkel nach Brugherio ziehen, bis du zurückkommst?« Ma versucht krampfhaft, mich nicht ganz aus ihrem Einflussbereich entwischen zu lassen, aber mir ist es ernst. Ich will neu anfangen, und dabei kann ich Ma, die versucht, mich durch Onkel Gianluca weiter unter Kontrolle zu haben, einfach nicht gebrauchen.

»Ma, wir alle kennen Finale seit Jahren. Es ist keine fremde Stadt. Pa und du, ihr kennt Dario seit einer halben Ewigkeit. Ich bin in Finale gut aufgehoben. Brugherio und Gianluca sind nicht, was ich will, und ich werde auch nicht nach ein paar Wochen zurückkommen.«

Sie verzieht das Gesicht und kramt ein letztes Mal die Paradelösung hervor. »Jonas und du, ihr könnt versuchen, das wieder hinzubekommen. Sprich mit ihm«, fordert sie mich auf. »Dann überlegst du es dir vielleicht noch mal.«

Ich kann nicht glauben, dass sie das ernst meint. »Er hat mich betrogen, Ma.«

»Er hatte sicher seiner Gründe, und wenn ihr über alles redet, wird sich alles fügen.«

»Nein!«, schneide ich ihr das Wort ab. Denn es gibt keine Entschuldigung für Jonas' Verhalten, genauso wie es keine Chance mehr für uns gibt, weil mein Herz schon lange nicht mehr ihm gehört.

Sie sieht mich erstaunt an. Ich bin selbst erstaunt, wie bestimmt ich ihr gegenübertrete. Kathi drückt unter dem Tisch meine Hand.

»Wir haben geredet, wir haben es versucht, und es ist schiefgegangen. Schon lange, bevor Jonas diese Frau kennengelernt hat.« Ich streiche mir die Haare aus dem Gesicht. »Ich habe mir das gut überlegt«, schiebe ich sanft hinterher.

Es ist das erste Mal, dass ich den Mut habe, meiner Mutter offen zu sagen, was ich will. »Jonas ist mit Hanna fremdgegangen, und ich habe heimlich den Kapuzenpullover von Milo getragen, um aus unserer Beziehung zu flüchten. Das ist nicht ohne Grund so passiert«, fahre ich fort. »Ich weiß, dass ihr nur das Beste für mich wollt. Pa hatte auch seine Zweifel, aber er musste einsehen, dass mich niemand umstimmen kann.« Ich hole tief Luft. »Finale ist das Beste für mich«, schließe ich.

»Du hast dir das gut überlegt und bist dir wirklich sicher?« Ma blinzelt mich an, beantwortet ihre Frage mit einem Nicken selbst, und ich glaube so etwas wie Rührung in ihrem Gesicht zu sehen. Vielleicht hat sie nur so krampfhaft versucht, mir eine Richtung aufzudrücken, weil ich so lange orientierungslos war. Das braucht sie nun nicht mehr.

Kathi nimmt mich in ihre Arme, und ich spüre ihre Tränen, als sie mit mir lacht. Wir hoffen beide mit aller Kraft, dass wir uns trotz der Entfernung nicht aus den Augen verlieren werden. Und ein nanobisschen mehr hoffe ich, dass es mir tatsächlich gelingen wird, in Italien glücklich zu werden, ohne dass die Erinnerung an Milo in jedem Moment sein wird. Er ist mir bis nach Hamburg gefolgt. In Finale wird er allgegenwärtig sein. Mein dummes Herz klopft eine Spur zu schnell, als wäre er nicht der Grund, den Umzug zu fürchten, sondern noch immer der Antrieb zurückzukehren.

Milo

Dario klopft und tritt dann ein. Bevor ich ihn begrüßen kann, muss ich die Farbreste von meinen Händen wischen. Es gab einen Punkt, an dem ich nicht mehr daran geglaubt habe, dass der Club jemals Formen annehmen würde. Der Umbau hat mehr Zeit und Arbeit gekostet als angenommen, aber mittlerweile sieht es so aus, als könnte ich den Termin für die Eröffnung Anfang Juni halten.

»Sieht gut aus.« Dario nickt anerkennend, und ich kann nichts dagegen tun, dass mich ein warmes Gefühl von Stolz durchflutet.

Jedes Stück Holz, jedes Möbelstück in diesem Club habe ich selbst gekauft und restauriert. Innen dominieren der L-förmige, langgezogene Tresen aus altem Schiffsholz und die Tanzfläche. Eine kleine Bühne in der Ecke gegenüber dem Tresen bietet Platz für Bands oder einen DJ.

»Setzen wir uns. Ich brauche eh mal 'ne Pause.« Ich zeige auf die riesigen Flügeltüren, die auf eine große, mit Holzbohlen beplankte Terrasse führen, die direkt auf den rauen Felsen über dem Meer befestigt ist. Dicke Taue begrenzen den Außenbereich. Dario ist einverstanden, wohl auch, weil er so den Außenbereich besser inspizieren kann. Er folgt mir nach draußen. Für Ende April ist es sehr warm. Ich kremple meine Ärmel hoch und genieße die warmen Sonnenstrahlen auf meiner Haut.

»Du hast hier Großartiges geleistet. Dieser Club wird eine Goldgrube werden.« Dario ist sichtlich angetan.

Zweifelnd blinzle ich ihn an. Es ist schön, dass er an den Erfolg des *Riva* glaubt, aber er sollte mit seinen Beteuerungen nicht übertreiben, sonst wird es unglaubwürdig. Auch wenn ich zugeben muss, dass ich es gern höre.

»Ich schmiere dir keinen Honig um den Mund. Die Location ist der Hammer, du hast eine gute Verkehrsanbindung, das Meer und ein tolles Konzept. Hast du dich schon für einen Namen entschieden?«, fragt er.

»Ich dachte daran, es ganz schlicht zu halten und es einfach *Riva* zu nennen.«

»*Riva*. Hört sich gut an. Kurz und einprägsam.«

»Du bist aber nicht nur hier, um mir zu erzählen, was für ein guter Clubbesitzer ich bin, oder?«

Dario grinst. Ich werde das Gefühl nicht los, dass er einen ganz bestimmten Grund hat, heute vorbeizukommen.

»Jiara hat sich gemeldet«, verrät er dann auch schon.

Ich antworte nichts darauf, sondern tue so, als würde meine komplette Konzentration von den Sonnenstrahlen auf meinem Gesicht aufgesogen.

Dann lässt er die Bombe platzen: »Sie kommt zurück nach Finale.«

Mit einem Ruck setze ich mich auf und ärgere mich, dass ich nach all der Zeit noch so auf sie reagiere und dass es mir nicht gelingt, diesen Umstand besser zu verbergen. Ich habe kein Recht mehr, mich für sie zu interessieren. Am liebsten würde ich Dario dieses Grinsen aus dem Gesicht wischen, das noch breiter wird, als er sieht, dass seine Neuigkeit voll einschlägt. Es hat keinen Sinn, ihm etwas vorzumachen und Desinteresse zu heucheln.

Daher frage ich: »Warum kommt sie zurück?«

Ich war fest davon überzeugt, dass sie längst mit Jonas glücklich auf dem Weg in den Hafen der Ehe wäre.

»Sie hat versucht, die Beziehung mit Jonas wieder aufzubauen, aber das ist schiefgegangen«, erklärt Dario. »Sie hat endlich begriffen, was sie braucht, um glücklich zu sein … Da habt ihr etwas gemeinsam.«

Was zum Henker meint er damit? Italien oder uns? Sie kommt nach Italien, nicht zu mir. Das beantwortet meine Frage wohl hinlänglich.

»Ich hoffe, sie wird in Finale glücklich«, bringe ich hervor.

Rumms. Der Schlag kommt unerwartet und trifft mich voll auf den Hinterkopf. Ich reibe mir über den Schädel. »Was sollte das denn?«

»Du sollst nicht hoffen, dass sie glücklich wird, sondern ihr schreiben. Verdammt, so sehr wie du kann man doch gar nicht auf dem Schlauch stehen. Schick ihr eine verfluchte E-Mail. Du hast ihre Adresse schon seit Wochen!«

Natürlich weiß er nichts von den zigtausend Versuchen,

ihr zu schreiben, die in meinem Ordner *Entwürfe* vor sich hin dümpeln.

»Ich will mich jetzt auf die Eröffnung und eure Hochzeit konzentrieren. Die Sache mit Jiara …«, ich verstumme, weil ich nicht weiß, was ich sagen soll. Es ist kompliziert, aussichtslos und gleichzeitig so verdammt existentiell. Ich kann und will im Moment nicht darüber nachdenken.

»… ist schwierig, ich weiß«, beendet Dario meinen Satz und sagt dann: »Sie wird zur Hochzeit kommen.« Jetzt reckt Dario sein Gesicht in die Sonne und vermeidet so den Blickkontakt.

»Danke für die Warnung.« Dann sollte ich vermutlich so weit weg von dort sein, wie nur irgend möglich.

»Du wirst sie da sehen.« Er grinst zufrieden und nickt mir zu.

»Ich wäre wirklich gern an diesem Tag dabei, aber das halte ich für keine gute Idee«, sage ich schnell.

»Willst du mir erzählen, dass mein Trauzeuge nicht zu meiner Hochzeit kommen will?« Dario zieht alle Register. Er weiß, wie er mich rumkriegt.

Sein Grinsen wird immer breiter, und ich werde das Gefühl nicht los, dass er sehr zufrieden mit sich ist. Er weiß, dass ich nicht nein sagen werde zu diesem Amt. Dass ich mich darüber freue. Und er weiß, dass mich diese Aufgabe dazu zwingen wird, mich mit Jiara auseinanderzusetzen.

Jiara

Eine dichte Regenwand hängt über dem rauen Meer und verwischt die Grenze zwischen Wasser und Himmel. Ich sitze am Küchentisch meiner kleinen Wohnung in Finale und male lustlos Kreise auf den Rand meines Spiralblocks. Letzte Nacht bin ich gut vorangekommen mit meinem Manuskript. Heute Morgen geht dafür gar nichts. Entweder ist es das Wetter oder ich habe einfach nicht genügend geschlafen.

Die letzte gespeicherte Version des Dokuments sagt mir, dass ich den Laptop erst um weit nach zwei Uhr nachts geschlossen habe. Müde reibe ich mir die Augen und nehme einen Schluck Tee. Dario erwartet mich in einer Stunde in der Trattoria. Ich soll die Vormittagsschicht übernehmen, während Nina und er die Hochzeitstorte aussuchen gehen. Nina hat etwas Sorge, dass Dario den Bäcker mit Fachfragen in den Wahnsinn treiben wird, aber ihr dauerhaft seliges Lächeln zeigt, wie glücklich die beiden sind.

Die Wohnung, in die ich vor zwei Wochen gezogen bin, hat zwei Zimmer, ist klein und gemütlich. Sie liegt nur zwei

Häuser von der Bar entfernt. Ich habe ein paar der alten Möbel behalten, die der Vorbesitzer in der Dachgeschosswohnung zurückgelassen hat, und das fehlende Mobiliar mit weißen Ikea-Möbeln aufgefüllt. Es wirkt alles ein wenig zusammengewürfelt und nicht gerade perfekt, aber genau das macht es für mich einzigartig.

Dario hat mir geholfen, die Wände in einem warmen Beige zu streichen, auch wenn er sich am Anfang gegen meinen Plan einer eigenen Wohnung gesperrt hat. Wir haben jeweils eine Wand pro Zimmer mit einer kräftigen Farbe versehen. Im Wohnzimmer ist das ein Altrosa, im Flur ein helles Grün und in der Küche ein zartes Himmelblau. Das Schlafzimmer hat einen lavendelfarbenen Anstrich bekommen.

Ich schlüpfe aus meinem Schlafanzug und tapse nackt in das winzig kleine Bad. Hier kann man sich tatsächlich die Zähne putzen und duschen, während man auf dem Siebziger-Jahre-Klo hockt. Irgendein Manko hat jede Wohnung. Ich schnappe mir die Zahnbürste und hüpfe unter die Dusche.

Als ich frisch geduscht vom Bad ins Schlafzimmer hopse und dabei nasse Minipfützen hinterlasse, höre ich ein schrilles Pingen, das den Eingang einer E-Mail anzeigt. Schnell streife ich mir einen Rock und eine Tunika über, binde meine Haare zu einem lockeren Dutt auf dem Kopf zusammen und renne zum Computer. Ich will nur schnell sehen, ob Kathi mir etwas über ihren neuen Lover geschrieben hat, bevor ich los muss.

Fassungslos starre ich die E-Mail an, die da in meinem Posteingang liegt. Ich bin mir nicht sicher, ob ich sie ansehen soll, aber bevor ich mich dagegen entscheiden kann, habe ich sie schon mit einem Doppelklick geöffnet.

Betreff: Wir
Datum: 17. Mai, 9.41 Uhr
Von: camilo@rivacorporation.it
An: JiaraHansen@gmx.de

Hallo Jiara,
ich bin noch nie besonders gut darin gewesen, über meine Gefühle zu sprechen. Ich weiß von Dario, dass Du wieder in Italien lebst und vorerst auch hier bleiben wirst. Er hat mir Deine E-Mail-Adresse schon vor einigen Wochen gegeben, aber ich wusste nicht, was ich sagen sollte … was angebracht wäre.
Wenn mir etwas wichtig ist, versagt meine große Klappe.
Das weißt Du vermutlich längst. Wahrscheinlich ist das einer der Gründe, warum ich das Schreiben dieser Mail seit einer Ewigkeit vor mir herschiebe.
Allerdings steht die Hochzeit von Dario und Nina unmittelbar bevor. Und ich denke, wir sollten versuchen, miteinander auszukommen, um diesen Tag für die beiden zu etwas Unvergesslichem zu machen – und das nicht, weil wir die Feier sprengen. Ich hoffe, Du bist bereit, mit mir zu sprechen, damit unser Treffen an diesem Tag nicht in einer Katastrophe endet.

Dario hat mir erzählt, dass Du wieder schreibst. Das ist toll, und ich hoffe, dass es Dir gelingt, Deinen Traum zu erfüllen. Ich bin überzeugt, dass Du es schaffen kannst.
Milo

Eine Zeitlang sitze ich einfach nur da. Dann lese ich die E-Mail noch mal. Und noch mal. Das Schrillen des Telefons reißt mich aus meiner Starre. Wie betäubt gehe ich ran und brauche einige Sekunden, bis ich begreife, dass Dario hektisch in den Hörer quasselt. Irgendetwas von »Termin«, »… zu spät«, »… wir warten«.

Schlagartig wird mir klar, dass ich es bin, auf die sie warten, und dass ich hoffnungslos zu spät bin. »Ich komme sofort. Es tut mir so leid«, stottere ich und schmeiße mir meine Tasche über die Schulter. Ich rase die Treppe herunter und renne fast eine alte Frau über den Haufen, als ich auf die Straße stürme. Zwei Minuten später erreiche ich die Trattoria. Nina und Dario stehen wartend am Tresen. Eine doppelte Front mit vorwurfvoller Stirnfalte.

»Was war los? Ist alles in Ordnung?«, fragt er mich.

Dario hat Kontakt zu Milo. Er darf niemals erfahren, wie sehr mich seine E-Mail aus der Bahn geworfen hat. »Ich habe geschrieben und die Zeit vergessen«, murmle ich undeutlich und füge etwas fester hinzu: »Es tut mir ehrlich leid.« Ich grinse entschuldigend und schiebe die beiden in Richtung Tür. »Los, zischt ab!«

»Der Lieferant kommt später noch und bringt die bestellten Lebensmittel. Sag ihm einfach, er soll sie in die Kühlung stellen. Ich räume sie dann nachher weg.«

»Mach ich. Jetzt geht.«

Nina steht schon an der Tür. »Komm schon, tesoro. Wir sind jetzt schon viel zu spät. Bis später, Jiara! Und dann musst du mir erzählen, was wirklich los war.« Sie zwinkert mir zu und rauscht aus der Bar.

Na toll, noch so eine, die Gedanken lesen kann.

Ich sehe den beiden hinterher, wie sie Hand in Hand zum Stilo laufen und wenig später losfahren. Es gelingt mir kaum, die Bilder von Milo und mir in diesem Auto wegzublinzeln. Es ist, als könnte ich seine Hände auf meiner Haut spüren. Wieso will er plötzlich reden? Nur wegen der Hochzeit? Letzten Sommer, als er mich abserviert hat, wollte ich reden. Ich habe ihn angefleht, mir zu sagen, was los war. Er war es, der ausdruckslos durch mich hindurchgestarrt hat und nur darauf wartete, dass ich endlich ging. Und jetzt bin ich ihm plötzlich wichtig? Er will mir etwas erklären, was fast ein Jahr zurückliegt und für das es keine Erklärung gibt.

Wütend zücke ich das Handy und hacke eine Antwort-Mail in mein Smartphone.

Betreff: RE: Wir
Datum: 17. Mai, 10.43 Uhr
Von: JiaraHansen@gmx.de
An: camilo@rivacorporation.it

Ich wüsste nicht, was es zwischen uns noch zu besprechen gibt. Um Dich zu beruhigen, Du bist mir nichts mehr schuldig. Was damals passiert ist, hat mich getroffen, aber das ist lange her. Sollten wir uns auf Darios und Ninas Hochzeit treffen, werde ich mich Dir gegenüber neutral verhalten. Du musst Dir also keine Sorgen wegen einer Szene machen. Ich möchte mich im Moment einfach nur aufs Schreiben konzentrieren und mich nicht mit Dingen beschäftigen, die längst Vergangenheit sind.
Jiara

Ich drücke auf *Senden.* Dann kümmere ich mich um die Gläser für den Abend. *Ping* kündigt sich nur einige Minuten später eine Antwort-Mail an. Ich zwinge mich dazu, seine Mail nicht sofort zu lesen. Das Auftauchen des Lieferanten lenkt mich eine Zeitlang ab, aber als er wieder gegangen ist, kann ich nicht anders und rufe die Nachricht vom Server ab.

Betreff: RE:RE:Wir
Datum 17. Mai, 11.13 Uhr
Von: camilo@rivacorporation.it
An: JiaraHansen@gmx.de

Du gehst Deinen Weg. Das ist gut, denke ich. Ich versuche dasselbe. Vielleicht hat Dario Dir erzählt, dass ich einen Club in der Nähe von Finale aufmachen werde.
Die Musik begleitet mich also weiter.
In Bezug auf die Musik gibt es da noch etwas, was ich Dir schon seit Monaten sagen wollte: Ich habe den Song, den wir im letzten Sommer gemeinsam geschrieben haben, verkauft. Es war nur ein kleines amerikanisches Label, aber mir hat es unglaublich viel bedeutet, dass unsere Musik Beachtung gefunden hat. Es hat mir geholfen, an meinen Weg zu glauben. Auch wenn es keine Unsummen eingebracht hat, kommt es mir noch immer wie ein Sechser im Lotto vor. Vielleicht gibt Dir dieser Erfolg ebenfalls Kraft. In jedem Fall habe ich Deine fünfzig Prozent auf einem Konto unter Deinem Namen bei der Banca Popolare di Novara hinterlegt. Wenn Du also mit dem abschließen willst, was war, könnte das Geld ein Anfang sein.
Ich für meinen Teil freue mich, Dich wiederzusehen, und werde das Stück Vergangenheit sein, das Dir auf der Feier zulächelt.
Milo

Hier die Kontodaten:
Jiara Hansen
Banca Popolare di Novara
IBAN: IT 2004 8762 77421
BIC: NVRBIT21031

Milo

Nachdem ich die Nachricht abgeschickt habe, sitze ich noch eine Weile vor dem Rechner, bevor ich ihn zuklappe und mich mit einer Flasche Bier auf die Terrasse setze. Der Club ist fertig, ich könnte eröffnen, aber ich werde warten, bis die Hochzeit vorüber und das glückliche Ehepaar aus den Flitterwochen zurück ist. Bis dahin habe ich ihnen nämlich Matteo, den neuen Koch des Riva, ausgeliehen. Das verschafft mir zwei Wochen Urlaub. Ich kann mich nicht erinnern, wann ich das letzte Mal Urlaub hatte. Wenn man Tiziano fragt, würde er vermutlich sagen, dass ich die letzten fünf Jahre nichts anderes getan habe, als mich auszuruhen, aber de facto habe ich nie wirklich stillgestanden.

Die Wellen schlagen sanft gegen die Klippen unter der Terrasse. Über mir hängen bunte Lichterketten in den Bäumen, ansonsten ist es dunkel und ruhig – verdammt friedlich. Auf Dauer würde ich mit so viel Stille nicht klarkommen, aber wenn alles nach Plan verläuft, wird hier spätestens in drei Wochen der Bär los sein.

Es kommt mir vor, als hätte ich mit dem Versenden der Kontodaten die letzte Verbindung zu Jiara gekappt. Wahrscheinlich habe ich deswegen so lange gewartet, sie ihr zu schicken. Oder ich war einfach nur zu feige, den Kontakt aufzunehmen, weil mir klar war, dass dann zur Gewissheit werden würde, wie unumstößlich sie mit uns abgeschlossen hat. Wie hat sie es genau ausgedrückt? Sie wird mir *neutral begegnen*.

Ich verdrehe die Augen, trinke mein Bier und sehe über das dunkle Meer, das an einen sternenklaren Himmel stößt. Ich werde sie bald wiedersehen, und bis dahin sollte ich dieses verdammte Vibrieren abtöten, das meinen Körper durchläuft, sobald ich an sie denke. Ihre Meinung zu uns ist eindeutig. Neutral.

Jiara

Es ist der Tag der Hochzeit. Nina rennt schon seit Stunden hektisch durch meine Wohnung und tut Dinge ohne erkennbaren Sinn. Müde setze ich mich auf. Es gelingt mir einfach nicht mehr, sie zu ignorieren, und wenn ich ehrlich bin, habe ich sowieso kaum geschlafen letzte Nacht. Das lag weniger an der bevorstehenden Hochzeit, sondern vielmehr an der Tatsache, dass ich Milo heute sehen werde. Ich habe nicht auf seine letzte Mail geantwortet, und es scheint mir, als wäre nichts geklärt. Auf jeden Fall nicht genug, um später am Tag gemeinsam die Hochzeit unseres besten Freundes zu feiern. Ärgerlich wische ich das Bild von Milo fort. Ich muss meinem Gehirn eine andere Aufgabe geben, sonst drehe ich noch durch.

»Was tust du denn da?«, frage ich Nina.

Das Handy zeigt gerade erst sieben Uhr morgens an. Auch wenn in meinem Kopf Milo-Geister herumspuken, gibt es keinen Grund für Nina, jetzt schon auf den Beinen zu sein. Sie sollte sich lieber ausschlafen. Die Trauung beginnt erst um sechzehn Uhr. Sie hat also jede Menge Zeit, um sich fertigzumachen. Ganz traditionell hat Nina sich vor der Hochzeit bei mir einquartiert, damit sie die letzte Nacht getrennt von Dario verbringen konnte und er sie nicht vor der Trauung sieht.

»Ich finde meine Brosche nicht«, flüstert sie panisch.

»Welche Brosche?«

Sie sieht mich mit einem hilfesuchenden Gesichtsausdruck an und rast dann erneut durch meine winzige Wohnung. Bei der Geschwindigkeit muss sie jeden Winkel schon mindestens zehnmal durchforstet haben.

»Die Brosche meiner Mutter. Sie hat sie mir extra gegeben, und jetzt finde ich sie nicht. Sie wird so enttäuscht sein, wenn ich sie nicht trage. Und der verdammte Florist geht auch nicht ans Telefon!« Sie wirft verzweifelt die Hände in die Höhe und bricht Sekunden später in Tränen aus.

Eine hysterische Braut. Mit so etwas habe ich überhaupt keine Erfahrung. Umständlich klettere ich aus dem Bett und streiche ihr über das zerzauste Haar.

»Es ist erst sieben Uhr morgens. Der Florist kann noch nicht ans Telefon gehen, weil er vermutlich noch schläft.« Ich brauche dringend einen heißen Tee. »Ich mache uns erst einmal was zu trinken.«

»Es tut mir leid.« Sie sieht mich aus geröteten Augen an und lächelt entschuldigend. »Ich habe nicht auf die Uhr gesehen und dachte, es wäre schon viel später.«

»Macht nichts«, wiegele ich ab. Alles, was zählt, ist, dass Nina sich jetzt beruhigt und ich nicht bei jedem Gedanken an Milo einen Adrenalinkick bekomme, der mich aufgekratzter macht als die Braut.

»Wo hast du die Brosche denn zuletzt gesehen?«, frage ich.

Hilflos zuckt Nina mit den Schultern und sieht aus, als würde sie gleich erneut in Tränen ausbrechen.

»Pass auf, ich suche sie, und ich werde sie auch rechtzeitig finden. Aber ich kann nichts dagegen tun, wenn deine Augen später ganz verheult aussehen.« Ich ziehe sie hinter mir her ins Bad. »Du nimmst jetzt eine lange, heiße Dusche, dann cremst du dich hiermit ein.« Ich reiche ihr meine parfümierte Bodylotion. »Und wenn du damit fertig bist, habe ich das Frühstück fertig.«

»Und die Brosche?«

»Hab ich bis dahin gefunden.« Mit Nachdruck zeige ich auf die Dusche und versuche, möglichst unerbittlich auszusehen.

Nachdem wir gefrühstückt haben und ich die Brosche tatsächlich unter einem Stapel Glückwunschkarten finden konnte, fallen im Zwei-Minuten-Takt Menschen in meine Wohnung ein, bis sie so voll ist, dass ich Platzangst bekomme. Der Frisör rückt mit zwei riesigen Taschen voller Bürsten, Klemmen und allerlei Dingen an, die ich noch nie gesehen habe. Die Visagistin poltert mit einem Rollkoffer und zwei Kolleginnen die Treppen hinauf und verteilt an jeden feuchte Wangenküsschen. Dann ist da noch der Florist, der den Brautstrauß vorbeibringt und auf ein Glas Sekt bleibt, anstatt seinen Angestellten zu helfen, die Kirche zu schmücken, der Hochzeitsfotograf, der versucht, alle für die Ewigkeit auf seinen Speicherchip zu bannen, und Ninas halbe Verwandtschaft, die sich Geschichten erzählt und sich gegenseitig mit ihren Anekdoten überschreit.

Eine halbe Stunde vor der Trauung sitze ich auf dem Klodeckel meines Badezimmers und bin mir sicher, dass ich wahnsinnig werde. Die Geräusche dringen durch die Tür. Nicht einmal auf dem stillen Örtchen hat man seine Ruhe. Dabei wünschte ich, ich könnte mich sammeln oder mich irgendwie auf das vorbereiten, was gleich passieren wird. Milo wird mit Dario in der Kirche warten. Sie werden am Altar stehen, und Milo wird mich vermutlich anlächeln, wie er es mir in der E-Mail prophezeit hat, und ich habe keine Ahnung, wie ich darauf reagieren werde.

Ich stecke bereits in einem pastellrosafarbenen, trägerlosen Kleid, dessen Stoff fließend meine Figur umschmeichelt. Unterhalb der Brust befindet sich ein strassbesetzter Abnäher, der das Kleid optisch unterteilt. Nina hat das Kleid ausgesucht, und ich bin ihr sehr dankbar, dass es mich so gut aussehen lässt. Immerhin werde ich hübsch sein, wenn ich Milo gegenübertrete. Ich stehe auf und betrachte mich prüfend im Spiegel. Die Visagistin hat ganze Arbeit geleistet. Ich erkenne mich kaum wieder. Nina hat darauf bestanden, dass all ihre Brautjungfern, die Trauzeugin und engste Familienangehörige in den Genuss eines professionellen Make-ups kommen.

»Jiara?«, ruft Ninas Mutter. Sie befindet sich bereits auf

dem Treppenabsatz vor meiner Wohnung. Ich kann hören, wie die hohen Decken des Treppenhauses ihre Stimme zurückwerfen und wie sich der Pulk an Menschen aus meiner Wohnung in Bewegung setzt. Seufzend öffne ich die Badezimmertür und lasse mich mit all den anderen von Ninas Mutter aus der Wohnung ins Treppenhaus und runter auf die Straße scheuchen, wo kurzfristig der Verkehr der Strada Lungomare zusammenbricht, weil die ganze Gruppe mitten auf der Straße stehen bleibt, um auf die Großtante zu warten, die Schwierigkeiten mit den Stufen hat. Hier in Italien erzeugt das Spektakel nur ein kurzes Hupkonzert, aber als klar ist, dass es sich um eine Hochzeitsgesellschaft handelt, warten alle geduldig, bis der Weg wieder frei ist. Im Vorbeifahren winken die Autofahrer begeistert der Braut zu.

Nina hat mich zur Brautjungfer bestimmt, genau wie zwei ihrer drei Schwestern. Die dritte Schwester wird ihre Trauzeugin sein, und Milo wird dieses Amt bei Dario übernehmen. Milo. Ich schlucke hastig die aufkeimende Panik hinunter und steige zu Nina und ihrer Familie in den Brautwagen.

Milo

Ich stehe neben Dario vor dem Altar der prunkvollen katholischen Kirche in Finales Altstadt. Ich weiß, dass meine Mutter unsagbar stolz auf mich wäre, wenn sie wüsste, dass ich freiwillig ein Gotteshaus betreten habe. Dabei bin ich einzig und allein wegen Dario hier. Mein bester Freund wird heute heiraten. Er ist so aufgeregt, dass er blass ist wie eine frisch gekalkte Wand. Schweißtropfen stehen auf seiner Stirn. Hoffentlich kippt er nicht um, bevor die Trauung losgeht. Ich stoße ihn leicht an.

»Entspann dich«, flüstere ich ihm ins Ohr.

»Und wie soll das bitte gehen?«

»Es ist nur Nina. Denk dir all die anderen Menschen weg. Versuch dir nur sie allein vorzustellen.«

Er wirkt tatsächlich etwas ruhiger, als er mir Sekunden später zuraunt: »Erinnere mich dran, dass ich deine Qualitäten als Trauzeuge ausdrücklich lobe, wenn ich später meine Rede halte.«

In dem Moment erklingen die Glocken und kündigen damit den Einmarsch der Braut an. Die Orgel beginnt zu spielen, und mit einem Mal ist Dario vollkommen ruhig. Seine Augen ruhen auf Nina, die geführt von ihrem Vater den Mittelgang entlangläuft. Alle sehen Nina an. Nur ich nehme sie kaum wahr, obwohl sie eine wunderschöne Braut ist. Ich sehe nur Jiara, die in einem atemberaubenden Kleid zusammen mit Ninas Schwestern hinter der Braut herläuft. Nur kurz treffen sich unsere Blicke, aber dieser Moment reicht aus, um jeden klaren Gedanken auszulöschen.

Die komplette Trauung hindurch konzentriere ich mich auf meine Atmung und auf die blankpolierte Spitze meiner Schuhe. Ihr Blick hat eindeutig gezeigt, dass sie mir nicht vergeben hat. Sie ist noch immer verletzt, aber alles an ihr zeigt, dass sie eins in Bezug auf mich nicht ist – neutral. Jiara hat nicht mit uns abgeschlossen, obwohl sie versucht hat, mir das vorzumachen.

Und auch wenn ich nicht weiß, ob das etwas ändern wird, freue ich mich darüber.

Jiara

Milo sieht anders aus. Irgendwie ernster, reifer. Aber in allerersten Linie hat er immer noch die gleiche, umwerfende Wirkung auf mich wie früher. Ich will nicht, dass er mich ansieht und ich in diesen braunen Augen sehe, was wir verloren haben.

Er will mich nicht. Alles, was er mit seinen E-Mails und seinen scheinbar netten Worten bezweckt hat, war, einem Konflikt auf Darios Hochzeit aus dem Weg zu gehen – und das war ja auch total okay für mich, doch ich habe kommen sehen, dass ich durch seine bloße Anwesenheit wünschte, es wäre anders.

Lustlos schiebe ich eine Feige auf meinem Teller zwischen einem Stück Honigmelone mit Parmaschinken und gefüllten Zucchini hin und her. Das Essen sieht genauso toll aus wie die festlich dekorierte Terrasse des Restaurants, das sich Nina und Dario für die Feier ausgesucht haben, und doch bekomme ich keinen Bissen hinunter. Die Location liegt oben in den Bergen mit einem traumhaften Blick über das Meer und den Yachthafen von Finale. Die Terrasse und das Restaurant sind umgeben von einer farbgewaltigen Blütenpracht aus Oleanderbüschen. Alte Olivenbäume säumen die umliegenden Natursteinmauern.

Der Kellner kommt und fragt leise, ob er den Teller abräumen dürfe, auf dem ich die Vorspeise unberührt liegen lassen habe.

»Sicher, Entschuldigung. Es sieht wirklich toll aus, aber ich habe leider Probleme mit dem Magen«, wispere ich diskret.

Dabei habe ich nur Probleme mit dem Mann, der sich gerade am anderen Ende des Tisches zu seiner vollen Körpergröße erhebt und zaghaft mit der Gabel gegen sein Glas schlägt. Er steht etwas schief, wie ein morscher Baum, als könnte er so den Blicken der Hochzeitsgesellschaft ausweichen, die sich auf ihn richten.

Er räuspert sich und sagt dann: »Ich möchte ein paar Worte als Trauzeuge sagen.«

Er sieht nicht gerade glücklich aus, was mich wundert, denn eigentlich dürfte er keine Probleme damit haben, vor Publikum zu sprechen – immerhin ist er auf der Bühne zu Hause und unterhält während eines Konzerts mehr Leute, als sich heute Abend auf der Terrasse befinden.

»Als Dario mich gefragt hat, ob ich sein Trauzeuge werde, wusste ich nicht, dass so eine Rede auch zu den Pflichten eines Trauzeugen gehört, sonst hätte ich es mir wahrscheinlich noch mal überlegt.« Leises Gelächter erklingt.

Er fährt sich über das glattrasierte Kinn und lächelt, aber sein Blick ist nach innen gekehrt, als er fortfährt: »Wer mich kennt, wird wissen, dass ich nicht besonders gut darin bin, über Gefühle zu reden, aber ich werde es trotzdem versuchen. Dario und ich kennen uns seit unserer Kindheit. In all den Jahren habe ich ziemlich viele Dinge verbockt, und es gab und gibt eigentlich nur einen verlässlichen Punkt in meinem Leben, und das ist dieser Mann.« Er zeigt auf Dario, der neben ihm sitzt, Ninas Hand fest umklammert hält und sichtlich gerührt ist.

»Dario ist einfach so ein Mensch«, versucht Milo zu erklären. »Wenn man es zulässt, wird er zum Rückhalt deines Lebens, und er ist niemand, der erwartet, dafür etwas zurückzubekommen. Umso mehr freut es mich, dass er in Nina eine Frau gefunden hat, die ihm gibt, was er all die Jahre seit dem Tod seiner Familie gesucht hat. Die beiden kennen sich zwar noch nicht so lange wie manch anderes Paar, das heiratet, aber in der kurzen Zeit, die sie sich lieben, hat Nina es geschafft, Dario genau das zu geben, was er braucht – aber nie einfordert.«

Milos Stimme zittert ein wenig. Ich bin mir nicht sicher, ob es jemand anderem auffällt, aber ich kann deutlich hören, wie schwer es ihm fällt weiterzureden.

»Dieser Tag heute soll der Anfang von Tausenden sein, die mindestens genauso schön sein werden. Vergesst nie, wie wichtig ihr einander seid.« Er sieht mich an, und ich spüre seinen Blick, als würde er mein Herz umschlingen, bevor er leise fortfährt: »Und ich denke, das hier ist genau das, was dein Bruder Flavio damals gemeint hat, als er zu dir sagte: Verfolge deine Träume, kleiner Bruder.«

Nachdem er Dario fest umarmt hat, beugt er sich zu Nina hinunter und gibt ihr einen zärtlichen Kuss auf die Wange, während er Dario mit einem ernsten Blick fixiert. »Pass gut auf sie auf, Holzkopf.«

Die Gäste lachen. Wer Darios Vater kannte, weiß, dass er seine Söhne stets liebevoll so genannt hat. Und dann fügt er mit einem schelmischen Grinsen hinzu: »Ich musste das sagen. Dein Vater hätte dir genau das Gleiche geraten.« Liebevoll zerwühlt er Darios Haare, bevor der sich erhebt und die beiden einander erneut umarmen.

»Auf das Brautpaar.« Er hebt das Glas, drückt Dario noch einmal an sich und nimmt einen Schluck.

Applaus brandet auf, Milo bedankt sich und setzt sich wieder.

Meine Kehle ist wie zugeschnürt. Ich hätte nie gedacht, dass er so eine Rede halten würde. Dass er sich so weit öffnen könnte. Dass er es bei mir damals nicht konnte, verknotet meinen Magen. Ich muss für einen Moment hier weg. Ich entschuldige mich bei Ninas Schwestern, die neben mir sitzen, und ziehe mich leise zurück.

Ich eile zu den Natursteinstufen, die von der Terrasse auf die tieferliegenden Gartenterrassen des Restaurants führen. Unten, außer Sichtweite der Gäste, raffe ich mein Kleid hoch, ziehe die Schuhe aus und laufe barfuß weiter. Große, runde Solarleuchten erhellen diesen Teil des Grundstücks, ohne dass das Licht allzu aufdringlich wäre. Einige Glühwürmchen surren durch die umgebene Dunkelheit und verschwinden zwischen den Armen der knorrigen, alten Olivenbäume, die sich vom Nachthimmel abheben.

In einem Liebesfilm würde Milo mir jetzt hinterhereilen. Er würde von hinten an mich herantreten und mir eine einmalige Liebeserklärung machen, die mich alles vergessen lassen würde. In so einem Film hätten bloße Worte die Macht dazu. Leider ist die Realität nicht ganz so kitschig schön oder auch nur gnädig. Eine halbe Ewigkeit sitze ich allein auf einer Steinmauer und sehe den Positionslichtern der Fischerboote zu, die über das Meer gleiten. Niemand taucht auf, und ich ärgere mich über den illoyalen Teil von mir, der sich wünscht, es würde doch noch geschehen.

Das Essen ist seit einer ganzen Weile beendet, und die Band hat angefangen zu spielen. Milo hat ins Schwarze getroffen. Von Dario weiß ich, dass er ihn mit der Auswahl der Musik beauftragt hat. Ich habe angenommen, dass er der Feier seinen Geschmack aufdrücken würde, aber das Gegenteil ist der Fall. Zumindest kann ich mir nicht vorstellen, dass er tatsächlich auf die gespielten Songs steht. Den Gästen gefällt es dem Geräuschpegel nach zu urteilen hingegen sehr gut.

»Wirst du irgendwann zurückkommen? Sie fragen bereits nach dir.«

Erschrocken drehe ich mich um – und tatsächlich: Da ist er, mein Antiprinz in schimmernder Rüstung. Zuckersüß hauche ich: »Camilo.«

Seitdem ich seinen kompletten Namen in seiner E-Mail-Adresse gesehen habe, wollte ich ihn damit foppen, und dieser Moment bietet sich geradezu an, weil ich hoffe, ihn damit auf Abstand zu halten.

»Hab mir schon gedacht, dass es dir gefallen würde, mich damit aufzuziehen.« Lässig lehnt er sich neben mich an die Umzäunung der untersten Gartenterrasse.

Er trägt einen mittelgrauen Dreiteiler, ein weißes Hemd und braune Schuhe, die das Outfit perfekt abrunden. Mein Magen dreht sich um, so sehr zieht mich sein Äußeres an. Würde ich meinen Instinkten nachgeben, würde ich ihm einfach um den Hals fallen, aber ich konzentriere mich darauf, standhaft zu bleiben. Ein heißes Ziehen fährt in meinen Unterleib, als ich seine Lippen ansehe und daran denken muss, wo er mich damit berührt hat …

Ich muss damit aufhören!

Fest entgegne ich: »Vielleicht versuche ich, dir aus dem Weg zu gehen.«

Er sagt nichts, sondern starrt wie ich zuvor hinunter zu den Lichtern der Boote. »Ich könnte mich bei Dario entschuldigen – wenn das einfacher für dich ist«, sagt er sanft. »Mir fällt bestimmt ein Grund ein.«

Obwohl es das ist, was ich mit meiner Aussage bezweckt habe, will ich nicht, dass er geht. »Wer sagt, dass du gehen sollst?«, erwidere ich trotzig.

Abwehrend hebt er die Hände und sieht mich jetzt doch an. »Ich dachte nur, dass du mitfeiern solltest, und wenn ich dich davon abhalte …«

»Du bist der Trauzeuge«, stoße ich wütend hervor und wünschte, ich könnte gelassen reagieren.

»In Ordnung.« Er sieht mich eindringlich an, und unsere Blicke verhaken sich. Dabei sollte ich das verhindern, denn seine dunklen Augen wirbeln mein Innerstes durcheinander. Das hier ist kein Spiel, bei dem ich gewinnen könnte.

Mein Atem stockt, und Milo sieht es. Er kommt einen Schritt auf mich zu und bringt mich dadurch erst recht aus dem Rhythmus. Mein Puls rast. Unsere Blicke verhaken sich. Es ist, als hätten wir eine unsichtbare Grenze überschritten, die uns bisher davon abgehalten hat, die Kontrolle zu verlieren.

Die letzten Zentimeter überwinden wir in einer einzigen hastigen Bewegung. Unsere Lippen treffen sich, und ich habe das Gefühl, als würde ich explodieren. Ein Prickeln rieselt durch meinen ganzen Körper. Milo vergräbt seine Hände in meinem Haar und zieht mich so eng an sich, dass ich fest gegen seinen Oberkörper stoße. Ich sollte das hier beenden, aber alles, was jemals zwischen uns stand, wird von unserem Kuss ausgelöscht. Ich spüre ihn, rieche, schmecke ihn.

Meine Hände entwickeln ein Eigenleben, streifen seine Anzugjacke ab und lassen sie achtlos zu Boden fallen. Ich zerre das Hemd aus seiner Anzughose, gleite darunter und erkunde jeden vertrauten Muskel an seinem Körper. Atemlos küsst Milo mich und dirigiert mich dabei rückwärts, bis uns eine Natursteinmauer in meinem Rücken aufhält. Er presst mich dagegen und stützt sich rechts und links von meinem Kopf ab, während er das Spiel seiner Zunge intensiviert und ich ihm vollkommen ausgeliefert bin. Er drängt sich zwischen meine Schenkel, wo ich seine Erregung spüren kann. Seine Hand folgt meiner Körperlinie und schiebt sich unter den Saum meines Kleids, das er ungeduldig an meinem Bein hinaufschiebt. Ich keuche leise auf, als er meinen Po erreicht, ihn massiert und dabei den Rand meines Slips passiert. Mein Herz fühlt sich an, als wäre es mit schäumendem Brausepulver gefüllt, mein Kopf ist voll von Milo, und es fällt mir schwer, auch nur einen Gedanken zu fassen, sonst würde ich ihn von mir schieben, anstatt seine Hose zu öffnen. Dabei sehe ich ihm in die Augen, und es erregt mich, wie sehr er auf diesen Blick und meine Berührungen reagiert. Er schließt die Augen, als ich ihn umfasse, und küsst mich mit einer Intensität, die meine Knie weich werden lässt und mein Herz zum Stolpern bringt. Ich kann seine langen Wimpern sehen, die feinen Bartstoppeln auf seinen Wangen, als er brüchig stöhnt und sich aus unserm Kuss löst. Ich fahre ihm durch die Haare, und er folgt meiner Bewegung, indem er den Kopf in den Nacken legt. Noch immer stützt er sich mit einer Hand an den rauen Steinen ab. Sein Kopf liegt im Nacken, seine Muskeln erzittern, als ich ihn reibe. Bevor ich es zu weit treiben kann, hebt er mich hoch, schiebt meinen Slip beiseite und dringt in mich ein. Kurz hält er inne, während ich meine Beine um ihn schlinge und meine Hände in seinen Haaren vergrabe. Und dann bewegt er sich in mir. Sein Atem streift bei jedem seiner Stöße meinen Hals und treibt winzige Schockwellen durch meinen Körper. Unsere Münder treffen wieder und wieder aufeinander. Wir sehen einander an, als wir einen gemeinsamen Rhythmus finden, wir uns im Einklang bewegen, schneller werden, wilder. Mein Innerstes krampft sich zusammen, es fühlt sich an, als würde jemand den Sauerstoff aus meinen Lungen pressen, als Milo kommt und mich mitreißt. Ich stöhne laut auf und beiße dann in seine Schulter.

Das hier sind Wir. Heiße, verschwitzte Körper, Haut an Haut. Ein Wir, das es nicht mehr gibt.

Milo klammert sich atemlos an mich, als ich mich langsam von ihm löse. Das hier hätte nie passieren dürfen, und jetzt, wo mein Hirn wieder funktioniert, ist mir das auch klar. Ich presse die Lippen zusammen, um nicht loszuheulen. Warum habe ich das nur getan? Ich habe mich hinreißen lassen, aber es ändert nichts. Für Milo war dies nur Sex, so wie letzten Sommer. Und auch wenn es sich für mich nach mehr anfühlt, wird es für ihn nie mehr sein.

»Jiara?« Er beugt sich zu mir und will mein Kinn anheben, aber ich schüttle nur den Kopf.

»Lass mich«, stoße ich hervor.

»Das hier …«, er bricht ab und lässt zu, dass ich mich entferne und mein Kleid zurechtzupfe.

Unbeholfen richtet auch Milo sein Hemd und streift sich die Anzugjacke über. Winzige Staubkörner kleben an dem teuren Stoff, Piniennadeln und eine Blüte, die er unwirsch abschüttelt.

Ich weiß nicht, was ich sagen soll.

Milo sieht mich an, überwindet die neuerliche Distanz zwischen uns aber nicht. Ich bin mir nicht sicher, ob ich froh sein sollte, dass er sie respektiert, oder ob ich mir wünschte, er würde mich einfach in den Arm nehmen und mir beweisen, dass ich mich geirrt habe. Damals. Jetzt.

»Neutral ist schwerer als gedacht, nicht wahr?«, sagt er leise, und mein Herz flattert, obwohl ich es nicht will.

Ich gehe nicht darauf ein und deute auf die Mauer, weil ich in Worte pressen muss, was gerade passiert ist. »Ich denke, wir wissen beide, dass das ein Ausrutscher war, der nichts zu bedeuten hat.« Die Worte fühlen sich an wie Rasierklingen, die meinen Brustkorb zerschneiden, und ich wundere mich, dass es mir gelingt, meine Stimme auf Gefrierpunktniveau zu senken. Dabei will ich nur, dass er mir widerspricht.

»Ein Ausrutscher.« Er nickt und zerschmettert mit dieser Kopfbewegung meine letzte Hoffnung. »Ist sicher das Beste so«, fügt er noch hinzu, und es fühlt sich an wie ein weiterer Schlag.

Ich nehme all meine Kraft zusammen und sehe ihm fest in die Augen. »Zwischen uns ist alles gesagt worden, als du damals geschwiegen hast und ich in dieses Flugzeug gestiegen bin. Das eben war nur Sex. Wir hätten uns nicht dazu hinreißen lassen sollen.«

Es ist, als würden diese Worte das Licht in seinen Augen ausknipsen, aber das kann auch Wunschdenken sein. Auf jeden Fall steht er abrupt auf und nickt mir zu.

»Ich werde gehen. Ich wollte sowieso nicht allzu lange bleiben und unter den gegebenen Umständen …« Wieder bricht er ab und fährt sich durch die Haare, dreht sein Gesicht so, dass die gedämpften Lichter vom Hafen es leicht erhellen. Er sieht einen Moment lang über das Meer, bevor er den Kopf schüttelt, sich umdreht und geht. Erst langsam, wobei er seinen Arm um sich schlingt, dann nimmt er immer drei Stufen auf einmal und verschwindet in der Dunkelheit.

Zitternd sinke ich in mich zusammen. Zum Glück brauche ich ihn nach der Hochzeit nie wiederzusehen. Ich *darf* ihn nie wiedersehen, denn sonst kann ich für nichts garantieren, außer dass mein Herz dabei zerbrechen wird.

Milo

Dario und Nina sind direkt von der Hochzeitsfeier aus in die Flitterwochen geflogen. Sie werden zwei Wochen in einem einsamen Luxusresort auf Bali verbringen, womit sich ein Lebenstraum von Nina erfüllt, der auch Dario guttun wird. Immerhin ist es sein erster Urlaub seit einer halben Ewigkeit. Jiara wird in der Zeit die Trattoria leiten, und mein Koch, der seinen Job im Riva erst antreten wird, wenn ich eröffne, wird so lange Darios Küche übernehmen.

Ich sitze allein in der Wohnung, die ich mir über dem Club eingerichtet habe. Auch hier dominiert Holz die vier Zimmer. Ein großes Wohnzimmer befindet sich über der Tanzfläche des Clubs und hat in etwa dieselben Ausmaße. Nachdem ich die Wohnung entkernt hatte, habe ich nur Teile der Wände neu verputzt. In jedem Raum kann man noch das Mauerwerk sehen. Alte Steine und Holz treffen auf eine moderne Einrichtung. Mir gefällt es.

Ich nehme einen Schluck Bier und stelle die Flasche auf den niedrigen Couchtisch, um auf meiner Gitarre herumzuklimpern. Die Akustik in den Räumen ist toll. Neben dem

Wohnzimmer befindet sich eine halboffene Küche, die schlicht weiß ist und so gut wie nie benutzt wird. Ich würde mich mit meinen Kochkünsten vermutlich innerhalb kürzester Zeit selbst umbringen. Dann gibt es noch ein mittelgroßes, helles Schlafzimmer, das einen tollen Ausblick über die Bucht bietet. Das Bad ist eher klein und befindet sich am Ende des schmalen Flurs. Das Einzige, was fehlt, ist eine Badewanne, aber wenn man es genau nimmt, habe ich die größte Badewanne der Welt vor der Haustür.

Meine Finger entlocken der Gitarre eine Melodie, die ich auf einen Zettel kritzle. An den Songs zu arbeiten hilft mir, nicht ständig an das zu denken, was auf der Hochzeit passiert ist. Zugegeben, ich wollte sie von dem Augenblick an, als ich sie in diesem atemberaubenden Kleid gesehen habe. Aber ich hätte es trotzdem verhindern, mich unter Kontrolle haben müssen. So habe ich vermutlich meine letzte Chance verspielt, die Sache zwischen uns jemals wieder geradebiegen zu können. Wir hätten uns aussprechen müssen. Ich hätte ihr erklären sollen, was für ein Idiot ich damals war und wie viel sie mir bedeutet. Stattdessen habe ich sie gefickt und damit alles kaputt gemacht. Ich zupfe zu hart an der Saite der Gitarre, und der Klang wirkt gequält. Die Kälte in ihrer Stimme, als sie sagte, es wäre ein einmaliger Ausrutscher gewesen, der Blick, der keine Zweifel ließ. Das werde ich nie wieder vergessen, selbst wenn ich irgendwann mit der Tatsache klarkommen sollte, dass ich sie verloren habe.

Gerade als ich beschließe, für heute Feierabend zu machen und die Gitarre beiseitestelle, klingelt es an der Haustür. Wahrscheinlich wieder irgendwelche verirrten Touristen, die den Wegweisern zum Club gefolgt sind und den Hinweis übersehen haben, dass dieser erst in zwei Wochen öffnet. Ich warte ab und hoffe, dass den Leuten ein Licht aufgehen wird, wenn sie sehen, dass niemand da ist, aber weit gefehlt. Es klingelt erneut und dann noch einmal vehementer. Seufzend rapple ich mich auf, schmeiße mir ein Shirt über und laufe die Treppe hinunter, die mich über zwei schallisolierende Türen in den Club führt.

Jiara

Ich könnte Dario den Hals umdrehen.

Ich bin mir sicher, dass er mir die Nummer von Matteo, dem Koch, den wir uns vom Riva ausgeliehen haben, mit Absicht nicht dagelassen hat. Er weiß, dass ich so gezwungen bin, Milo zu kontaktieren. Ich brauche Matteos Nummer, um abzusprechen, wann der Koch übermorgen wegen der Vorbereitungen kommt. Dario hat mich gebeten, mich mit ihm in Verbindung zu setzen, weil er das im Hochzeitsstress nicht mehr geschafft hat. Und da Milo kein Handy besitzt – zumindest weiß ich von keinem – , muss ich wohl oder übel zu ihm fahren. Blöd nur, dass ich mich seit dem Sex auf der Hochzeit beschissen fühle. Mindestens genauso einsam und leer wie in den ersten Wochen nach meiner Rückkehr nach Hamburg letzten Herbst. Milos Nähe hat mir abermals gezeigt, wie schrecklich es ohne ihn ist. Und mir ist klar, dass jedes Aufeinandertreffen es noch schlimmer machen wird.

Genervt puste ich mir eine Haarsträhne aus dem Gesicht und drücke zum dritten Mal diesen verdammten Klingelknopf. Ich wollte Milo nie wiedersehen. Ich habe ihm gesagt, dass zwischen uns alles gesagt ist. Ich habe gesagt, es wäre vorbei und der Zwischenfall auf der Hochzeit ein einmaliger Ausrutscher, an den ich nie wieder erinnert werden wollte. Und trotzdem stehe ich hier, spät am Abend, vor seiner Tür und bin vollkommen fertig, weil ich mir selbst nicht traue. Ich weiß, wie es sein wird, wenn er vor mir steht, wenn mich sein Blick trifft und ich nicht mehr in der Lage bin, mich selbst zu schützen.

Während ich warte, sehe ich mich um. Das Haus, in das Milo den Club und seine Wohnung gebaut hat, liegt relativ einsam und doch zentral zwischen Finale und Noli auf den Klippen. Es sieht wild aus, verwegen, aber gleichzeitig wunderschön und edel. Hört sich an, als würde ich den Besitzer dieses Kleinods beschreiben.

Seufzend wende ich mich wieder der Haustür zu. Genau in dem Moment, als er sie öffnet. Er lehnt sich gegen den Türrahmen und schließt für den Bruchteil einer Sekunde die Augen. Fast so als würde ihm mein Anblick auf seiner Türschwelle weh tun. Oder als wäre er ihm zuwider.

Ich hätte wirklich nicht kommen sollen. Matteo weiß, dass die Trattoria in drei Tagen wieder öffnet, und hätte sich sicher irgendwann gemeldet. Ich hätte einfach warten sollen, dann wäre ich jetzt nicht in dieser Situation. Es war eine wahnwitzige Idee. Schnell mache ich einen Schritt zurück.

»Hi«, sagt er im gleichen Moment.

Es ist eines dieser perfekten His, die ausreichen, um meinen Entschluss, den Rückzug anzutreten, sofort aufzuweichen. »Hi«, antworte ich zaghaft.

Er sieht mich an, und ich habe das Gefühl, mich erklären zu müssen. Immerhin habe ich ihn spät am Abend aus dem Haus geklingelt und nicht umgekehrt.

»Ich brauche eigentlich nur die Nummer deines Kochs. Dario hat vergessen …«

Er lässt mich nicht aussprechen. »Willst du reinkommen?«

Ich sehe mich um, als würde die Antwort auf diese Frage irgendwo hinter mir liegen. »Ich sollte wirklich besser fahren. Wenn du mir nur die Nummer geben könntest«, murmle ich unsicher.

Er legt mir die Hand auf den Arm und hält mich zurück, bevor ich genügend Sicherheitsabstand zwischen uns bringen kann.

»Ich suche dir die Nummer raus, aber komm so lange rein, o. k.?«

Ich starre auf seine Hand, die auf meinem Arm liegt, und die Berührung katapultiert uns zurück zu dem, was war. Sie weicht meine Abwehr auf. Tief verborgen in mir habe ich ein kleines bisschen gehofft, es würde so kommen, und wenn ich ehrlich bin, habe ich ihn vermisst, auch wenn ich das nicht hätte tun sollen. Wie in Trance folge ich ihm ins Innere des Clubs. Dabei sollte ich gehen, flüchten, nur weg von diesem Mann, der es schafft, in Sekundenbruchteilen meinen ganzen Kosmos ins Wanken zu bringen.

»Wirklich schön hast du es hier«, bringe ich brüchig hervor. Das stimmt, und ist dennoch so viel weniger, als ich sagen will.

Er nickt, während er zur Bar geht, Ziffern auf ein Stück Papier schreibt und zwei Gläser mit Cola füllt. Dann deutet Milo auf zwei breite Sofas, die in der Lounge-Ecke des Clubs stehen. Er wird mir die Nummer nicht geben, ohne dass ich einen Augenblick bleibe.

»Tagsüber soll man hier essen und trinken können«, erklärt Milo, und ich entspanne mich etwas, weil er sich bemüht, die Atmosphäre aufzulockern, anstatt auf die Anziehungskraft einzugehen, die uns verbindet.

»Und nachts möchte ich die Clubszene etwas aufmischen und Livemusik anbieten. So komme ich auch selbst noch zum Spielen und kann anderen Musikern dieselbe Chance bieten.«

Er klingt enthusiastisch, und ein Lächeln breitet sich auf seinem Gesicht aus. Dann hält er inne, als wäre ihm plötzlich bewusst geworden, dass die Begeisterung mit ihm durchgegangen ist. Er reicht mir die Cola, und für einen kurzen Moment berührt er dabei meine Hand. Sofort breitet sich ein warmes Kribbeln in mir aus. Verdammt, was ist nur los mit mir?

Milo räuspert sich, löst die Berührung und rettet mich damit. »Du bist nicht nur hier, um mit mir über den Club zu sprechen oder Matteos Nummer zu holen, oder?«

Er lässt sich tief in die Couch sinken und wartet, bis ich neben ihm Platz genommen habe. Sein Blick ruht auf mir und lässt Blubberblasen durch meinen Körper wandern.

»Wegen der Nummer hättest du anrufen oder eine E-Mail schreiben können. Also, warum bist du wirklich hier? Ist alles in Ordnung?«, fragt er.

Ich weiß nicht, was ich sagen soll, weiß nur, dass ich gerade in diesen braunen Augen versinke und mein Herz dabei gefährlich stolpert.

»Du hast ein Handy? Ich dachte, du hasst die Dinger.«

Er grinst und nickt. »Ich bin jetzt Geschäftsmann. Da gehört es wohl oder übel dazu, dass man eins hat.«

»Ich hatte deine Nummer nicht und wollte Dario nicht auf Bali stören.«

Was nicht erklärt, warum ich ihm nicht einfach eine E-Mail geschickt habe. Aber ich kenne die Antwort. Weil ich ihn sehen musste. Weil er der Einzige ist, nach dem sich mein dummes Herz sehnt, aber das kann ich ihm unmöglich erzählen. Fieberhaft denke ich über seine Frage und eine unverfänglichere Antwort darauf nach und erinnere mich an den Zettel in meiner Hosentasche. Er ist einer der wenigen, dem die Tragweite dessen bewusst sein wird, was darauf steht. Kathi hat sich zwar mit mir gefreut, aber ich habe gespürt, dass sie nicht wirklich versteht, was mir die Antwort der Literaturagentur bedeutet. Ich könnte meine Freude endlich mit jemandem teilen, der es verstehen würde, und es würde meinem Kommen einen harmlosen Grund geben.

»Jiara, ist alles o. k.?«

Am liebsten würde ich ihn fragen, wie alles o. k. sein sollte, so wie die Dinge zwischen uns stehen. Aber ich schaffe es, mich zusammenzureißen, und nicke.

»Du hast recht. Es gibt noch etwas, das ich dir erzählen wollte …«, bringe ich hervor.

Ich ziehe das zusammengefaltete Blatt Papier aus der Hosentasche. Seitdem ich die E-Mail bekommen habe, trage ich den Ausdruck bei mir, als würde das Angebot sonst verschwinden. Er nimmt mir den Zettel ab und liest ihn sich konzentriert durch. Nach und nach breitet sich auf seinem Gesicht dieses umwerfende Lächeln aus, bevor er mich einfach so in die Arme schließt.

Ich spüre seine Haut und seine Wärme, die mich umschlingen. Es fühlt sich schmerzhaft vertraut an. Aber nur Sekundenbruchteile später lässt er mich wieder los. Das Brennen, dort, wo er mich berührt hat, bleibt. So wie die Sommerhitze, die man selbst nachts noch als gespeicherte Wärme in den Felsen der ligurischen Küste spüren kann. Ich wünsche mir sehnlichst, dass er mich noch mal umarmt. Ich will, dass er mich berührt, auch wenn ich weiß, dass es mich verbrennen wird, dass ich mir genau das nicht wünschen sollte.

Seine Stimme reißt mich zurück aus meinen irrsinnigen Wunschträumen. »Du hast eine Agentur! Sie haben dich wirklich genommen. Dario hat mir erzählt, dass du dich beworben hast.«

Er hat mit Dario über mich gesprochen.

Benommen nicke ich. Ich bin nicht fähig, etwas einigermaßen Sinnvolles zu antworten. Mein Atem stockt, aber es ist nicht die Tatsache, dass mich die Agentur unter Vertrag nimmt. Es war seine Umarmung. Dieser Moment, in dem wir uns fast so nah waren wie auf der Hochzeit, wie im letzten Sommer, als ich seinen Atem auf meiner Haut gespürt habe, seine Arme, die mich fest an sich gedrückt haben. Seine Umarmung hat mich zurückkatapultiert an den Strand von Bagheria, zurück in unsere Hängematte. Wir hatten so wenig Zeit, und doch erscheinen mir die wenigen Tage mit ihm so viel intensiver als die vielen Jahre mit Jonas.

Ich liebe diesen Mann – noch immer. Das Problem ist, dass ich ihm nicht mehr vertraue. Er hat mir damals das Gefühl gegeben, alles zu sein, und hat nichts davon ernst gemeint. Immerhin hat er mich weggeschickt. Und unser Ausrutscher auf der Hochzeit hat mir gezeigt, dass ich eine Wiederholung nicht überstehen werde.

Unsicher weiche ich zurück und sage: »Ich habe die E-Mail vor ein paar Tagen bekommen. Dario ist nicht da, und ich musste es einfach jemandem erzählen.« Ich versuche, die plötzliche Nähe zu relativieren, aber Milo spielt dabei nicht mit.

»Dann habe ich wohl Glück, dass Dario in den Flitterwochen ist«, sagt Milo mit einem tiefen Lachen, und sein Blick ruht dabei auf mir.

Ich wünschte, er würde das lassen. Dieser Blick bringt jeden Funken Widerstand in mir zum Erliegen, und das darf nicht noch mal passieren.

»Und ich biete dir nur Cola an. Dabei schreit das nach Champagner«, sagt er.

»Du hast hier Champagner?«, ich sehe ihn zweifelnd an

und senke schnell den Blick, als er sein Tausend-Watt-Lächeln hervorkramt. Nachtportiers mögen ja dagegen immun sein. Ich bin es nicht.

»O. k., du hast mich erwischt. Ich habe nur Sekt. Aber was zählt, ist, wie man das Ganze verkauft.« Er grinst mich frech an und kommt mir dabei so nah, dass ich ihn ansehen muss. Ich fühle seinen Atem auf meiner Haut, bevor er sich losreißt und zur Bar geht, um eine Flasche Sekt zu öffnen.

Wenig später reicht er mir ein dünnwandiges Glas, gefüllt mit prickelnder Flüssigkeit. Er grinst, und ich lächle zurück. Wir stoßen an, und es fühlt sich so leicht an, seinem Charme zu erliegen. Für einen Moment ist es, als hätte es das vergangene Jahr oder den Morgen am Aeroporto Punta Raisi nie gegeben. Aber tief in mir sitzt die Unsicherheit. Warum ist er so nett zu mir? Zum einen bestimmt, weil Dario ihn sonst umbringen würde. Zum anderen versteht er, was der Agenturvertrag für mich bedeutet, aber das ist nicht alles. Ich bin mir sicher, dass uns etwas verbindet. Aber es scheint Milo nicht genug zu bedeuten, um uns eine Chance zu geben.

Vorsichtig drehe ich das Sektglas in der Hand und ignoriere den Umstand, dass Alkohol unter den gegebenen Umständen eine verdammt schlechte Idee ist. Ich stürze die perlende Flüssigkeit in einem Zug hinunter und lasse zu, dass Milo mir nachschenkt. Wenn ich es schon nüchtern schaffe, auf eine Katastrophe zuzusteuern, kann ich ebenso gut meine Taktik ändern.

»Wie geht's deinem Bruder?«, frage ich und will ihn damit

an seine Familie erinnern, an unsere Zeit in Palermo. Ich will ihn aus dem Konzept bringen, so wie er es bei mir tut, nur weil er neben mir sitzt.

Milo lacht und lehnt sich grausam entspannt zurück. »Wir haben einige Dinge klären können und reden ab und an miteinander, aber ich vermeide, allzu lange mit ihm in einem Raum zu sein. Das wäre für uns beide nicht gut.«

»Weil du ihn dann umbringen würdest?«, witzele ich.

Er grinst schief: »Vermutlich.«

Ich kann an nichts anderes denken als daran, wie es sich anfühlt, in seinem Arm zu liegen und seinen Geruch einzuatmen. Eine Weile ist es still. Es ist eine Stille, die mir Angst macht, weil sie nahezu perfekt ist.

Gerade deswegen stelle ich weitere Fragen, von denen ich weiß, dass sie das Potential haben, diesen Moment zu zerbrechen. »Und was hält deine Familie hiervon? Waren sie schon einmal hier?«

»Nein, und sie werden vermutlich auch nie kommen.« Dann fügt er hastig hinzu: »Das ist okay. Sie sind nicht begeistert, aber sie respektieren es. Das ist mehr, als ich mir erhofft hatte. Es ist gut so, wie es ist.«

Er wirkt nicht überzeugt, eher so, als müsste er daran arbeiten zu glauben, dass der Respekt seines Vaters ausreichen wird, auch wenn ihr Verhältnis immer schwierig bleibt.

»Ihnen entgeht etwas.« Ich deute auf das, was er hier in den letzten Monaten geschaffen hat, und dann auf ihn. »Der Club ist unglaublich.«

Milo ist unglaublich, und ich kann nicht mehr klar denken. Ich starre auf seine Lippen und murmle: »Ich sollte langsam gehen.«

Ich habe die Nummer, wegen der ich hergekommen bin, und bin meine Neuigkeit losgeworden. Es ist höchste Zeit zu verschwinden, wenn mich nur die Sehnsucht nach Milo nicht an meinem Platz halten würde.

Er ist ein aufmerksamer Mensch. Er wird merken, wie sehr mich seine Nähe aufwühlt.

»Danke für die Nummer und dass ich dir von dem Vertrag erzählen durfte«, murmle ich schwach und rapple mich umständlich auf.

Ich gehe zur Tür, und Milo folgt mir. An der Tür schließt er mich noch einmal in seine Arme. Er küsst mich rechts und links auf die Wange, wie es unter Freunden üblich ist, aber seine Küsse lösen Minibrände auf meiner Haut aus. Ich zittere leicht, als er sich von mit löst und viel zu nah stehen bleibt.

»Zeigst du mir das Manuskript irgendwann einmal?«, raunt er mir ins Ohr und fügt hinzu: »Ich würde es sehr gern lesen.«

Wieso sagt er immer das Richtige? Ich schlucke trocken und nicke. Eher ein Reflex als eine durchdachte Entscheidung, und bemühe mich, mit einigen unbeholfenen Rückwärtsschritten seiner Nähe zu entfliehen, die mein Gefühlszentrum torpediert. Unverrichteter Dinge lässt er seine Hand sinken, so dass sie schlaff gegen sein Bein fällt. Wie kann man bitte so sexy in einer Jogginghose und einem ausgeleierten T-Shirt aussehen?

»Alles in Ordnung?«, er sieht mich besorgt an.

»Ja, alles gut«, beeile ich mich zu sagen. »Ich bin nur ziemlich geschafft und …« *in deiner Nähe nicht zurechnungsfähig*, beende ich den Satz im Stillen.

»Bist du sicher, dass du noch nach Hause fahren kannst?« Er zeigt auf das leere Sektglas und fügt hinzu: »Du könntest hier übernachten.«

Ich hätte nicht gedacht, dass Milo so mit der Tür ins Haus fallen würde, und erst recht nicht, dass ich am liebsten Ja schreien will. Zusammenreißen! Ich muss mich zusammenreißen! Es würde für ihn niemals dasselbe bedeuten wie für mich. Ich will etwas erwidern, aber ich weiß einfach nicht, was. Ich möchte standhaft sein, aber ich schaffe es nicht. Nicht wenn er sich so durch die Haare fährt wie gerade, bis sie völlig zerzaust in alle Himmelsrichtungen abstehen. Ich muss hier weg, wenn ich nicht rückfällig werden will.

»Ich meinte nicht …« Er holt tief Luft und schnaubt frustriert. »Also, ich habe genug Platz da oben. Du kannst das Schlafzimmer haben, und ich schlafe in meinem Musikzimmer.«

»Nein«, sage ich bestimmt. Im selben Moment tut es mir leid und gleichzeitig bin ich froh, es geschafft zu haben. Ich könnte es nicht ertragen, so nah bei ihm und gleichzeitig getrennt von ihm zu sein. Es würde nur alles verkomplizieren.

»Das ist wirklich nett gemeint«, mildere ich meine heftige Reaktion ab. »Aber morgen kommt in aller Herrgottsfrühe einer der Lieferanten. Außerdem will ich dich nicht aus deinem Bett vertreiben.« Grimmig denke ich, dass er früher bestimmt gesagt hätte: *Tust du nicht, ich leg mich einfach neben dich.*

»Ich schlafe eh fast immer neben meiner Gitarre ein«, erwidert er stattdessen und lächelt vorsichtig.

Auch ich bringe ein kleines Lächeln hervor. Nur ein kurzes, bevor ich ihm die Hand reiche, damit er mir nicht noch einmal zu nahe kommt. Es ist trotzdem ein Fehler, denn er hält sie fest, anstatt sie zu schütteln und loszulassen.

»Jiara.« Seine Stimme klingt so tief, so dunkel, so sexy. Und dann sagt er gar nichts mehr. Er sieht mich einfach nur an.

Mein Herz brüllt in die einsetzende Stille, dass er mich küssen soll, aber ich zerbreche den Moment und quetsche hervor: »Dann fahr ich mal.«

Hastig trete ich durch die Tür vor das Haus und laufe dann weiter zum Parkplatz, ohne mich umzudrehen.

Als ich in den Stilo steige und von dem Schotterparkplatz auf die Küstenstraße einbiege, sehe ich im Rückspiegel, wie er mir nachsieht. Er steht einfach da, an den Türrahmen gelehnt. Das Gefühl, das sich taub in mir ausbreitet, ähnelt so sehr dem von unserem Abschied vor mehr als einem Jahr, dass mir die Tränen in die Augen treten.

Milo

Betreff: Gefallen
Datum 5. Juni, 7.21 Uhr
An: JiaraHansen@gmx.de
Von: camilo@rivacorporation.it

Hallo Jiara,
Ich hoffe, Du konntest Matteo erreichen und alles klären. Ich wollte Dir noch einmal sagen, dass es mich unheimlich gefreut hat, dass Du mir von Deinem Erfolg mit der Agentur erzählt hast. Ich weiß, wie viel es Dir bedeutet, und freue mich mit Dir. Ich fand den Abend gestern sehr schön. Jetzt zu meinem Anliegen: Trotz allem, was geschehen ist, würde ich Dich gerne um einen Gefallen bitten. Ich bräuchte heute Abend dringend Deine Hilfe bei einer Sache, die den Club betrifft. Außer Dario und Dir habe ich niemanden, den ich fragen könnte, und da sich Dario ja hoffentlich in irgendeinem Balinesischen Spa verwöhnen lässt, frage ich Dich. Würdest Du heute Abend um 20.00 Uhr vorbeikommen? Du würdest mich damit retten.
Milo

Jiara

Betreff: RE:Gefallen
Datum: 5. Juni, 8.43 Uhr
An: camilo@rivacorporation.it
Von: JiaraHansen@gmx.de

Hey,
hast Du nicht noch Urlaub? Wieso bist Du schon so früh auf den Beinen?
Auf jeden Fall ist Clubbesitzer wohl der richtige Beruf für Dich – Du hast noch nie besonders viel Schlaf gebraucht.
Wenn es dringend ist, werde ich heute Abend kommen.
Die Trattoria hat heute Ruhetag, aber das weißt Du vermutlich, sonst hättest Du ja nicht gefragt, oder?
Bis später
Jiara

Ich verstehe nicht, wieso ich die E-Mail abgeschickt habe. Wie konnte ich bloß zustimmen? Das kann nicht gut enden. Aber er scheint wirklich Hilfe zu benötigen. Und gestern hat er mir auch geholfen. Trotzdem wäre es wohl besser abzusagen. Doch bevor ich eine Antwort schicken kann, in der ich zurückrudere, signalisiert ein leises Ping den Eingang einer neuen Nachricht. Natürlich ist sie von Milo. Ich öffne sie.

Betreff: RE:RE:Gefallen
Datum: 5. Juni, 11.02 Uhr
An JiaraHansen@gmx.de
Von: camilo@rivacorporation.it

Es ist dringend!!!
;-)
Milo

Ich kann jetzt keinen Rückzieher machen. Und ein Teil von mir will es auch nicht. Es ist der unvernünftige, dumme, sehnsüchtige Teil von mir, der es genießt, Milo zu sehen, trotz allem, was vorgefallen ist. Der Teil, der nie aufgehört hat zu hoffen.

Als ich abends auf den Parkplatz des Clubs fahre, steht dort nur ein alter VW-Bus, der offenbar Milo gehört – zumindest ziert das Logo des Riva die eine Seite des Busses. Irgendwie hatte ich gehofft, dass ich nicht mit Milo allein sein würde. Das Teufelchen in meinem Inneren hingegen freut sich diebisch darüber und schickt Blubberblasen an meiner Magenwand empor.

Welchen Gefallen kann er meinen? Ich parke den Stilo neben dem Bus und kontrolliere dann sorgfältig jede Tür, ob sie auch richtig verschlossen ist. Dabei ist mir klar, dass ich nur versuche, Zeit zu schinden. Das Tageslicht schwebt zwischen Dämmerung und Dunkelheit, als ich in Richtung Eingang gehe. Den Parkplatz umschließen riesige Oleanderbüsche. Die Tür des Clubs ist nur angelehnt. Ich rufe leise ins Halbdunkel und trete unsicher ein, als ich Milo antworten höre. Sehen kann ich ihn nicht, aber als ich seiner Stimme folge, sehe ich ihn durch die bodentiefen Fenster auf der breiten Holzterrasse vor einer Tafel aus zusammengeschobenen Holztischen stehen, die perfekt zu den rauen Schiffsplanken auf dem Boden passen. Jede Menge Köstlichkeiten türmen sich darauf. Blumen sind zwischen den Tellern und Platten arrangiert. Milo sieht mir sichtlich stolz entgegen, als ich zu ihm auf die Terrasse trete. Bunte Lampions und Lichterketten erhellen sein Gesicht. Es ist ein Traum, der mich unwillkürlich zögern lässt.

»Wo ist denn der dringende Notfall?« Zweifelnd sehe ich das Essen an, die romantische Beleuchtung und die Kerzen auf dem Tisch. »Es war nie die Rede von einer Verabredung zum Essen.« *Ich kann das nicht*, schießt es mir durch den Kopf, und gleichzeitig macht mein Herz einen Hüpfer.

Milo wartet, bis ich den Tisch erreicht habe, und zeigt dann auf einen der Stühle.

»Wenn ich es so bezeichnet hätte, wärst du nicht gekommen, oder?«, fragt er.

Die Art, wie er mich dabei ansieht, macht mich wehrlos, aber ich bemühe mich, es mir nicht anmerken zu lassen.

»Ich glaube nicht, dass das hier eine gute Idee ist«, entgegne ich schwach.

Er ignoriert meinen Einwand und füllt seelenruhig Weißwein in ein Glas. »Matteo kocht für uns die Speisekarte des zukünftigen Riva durch.«

Wir sind also nicht allein. Ich sehe mich suchend um, kann aber weder jemanden sehen noch hören, und auf dem Parkplatz stand kein weiteres Fahrzeug.

»Ich habe Matteos Auto nicht gesehen«, sage ich.

»Er ist mit der Vespa seines Cousins hier. Steht auf der Rückseite des Hauses, beim Hintereingang der Küche. Sein Auto ist in der Werkstatt. Irgendetwas mit der Lichtanlage.« Milo grinst siegessicher. »Er werkelt in der Küche. Wir sollten ihn nicht stören, solange er beschäftigt ist.«

Und er wird uns nicht stören. Es ist eine Drohung, die süß und gefährlich zu gleichen Teilen ist.

»Immerhin ist das hier die Generalprobe«, fährt Milo fort. »Ich brauche jemanden, der mit mir alles probiert. Ich meine, ich bin nicht besonders wählerisch, was Essen angeht. Hauptsache ich werde satt. Aber für meine Gäste muss es natürlich besser sein, und da kommst du ins Spiel.«

Er scheint sehr zufrieden mit seiner Erklärung. Lediglich der Umstand, dass er mehr redet als sonst, zeigt seine Unsicherheit. Und genau deswegen zerstreut er meinen Verdacht nicht, dass dies hier sehr wohl ein Date ist, auch wenn er es gut getarnt hat. Mein Herz galoppiert, als mir die Frage durch den Kopf schießt, warum er so viel Zeit und Aufwand in ein Date mit mir steckt.

Die Lampions werfen ein warmes Licht zwischen uns, als er sich neben mich setzt und sein Glas erhebt. Das Klirren der Gläser klingt in der Dunkelheit nach, als ich bereits an dem fruchtigen Wein nippe. Er ist köstlich, leicht und samtig zu gleichen Teilen. Ich muss mich zusammenreißen, um nicht das ganze Glas in einem Zug zu leeren. Mein Mund ist so verdammt trocken, außerdem hoffe ich auf ein bisschen Entspannung. Im Moment bin ich nämlich das genaue Gegenteil von locker.

Milo häuft von jeder Platte eine kleine Kostprobe auf unsere Teller. Ich sehe ihm nur stumm dabei zu, bis er schließlich fertig ist und mir leise einen guten Appetit wünscht.

Zaghaft schiebe ich eine mit Speck belegte Auberginenscheibe mit frischem, hauchdünn geschabtem Trüffel darauf in den Mund. Ich kann nicht anders, als die Augen zu schließen. Es ist, als würde das Essen auf der Zunge zerschmelzen, und kein anderer Sinneseindruck sollte so eine Geschmacksexplosion verwässern. Und es warten noch so viele andere Köstlichkeiten. Ehe ich mich versehe, habe ich eine riesige Portion an Vorspeisen in mich hineingeschaufelt.

Milo sieht mich belustigt an und schenkt mir Wein nach. »Soll ich Matteo Bescheid geben, dass er die Primi Piatti zubereitet?«

Ich bin mir nicht sicher, ob ich noch Platz in meinem Magen finde, um mich durch die Pasta-Gerichte der Karte zu probieren.

»Können wir einen Augenblick Pause machen?« Ich halte mir demonstrativ den Bauch.

»Sicher.« Er schiebt sich noch den Rest seiner Bruschetta in den Mund und kaut gemächlich zu Ende. Dabei liegt sein Blick unverwandt auf mir. »Erzähl mir von Hamburg.«

Ehrlich gesagt, denke ich gerade nicht besonders gern an Hamburg. Das alles ist zu eng mit Jonas, Hanna und meinem eigenen Anteil Schuld am Ende unser Beziehung verknüpft.

Ich versuche, davon abzulenken. »Dort gibt es so etwas wie hier nicht.« Ich zeige auf die Lichter, das Meer und all die wundervollen Speisen und hoffe, dass ihm diese Beschreibung ausreicht.

»Das meinte ich nicht.«

Seufzend sage ich: »Ich weiß.«

»Ich rede nicht von den unangenehmen Dingen«, belehrt er mich eines Besseren. »Wie ist die Stadt? Was magst du daran?«

Was liebe ich an Hamburg? »Kathi.« Ich lächle. »Kathi ist meine beste Freundin«, füge ich als Erklärung hinzu. »Ich liebe Hamburg für viele Dinge, die wir gemeinsam dort erlebt haben. Und ich mag die Nähe zum Wasser. Es ist anders als hier. Hier ist auch Wasser, aber dort ist alles so klar und kühl. Nordisch eben.«

»Was für Dinge?« Sein zweideutiger Blick bringt mich zum Lachen.

»Kathi und ich haben viele Nächte auf dem Kiez verbracht. Dir würden die Bars auf dem Hans-Albers-Platz gefallen, wo wir fast jedes Wochenende zusammen gefeiert haben. Am Wochenende spielen dort immer Livebands. Wir haben so laut mitgeschrien, dass wir am Ende heiser waren. Es ist eine tolle Atmosphäre. Kathi ist ein bisschen verrückt und abgedreht. Du würdest sie mögen.«

»Wir sollten sie mal einladen.« Er zuckt zurück, als er bemerkt, dass er wie selbstverständlich das Wort *wir* benutzt hat. Als gäbe es ein Wir. Die Realität schiebt sich schmerzhaft in den Kosmos, der sich über die Terrasse gespannt hat, aber Milo hat wohl beschlossen, es ihr nicht so einfach zu machen. »Worum geht es in deinem Roman?«

»Kitsch. Das Leben.« Ich zucke wie beiläufig mit den Schultern. »Liebe und Liebeskummer.«

»Und du bist dir sicher, dass ich nicht als Vorlage gedient habe?« Er beugt sich grinsend vor, dabei kann ich in seinen Augen sehen, dass die Frage ernst gemeint ist.

Ich schüttle den Kopf. »Ich muss dich enttäuschen. Mein Protagonist verliert seine Beine.« Ich sehe unter den Tisch, als müsste ich mich überzeugen. »Du siehst hingegen putzmunter aus.«

»Er verliert seine Beine? Und ich dachte, es wäre ein Liebesroman?«

Es interessiert ihn wirklich, wie mir scheint, und so skizziere ich ihm den Roman, in dessen Verlauf der Protagonist nicht nur mit dem Verlust seiner Beine klarkommen, sondern auch lernen muss, sein neues Leben und die Liebe zu akzeptieren, die ganz plötzlich in sein Leben tritt, und das zu einem Zeitpunkt, als es ihm so gar nicht passt.

Als ich ende, nickt er und sagt erst einmal nichts. Ich habe eine Agentur für das Buch gefunden, also wieso macht mich sein Urteil so nervös? Seine Meinung ist mir wichtig, obwohl sie es nicht sein dürfte. Er setzt sich zurecht, und ich hoffe inständig, dass er endlich etwas sagen wird.

»Ich bin mir sicher, dass es ein tolles Buch wird. Du kannst ziemlich gut mit Worten umgehen. Hoffentlich wird es übersetzt, so dass ich es lesen kann!«

Ich fahre mir durch die offenen Haare und grinse ihn an. »Hört sich an, als hätte ich einen Fan. Das passt gut, weil ich durchaus noch Groupies suche.«

Ich kann nicht glauben, dass ich gerade seine Worte aus dem letzten Sommer wiederholt habe. Prustend lache ich los und genieße es, dass Milo einstimmt. Ich habe es vermisst, mit ihm zu lachen.

Urplötzlich wird er wieder ernst. »Ich würde gern mit dir reden.«

Ich lehne mich zurück und zupfe an meiner Serviette herum. »Wir sprechen doch die ganze Zeit.«

»Du hast das Geld vom Verkauf unseres Lieds nicht angerührt. Wieso nicht?«

Er schleicht wirklich nicht um den heißen Brei herum. »Ich will das Geld nicht«, sage ich. Ich wollte nicht einmal, dass er das Lied verkauft. Es fühlt sich an, als hätte er uns verkauft.

»Ich mochte den Gedanken, dass etwas von uns da draußen ist. Für immer.« Er grinst gedankenverloren. »Und ich war pleite.«

»Mit dem ersten Teil der Erklärung hattest du mich fast. Den zweiten Teil solltest du weglassen, wenn du versuchst, ein Mädchen zu beeindrucken.«

»Ich habe nicht versucht, dich zu beeindrucken. Du kennst mich.« Diese Erkenntnis scheint ihn unvorbereitet zu treffen, denn er wiederholt sich leise. »Du kennst mich. Ich brauche dir nichts vorzumachen.«

Ein warmes Lächeln legt sich auf sein Gesicht und trifft mich genau da, wo es gefährlich ist.

»Vielleicht sollten wir auch über damals reden«, sagt er dann.

Ruppig stoße ich meinen Stuhl zurück, stehe auf und drehe ihm den Rücken zu. Ich starre auf meine Hände, die das Geländer der Terrasse umklammern.

Wie aus weiter Ferne höre ich mich sagen: »Wieso willst du auf einmal darüber reden?« Eigentlich sollten die Fragen lauten, wieso wolltest du damals nicht reden? Warum hast du uns keine Chance gegeben? Warum konntest du mich nicht lieben? Aber ich bringe sie nicht über die Lippen.

Er lässt sich Zeit, als müsse er Kraft sammeln, bevor er aufsteht und von hinten an mich herantritt. Ohne dass ich etwas dagegen tun kann, reagiert mein Körper auf die Nähe zu ihm. Wie Schockwellen durchläuft mich die Sehnsucht, von ihm berührt zu werden. Meine Zellen richten sich neu aus, als wäre er meine Sonne.

»Es tut mir leid.« Seine Stimme klingt rau.

»Ich habe dich damals geliebt«, sage ich und hoffe, ihm ist klar, dass diese einfache Entschuldigung nicht ausreichen kann.

Ich richte meinen Blick starr auf das Wasser, das schwarz gegen die Felsen unter uns schlägt. Obwohl es mir gelingt, die Tränen zurückzuhalten, sind sie in jedem Wort zu hören. »Ich habe dich wirklich geliebt«, wiederhole ich mich.

Ich habe mir lange eingeredet, dass es nur körperliche Anziehung wäre, habe dagegen angekämpft, aber das ist die Wahrheit. Vom ersten Augenblick an habe ich ihn geliebt.

»Ich wollte dich nie nur ins Bett bekommen, und das war vollkommen neu für mich. Es hat mir eine Scheißangst gemacht«, erwidert er leise. Seine Stimme ist nur ein Flüstern an meinem Ohr.

Fassungslos drehe ich mich um und starre Milo an.

»Ich wollte immer mehr. Aber ich war zu dumm, das zu sehen.« Dann schüttelt er den Kopf und fügt traurig hinzu: »Und dann kam die Sache mit meiner Familie.«

»Warum erzählst du mir das?« Meine Stimme zittert.

Milo hat mich geliebt. Ich frage mich, wie ich ihm das glauben soll, nach allem, was passiert ist. Aber selbst wenn ich es tue und selbst wenn ich ihn noch immer liebe, und das tue ich, ändert das alles nichts. Es ändert nichts daran, dass wir jetzt hier stehen. Nur Zentimeter voneinander entfernt, aber gleichzeitig trennen uns Welten.

»Ich bin aus Bagheria abgehauen, kurz nachdem ich dich am Flughafen abgesetzt habe. Das war wohl im Groben der Grund, warum ich dich überhaupt habe gehen lassen. Ich wollte nicht, dass du siehst, wie ich mich feige verpisse, aber ich konnte auch nicht bleiben. Ich hatte das Gefühl zu ersticken.« Seine Stimme klingt bitter, aber er zwingt sich zur Ruhe.

»Du hast mich verändert, Jiara. Das mit uns hat mich verändert. Ich habe eine Lösung für das Problem mit meiner Familie gefunden. Ich habe mich mit ihnen versöhnt, und auch wenn es ein hartes Stück Arbeit war, denke ich, dass wir auf einem guten Weg sind.«

Er macht eine diffuse Handbewegung, die den Club und das Grundstück umreißt. »Ich habe diese marode Hütte auf Vordermann gebracht und das erste Mal in meinem Leben wirklich etwas durchgezogen.«

Seine Stimme klingt fast liebevoll, als er von seinem Club redet.

»Ich habe das alles nur geschafft, weil ich ein Ziel vor Augen hatte«, fährt er fort.

»Und das wäre?«, frage ich schwach, dabei glaube ich die Antwort zu kennen. Aber ich muss es hören. Es reicht dieses Mal nicht, die Worte zu fühlen, er muss sie aussprechen.

»Ich wollte ein Mensch sein, der deine Liebe verdient.«

Er berührt sanft meine Wange und streicht mir eine Haarsträhne aus dem Gesicht. Obwohl ich das vielleicht sollte, wehre ich mich nicht. Ich spüre seine Finger auf meiner Haut, das leise Prickeln, das seine Berührungen begleitet, und schließe die Augen. Seine Hand stoppt in meinem Nacken, bevor er mich sanft an seine Brust zieht. Es ist eine unsichere Geste. Wäre sie kraftvoll gewesen, hätte es mich dazu gebracht gegenzusteuern, aber so lasse ich zu, dass er den Abgrund überwindet, der uns trennt.

»Ich liebe dich, Jiara«, sagt Milo. Er wartet, und als ich nicht zurückweiche, wiederholt er sich. »Ich liebe dich!«, flüstert er, und dann küsst er mich.

Allein dieser Kuss hat die Macht, die Konsistenz der Welt zu verändern, die Ausrichtung der Erdachse oder etwas ähnlich Fundamentales. Aber da ist noch mehr als das Bizzeln und Prickeln, das seit unserer ersten Begegnung jede seiner Berührungen begleitet. Etwas Bedingungsloses, Unverrückbares liegt in seinem Kuss. Ich kann fühlen, wie er zum Zentrum meines Universums wird, und dieses Mal bin ich mir sicher, dass ich auch seines bin.

Epilog

Jiara

Ich spüre die alten Holzbohlen mit den Astlöchern, Riefen und Macken unter den nackten Fußsohlen, als ich über den Flur laufe und meinen verspannten Nacken dehne. Ein erfolgloser Versuch, die Müdigkeit aus meinen Gliedern zu vertreiben, bevor ich in das helle Schlafzimmer schlüpfe. Ich liebe unsere Wohnung direkt über dem Club, oberhalb der Felsen. Das Fenster steht offen. Die Vorhänge blähen sich in der leichten Brise, die über das Meer in den Raum weht. Es riecht nach Salzwasser, nach Sonne und wilden Kräutern, die ihren herben Geruch in den ersten Sonnenstrahlen des Tages entfalten.

Milo liegt auf dem Bauch. Ich kann den Übergang seines gebräunten Oberkörpers zu der hellen Haut seines Pos sehen, weil das Laken an seinem Körper hinabgerutscht ist. Er atmet tief und gleichmäßig. Das Gesicht ist halb von seinem Arm verdeckt, den er über dem Kopf angewinkelt hat. Einen Moment bleibe ich stehen, bevor ich leise unter das Laken schlüpfe und seinen Körper dicht neben meinem spüre. Seiner nackt, meiner nur knapp verhüllt von einem seiner Shirts. Der Stoff riecht nach ihm – nach Sonne, Meer und Milo. Ich habe die Nacht durchgeschrieben. Etwas von ihm dabei zu tragen, ist zu einer festen Angewohnheit geworden.

Gerade als ich meine Augen schließe, um der Müdigkeit nachzugeben, spüre ich, wie er wach wird, sich bewegt und seinen Arm um mich schlingt.

Auch fast zwei Jahre nach unserem ersten Treffen habe ich mich immer noch nicht daran gewöhnt, was jede einzige seiner Berührungen in mir auslöst. Eine Gänsehaut überzieht meinen Körper, als Milo sich hinter mich schiebt und mit seinen Lippen meinen Nacken liebkost.

»Guten Morgen, Bellissima.«

»Ich schlafe«, entgegne ich nicht besonders überzeugend. Die Augen lasse ich geschlossen, kann aber nichts dagegen tun, dass mein Körper auf seine Nähe reagiert. Ich spüre seine Erregung an meinem Körper.

»Ich bin mir sicher, dass du schon wach bist«, murmelt er zwischen zwei Küssen, und für den Moment ergebe ich mich seiner Zunge, seinem Körper und seinen Berührungen, die mir Lust durch den Körper treiben, aber dann stoppe ich ihn.

»Ich bin echt erledigt«, murmle ich, als ich mein Gesicht zu ihm drehe und ihn sanft küsse.

»Das ist wohl das Los, wenn man ein Genie liebt.« Er lacht leise, während seine Zunge über meine Haut streicht und mich wahnsinnig macht.

»Genie«, brumme ich zweifelnd und versuche, nicht

kampflos nachzugeben, auch wenn sich die Lust als prickelndes Knäuel in meinem Körper sammelt. »Ich würde mich eher eine in Panik verfallende Autorin kurz vor dem Abgabetermin nennen.«

»Ich brauche dir nicht zu sagen, dass du dich vollkommen umsonst verrückt machst, oder?«, fragt er sanft und hält inne. Als ich nicht antworte, beginnt er, meinen Nacken zu massieren. Ich strecke mich ihm wohlig entgegen, spüre, wie sich meine verkrampften Muskeln langsam lockern. Wenn er nur nicht so verständnisvoll wäre, so rücksichtsvoll und dabei so verdammt sexy, dann würde es mir vielleicht gelingen, standhaft zu bleiben. Stattdessen verdrängt die Lust jegliche Müdigkeit aus meinen Zellen, und ich schmiege mich an ihn.

Meine Hände gleiten über seine Haut, streichen über die Muskeln, die sich unter meinen Berührungen verhärten. So lange, bis Milo sich nicht mehr zurückhalten kann. Seine Hände liebkosen meine Brüste, wandern tiefer und setzen auf ihrem Weg meinen Körper in Brand, bis ich es kaum noch aushalte und Milo in mich eindringt. Seine Arme halten mich, ich spüre seinen Brustkorb an meinem Rücken, während wir sekundenlang nur daliegen und miteinander verschmelzen. Bis wir eine perfekte Einheit sind, die uns den Atem raubt.

Ich höre Milo leise stöhnen, als er beginnt, sich in mir zu bewegen, aber plötzlich schiebt sich das schrille Klingeln der Tür zwischen uns. Resigniert lasse ich meinen Kopf aufs Kissen sinken.

»Es ist viel zu früh für irgendwelche Lieferanten«, protestiere ich schwach.

»Du wolltest doch sowieso noch schlafen, oder nicht?« Milo grinst schief. »Die Getränkelieferung rettet dich also.« Er gibt mir einen Kuss auf die Stelle unterhalb meines Ohrläppchens, die mich vollkommen wehrlos macht, und lacht leise.

»Ich gehe schnell hin. Bleib liegen und schlaf noch etwas«, raunt er mir zu und zieht sich dabei aus mir zurück, als wäre er nicht gerade eben noch in unserem eigenen Kosmos gefangen gewesen. Er rollt sich über die Bettkante und läuft zum Kleiderschrank. Eilig angelt er sich eine Jogginghose aus dem obersten Regalfach und verhüllt, was mich eben noch willenlos gemacht hat.

»Das ist nicht fair«, sage ich und ziehe eine Grimasse.

»Wir haben noch ewig Zeit. Sobald du ausgeschlafen bist und ich den Lieferanten verscheucht habe …« Er gibt mir einen langen Kuss und verlässt das Zimmer.

Ich höre, wie Milo die Tür öffnet, die den Wohnraum von der Treppe zum Club trennt, und wie er in den Clubräumen einige belanglose Worte mit dem Fahrer wechselt, während er die Lieferung quittiert.

Ich höre, wie er wieder in die Wohnung kommt, und wenig später schwappen weiche Gitarrenklänge in das Rechteck aus Licht und Wärme, das die Sonne auf die Laken wirft. Ich schaue auf das Meer, das Glitzern der Wellen, die schroffen Felsen, während Milos Musik wie bei unserem Kennenlernen meinen Morgen begleitet. Ein Lächeln huscht über mein Gesicht, als mich seine Musik einhüllt. Ich bin angekommen in unserem Leben aus Musik, Worten und Liebe.

Danke

Als Allererstes möchte ich meinen Söhnen Lasse Noah, Linus Eliah und Louis Aaron danken, die jeden Tag eine Inspiration dafür sind, an die Liebe zu glauben.

Außerdem gilt mein Dank meinen Eltern, Roland und Claudia Schachtschneider, die mir die Liebe zu Büchern vermittelt haben, indem sie schon in meiner Kindheit mit mehr Bücherkisten als Koffern in den Urlaub losgezogen sind. Danke, dass Ihr stets so bereitwillig auf die Chaosbande aufpasst, wenn es mich mal wieder in die Ferne zieht.

Besonderer Dank gilt meiner Schwester, Kendra Schachtschneider, die nicht nur Krankenschwester spielt, wenn ich wieder einmal beschließe, mir kurz vor anstehenden Literaturtagen die Rippen zu brechen, sondern immer und bei jedem Schritt an meiner Seite ist.

Den Schreibmädels danke ich für durchfeierte Nächte, skurrile Chats, das stete Testlesen und Eure Tipps.

Der Vereinigung DELIA danke ich dafür, dass sie die Liebesromankultur so farbenfroh vertritt und uns allen eine wunderbare Plattform für den Austausch bietet.

Meiner Agentin, Kathrin Nehm von der Thomas Schlück Agentur, danke ich für die tolle Vertretung und dass ich mich mit meiner zarten, von Zweifeln geplagten Autorenseele bei ihr und der Agentur so gut aufgehoben fühle.

Und nicht zuletzt möchte ich mich bei dem gesamten Team der S. Fischer Verlage bedanken, die das Buch von einer Idee über das Manuskript hin zu einem unglaublich liebevollen Produktw gemacht haben, das nun den Weg in die Hände und Herzen der Leserinnen finden kann.

Insbesondere möchte ich hier meiner Lektorin Carla Grosch danken. Von so einer Betreuung und so einem Schliff träumt jeder Autor – direkt, intensiv, lustig, effektiv. Deine Arbeit hat das *Brausepulverherz* erst zu dem gemacht, was heute zwischen zwei wunderschönen Buchdeckeln lebt.

Danke an Lexa Rost für den letzten Schliff, die vielen netten Telefonate und ein immer offenes Ohr. Es hat mir viel Spaß gemacht.

Verena Wälscher, Anja Hruschka, Cordelia Borchardt und Carla Grosch danke ich außerdem für die Führung auf die Dachterrasse (auch wenn ich nicht mehr überzeugt werden musste) und durch den gesamten Verlag, für ein ganzes Knäuel an Komplimenten, die meiner Autorenseele sehr gutgetan haben. Außerdem danke für ein wundervolles Abendessen in Frankfurt – es war wirklich, als würde ich mit guten Freunden dort sitzen und Tränen lachen, als würden wir uns schon ewig kennen – aber manchmal ist ein so wundervoller Nachmittag ja wie eine kleine Ewigkeit. Auch für die perfekte Betreuung während des Fotoshootings möchte ich mich bedanken – ich hatte noch nie so eine süße Luftballonhalterin und wurde selten so liebevoll umsorgt und betreut.

Und zu guter Letzt möchte ich mich bei meinen Leserinnen bedanken. Ihr seid der Grund, warum ich schreibe. Ich danke Euch für so viele wunderbare Kommentare zum Buch, fürs Mut-Machen und Zweifelteufel-Wegpusten, denn das tut Ihr, wann immer Ihr Euch von meinem Buch berühren lasst. Ihr seid spitze!

Marie Force

Alles, was du suchst

Aus dem Amerikanischen von Tatjana Kruse

Band 03628

Cameron ist Webdesignerin in New York. Weil sie diesen Auftrag wirklich dringend braucht, macht sie sich auf ins tiefste Vermont. Dort soll sie für einen Country-Store einen Online-Shop entwerfen, aber das gestaltet sich schwierig. Will, der Sohn des Auftraggebers, ist zwar unglaublich sexy und sympathisch, doch von der Idee eines Internet-Auftritts ist er alles andere als begeistert. Trotzdem kann er das Verlangen, das er für Cameron empfindet, nicht leugnen – und die beiden verbringen eine leidenschaftliche Nacht miteinander. Aber da ist mehr zwischen ihnen. Vielleicht sogar wahre Liebe?

Ein prickelndes Abenteuer für dein Herz – der Beginn der unwiderstehlichen Bestseller-Serie ›Lost in Love‹

Das gesamte Programm gibt es unter www.fischerverlage.de